W0048155

## Zu diesem Buch

Der Sohn des Marquis von Bolsover ist ein hervorragender Leichtathlet und deshalb geradezu prädestiniert, das britische Empire bei den Olympischen Spielen zu vertreten. Doch der Ehrgeiz des homosexuell veranlagten Sodomisten findet im London des Jahres 1908 ein unsportliches Ende. Der Siebenundzwanzigjährige wird erschossen in seinem Schlafzimmer aufgefunden. Superintendent Lestrade glaubt nicht an Selbstmord, derweil die Pressezaren der Fleet Street den Fall nutzen, um die Hysterie in der Bevölkerung zum Wohle der Auflage zu schüren. Denn nach dem zweiten Toten, einem Berliner Journalisten, ist es unzweideutig: Da strebt ein Serienkiller nach olympischem Ruhm. Sein nächstes Opfer ist ein Segler, dann krepiert ein Vierhundert-Meter-Läufer während des Wettkampfes, überdies ersticht ein französischer Fechter aus Versehen einen britischen Kontrahenten, und ein Bogenschütze wird an die eigene Zielscheibe genagelt. Ein Ende des tödlichen Wettstreits ist also noch lange nicht in Sicht. Während die Beamten des Special Branch die Ausdauer eines italienischen Marathonläufers unter die Lupe nehmen, verdächtigt der Außenminister die ganze türkische Nation. In diesem Tohuwabohu einen kühlen Kopf zu bewahren fällt Sholto Lestrade zwar nicht immer leicht, aber seine berühmt-berüchtigte Hartnäckigkeit führt ihn stets ans Ziel.

Anglophile Krimi-Fans wissen die Vielschichtigkeit in M. J. Trows literarischen Kriminalromanen zu schätzen, so auch der Kritiker der *WAZ*: «Seine Geschichten, obwohl nach dem Muster der klassischen angelsächsischen Detektivstory entworfen, haben Spannung, Pfiff und ein gerüttelt Maß an Verwirrpuzzle im Dickicht verwehter Spuren.»

# M. J. Trow

# Lestrade und die Spiele des Todes

### Ein historischer Olympia-Krimi

Aus dem Englischen von
Hans J. Schütz

Rowohlt

rororo thriller
Herausgegeben von Bernd Jost

Deutsche Erstausgabe
Veröffentlicht im Rowohlt Taschenbuch Verlag GmbH,
Reinbek bei Hamburg, Juni 1996
Copyright © 1996 by Rowohlt Taschenbuch Verlag GmbH,
Reinbek bei Hamburg
Die Originalausgabe erschien 1990 unter dem Titel
«Lestrade and the Deadly Game» bei
Constable & Company Ltd., London
Umschlagfoto Fred Dott
Umschlagtypographie Walter Hellmann
Copyright © M. J. Trow, 1990
Redaktion Peter M. Hetzel
Satz Sabon (Linotronic 500)
Gesamtherstellung Clausen & Bosse, Leck
Printed in Germany
1290-ISBN 3 499 43034 7

Für Dad

Was Fliegen sind / den müß'gen Knaben,
das sind wir den Göttern; sie töten uns zum Spaß.

*König Lear* (4. Akt, 1. Szene)

# Inhalt

Einer vor dem Startschuß  11

Zwei, um sicherzugehen  31

Drei Mann in einem Boot  69

Die Vierhundert Meter: ein totes Rennen  97

Tod auf dem Fives Court  126

Abwehr einer Sixt  157

Sieben für Rot  180

Der Achter ohne Steuermann  206

Totentanz der neun Männer  236

Die Ziellinie wird überquert  260

# Einer vor dem Startschuß

Die Griechen hatten ein Wort dafür. Es war ein kurzes Wort, und es ließ sich ziemlich gut ins Angelsächsische übertragen. Jemand hatte ihre Spicle geklaut.

Doch in anderer Hinsicht war es ein erfreuliches Jahr. Belgien hatte sich den Kongo zugelegt, Bosnien und Herzegowina, die schrecklichen Zwillinge dieser lästigen Balkanstaaten, die Österreicher, und sogar Scotland Yard hatte sich einen neuen Anbau zugelegt. Die Britische Armee tat sich natürlich hervor, indem sie einen neuen Mustersäbel mit einem Pistolengriff aus Guttapercha entwickelte. Den Milizsoldaten, die sich im afrikanischen Busch so wacker geschlagen hatten, wurden gar keine Säbel zugestanden. Und müde Gentlemen schüttelten die Köpfe und murrten, als sie ihre Morgenzeitungen lasen, denn sie waren mittellos. Dieser Hanswurst Haldane hatte einen neuen Zeitsoldaten eingeführt, den er «Terrier» nannte. Das Land ging zweifellos vor die Hunde.

Mr. Edward Henry ging abermals zum Fenster, dem einzigen, das einen bescheidenen Blick auf den Fluß erlaubte, der jetzt in der Morgensonne glitzerte. Er blickte auf die Standuhr an der Wand. «Ja.» Er hörte hinter sich die eintönige Wiederholung. «Halb vorbei. Es wird gewiß spät.»

Er wandte sich an Inspector Gregory und warf ihm den Kolonialherrenblick zu, der die Eingeborenen Ceylons dezimiert hatte. Aber Gregory war zu weißhäutig, um es zu bemerken.

«Man sollte meinen, mittlerweile könnten sie hier sein», sagte er und versuchte seinem schwerfälligen Gesicht einen zumindest durchschnittlich intelligenten Ausdruck zu verleihen.

«In der Tat.» Henrys Geduld war fast am Ende. Er schnippte das Silberetui auf und biß die Spitze einer neuen Havanna ab.

«Ah», sagte Gregory mit der Miene eines Mannes, dem man gleich eine Zigarre anbieten wird. «Ahmm», und er hatte so viel Takt, Enttäuschung in ein Hüsteln zu verwandeln, während er auf seinem Stuhl hin und her rutschte. «Habe ich Ihnen je von dem Fall in Piddletrenthide erzählt, Chief?» fragte er hoffnungsvoll.

«Ja», sagte Henry.

«Der alte Hausierer mit dem Affen?»

«Ja.»

«Dem der dritte Finger der linken Hand fehlte?»

«Ja.»

«Tja, das war damals im Jahr 96. Oder war's 97…?»

Es blieb Henry erspart, das herauszufinden, denn ein Klopfen an der Tür verkündete die Ankunft von Inspector Mungo Hyde von der River Police.

«Entschuldigung, Mr. Henry», polterte er, mit seiner Feldmütze kämpfend. «Am East-India-Kai hatte sich ein Leichter losgerissen. Meine Jungens und ich sind seit dem frühen Morgen draußen gewesen.»

«Danke Ihnen, Inspector. Nehmen Sie sich einen Stuhl.»

Tatsächlich nahm Hyde zwei Stühle. Es muß gesagt werden, daß die Schinkenbrötchen von Mrs. Squatt in Rotherhide dem Leibesumfang des guten Mannes unermeßlichen Schaden zugefügt hatten. Bei der River Police ging das Gerücht um, daß er, selbst bei starkem Nordwest, Lotungen vornehmen müsse, um festzustellen, ob seine Füße noch da waren, denn die habe er vor Jahren in einem starken Nordwest aus den Augen verloren.

«Mungo, habe ich Ihnen je von dem Fall in Yorkshire im letzten Jahr erzählt?»

«Ja, Tom», erwiderte Hyde.

«Genau in der Mitte von Arndale ist es passiert.»

«Ja.»

«Das hätte man ihm nicht ohne weiteres zugetraut, nicht wahr, in seinem Alter?»

«Ja.»

«Aber keine Spur! Er...»

Die Tür flog krachend auf, und ein großer, breitschultriger Polizist stand da, das Zaumzeug eines Pferdes über die Schulter geworfen.

«Tut mir leid, daß ich mich verspätet habe, Assistant Commissioner», sagte er mit einem schweren Akzent aus der Waterford-Gegend oder weiter nördlich. «In der Fleet Street gingen ein paar Zugpferde durch. Müssen eine Stute gewittert haben, schätze ich. Zumindest hatten diese lausigen Hurensöhne von Reportern Glück. Brauchten nichts anderes zu tun, als sich aus dem Fenster zu hängen, um 'ne Geschichte zu kriegen.»

«Gentlemen», sagte Henry. «Ich glaube nicht, daß Sie Inspector Edgar-Smith von der Mounted Division kennen. Inspector Hyde von der River Police und Inspector Gregory von...»

«Abteilung L, Sir.» Gregory stand auf und drückte dem Mann die Hand. «Bin früher auch mal geritten, wissen Sie...»

«Wirklich», knurrte Edgar-Smith, durch dieses Eingeständnis alles andere als eingenommen. «Nun, ich habe nie...»

«Oh, aber sicher.» Gregory war überrascht. «Schließlich sind Sie bei der Mounted Police, und alles...»

In seiner üblichen verständnislosen Weise blickte er in sechs feindselige Augen, die aber rasch durch zwei weitere vermehrt wurden.

«Ah, Abberline.» Henry wies dem letzten Ankömmling einen Stuhl zu. «Gentlemen, ich glaube, Sie alle kennen Chief Superintendent Abberline.»

In der ganzen Runde Nicken und Brummen. Dann begriff Abberline, daß Henry eine Erklärung von ihm erwartete.

«Ah», sagte er und rückte die Gardenie in seinem Knopfloch zurecht. «Eine kleinere Entgleisung in Penge.»

«Aber Sie wohnen in Norwood, Mr. Abberline», sagte Gregory arglos.

Abberline warf ihm einen vernichtenden Blick zu und bemerkte, daß Mungo Hydes linkes Auge ihm zublinzelte und sein Kopf sich gegen die Schulter zu senken begann. Als er begriff, daß ihn alle anblickten, begann er, an seinem Kragen zu zerren. «Verdammtes Ding», sagte er. «Die Jacke scheint in der Wäsche eingelaufen zu sein.» Er konnte Abberline nicht weiter helfen.

Henry war freilich weniger besorgt. «Sie scheinen einen Lippenstiftfleck auf Ihrer Wange zu haben, Chief Superintendent», sagte er verbindlich und lehnte sich hinter seinem Schreibtisch zurück. Abberline stand abrupt auf und warf einen Blick hinter sich. Nachdem er sich rasch vergewissert hatte, daß alles in Ordnung war, zog er ein Spitzentaschentuch mit einem Monogramm hervor und tupfte sich das Gesicht ab. «Mrs. Abberline», grinste er einfältig. «Sie wissen ja, wie Frauen sind.»

Beim Abtupfen flatterte das Taschentuch vor seine Füße. Er bückte sich – soweit es seine Würde zuließ –, um es aufzuheben, und sein Blick fiel auf ein Paar alles andere als anständige Schuhe. Sein Blick wanderte an den dazu passenden Hosen hinauf, und er wollte das Taschentuch gerade ergreifen, als der Besitzer der Schuhe das für ihn tat.

«M», sagte dieser, nachdem er die verzierte, gestickte Initiale entziffert hatte. «Das muß für Mrs. Abberline stehen. Wie geht's Ermintrude?»

«Lestrade», setzte Abberline an, doch der Assistant Commissioner fiel ihm ins Wort.

«Wir sind bereits vierzig Minuten im Verzug, Lestrade. Mr. Gregory ist seit zehn Uhr hier.»

Lestrade durchquerte den Raum und schüttelte Henry herzlich die Hand. «Wie kann ich mir das je verzeihen?» fragte er ernst. Er blickte tief in Henrys Augen. Er wußte, was diese vierzig Minuten ihn gekostet hatten.

«Können wir bitte anfangen?»

Alle Augen richteten sich auf Henry, als er sich in seinem Lederstuhl vorbeugte. Gleichzeitig winkelten alle die Beine an, ausgenommen Hyde.

«Gentlemen», sagte Henry, und seine Augen blickten dunkel und besorgt durch den Zigarrenqualm, «wir wissen alle, daß der Kongo von den Belgiern annektiert worden ist. Es geht das Gerücht, daß die Österreicher sich Bosnien und Herzegowina nun doch aneignen werden. Selbstverständlich steht es uns nicht zu, das Verhalten der Regierung bei der Schaffung der Territorialarmee in Zweifel zu ziehen. Übrigens, Edgar-Smith, haben Ihre Leute diesen neuen Mustersäbel schon mal benutzt?»

«Dieser Scheißsäbel!» knurrte der Mann von der Mounted Police und klatschte wieder mit dem Zaumzeug gegen seine Schulter. «Man soll meinen Jungens sechs Zoll längere Hartholzknüppel geben, mehr verlange ich nicht. Wir werden diesen Suffragetten die Schädel...»

«Ja, vielen Dank, Inspector», unterbrach Henry. «Gentlemen, Sie haben meine Aktennotiz an Ihre verschiedenen Abteilungen gelesen. Jeglicher Urlaub ist ab sofort gestrichen. Ruhetage werden so lange aufgeschoben, bis die bevorstehende Angelegenheit erledigt ist.»

«Die ... bevorstehende Angelegenheit, Sir...» Lestrade zwirbelte seinen Schnurrbart. Wie gewöhnlich hatte er überhaupt keine Aktennotiz gesehen.

«Haben Sie meine Aktennotiz nicht gelesen?» fragte Henry spöttisch.

«Ich muß gestehen, nein, Sir», sagte Lestrade.

«Imbert!» brüllte Henry. «Kommen Sie rein.»

Ein lockenhaariger Constable steckte seinen Kopf durch die verglaste Tür. «Sir?»

«Haben Sie meine Aktennotiz auf Mr. Lestrades Schreibtisch gelegt oder nicht?»

«Ja, Sir», erwiderte der Constable. «In seinen Eingangskorb.»

Henry wandte sich wieder an Lestrade. «Erinnern Sie sich an eine Aktennotiz in Ihrem Korb?»

«Nein, Sir, leider nicht», gestand Lestrade.

«Die Olympischen Spiele, Menschenskind», fauchte Henry. «Imbert, verschwinden Sie!»

«Ja, Sir.» Und er war verschwunden.

«Binnen vierzehn Tagen werden Tausende von Ausländern in London einfallen wie Bienen in ihren Korb. Superintendent Quinn von der Spezialabteilung ist heute morgen nicht bei uns, weil er im Augenblick seine Akten über Unerwünschte Ausländer durchkämmt. Er sagte mir, daß sie überquellen. Wir werden den Abschaum Europas auf unserer Schwelle haben, Gentlemen, das ist so sicher, als gäb's einen Tunnel unter dem Kanal.»

«Möge der Himmel uns davor bewahren!» keuchte Mungo Hyde, der womöglich berufliche Nachteile fürchtete.

«Ich bin sicher, die Athleten sind gar nicht so übel, Sir», gab Gregory zu bedenken.

Henrys Miene wurde finster. Es war kein guter Morgen. «Die habe ich nicht gemeint», hatte er noch die Geduld zu erklären. «Ihre Anwesenheit in London wird scharenweise Diebe, Vagabunden, Schwindler und Trickbetrüger anlocken. Es ist unsere Aufgabe, unablässig auf der Hut zu sein. Ich brauche Sie kaum daran zu erinnern, daß die Entente im Augenblick alles andere als cordial ist. Dann sind da natürlich die Deutschen...»

«Warum genau kommen eigentlich die Amerikaner?» fragte Abberline.

Stille trat ein. Offensichtlich wußte niemand eine Antwort darauf.


Es war an diesem oder am folgenden Tag zur Mittagszeit. Chief Inspector Walter Dew, Kriminalpolizeibehörde bei Scotland Yard, vertiefte sich in die widerrechtliche Verwendung einer Anzahl von Altersrenten. Genauer gesagt, er blickte in die Eingeweide der braven Remington, die eine dauerhafte Kerbe in seinen Schreibtisch gegraben hatte. Der große Buchstabe L spielte mal wieder verrückt. Es war der Buchstabe, den er aufgrund des Namens seines Chefs am meisten benutzte, und das Ding war mit dem Ausrufungszeichen und einer Anzahl anderer liederlicher Lettern kollidiert, hatte sich geradewegs durch das betitelte und mit einem ungewöhnlichen Wasserzeichen versehene Schreibpapier gebohrt und war in dem kleinen, aber unerreichbaren Abgrund dahinter verschwunden.

«Tee, Chef?» rief eine fröhliche Stimme.

Dew fluchte abermals. «Ich sollte inzwischen längst im *Collar* sein, Hollingsworth. Das letzte, was ich will, ist ein Becher Mückenpisse, in die ich eine halbe Stunde lang pusten muß. Verstehen Sie was von den Dingern?»

Der Constable zwinkerte ihm zu. «Ich hatte zu meiner Zeit ein paar, Inspector.»

Dew drehte sich um und sah ihn an.

«Ach, Sie meinen *Maschinen*?» sagte Hollingsworth mit breitem Grinsen. «Nö. Ich nehm immer meinen Schmiergriffel.»

Dew war länger bei der Polizei, als er denken konnte. Inzwischen mochten es zwanzig Jahre sein. Und alle hatte er mehr oder weniger im Herzen Londons zugebracht. Aber das gekonnte Cockney dieses Mannes zog ihm einfach die Socken aus. «Schmiergriffel?» wiederholte er mit aller Geduld, die er aufbringen konnte.

«Bleistift, Inspector», feixte Hollingsworth. «Na ja, egal. Dann trink ich ihn eben. Äh, wissen Sie, ich glaube... ja... ja, da ist es.» Er stellte rasch den Becher ab und starrte eindringlich Dews Haarpracht an.

«Was ist los?» Dew befühlte unwillkürlich seinen Scheitel.

«Grau, Inspector», flüsterte ihm Hollingsworth ins Ohr. «Ein graues Haar versteckt sich auf der Matte. Das erste von vielen, natürlich.»

«Zu meiner Zeit, Hollingsworth», fauchte Dew, «wurde von jungen Constables erwartet, daß man sie sah, nicht, daß man sie hörte. Raus jetzt. Ich bin beschäftigt.»

«Zu Befehl, Mr. Dew, Sir.» Hollingsworth klemmte den Becher in seine Armbeuge und marschierte zur Tür. «Oh, übrigens.» Er blieb stehen. «Draußen ist ein Bursche. Will Mr. Lestrade sprechen.»

«Wie heißt er?» fragte Dew.

«Weiß nich. Hab irgendwo seine Karte.» Hollingsworth fummelte in seinen Westentaschen. «Hier. Der Marquis von Bolsover. Komischer Titel, oder?»

Dew sprang auf die Füße. «Sie Vollidiot! Lesen Sie keine Zeitungen? Der Marquis von Bolsover ist ein ausgesprochen feiner Pinkel. Wie lange wartet er schon?»

Hollingsworth zuckte die Achseln. «Ein paar Minuten.»

«Ein paar…» Dew war sprachlos.

«Wissen Sie was», grinste Hollingsworth, «wenn Sie auf der Palme sind, steigt Ihnen so 'n kleiner Klumpen in den Hals.»

«Wenn ich *wirklich* auf der Palme bin, Hollingsworth, werden Ihnen jede Menge Klumpen in den Hals steigen, weil ich dann meine Finger drumlegen werde. Führen Sie den Marquis herein – und ziehen Sie Ihr Jackett an, Mann. Wir sind bei Scotland Yard.»

«In Ordnung, Inspector.» Hollingsworth spürte, daß es eilig war. «Aber machen Sie sich keine Sorgen. Ich hab ihm 'ne Tasse Tee gegeben.» Dew scheuchte ihn hinaus. Er zog sein bestes Jackett an und richtete seinen Schlips im stockfleckigen, schmutzigen Spiegel. Mit einem letzten verzweifelten Schwung entfernte er die Lettern der Schreibmaschine und wischte den Staub von den Aktenbergen in der Ecke.

«Seine Exzellenz der Marquis von Bolsover», verkündete Hollingsworth wie auf einem Empfang beim Bürgermeister.

Ein stämmiger, kleiner Mann im Tweedanzug stürmte an ihm vorbei.

«Lestrade.» Er stieß eine kriegerische Hand nach vorn.

«Äh… nein, Sir. Chief Inspector Dew, Sir.»

«Wie? Also, wo ist Lestrade?»

«Äh… beim Mittagessen, Sir.»

«Mittagessen? Guter Gott. So was nennt sich Polizei. Geht vor die Hunde. Wie das Land. Sie.» Er ging auf den grinsenden Hollingsworth los. «Was gibt's zu grinsen?» Er gab dem Burschen eine Ohrfeige. «Da. Jetzt hast du was zum Grinsen. Lestrade – wo speist er?»

«Äh… im *Collar*, Sir.» Hollingsworths Wange brannte.

«*Collar?*»

«Das *Horse and Collar*, Sir», erklärte Dew. «Das ist ein Gasthaus in…»

«Verdammt und zugenäht! Holen Sie ihn. Schicken Sie diesen Burschen hin.» Hollingsworth blickte Dew an, der seinerseits den Marquis anblickte. «Sofort!» brüllte Bolsover, und Hollingsworth hatte kaum Zeit, nach seinem Bowler zu greifen, bevor er über den Flur hetzte, als sei der Teufel hinter ihm her.

«Bitte, Euer Gnaden», buckelte Dew, «möchten Sie nicht Platz nehmen?»

«Hab schon einen», knurrte Bolsover. «In Berkshire. Bekannt?»

«Nun, ich… äh… ich verlasse London nicht oft, leider.»

Bolsover setzte sich schwerfällig auf Lestrades neuen Drehstuhl, den er mit Hilfe von ein bißchen raffiniertem Papierkrieg erfolgreich umdirigiert hatte, bevor er Abberlines Büro erreichte.

«Sollten Sie aber. Wird noch nach alter Art gejagt. Mit nichts zu vergleichen. Ist bald der Zwölfte.»

Dew blickte auf Lestrades Kalender. Es war der vierzehnte Juni. Der alte Junge mußte ein wenig durcheinander sein.

«Dienstgrad?» sagte Bolsover kurz.

«Äh… Chief Inspector», erwiderte Dew.

«Name, wie?»

«Äh… Dew.»

«Urdu? Ist 'ne verdammte Sprache, was? Nigger.»

«Darf ich nach dem Grund Ihres…?» fragte Dew vorsichtig.

«Nein, privat. Gehe nach ganz oben. Zum besten Mann. Hab ich immer getan. Werde ich immer tun. Unglücklicherweise ist der beste Mann nicht da. Bin gekommen, um ihn zu sprechen, wie hieß er noch?»

«Lestrade.»

«Dienstgrad?»

«Chief Inspector», wiederholte Dew. Der alte Mann war offensichtlich ein bißchen gaga, wie Hollingsworth gesagt haben würde.

«Ist das alles?» sagte Bolsover finster. «Das ist verdammt wenig. Man hat mich wohl an der Nase rumgeführt. Dachte, er wäre mindestens ein verdammter Assistant Commissioner.»

«Oh, ich verstehe, Sir.» Dew erkannte seinen Irrtum. Das passierte ihm nicht zum erstenmal. «Sie meinten Mr. Lestrades Dienstgrad? O ja, er ist Superintendent.»

«Alter?»

«Mr. Lestrade? Oh, ich weiß nicht… Äh… um die Fünfzig.»

«Ich hatte sechsundsiebzig Tiger getötet, als ich um die Fünfzig war. Was hat er geleistet?»

«Äh… nun, er hat gelöst… geholfen, um zahlreiche Fälle zu lösen.»

«*Exempli gratia?*»

Dew dachte so angestrengt nach, daß seine Zunge hervortrat.

«Nein, ich glaube nicht, daß das einer davon war. Das war einer von Abberlines.»

«Abilene? Das ist eine Stadt in den Kolonien. In Kansas. Dieser Lestrade. Ist er gut?»

«Sehr gut, Sir.» Dessen war Dew sicher. «Wie Sie sagen, der beste.»

Ein unheimliches Schweigen senkte sich herab. Währenddessen machte Dews Magen, um sein Mittagessen betrogen, einen gurgelnden Ruck und lag aufsässig und knurrend da.

«Heiß, nicht wahr, Eure Eminenz?» sagte er endlich. «Für Juni, meine ich.»

«Verdammt heiß», sagte Bolsover. Und wieder Schweigen.

Es war die köstlichste Erleichterung für den Chief Inspector, als die Tür aufgestoßen wurde und ein Bowler hindurchpfiff, von den grün gestrichenen Heizungsrippen abprallte und genau auf einem Haufen vergilbten Papiers landete.

«Sie haben hoffentlich einen guten Grund, Dew. Ich habe auf zwei Pints von dem Gesöff verzichtet. Oh!»

«Der Marquis von Bolsover, Superintendent Lestrade», sagte Dew.

«Superintendent Lestrade. Der Marquis von…» Und plötzlich bemerkte er, daß er überflüssig war, und stahl sich davon.

«Mylord.» Lestrade streckte die Hand aus. «Tut mir leid, mein Constable ist ziemlich neu. Ich hatte keine Ahnung, daß man Sie warten ließ. Ich bin sicher, daß Inspector Dew hilfsbereit gewesen ist.»

«Kennt die Bedeutung des Wortes nicht.»

«Ganz recht.» Lestrade deutete auf einen Stuhl und stellte fest, daß

Bolsover zum Drehstuhl zurückkehrte, was ihn zwang, wie ein verkrüppelter Papagei auf Dews Stuhl zu hocken.

«Äh… mein Chief Inspector ist ebenfalls ziemlich neu.»

«Komme zur Sache, Lestrade. Beschäftigter Mann. Sohn. Ältester Sohn. Tot. Erschoß sich, wissen Sie.»

Er zeigte keine Spur von Gefühl, kein Zittern in der Stimme, welche die Worte wie ein Maschinengewehr hervorstieß.

«Tut mir leid», sagte Lestrade und griff nach einem Notizblock.

«In den Zeitungen. Verdammte Sache. Die *Times* ist auch nicht mehr, was sie war. Wer ist dieser Harmsworth?»

«Wen meinen Sie?» Lestrade strich sich reumütig das Kinn.

«Wollte eine verdammte Geschichte über mich bringen. Unverschämter Mistkerl. Habe seinen Mann zum Teufel gejagt.»

«Ganz recht.»

«War kein Selbstmord, Lestrade. Nicht mein Junge. Nicht bei einem Fitzgibbon.»

«Ganz recht.» Lestrade war für die kleinste Gnade dankbar. Niemand konnte ihn zum Deppen machen. «Mylord», sagte er, «ich werde mich natürlich um die Sache kümmern, doch ich fürchte, angesichts der bevorstehenden Olympischen Spiele hat der gesamte Yard alle Hände voll zu tun.»

«Verdammte Ausländer!» fauchte Bolsover und sprang energisch auf die Füße. «Verdammter Narr, Gladstone. Hätte ein Kanonenboot schicken sollen. Palmerston war ein anderes Kaliber.»

«Ja, wirklich. Jedoch bis die Spiele vorüber sind, muß ich das Ableben Ihres Sohnes zu den Akten legen.»

«Hol der Teufel die Akten.» Bolsover erreichte die Tür. «Er hätte alle diese Mistkerle geschlagen. Er war fixer als alle meine Jungens. Schnellstes Wesen auf zwei Beinen, das ich gesehn habe. Natürlich abgesehen von einem läufigen Wallaby.»

«Mylord, verzeihen Sie.» Lestrades Nase begann zu jucken. «Darf ich daraus entnehmen, daß Ihr Sohn ein Leichtathlet war?»

«Der beste», sagte Bolsover.

Die Worte von Mr. Edward Henry klangen Lestrade in den Ohren – «Der Abschaum Europas…»

«Bitte, Mylord, nehmen Sie Platz. Nehmen Sie meinen Stuhl.» Er hüpfte von Dews Stuhl. «Sie erzählen mir am besten alles.»


Die zwei Herren, Bowler auf den Köpfen, wurden in das Schlafzimmer des verblichenen Anstruther Fitzgibbon, ältester Sohn des Marquis von Bolsover, geführt.

«Ich glaube, Sie kennen Inspector Bland. Ich bin Superintendent Lestrade», sagte der kleine Mann. «Sie sind…?»

«Überarbeitet, Sir», nuschelte der Diener, und er schwankte ein wenig, als er sprach.

«Ja, natürlich.» Lestrade heuchelte Verständnis. «Aber wie heißen Sie?»

«Botley, Sir. Hinksey Botley. Ich bin… ich war der Diener des Herrn, von Jugend auf.»

«Wie alt war der Herr?» Lestrade entdeckte das silbergerahmte Foto eines Jungen, der eine Mütze mit Troddeln und weiße Knickerbocker trug, die nur ein kleines Stück Knie sehen ließen.

«Er war siebenundzwanzig, Sir.» Botley zog ein Taschentuch hervor und trompetete hinein. «Ein reiner Junge. Ich habe ihn betreut, seit er ein Baby war.»

Lestrades routinierter Blick fiel auf das Bett.

«Sie fanden ihn?» fragte er.

Der Diener nickte.

«Sagen Sie mir, Botley», sagte der Superintendent und legte vertraulich einen Arm um die eingesunkenen Schultern des alten Mannes. «Würden Sie sagen, daß der Herr der Typ war, sich das Leben zu nehmen?»

Botley richtete sich auf, als sei er, ebenso wie der Marquis, durch diese Verunglimpfung der Familienehre tief verletzt.

«Niemals!» sagte er.

Lestrade lächelte und klopfte ihm auf die Schulter. «Schön, schön. Würden Sie draußen warten, bitte? Wir rufen Sie, wenn wir Sie brauchen.»

Botley zögerte, schwankte ein wenig, dann drehte er sich auf einem

Bein herum und machte einen entschlossenen Versuch, die Tür in gerader Linie zu erreichen. Lestrade folgte ihm, die Türöffnung aufmerksam beäugend.

«Also noch mal, John», sagte er.

Bland warf seinen Hut auf das Bett und fläzte sich auf eine Chaiselongue. Er zog das schwarze Notizbuch zu Rate, dem jetzt, da in der Abteilung C Sparen an der Tagesordnung war, die goldene Aufprägung fehlte.

«Anstruther George Hartlepool Fitzgibbon. Dritter Sohn des Marquis von Bolsover.»

«Dritter? Ich dachte, er war der älteste Sohn?»

«Der älteste überlebende.»

«Was passierte mit den anderen?»

«Äh... der älteste starb als Kind an Lungenentzündung. Der zweite fiel einem Jagdunfall zum Opfer. Pferd wälzte sich über ihn.»

«Das Problem hat man bei einem Lanchester nicht», bemerkte Lestrade.

«Zwei weitere Geschwister, glauben wir, aber unehelich. Ein Mädchen, Tochter irgendeiner amerikanischen Amazone. Das Mädchen lebt... drüben. Bolsover hat die Mutter nicht geheiratet, obwohl er damals frei von ehelichen Banden war. Das andere Kind war ein Sohn, ein paar Jahre älter. Das habe ich nach vielem Hin und Her aus dem alten Botley rausgekriegt. Sohn eines Dienstmädchens. Man hat ihn, wie es scheint, als Dienstjungen behalten, bis er zehn war. Dann riß er aus.»

«Was wissen wir über Anstruther?» fragte Lestrade.

«Ausbildung in Harrow. Schien dort irgendeinen Blödsinn mit dem Reitlehrer gegeben zu haben. Ging darauf nach Cambridge. Dort Ärger mit einem Mathematikprofessor. College Gonville und Caius.»

«Es waren zwei?» fragte Lestrade nach.

«Offensichtlich. Gab ein kurzes Gastspiel bei der Durham Leichten Infanterie.»

«Nicht Sandhurst?»

«Drei Tage. Es gab Schwierigkeiten mit dem Lehrer für Festungs-

bauwesen. Weiß beim besten Willen nicht, wie er an sein Offiziers-
patent gekommen ist.»

«Und bei der Durham Leichten Infanterie, was war da?»

«Augenblick.» Bland überflog eine Seite. «Konnte nicht viel rauskriegen. Scheinbar gab's Ärger mit dem Kaplan und dem Regimentsmaskottchen.»

«Wirklich?»

«Ah, ich weiß, was Sie denken», grinste Bland. «Aber es ist alles in
Ordnung, Sholto. Das Maskottchen war eine Ziege.»

«Ich bin erleichtert, das zu hören. Und nach der Armee?»

«Nun, hatte immer diese Schwäche für Sport. Ziemlich guter Hürdenläufer. Man hätte ihn in die Universitätsmannschaft berufen,
wenn er länger in Cambridge geblieben wäre.»

«Wie lange hat er hier gewohnt?» Lestrade entzündete eine Zigarre.

«Dies ist das zweite Stadthaus der Familie. Der alte Mann wohnt
am Grosvenor Place. Er scheint halb St. James zu besitzen.»

«Also keine finanziellen Schwierigkeiten?»

«Dem Aussehen dieses Hauses nach zu urteilen, keine. Anstruther
hat seit seinem achtzehnten Lebensjahr hin und wieder hier gewohnt.»

«Erzählen Sie mir etwas über den fraglichen Abend.»

«Das war der vergangene Dienstag. Der neunte Juni. Anstruther
war im neuen Stadion bei der White City gewesen. Vorher hatte er
im Park ein paar Runden gedreht.»

«Hyde?»

«Regent's.»

«Um welche Zeit kam er nach Hause.»

«Da war sich Botley nicht sicher», sagte Bland. «Es muß gewesen
sein, nachdem er zu Bett gegangen war, gegen halb elf.»

«Wir wissen also nicht, ob er allein war?»

«Nein. Was wir mit Sicherheit wissen, ist, daß Botley wie üblich um
zehn Uhr an seine Tür klopfte.»

«An diese Tür?» Lestrade wurde abermals von der Tür angezogen.

«Ja. Keine Antwort.»

«Was machte Botley?»

«Nichts. Er konnte nicht rein.»

Lestrade runzelte die Augenbrauen. «Abgeschlossen?»

Bland nickte.

«Wo ist der Schlüssel?» Lestrade konnte keinen entdecken.

«Verlorengegangen. Schon vor Jahren.»

«Aha.» Lestrade schlenderte wieder zur Tür. «Der Riegel.» Er stand einen oder zwei Zoll vom Schlüsselloch entfernt. Messing. Auf Hochglanz poliert. Er berührte ihn mit dem Finger, und er glitt federleicht zurück. «Komisch», sagte er, «ein Riegel an einer Schlafzimmertür.»

«Sholto.» Bland kam durch das Zimmer zu ihm. «Ich glaube, wir müssen annehmen, daß der verstorbene Anstruther nicht so war wie andere Männer.»

Lestrade verengte die Augen und sah seinen Kollegen an.

«Eine Tunte, meinen Sie?»

Bland nickte. «Gott weiß, wen er mit in dieses Bett genommen hat.» Die Polizisten drehten sich gemeinsam um und starrten es an. «Der Riegel war unentbehrlich.»

«In Ordnung», sagte Lestrade. «Was passierte dann?»

«Nach meinen Informationen holte Botley ein paar Händler, die in der Straße zu liefern hatten, und sie hoben die Tür aus den Angeln.»

Lestrade fuhr mit den Fingern über die seitliche Einfassung. Er zog sie rasch zurück, als ihn ein paar Splitter stachen. «Und hängten sie ohne Sachkenntnis auch wieder ein.»

«Oh, tut mir leid, Sholto. Das waren meine Jungens. Die Abteilung C war nie scharf auf Schreinerarbeit.»

«Und als sie drin waren, Botley und diese Händler, was fanden sie?»

Bland las aus seinem Buch ab. «Anstruther saß an seinem Schreibtisch.» Lestrade setzte sich auf den Schreibtischstuhl. «Er war nach vorn gesackt, sein Kopf lag ungefähr bei diesem Briefbeschwerer dort.» Lestrade sackte nach vorn.

«So?» fragte er, die Stimme ein wenig gedämpft.

«Genau so», sagte Bland und drehte seinen Kopf. «Linke Seite nach oben. Schußwunde in der linken Schläfe.»

Lestrade richtete sich auf. «Haben Sie die Fotos?»

«Äh, nun ja, Sholto.» Bland dämmerte, daß heute nicht sein Tag war. «Leider sind meine Jungens wirklich keine Meister im Fotografieren. Die Fotos sind ein bißchen unscharf.»

Lestrade blickte ihn an. «Wie viele sind geworden.»

«Äh... keins.»

Lestrade seufzte. «Schon gut, John. Erzählen Sie mir etwas über die Waffe.»

«Ja.» Bland ging zur entfernten Wand hinüber und nahm ein ziseliertes Kästchen von der Anrichte. Er hob den Deckel und enthüllte ein grünes Samtfutter und eine einzelne Steinschloßpistole. «Das Gegenstück zu dieser», sagte er. «Kostbares Stück. Von Egg angefertigt. Die Tatwaffe haben wir in der Vine Street.»

Lestrade nahm die Pistole und ließ den silbernen Kolben in seiner Hand ruhen. «Linke Schläfe?» fragte er.

Bland nickte.

Lestrade setzte die Pistole an seinen Kopf. «Verdammt unhandliches Ding», bemerkte er. «Ich bin sicher, Ihre Jungens von Abteilung C wissen mehr über diese Dinge als ich, John. Wie funktioniert es?»

«Ich will verdammt sein, wenn ich das weiß, Sholto. Ich glaube, das Geschoß kommt dort raus.» Er deutete irgendwohin. «Sie ziehen das Ding da zurück, wissen Sie?»

«Den Abzug?» Lestrade befand sich auf fremdem Gelände.

«Ja, aber das gebogene Ding. Oben. Nein. Das andere, ja, das ist es.»

Lestrade ließ den gekrümmten Hahn klicken. Einmal. Zweimal. Dann ließ er sich nicht mehr bewegen.

«Schießt das Ding mit Kugeln?» fragte er.

«Nun ja, der Doktor hat ihm so was Ähnliches aus dem Schädel geholt», bemerkte Bland.

Lestrade drückte den Abzug, und der Hahn klickte.

«Simsalabim», sagte er.

«Ich würde das Ding weglegen, Sholto. Es kommt mir verdammt gefährlich vor.»

Lestrade warf einen Blick nach rechts. «John», sagte er plötzlich, «war der Schreibtisch exakt in dieser Stellung?»

«Ja, ich denke schon. Warum?»

Lestrade stand auf. «Setzen Sie sich hier hin», sagte er und räumte den Stuhl.

Bland gehorchte. «Was nun?» fragte er.

Lestrade kauerte sich neben ihn und krachte dabei mit dem Knie gegen die Ecke des Schreibtisches. «Au!» schrie er.

«Eine Spur?» fragte Bland aufgeregt.

«Eine kleine Verrenkung», sagte Lestrade. «Das wird wieder. Setzen Sie sich aufrecht hin, als würden Sie rauchen. Oh, sie tun's ja schon.»

«So?»

«Ja», sagte Lestrade, kniff ein Auge zu und runzelte die Stirn. «Schreiben Sie immer so?»

«Nun, in Abteilung C haben wir nicht gerade...»

«Ja, ich weiß.» Er stellte sich abermals vor der Wand auf und schüttelte den Kopf.

«In Ordnung. Jetzt legen Sie Ihren Kopf auf den Tisch. Nein, Nase runter.»

«Sholto», knurrte Bland, «das ist nicht sehr angenehm.»

«Nicht bewegen!» Lestrade humpelte hinüber zur entfernten Wand. «Aha!» sagte er.

«Was?» murmelte Bland. Es war nicht einfach, durch Löschpapier zu sprechen.

«Wofür halten Sie das?»

Bland trat neben Lestrade in die Zimmerecke. «Tapete. Flockdruck. Chinesisch, würde ich sagen. In der Abteilung C kennen wir uns mit orientalischen Tapeten aus.»

«Das habe ich mir gedacht», nickte Lestrade, «aber ich spreche von diesem braunen Zeug.»

Bland drückte seine Nase gegen die Tapete – immerhin eine leichte

Verbesserung gegenüber Löschpapier. «Pfadfinderkaffee?» riet er.

«Blut», sagte Lestrade.

«Gütiger Gott, so ist es. Ich möchte wissen, wie ich das übersehen konnte?»

«Ich auch», seufzte Lestrade. «Und was sagt Ihnen das?»

Bland blickte verständnislos. Offenbar sagte ihm das fast nichts.

«Zugegeben», half ihm Lestrade, «ich bin nicht gerade ein Experte für Waffen wie diese. Aber ich kenne genügend Schußwunden, um zu wissen, daß bei dieser Wucht die Hälfte von Anstruthers Kopf zur Seite weggepustet worden sein muß. Und übrigens glaube ich, das Geschoß war rundlich und nicht länglich. Nach dem Einschußwinkel zu urteilen, trat es mehr oder weniger in einer geraden Linie ein.»

«Und jetzt?»

«Jetzt kehren Sie zum Tisch zurück.»

Bland gehorchte.

«Nehmen Sie dieselbe Haltung ein.»

Bland gehorchte.

«Jetzt nehmen Sie die Pistole. Nein. So wie vorhin, die Nase auf dem Tisch. Gut.»

Bland saß da, wiederum die Nase auf dem Löschpapier. «Alles in Ordnung?»

«Ich weiß nicht. Bei Ihnen?»

«Nun, es ist ein bißchen unbequem», gab Bland zu.

«Ja, Sie sagen es. Also, warum machen Sie es so?»

Bland richtete sich auf, ein wenig verletzt. «Weil Sie mich dazu aufgefordert haben, Sholto.»

«Nein, ich meine, wenn Sie Anstruther wären, warum sollte er es so machen? Warum nicht aufrecht im Stuhl? Oder auf die Chaiselongue gelagert? Oder auf dem Bett liegend? Oder am Fenster stehend? Diese Waffe –» er nahm die Pistole wieder in die Hand – «muß mehr als achtzehn Zoll lang sein. Warum sollte er seine Nase in die Tischplatte bohren, um sich das Gehirn rauszublasen?»

«Was wollen Sie damit sagen, Sholto? Daß Anstruther ermordet wurde?»

Lestrade nickte bedächtig. «Der Gedanke ist mir gekommen.»

«Unmöglich», sagte Bland. «Sie vergessen eine Sache.»

«Ja?»

«Die verschlossene Tür», sagte Bland triumphierend.

«Ah», sagte Lestrade. Der starke Mann klappte zusammen.

Bland bekam Oberwasser. «Wollen Sie mir allen Ernstes erzählen, daß der Mörder in das Zimmer kam – ja, Anstruther könnte ihn reingelassen haben, ohne daß Botley davon wußte. Daß er Anstruther tötete – ja, das hätte er tun können, das gestehe ich Ihnen zu, aber was dann? Hat er dafür gesorgt, daß Anstruther, dem der halbe Kopf fehlte, aufstand und säuberlich die Tür hinter ihm schloß?»

«Das Fenster.» Lestrade humpelte hinüber.

Bland gesellte sich zu ihm, und sie blickten nach unten. Es ging drei Stockwerke schnurgerade nach unten; kein Sims. Und Stäbe im Abstand von sechs Zoll.

«Joachim, die Menschliche Fliege?» grinste Bland.

«Die Wände?» Lestrade fing an, ungestüm dagegen zu klopfen, spitzte die Ohren nach einem Hohlraum, einer Einbuchtung, die auf einen geheimen Gang hindeutete. Doch zu seiner Enttäuschung traf er überall nur auf solides georgianisches Mauerwerk.

«Es bleibt natürlich immer noch der Kamin.» Bland war in seinem Element. «Vielleicht war es der Orang-Utan aus der Rue-Morgue-Geschichte dieses Schreiberlings. Würde ziemlich gut passen, wie? Affe springt am Berkeley Square in den Kamin, lädt antike Pistole, tötet Fitzgibbon und kehrt auf demselben Weg wieder zurück. Die *Daily Mail* hätte ihren großen Tag!»

«Das macht Ihnen Spaß, oder?» knurrte Lestrade.

«Entschuldigung, Sholto», lachte Bland, «aber daraus können Sie keinen Mord konstruieren. Es ist sonnenklar. Anstruther nahm sich das Leben, als sein seelisches Gleichgewicht gestört war. Und wenn es damals nicht gestört war, ist es das jetzt ganz bestimmt.»

«Wo ist die Leiche?»

«Leichenschauhaus Vine Street. Wollen Sie einen Blick drauf werfen?»

«Ist wohl besser. Wenn dieses heiße Wetter andauert, wird er von allein zur Beerdigung laufen.»

Lestrade humpelte unter Schmerzen zur Tür. Noch einmal strichen seine Finger über den polierten Riegel, und er schüttelte den Kopf.

«Ein sonnenklarer Fall», sagte er. Und er war verschwunden.

# Zwei, um sicherzugehen

«Bourne, Sir», sagte der junge Constable, der ziemlich linkisch vor Lestrade stand.

«Wie viele Jahre bei der Polizei?» fragte der Superintendent.

«Fast drei.»

«Was heißt das?» Lestrade überflog die Papiere. «Julius?»

«Julian, Sir», gluckste Bourne.

Lestrade warf Dew einen Blick zu, dessen Augenbrauen sich ein wenig krümmten.

«Verheiratet?» sagte Lestrade mit ungewöhnlich verärgerter Stimme.

«Um Himmels willen, nein», kicherte Bourne. «Wer will mich schon haben?»

Lestrade fielen zwischen Cleveland Street und Piccadilly eine Menge Leute ein.

«Dieses Hemd», sagte Lestrade. «Das Rosa ist ausgesprochen scheußlich. Hier beim Yard sind wir ein bißchen konservativer. Und dieses Karomuster...»

«Gingham, Sir», verbesserte ihn Bourne.

«Ja, gut, es muß verschwinden. Ein Detective muß sozusagen mit dem Hintergrund verschmelzen. Von seinen Mitmenschen nicht zu unterscheiden sein.»

«Oh.» Bourne runzelte die Stirn und schürzte die Lippen.

Lestrade warf seinen Bleistift hin. «Grüne Jungens», knurrte er.

«Sagen Sie, Bourne, können Sie Tee machen?»

«Gewiß, Sir. Das habe ich von meiner Mutter gelernt.»

«Ja, das dachte ich mir. Dew, weisen Sie ihn ein. Ich gebe Ihnen eine Woche Probezeit, Bourne. Am Ende der Woche werden wir Sie einer Prüfung unterziehen. Wenn ich nicht zufrieden bin mit Ihren… äh… mit Ihren Fortschritten, heißt es für Sie: zurück zur Abteilung Fundsachen.»

«Ich danke Ihnen, Sir, ich bin ja so dankbar. Sie werden es nicht bereuen. Nun, Chief Inspector», sagte der große blonde Bursche, «wo bewahren Sie die Schürzen auf?»


Der Leichnam von Anstruther Fitzgibbon lag auf einem Marmorsockel in einer besonders wenig anziehenden Ecke des Leichenschauhauses in der Vine Street. Darüber, auf Straßenhöhe, die ungezählten Regungen und Geräusche einer geschäftigen Stadt, der größten der Welt. Die Wohlhabenden machten ihre Einkäufe in den teuren Arkaden zwischen Regent Street und Piccadilly, während Eros, der von den Abgasen der neuen Autobusse langsam grün wurde, gleichgültig auf sie anlegte. Die *haute monde* nahm ihren Tee im *Trocadero*, und livrierte Lakaien rannten hin und her und stießen mit hastenden Botenjungen und Straßenhändlern zusammen. Hundert Yards weiter südöstlich ging auf der schattigen Seite der Jermyn Street und auf beiden Seiten von Haymarket die *demimonde* ihrem Gewerbe nach, von Constables und Geistlichen gleichermaßen geflissentlich ignoriert.

Doch hier unten im Kellergeschoß von Abteilung C, im betriebsamsten Polizeirevier der Welt, war alles sonderbar still. Das einzige Geräusch war das Ticken der Uhr, deren massives amtliches Zifferblatt als einziger Gegenstand das dunkle amtliche Grün der Wand unterbrach. Irgendwo brummte eine Fliege, übersatt von den Mahlzeiten eines edwardianischen Sommers.

Ein frettchengesichtiger Mann im braunen Anzug und mit einem unzeitgemäßen Bowler beäugte den Leichnam.

«Kann ich Ihnen helfen, Superintendent Lestrade?» Eine Stimme tönte durch die widerhallenden Marmorflure.

Der frettchengesichtige Mann blickte kurz auf und setzte seine Untersuchung fort. «Doktor Hillyard, wird es eine Obduktion geben?»

«Ist knifflig bei dem da.» Hillyard nahm seine Brille ab und säuberte sie am schmuddeligen Rand seines weißen Kittels. Er spie mit absoluter Zielsicherheit in einen in der Nähe stehenden Spucknapf.

«Coroner sagt ja, Vater sagt nein.»

«Was sagen Sie?»

Hillyard lächelte und entblößte eine Reihe abgebrochener brauner Zähne. «Wie wir als Medizinstudenten bei Skalpell und Hämorrhoiden zu sagen pflegten: ‹Wer die Musik bezahlt, bestimmt, was gespielt wird.›»

«Soll heißen?» Lestrade sah auf und schob den Bowler ins Genick. Alte englische Sprichwörter waren nicht sein Metier. Ohne Zweifel war die Abteilung C darin gut beschlagen.

Hillyard trat zu ihm. «Das soll heißen, Lestrade, daß ich Armenarzt war, bis Ihr lieber Commissioner Mitleid mit mir hatte und mir einen Job gab, für den ich wirklich bezahlt werde.»

«Wird es also eine Obduktion geben?» Lestrade verstand sich besser auf Einmischungen.

«Nein, wahrscheinlich nicht. Wissen Sie, Lord Bolsover ist einer der reichsten Männer Englands. Er hat mir eine lebenslange Pension versprochen, wenn ich diese Leiche, ohne Fragen zu stellen, zur Bestattung freigebe.»

Lestrade blickte ihn verdrießlich an. «Gesetz ist Gesetz», erinnerte er ihn mit jener verblüffenden Belesenheit, für die er im ganzen Nebenzimmer des *Horse and Collar* berühmt war. «Ob es nun Mord oder Selbstmord ist, es ist ein unaufgeklärter Todesfall. Es muß eine Obduktion geben.»

Hillyard lächelte. «Ich weiß», sagte er. «Wollte Sie bloß auf die Probe stellen, Lestrade. Was sollte ich mit einer Pension von Bolsover, wenn ich eine von Lloyd George kriegen kann, die den tausendsten Teil davon ausmacht? Im Ernst, natürlich ist keine nötig – eine Obduktion, meine ich.»

«Wie ist denn Ihre Ansicht?» Lestrade umkreiste den nackten Leichnam, während der Doktor sprach.

«Hat sich erschossen.» Hillyard sammelte in seiner Kehle einen neuen Vorrat für den todsicheren Schuß in den Spucknapf. «Dieses verdammte Sputum.» Er spie aus. «Damit.»

Das Gegenstück zur Egg-Pistole tauchte aus einer Schublade auf, die mit falschen Zähnen und Gebissen gefüllt war.

«Sie werden mehr über dieses Ding wissen als ich», bekannte der Doktor, «aber das hier kommt vorne raus.»

Eine zweite Schublade öffnete sich knirschend, und zwischen Glasgefäßen, welche eingepökelte Körperteile zu enthalten schienen, lag eine unförmige Bleikugel, etwa so groß wie eine kleine Murmel.

Für einen Mann mit einem entzündeten Kniegelenk fing Lestrade sie elegant auf und hielt sie ans Licht. «Enormes Geschoß», murmelte er.

«Kugel», verbesserte ihn Hillyard.

Lestrade sah keinen Grund, in dieser unangenehmen Stille die Stimme bloß wegen der Vermutung eines alles andere als erfolgreichen Armenarztes zu heben, und murmelte weiter. «Darf ich Ihren Bemerkungen von vorhin entnehmen, daß der Marquis von Bolsover Sie aufgesucht hat?»

«Hat er. Oder besser, er war hier, um Superintendent Hawkins zu sprechen. Sie kamen beide runter, um mit mir zu reden.» Er spie abermals reichlich. «Sagen Sie mir, Lestrade, scheint oben die Sonne? Ich komme mir in letzter Zeit wie ein verdammter Maulwurf vor. Habe seit vierzehn Tagen kein Tageslicht mehr gesehen.»

«Aber, aber, sie scheint.» Lestrade fühlte mit ihm. «Bolsover wollte also, daß sein Sohn rasch beerdigt wird?»

«Würden Sie das nicht auch wollen? Einziger Sohn, Erbe des Besitzes. Alter Name. O Gott. Jetzt rede ich schon so wie dieser alte Aristokrat. Komischer alter Bursche, nicht wahr? Zeigte nicht die geringste Gefühlsregung.»

«Er sah die Leiche?»

«Er bestand darauf. Wir hatten bereits drei Personen hier, die Anstruther eindeutig identifiziert haben – und eine, die es nicht konnte; ziemlich sonderbar das –, also war eine formelle Identifizierung nicht nötig.»

«Machte der Alte eine Bemerkung?»

«Keine. Er sagte bloß, er wünsche, daß sein Sohn bis zum Einbruch der Nacht hier raus sein müsse, und er zum Yard gehen würde. Ich dachte, der alte Hawkins würde explodieren.» Er drehte sich zur Seite und spie in einen Behälter. «Es ist die verdammte Luftröhre. Ich werde es aufgeben müssen, Lestrade.»

«Nehmen Sie eine Zigarre», sagte der Superintendent. «Die sind besser für Sie.»

«Nein, danke.» Hillyard lehnte ab, ohne zu wissen, welch seltene Gelegenheit er verpaßte. «Ich werde schweigend leiden», und er spie abermals.

«Er schoß sich also selber in die Schläfe», murmelte Lestrade und strich mit den Fingern über das saubere kreisförmige Loch nahe dem Haaransatz. Die andere Seite des Kopfes war eine Masse von verfilztem Haar, dunkelbraun von geronnenem Blut. Aber die Tatsache ließ sich nicht verschleiern, daß ein großer Teil des Schädels verschwunden war.

«Okzipital gesprochen, ist es eine Sauerei», sagte Hillyard, die Achseln zuckend. «Bemerken Sie die schwarze Verfärbung um das Loch?»

Für Lestrade war der ganze Körper schwarz verfärbt.

«Pulververbrennungen», erklärte Hillyard. «Weil die Mündung gegen die Haut gedrückt wurde.»

«Und wenn die Waffe aus größerer Entfernung abgefeuert worden wäre?» Lestrade ging jeder Möglichkeit nach.

«Hängt davon ab, wie weit entfernt», sagte Hillyard. «Bei mehr als ein paar Fuß gäbe es keine Schmauchspuren.»

«Doktor», sagte Lestrade und rückte seinen Bowler zurecht. «Ich habe Grund zu glauben, daß der junge Fitzgibbon vielleicht nicht so war wie andere Männer. Gibt es eine Möglichkeit, das nachzuweisen, medizinisch, meine ich?»

Hillyard runzelte die Stirn. «Nun, eigentlich nicht, Lestrade. Selbst einen kleinen Tripper könnte er sich bei einer Nutte geholt haben.»

«Hatte er Tripper?»

«Nein, ich habe das bloß postuliert.» Er spuckte wieder. Postulationen waren offenbar eine Angewohnheit des guten Doktors.

«Natürlich habe ich seine Schließmuskeln nicht untersucht. Aber ich hege keine große Hoffnung, so lange nach seinem Tod.»

Lestrade tippte an seinen Bowler und humpelte auf die Treppe zu, die ans Licht führte.

«Darum sollte sich mal jemand kümmern», riet ihm Hillyard. «Und um das Humpeln auch.»

«Pulververbrennungen!» rief Lestrade plötzlich. Im Kellergeschoß zeigte sich bloß Hillyard über den Ausbruch ein wenig überrascht. Die anderen kümmerte es nicht mehr in ihren etikettierten Schubkästen, Zettel an die Zehen gebunden.

«Ich zweifle, ob Sie deshalb humpeln.» Hillyard sah ihn über seine Brillengläser an.

Lestrade humpelte zum Marmorsockel in der Ecke zurück. «Diese Pistole», sagte er. «Sie funktioniert mit Schwarzpulver, oder?»

«Ich denke schon», erwiderte Hillyard. «Warum?»

Lestrade ergriff die Hand des toten Mannes, die schlaff an der Seite baumelte. «Hat sich in die linke Schläfe geschossen, nicht wahr?» Er sprach zu sich selber. «Sehen Sie genau her – der Zwischenraum zwischen Daumen und Zeigefinger. Was sehen Sie?»

Hillyard putzte noch einmal seine Brillengläser, drehte die Hand hin und her und beäugte sie eingehend. «Nichts», sagte er achselzuckend.

«Genau.» Lestrade tippte sich an die Nase, obgleich dieser die Spitze fehlte. «Nichts. Keine Schmauchspuren. Würden Sie nicht sagen, Doktor, daß ein Mann, der eine solche Waffe abfeuert, überall an der Hand Spuren von Schwarzpulver aufweisen müßte?»

«Äh… ja, ich denke schon.»

«Versuchen wir's. Haben Sie Schwarzpulver da?»

«Nun, ich… äh… hier, glaube ich.» Und eine kleine Schublade enthielt einen Beutel davon.

«Gut. Wenn ich mich jetzt recht an meine eigenen Kenntnisse über antike Waffen und an das erinnere, was man nach Ansicht von John Bland tun muß, schüttet man etwas Pulver hier rein, zieht das Ding hier zurück und drückt es runter. Natürlich muß man immer darauf achten, daß…»

Plötzlich gab es eine ohrenbetäubende Explosion, welche die Toten hätte aufwecken können. Lestrade stand wie angenagelt da, unsichtbar in einer Rauchwolke, während Mörtel auf den Kopf von Doktor Hillyard herabregnete.

«Sie verdammter Narr, Lestrade», fauchte der gute Doktor, in einer Mischung aus Entsetzen und Ersticken hustend und röchelnd. «Sie hätten uns alle umbringen können.»

«Nun, Sie und mich vielleicht, Doktor.» Lestrade faßte die Lage genauer zusammen. «Aber Sie sehen, es ist wirklich nicht der Rede wert. Wie wir Knüppel-und-Taschendieb-Burschen sagen: Man kann kein Omelett machen, ohne ein paar Eier zu zerschlagen.» Er hielt dem Doktor seine rechte Hand unter die bebende Nase.

«Was?» fragte Hillyard, noch immer sichtbar erschüttert.

«Nichts!» sagte Lestrade. «Nichts, außer Schwarzpulver.»

«Was sagt uns das genau?» knurrte Hillyard und zupfte Mörtelstückchen aus seinem zerzausten Haar.

«Wer immer auf den verstorbenen Anstruther Fitzgibbon anlegte, es war nicht der verstorbene Anstruther Fitzgibbon. Ausgenommen natürlich, er ist anschließend aufgestanden und hat sich die Hände gewaschen.»

«Woher wissen Sie, daß ich die Leiche nicht gewaschen habe?»

«Kommen Sie, Doktor, wir sind hier in Abteilung C. Guten Tag.»

Lestrade begab sich wieder zur Treppe, wo eine Schar von Constables fast mit ihm zusammenstieß.

«Was ist los, Sir?» fragte der erste mit erhobenem Knüppel. «Fenier? Suffragetten? Anarchisten? Mitglieder der Hutmachergewerkschaft?»

Lestrade klopfte ihm auf den Arm. «Nur die Ruhe, Constable. Bloß eins von Doktor Hillyards kleinen Experimenten.» Er zog seine Taschenuhr. «Aber gut gemacht. Bloß eine Minute und achtunddreißig Sekunden haben Sie nach der Explosion gebraucht.»

Der Constable strahlte und steckte seinen Knüppel weg. «Nun, Sir, hier in der Abteilung C...»

«Ich weiß, alter Junge», strahlte Lestrade zurück. «Ich weiß.» Und als er die Tür erreichte, hört er das Scheppern des Spucknapfes.

Es war der heißeste Tag in Durham seit Menschengedenken.

Lestrade hatte sich selten so weit nach Norden gewagt, und es hatte all seiner Überzeugungskraft bedurft, Mr. Edward Henry dazu zu bringen, daß er London verlassen durfte, in einer Zeit, da der vorhergesagte Abschaum Europas fuderweise eintraf. Die ersten Vorboten waren die *hommes* und *Herren* von der Presse, mit Notizblöcken und Bleistiftstummeln bewaffnet. Sie begaben sich vornehmlich in die Fleet Street, als ob sie ihre Gegner unter den einheimischen Reportern in Augenschein nehmen wollten. Sie nahmen auch an den Theken zahlreicher Journalistenkneipen wertvollen Raum ein. Aber es hatte, wie Lestrade Henry auseinandersetzte, noch keine Raufereien gegeben, und es war immer noch kein Athlet in Sicht. Henry hatte zugestimmt, aber Lestrade mußte auf den üblichen Schwarm von Sergeants und den Trupp von Constables verzichten, also auf das Gefolge, das einem reisenden Superintendent normalerweise zustand. Er mußte sich mit dem jungen Bourne begnügen.

Lestrade versuchte, von der flotten Kreissäge aus grauem Raffiabast und der Organdyweste keine Notiz zu nehmen. Über die Neigung des Constables konnte er jedoch nicht hinwegsehen, in die Läden von Herrenausstattern und Hutmachern zu schlendern, als sie die Framwellgate-Brücke überquerten.

Die Fliegen umsummten schwerfällig die Reihen der Kutschen, und die Sonne strahlte weiß und blendend auf die massigen Türme der Kathedrale, die stumm auf ihrem normannischen Granit thronte. Auf dem Marktplatz blickte die riesige Statue des Lord Londonderry in ihrem Husarenputz aus gelbem Stein finster auf sie herab. Bourne blieb stehen, um den Schnitt des langen Mantels und die Schmiegsamkeit der Nankingstiefel zu bewundern, bevor er von seinem Chef daran erinnert wurde, daß sie dienstlich hier waren.

Der Adjutant der Durham Leichten Infanterie war keine große Hilfe. Als ein Mann, der, ähnlich wie Lestrade, von der Pike auf gedient hatte, konnte er Dummköpfe nicht leicht ertragen – und Constables in nicht einwandfreiem Zivil schon gar nicht. Er blieb in bezug auf den verstorbenen Leutnant Fitzgibbon wortkarg, aber er war sicher, daß ein militärisches Begräbnis nicht in Frage kam. Schließlich hatte er dem Regiment bloß drei Monate angehört; kaum genug Zeit, um in der Messe mit jedem Karten zu spielen. Der Regimentskaplan, den Inspector Bland erwähnt hatte, war auf Krankenurlaub in einer Anstalt. Der Adjutant ließ durchblicken, daß er an nervösen Zerrüttungen litt. Es war unwahrscheinlich, daß er zum Regiment zurückkehren würde. Die Regimentsziege sagte nichts. Sie mampfte geräuschvoll das saftige grüne Gras Northumbrias, und ihre blauen Augen waren verschleiert und unstet. Sie schüttelte ihren zotteligen Kopf, als sie Lestrade sah, und beim Anblick Bournes spreizte sie die Hinterbeine und pinkelte gegen die Wand ihres Geheges. Lestrade machte sich aus dem Staub. Er hatte gelernt, bei weiblichen Ziegen vorsichtig zu sein.

Ihr nächster Anlaufpunkt war alles in allem vielversprechender. Und dieses Mal ging Lestrade allein. Er ließ den Constable in der Margery Lane zum Schaufensterbummel zurück, während er sich zu *Ward's Waterloo Hotel* begab, das nach all den Jahren immer noch mit *Thwaite's Waterloo Hotel* wetteiferte. Es erwies sich für ihn als eine Quelle der Verärgerung und für die Direktion als eine des Zorns, als sich herausstellte, daß sein Mann sich tatsächlich im anderen Hotel aufhielt.

«Der Held von Mafeking!» donnerte der Direktor. «Im *Thwaites's*? Ich habe immer gesagt, daß er überschätzt wird. Ich werd Ihnen was sagen», sagte er und verfiel in seiner Wut ins Northumbrische, «ich werde Mafick nich noch mal befreien, das kann ich Ihnen flüstern.»

Der Held von Mafeking stand im Spielsalon des *Thwaite's* breitbeinig am Billardtisch.

«Natürlich ist Polo mein Spiel», sagte er geistesabwesend, während er sein Queue kreidete. «Dieses Spiel hier habe ich nie kapieren können.» Er krümmte sich plötzlich wie der Wolf-der-nie-schläft und donnerte eine Kugel ins Loch.

Lestrade blickte erstaunt drein. So hatte er nie jemanden spielen sehen, seit er George «Die Pinzette» in *The Nichol* festgenommen hatte, und das war lange, lange her.

«Nun also», sagte der elegante kleine Generalleutnant, und seine stählernen Augen berechneten funkelnd den zweiten Stoß. «Fitzgibbon. Ich weiß beim besten Willen nicht, was ich Ihnen sagen könnte, Superintendent. Wissen Sie, er war weniger als zwei Monate mein Adjutant. Dicky Haldane bat mich, herzukommen und die Northumbrischen Terrier aufzubauen, und schlug mir den jungen Fitzgibbon als Laufburschen vor.»

«Sie bildeten sich keine Meinung?» rief Lestrade durch das abgehackte Klicken der sausenden Kugeln.

«Keine fundierte», sagte der Mann mit dem Großen Hut.

«Es gab Gerede in der Durham Leichten Infanterie...»

«Es gibt immer Gerede in der Durham Leichten Infanterie», sagte Baden-Powell. «Das ist schließlich ein Infanterieregiment. Würde bei der Kavallerie natürlich nicht passieren. Und außerdem war's eine weibliche Ziege, wissen Sie.»

Ja, Lestrade wußte das.

«Ich habe mit seinem alten Herrn Tiger gejagt, müssen Sie wissen.» Der Lieutenant General, ein Vorbild, wie man es sich besser nicht denken konnte, meisterte eine schwierige Stellung mit einem überrissenen Stoß, der die Kugel leicht die Bande streifen und dann unaufhaltsam ins Loch rollen ließ. «Beim Fünften Regiment in Indien. Verdammt prächtige Truppe, das Fünfte.» Baden-Powell stützte sich, in Erinnerungen schwelgend, einen Augenblick auf sein Queue. «Nicht wie diese verfluchten Territorialtruppen. Ich sollte es nicht sagen, Lestrade, aber wirklich! Metzger, Bäcker, Kerzenständermacher.» Er schüttelte den Kopf. «Wollen hoffen, daß es einen neuen Krieg gibt, wie? Ich sage Ihnen, der wird schwer für uns.»

«Ja, Sir», nickte Lestrade wehmütig. «Haben Sie eine Ahnung, ob Lieutenant Fitzgibbon Feinde hatte?»

«Feinde? Weiß Gott. Aber welcher Mann hat schließlich keine? Es gibt ein paar Buren, die was dagegen hätten, meine Patronengurte auf ihren Gebirgspässen zu sehen, das kann ich Ihnen sagen.»

«Gewiß, gewiß.» Lestrade wartete geduldig mit seinem Queue. «Würden Sie sagen, daß er der Selbstmördertyp war?» fragte er.

«Selbstmord?» Baden-Powell verharrte in seiner gebeugten Haltung. «Das hätte der alte Bolsover sicher nicht zugelassen, oder?» Und er versenkte die letzte Kugel. «Tut mir leid, Lestrade, wirklich, ich scheine abgeräumt zu haben, und Sie haben nicht einen Stoß gemacht. Na ja, Anfängerglück. Spielen wir noch eine Partie?»

Lestrade stellte sein Queue zurück in den Ständer und griff nach seinem Bowler. «Ich muß gehen, Sir», sagte er.

«Ich muß sagen, Lestrade», und dabei holte er seine Kugeln aus der Tasche, «daß Fitzgibbon kein großer Soldat war. Die Zeitungen sagen, daß er mit einer Duellpistole erschossen wurde.»

«Das ist richtig», bestätigte Lestrade.

«Aber er hatte nie Interesse an Pistolen. Ich erinnere mich, daß sein alter Herr mir erzählte, er habe den Jungen um keinen Preis dazu bringen können, mit ihm auf die Jagd zu gehen.»

«Aber die Pistolen waren in seinem Zimmer», sagte Lestrade nachdenklich.

«Nun, ich habe in meinem Zimmer auch so ein Ausstellungsstück.» Baden-Powell lachte schallend. «Aber ich habe das verdammte Ding nicht in ein Schmuckkästchen gelegt. Warum sollte sich ein Mann mit etwas umbringen, womit er überhaupt nicht vertraut war?»

«Wie hätten Sie's gemacht, Sir?» fragte Lestrade.

«*Ich* würde so was nie tun.» Baden-Powell drängte sich an ihm vorbei zum Queuegestell und wählte einen noch längeren Stock. «Und ich glaube, auch der junge Fitzgibbon hat's nicht getan. Gehen Sie noch einmal zum Alten, Lestrade. Ich kenne Bolsover. Es gibt etwas, das er Ihnen nicht erzählt. Finden Sie den Weg hinaus?» Er wühlte in seiner Hosentasche. «Ich habe hier ein Knäuel Bindfaden, das könnte helfen.» Er griff in eine andere Tasche. «Oder ein Kompaß vielleicht?»

«Danke, Sir.» Lestrade tippte an seinen Bowler. «Ich werde einfach durch diese Tür gehen, danke.»

Und das tat er, sorgsam darauf bedacht, sie zuvor zu öffnen.

Lestrade verließ London niemals gern. Und selbst bei der erstickenden Hitze des Nachmittags war er dankbar, in die vertrauten Straßen zurückzukehren, die jetzt im Staub und in den scharfen Schatten des Sommers irgendwie schäbiger aussahen. Als er zum Yard einbog, verriet ihm ein kehliger Schrei auf einer vorbeifahrenden Polizeibarkasse, daß Mungo Hyde seinen Dienst beendete. Er fragte sich, ob das jemand bemerken würde. Während der ganzen Zugfahrt hatte ihn das Problem beschäftigt. Anstruther Fitzgibbon war nicht der Selbstmordtyp. Das sagte jeder. Doch er hatte eine dunkel überschattete Vergangenheit. Seit Mr. Laboucheres Gesetz wandelten Leute mit den sexuellen Neigungen Fitzgibbons im Tal der Schatten. Und das Gesetz galt ohne Ansehen der Person. Man brauchte sich bloß Oscar Wilde anzusehen… aber nicht zu genau, mochte er in Frieden ruhen. Andererseits gab es keinen Abschiedsbrief. Natürlich, das war nicht zwingend notwendig, aber nach Lestrades Erfahrung fand sich in der Regel einer. Etwas in der Art wie: «Kann nicht weiterleben. Stop. Muß allem ein Ende machen. Stop. Leben hat keinen Sinn. Stop. Habe das Leben satt. Stop. Ende der Welt ist nahe. Stop. Liberale Regierung. Stop.» Und hier gab es nichts dergleichen. Keinen Brief. Keine Erklärung. Dann war da die Waffe. Ein antikes Erbstück, schwer zu handhaben, denkbar ungeeignet für einen Selbstmord. Und vermeintlich von einem Mann abgefeuert, dem Waffen ein Rätsel waren. Es war wirklich ein Rätsel. Weiterhin waren Fitzgibbons Neigungen zu berücksichtigen, die genug Anlaß boten, sich Feinde zu machen. Überdrehte, erschreckte Männer, die eher töten, als ihr Geheimnis ans Licht der Welt gelangen lassen würden. Bland hatte Fitzgibbons Haus am Berkeley Square durchsucht. Kein Hinweis auf Erpressung. Kein Hauch von Skandal. Alle Spuren waren sehr sorgfältig verwischt.

Vielleicht, dachte Lestrade, als er den Gruß des Diensthabenden erwiderte, hatte er am Ende doch noch Verwendung für Baden-Powells Bindfadenknäuel. Aber der entscheidende Punkt, auf den er immer wieder zurückkam, auch jetzt, als er den Aufzug des Yards in Bewegung setzte, war dieses verdammte verschlossene Zimmer. Das war wirklich das A und O. Bland hatte recht gehabt. Es gab überhaupt keine Möglichkeit, außer durch die Tür, in das Zimmer zu gelangen. Und die Tür war von innen verriegelt gewesen. Einen flüchtigen Augenblick lang fragte er sich, wie wohl der verstorbene große Sherlock Holmes mit diesem Problem fertig geworden wäre. Er hätte vermutlich ein paar Pfeifen Shag geraucht und ein bißchen auf seiner Geige gekratzt. Lestrade schüttelte sich. Es mußte an der Hitze liegen. An der Hitze und an seinem Alter.

«Es war ein Bursche hier, der Sie sprechen wollte, Super», teilte ihm Constable Hollingsworth mit.

«Wirklich?» Lestrade griff gleichzeitig nach dem angestoßenen Becher und der Zeitung vom Tage, ehe er sich schwer in seinen Sessel fallen ließ.

«Ja. Irgendein Kraut. War 'n Zeitungsfritze. Aus Berlin.»

«Was wollte er?» Lestrade überflog die kleinen Meldungen in der *Times*. Da stand es: SOHN EINES MARQUIS STARB VON EIGENER HAND. Nun, dann war's ja in Ordnung. Wenn die *Times* es sagte, mußte es stimmen. Hätte er es in der *Mail* gelesen, wäre er vielleicht nicht so sicher gewesen.

«Weiß nich. Sagte ihm, Sie wären nicht da. Er wollte bloß, daß Sie ihn unter dieser Adresse aufsuchen. Oh, und er sagte zwei Wörter.»

«Ja?» Lestrade schlürfte seinen Tee. Hollingsworth mochte nicht gerade der beste Detective der Welt sein, aber sein Tee war ein Gedicht.

«Nana Sahib.»

Lestrade sah ihn verständnislos an. Den Deutschunterricht für Detectives hatte er geschwänzt. «Und das bedeutet?»

«Ich will verdammt sein, wenn ich das wüßte, Entschuldigung, Super. Wahrscheinlich wollte er was über den Polizeischutz bei den Spielen aus Ihnen rauskitzeln.»

Lestrade warf einen Blick auf die Adresse. Freedom Street 36, Battersea.

«Dort wohnt er?» fragte Lestrade.

«Nehm ich an, Super. Soll ich ihn aufsuchen?»

«Detectives von Scotland Yard sollten mit ihrer Zeit was Besseres

anfangen. Sie sollten mir, zum Beispiel, noch einen Becher von Ihrem vorzüglichen Gebräu kredenzen.»

«Ich bin entzückt, Super.» Hollingsworth verbeugte sich.

«Nana Sahib», wiederholte Lestrade geistesabwesend. «Hört sich
eher indisch an. Oh, Hollingsworth?»

«Sir?»

«Wenn Sie mir Tee eingegossen haben, können Sie sich zum Strand
begeben. Sie werden den jungen Bourne in einem der Modege-
schäfte finden. Sagen Sie ihm, er habe sich lange genug rumgetrie-
ben und daß ich ihn auf der Stelle hier haben will. Wo ist
Mr. Dew?»

«Er ist nach White City gerufen worden, Sir. Sie wollten, daß ein
Beamter das Füllen der Jauchegrube beaufsichtigt.»

«Der... was...?»

«Das große Schwimmbecken, das sie gebaut haben, Sir. Muß 'ne
verdammte Menge von Eimern reingehen, meinen Sie nicht, Sir?»

«Ja», seufzte Lestrade, dessen Gedanken selten bei Rauminhalten
verweilten, «ich denke schon.»

Die Tür flog krachend auf, und der Luftzug verstreute Papier in alle
Richtungen.

«Ah!» Lestrade sah auf. «Sergeant Valentine. Wie ich sehe, immer
noch der junge Mann, der's eilig hat.»

Der Detective Sergeant nahm seine Kreissäge ab und schnappte nach
Luft. «Entschuldigung, Sir», keuchte er. «Im Aufzug findet eine
Konferenz auf hoher Ebene statt. Ich mußte die Treppe nehmen.»

«Ja, ist schon in Ordnung. Constable Hollingsworth macht frischen
Tee.»

«Glaub ich gern, Sir, aber ich habe keine Zeit.»

«Aha.» In der Mitte eines heißen Nachmittags war Lestrade besten-
falls nachdenklich. «‹Zeit, du alte Zigeunerin, willst du nicht inne-
halten?›»

«Superintendent McDowells Empfehlungen, Sir. Er hat ein kleines
Problem.»

Lestrade grinste. «Ja, ich weiß, aber er ist zu alt, um sich von mir
helfen zu lassen.»

«Er hat eine Leiche, Sir. In Battersea.»

Lestrades Lächeln verschwand. «Adresse?» fragte er.

«Freedom Street, Sir. Nummer 36.»

Lestrade sprang auf die Füße und griff nach seinem Bowler. «Haben Sie das gehört, Hollingsworth? Freedom Street. Tempo!»

Und der Superintendent und der Sergeant verschwanden im Laufschritt.

«Ein Stück Zucker oder zwei, Sarge?» Hollingsworth tauchte aus dem Vorzimmer auf. Er ließ beide Becher fallen, als sei der Tee vergiftet. «Verdammter Mist, Freedom Street.» Und er hüpfte über die Scherben auf dem Boden, um ja nicht hineinzutreten.


Der Leichnam von Hans-Rüdiger Hesse lag zusammengesackt über einem Tisch in einem Zimmer im Obergeschoß. Er war ein Mann in den Fünfzigern, rotblonde Haare, glattrasiert und mit den unverkennbaren Fingern eines Journalisten. Lestrade hob die rechte Hand des Toten und beäugte den Mittelfinger.

«Schreiberwulst», murmelte er.

McDowell war verschwunden, doch die Nachricht, die er an der Eingangstür hinterlassen hatte, war eindeutig. Das Opfer war ein Ausländer. Die Französisch-Britische Ausstellung war auf dem Höhepunkt. McDowell hatte das Pech, des Französischen mächtig zu sein, und er und zwei andere Polizisten der Metropolitan Police waren nach Shepherd's Bush beordert worden, um bei den Verständigungsproblemen zu helfen. Insbesondere bei Franzosen, die sich mit Waterloo noch nicht abgefunden hatten und Ladengehilfen laut auf französisch anschrien. McDowell hatte keine Zeit für Mord. Zumal wenn der Tote ein Deutscher war.

Lestrade betrachtete das Zimmer. Bürgerliche Behaglichkeit. Die Miete war vermutlich ziemlich hoch. Er warf einen Blick aus dem Fenster, wo die Spitzenstores in der kühlen Abendbrise wehten. Unten, in der Mitte der Freedom Street, hielt ein Kordon blauer Helme eine Menge neugieriger Nasen zurück. Er ging ins Schlafzimmer.

«Ist hier etwas angerührt worden?» fragte er Valentine.

«Nicht daß ich wüßte, Sir. Soll ich damit anfangen?»

Lestrade legte seinen Bowler auf das Bett. «Sagen Sie mir, Valentine, wie sind Sie eigentlich Sergeant bei der Kriminalpolizei geworden?»

«Sir?» Valentine sah verwirrt aus.

«Hat Ihnen nie jemand gesagt, Sie sollten sich nicht freiwillig zu etwas melden?»

«Nein, Sir.»

«Also, wie sind Sie Sergeant geworden?» wiederholte Lestrade.

«Weil ich mich freiwillig gemeldet habe, Sir», sagten beide im Chor.

«Wer fand die Leiche?» fragte Lestrade.

Valentine brauchte sein Notizbuch nicht zu Rate zu ziehen. «Ein Mr. Chesterton. Wohnt am unteren Ende des Korridors.»

«Hat schon jemand mit ihm gesprochen?»

«Nein, Sir.»

«Gut. Holen Sie einen Fotografen her. Und einen Mann für die Fingerabdrücke. Am besten, Sie holen dafür Inspector Collins vom Yard. Es ist mir egal, welchen Fotografen Sie anschleppen, solange es keiner von Abteilung C ist.»

«In Ordnung, Sir.»

«Und, Valentine», rief Lestrade ihn sanft zurück, «lassen Sie sich Zeit. Dieser Bursche läuft uns nicht mehr weg.»

«Zu Befehl, Sir.» Und er flitzte behutsam hinaus.

«Constable», rief Lestrade dem Uniformierten auf dem Flur zu.

«Sir?»

«In den nächsten zehn Minuten will ich hier drin keine Menschenseele sehen. Verstanden?»

«Keine Menschenseele in den nächsten zehn Minuten. Zu Befehl, Sir», und er schloß die Tür.

Es waren vier Zimmer. Ein Wohnzimmer, in dem sich Lestrade im Augenblick befand, ein Schlafzimmer, eine Küche und ein gewöhnliches Büro. Kein Palast, aber solide, respektabel und völlig ausreichend für den kurzen Aufenthalt eines Mannes mit einem Auftrag, wie es der verstorbene Hesse wohl gewesen war. Er durchsuchte die

Schubladen und benutzte dabei nach Möglichkeit seine Fingernägel, um es Stockley Collins, wenn er kam, nicht zu schwer zu machen. Eine oder zwei Zeitungen, in den altdeutschen Schriftzeichen gesetzt; persönliche Briefe, mit denselben Buchstaben geschrieben. Er würde das alles in die Dechiffrierabteilung schaffen lassen müssen, hinter diese geheimnisvolle grüne Tür, die zu durchschreiten er nie gewagt hatte. Er war nicht einmal sicher, wo bei den Seiten unten und oben war.

Ein verziertes Papiermesser war in den Rücken des Mannes aus Berlin gerammt. Es war aus Silber, und ein betender Ritter bildete den ziselierten Griff. Die Abendsonne fing sich darin, als die Stores zur Seite wehten. Hesse hatte etwas geschrieben, als der Stoß ihn getroffen hatte. Sein Federhalter lag sonderbar schräg in einer Ecke des Rollschreibtisches, eine Tintenspur zog sich über das Papier. Die Knöchel der linken Hand des Mannes waren zur Faust geballt. Das waren die ersten Zeichen der Totenstarre. Er war seit heute morgen tot. Sein Gesicht nahm bereits eine häßliche grüne Färbung an, und die Fliegen, die Lestrade überallhin folgten, versammelten sich summend in freudiger Erwartung.

Von hinten erstochen. Lestrade umkreiste den Körper, bückte sich, um den Einstichwinkel festzustellen. Kein Zeichen eines Kampfes. Alle Möbelstücke waren an ihren Plätzen. Kein Verrutschen des Teppichs. Das Ende mußte plötzlich und ohne Warnung gekommen sein. Hesse hatte seinen Brief geschrieben, den Rücken seinem Besucher zugewandt – wenn es ein Besucher war. Wenn es ein Er war. Aber das Papiermesser? Das hatte vermutlich auf dem Tisch gelegen, zu Hesses Linker oder Rechter. Lestrade wollte die Waffe nicht berühren, bevor der Mann mit der Kamera da war, aber die Klinge war wahrscheinlich stumpf. Es war eine ganze Menge Kraft nötig, um die Spitze durch Jackett, Hemd und womöglich Unterhemd zu stoßen. Gewiß nicht die Hand einer Frau? Andererseits kannte Lestrade ein paar Frauen, die mit ihren Schenkeln Walnüsse knacken konnten. Natürlich war es schwierig, einen Mann mit den Schenkeln zu erstechen. Es war besser, in diesem Stadium alles in Betracht zu ziehen. Immerhin war der Stoß gut gezielt – das schloß gewiß eine Frau aus. Ein einziger sauberer, gerader Stich unter das Schulterblatt ins Herz. War es, sinnierte er, während er über den Teppich vor dem Kamingitter schritt, ein professioneller Mord? Ein politischer Mord? Vielleicht war beruflicher Neid im Spiel? Vielleicht eine Zeitung der Konkurrenz? Alfred Harmsworth traute er allerlei zu.

Lestrade öffnete die Tür und prallte beim Hinausgehen auf den Constable. Mr. Chesterton wohnte in den entferntesten Ausläufern des dunklen Flurs. Der Superintendent klopfte an die Tür, und eine hübsche dunkelhaarige Dame öffnete.

«Superintendent Lestrade, Madam, Scotland Yard», stellte er sich vor.

«Ach ja. Sie wollen gewiß meinen Mann sprechen. Er ist im Theater.»

«Wie nett», sagte Lestrade, der bei Schauspielern immer ein bißchen auf der Hut war.

Sie führte ihn durch eine viel größere Zimmerflucht in einen leeren Raum. Die Fenster waren schwarz verhängt, und Mrs. Chesterton lächelte und entschuldigte sich, um sogleich etwas Tee zuzubereiten.

Lestrade schien allein zu sein, doch vor ihm in der Düsternis konnte er eine erhöhte Plattform, eine Art Bühne, erkennen.

«Ist jemand hier?» fragte er.

«Ho, ho!» gackerte eine Stimme, und auf der Bühne öffneten sich schwarze Vorhänge und enthüllten eine hölzerne Puppe, die an Fäden baumelte. Die Figur hüpfte herum, vom Puppenspieler dirigiert. Sie trug einen Priesterkragen und einen flachen Hut.

«Hallo», krähte die Marionette. «Ich stelle Untersuchungen höchst schwerwiegender Art an.»

«Ich ebenfalls», sagte Lestrade.

Es kreischte und krachte, und die Marionette plumpste vorwärts, die Hacken über den Kopf schlagend. Es folgte ein Fußgetrappel auf einer Holztreppe, und ein großer bebrillter Mann tauchte aus der Schwärze der Ecke auf.

«Gütiger Gott!» sagte er, und Lestrade war dankbar, daß seine

Stimme völlig anders klang als die des kleinen hölzernen Priesters.

«Es tut mir schrecklich leid, lieber Freund. Ich nahm an, Sie wären meine Frau. Was werden Sie bloß von mir denken?»

Lestrade fielen auf Anhieb allerlei Bezeichnungen ein, wie kurzsichtig, harthörig, einfältig, geistesgestört. Er behielt sie alle für sich.

«Ich bin Gilbert Chesterton», sagte der fette Mann, zog die Vorhänge zurück und ließ Licht einströmen.

«Sie müssen meinen kleinen Auftritt entschuldigen. Es ist ein Steckenpferd. Ich mache alle Figuren selber, wissen Sie.»

«Wirklich?» Warum bloß, fragte sich Lestrade.

«Ja, diese hier ist Pater Brown.» Der fette Mann hob den zusammengeklappten Kleriker hoch. «Im Grunde bin ich Schriftsteller. Nun ja, eigentlich Journalist. Aber eines Tages werde ich einen Roman über diesen kleinen Kerl schreiben.»

«Aha, ein Kinderbuch.» Lestrade hielt es für das Beste, ihn bei Laune zu halten.

«O du liebe Güte, nein. Einen Krimi, wie man das, glaube ich, heutzutage nennt.»

«Nun, deshalb bin ich eigentlich gekommen», sagte Lestrade.

«Ja, natürlich, Mr....»

«Lestrade. Superintendent Lestrade.»

«Ach ja. Der arme Mr. Hesse. Was für eine unglückselige Geschichte. Ich bin bloß froh, daß ich es war, der ihn fand, und nicht meine liebe Gattin. Oh, passen Sie auf mit den...»

Aber es war alles zu spät. Lestrade fiel kopfüber über einen Stapel Pappdeckel und zerschrammte böse sein Schienbein.

«Mein lieber Superintendent, sind Sie in Ordnung?» Chesterton half ihm auf.

«Danke, es ist mein gesundes Bein», erklärte Lestrade.

«Bitte, kommen Sie in den Salon. Frances wird etwas Tee gemacht haben.»

«Francis ist Ihr Diener?» Lestrade wollte es immer ganz genau wissen.

«Meine Frau», teilte Chesterton ihm mit. Lestrade hob eine Augenbraue. Bei diesen Schauspieler/Journalisten/Schreiber-Burschen wußte man nie genau, woran man war. «Meine teure Gattin», setzte Chesterton erklärend hinzu.

«Aha.»

Chesterton deutete auf einen Papierstapel, und Lestrade nahm darauf Platz.

«Ach, da ist ja meine *Orthodoxie*», sagte Chesterton. «Vielen Dank, Mr. Lestrade, diese Aufzeichnungen habe ich gesucht.»

«Tee, Mr. Lestrade?» Mrs. Chesterton schwebte mit einem Tablett herein.

Lestrade versuchte sich zu erheben, doch die körperliche Anstrengung war zuviel für ihn, und es gelang ihm lediglich, Kapitel 3 von Chestertons *Orthodoxie* noch einmal durcheinanderzubringen.

«Danke», sagte er. «Nun, es ist zwar ein wenig geschmacklos…»

«Ich habe noch nie Klagen gehört.» Frances Chesterton war ein bißchen verletzt.

«Nein, Madam», lächelte Lestrade. «Ich bin sicher, daß der Tee köstlich sein wird. Ich meinte Ihren verstorbenen Nachbarn, Mr. Hesse. Wie lange kennen Sie ihn?»

«Nun», sagte Chesterton und drückte seinen Kneifer ein wenig fester auf die Nase, «es war an diesem Montag, als Hilaire vorbeikam, meine Liebe, nicht wahr?»

«Nein, Lieber.» Sie goß Tee ein. «Das war Donnerstag. Und es war nicht Hilaire. Es war ein anderer Mann.»

«Hm», sinnierte Chesterton. «Wer war der Mann am Donnerstag? Das kommt mir irgendwie bekannt vor. Ich weiß nicht, warum.»

«War es also Montag oder Donnerstag?» Nach all den Jahren, dachte Lestrade, werde er vielleicht um der Klarheit willen, zu einem Notizbuch Zuflucht nehmen müssen.

«Was?» fragte Chesterton.

«Als Sie Mr. Hesse kennenlernten?» Lestrade blieb ganz bei der Sache.

«O nein, das war Mittwoch», sagte Chesterton. «Perceval machte uns in der Halle miteinander bekannt.»

«Perceval?»

«Der Vermieter. Ein Mann der Feder, wie ich. Vermietet nur an anspruchsvolle Leute», lächelte er.

Lestrade schlürfte dankbar den Tee. Für Battersea an einem Freitagabend war es ein sehr köstliches Gebräu.

«Was wissen Sie über ihn?»

«Perceval?»

«Hesse.»

«Na ja, im Grunde nicht viel. Er arbeitete für das *Berliner Tageblatt*. Ein Mann, der im Zeitungsgeschäft einen enormen Ruf hatte. Er war natürlich rübergekommen, um über die Spiele zu berichten.»

«Also war er in England…?»

«Oh, viele Male», sagte Chesterton.

«Nein, ich meine, wie lange war er dieses Mal hier?»

«Oh, es muß – was meinst du, Frances? Eine Woche oder so? Ich glaube, er wohnte vorher im *Grand*.»

Lestrade war beeindruckt. «Also werden Journalisten in Deutschland gut bezahlt?»

«Oh, das geht alles auf Spesen, lieber Freund. Die ganze Welt lebt auf Spesen.»

Lestrade schnalzte mit der Zunge. «Nicht in meinem Gewerbe, Mr. Chesterton», versicherte er ihm. «Sagen Sie, hatte Mr. Hesse viel Besuch?»

«Wo Sie mich gerade danach fragen», sagte Chesterton, «fällt mir ein, daß… Frances, Liebes?»

«Das ist schwer zu sagen, Mr. Lestrade.» Mrs. Chesterton setzte sich zum Superintendent auf das Sofa. «Wir sind dabei, umzuziehen, wissen Sie – daher dieses ganze Durcheinander – G. K. und ich sind im Augenblick ziemlich häufig außer Haus, um die Vorbereitungen zu treffen.»

«Aha», sagte Lestrade. «Wo ziehen Sie hin?»

«Äh… wohin ziehen wir, Liebste?» fragte Chesterton.

«Beaconsfield, Lieber.» Sie lächelte ihn an. «In Buckinghamshire.»

«Richtig.» Chesterton klickte mit den Fingern. «Ich wußte, daß es etwas mit Disraeli zu tun hatte. Wir haben hier einfach nicht genügend Platz, Mr. Lestrade.»

Wenn er Mr. Chestertons Leibesumfang betrachtete, konnte Lestrade das glauben.

«… Mit den ganzen Kindern und so.»

Nun wußte Lestrade, daß Kinder vorzügliche Zeugen abgaben. Ihr ungetrübter Blick und ihre unkomplizierte Art, das Leben aufzunehmen, machten sie so wachsam wie Eichelhäher – nicht daß er in seinem Leben je einem wachsamen Eichelhäher begegnet wäre.

«Wie viele Kinder haben Sie?»

Chesterton tätschelte die Hand seiner Frau. «Keine, leider», erwiderte er, «aber das Haus ist dauernd voll von Neffen, Nichten, Patenkindern und Freunden. Ich bin bloß froh, daß sich diese scheußliche Sache, in bezug auf Besuche, zu einer einigermaßen ruhigen Zeit ereignete.»

«Sie wissen also nicht, ob Mr. Hesse Besuch hatte, sagen wir, heute morgen, gegen zehn oder elf?»

Die Chestertons sahen einander an. «Nun, ich war unterwegs zur… wie hieß das noch, Liebe?»

«Fleet Street, Lieber.»

«Ja, so heißt die Straße. Und du… äh…»

«Ich war einkaufen in der High Street», erinnerte sich Frances. «Ich aß einen Bissen mit Mrs. Lewis.»

«Ach ja», strahlte Chesterton. «Wie geht's dem lieben kleinen C. S.?»

«Oh, sehr gut, er ist…»

Die Chestertons gewahrten den frostigen Gesichtsausdruck des Superintendent am warmen Abend und kicherten.

«Aber», sagte Chesterton, «es gibt wichtigere Dinge. Wie ist Ihre Vermutung, Superintendent?»

«Das ist sehr schwer zu sagen, Sir», erwiderte Lestrade achselzuckend. «Ich muß erst ein bißchen mehr über Mr. Hesse wissen. Wohnt noch jemand auf dieser Etage?»

«Nein», sagten beide Chestertons. «Es gibt nur unsere Wohnung und die Räume, die Mr. Hesse bewohnte», fuhr sie allein fort.

«Sie werden natürlich Reuters informieren», sagte Chesterton.

«Wer ist das, Sir?» fragte Lestrade.

«Die Nachrichtenagentur», erklärte Chesterton. «Schließlich war Hesse deutscher Staatsangehöriger. Und Journalist. Wird's deswegen nicht ein bißchen Stunk geben, Mr. Lestrade.»

Daran hatte Mr. Lestrade gedacht, seit er Hesses Arbeitszimmer betreten hatte. «Vielleicht», sagte er.

«‹Deutscher Journalist in London getötet›.» Chesterton verkündete die Balkenüberschriften von morgen. «Und dazu noch am Vorabend der Spiele.»

«Stimmt.» Lestrade stand auf. «Es gibt noch viel zu tun», sagte er. «Ich fürchte, daß die halbe Nacht Polizisten hier herumtrampeln werden. Wir werden versuchen, den Lärm auf ein Mindestmaß zu beschränken. Ich danke Ihnen für den Tee, Mrs. Chesterton. Oh, da fällt mir ein, Sie erwähnten jemanden namens Hilaire, der kürzlich hier gewesen sei. Dürfte ich seinen oder ihren Familiennamen erfahren?»

«Belloc», antwortete Chesterton.

Lestrade seufzte. «Na ja, Sie sind natürlich nicht verpflichtet, es mir zu erzählen.» Und er humpelte zur Tür. «Bitte geben Sie Sergeant Valentine Ihre neue Adresse, bevor Sie umziehen. Sie werden ihn auf den ersten Blick erkennen. Auf seiner Stirn steht ‹eifrig› geschrieben. Guten Abend.»

«Ich bringe Sie hinaus, Mr. Lestrade.» Chesterton watschelte zur Wohnungstür. «Scheußliche Geschichte, das. Glauben Sie, daß der Mord etwas mit den Spielen zu tun hat?»

Lestrade blieb stehen und sah ihn an. «In welcher Weise, Sir?»

«Oh, ich weiß nicht», sagte Chesterton achselzuckend. «Ich mache kein Hehl daraus, Superintendent, daß ich meiner Neigung nach ein Gegner des englischen Imperialismus bin. Die Vorstellung von einem Weltreich mißfällt mir. Das riecht nach despotischer Herrschaft. Andererseits habe ich auch keine besondere Schwäche für Ausländer, vor allem nicht für die Griechen. Nun ja, es sind *ihre* Spiele, wissen Sie. Ein Freund von mir hat kürzlich den Olympus besucht. Hat ihm eingeleuchtet, daß die Griechen sich auf den

Schlips getreten fühlen, wenn sich jeder Tom, Dick und Harry sozusagen in ihre Idee hineindrängelt. Das ist wirklich die schlimmste Form von geistigem Diebstahl.»

«Und hat die Olympusreise Ihrem Freund gefallen?»

«Riesig. Aber wenn Sie meine unmaßgebliche Meinung hören wollen, rate ich Ihnen, die griechische Spur zu verfolgen. Erst neulich schrieb ich an den lieben alten Reverend Baring Gould. Hüte dich vor Griechen, Baring Gold, schrieb ich ihm.»

«Ganz recht, Sir. Und sagen Sie Ihrer Gattin nochmals Dank für den Tee. Guten Abend.»

Am Ende des dunklen Korridors stieß Lestrade mit einem verdatterten Constable Hollingsworth zusammen. «Machen Sie doch Licht an, Chef. Ich hab Sie in der Dunkelheit nicht gesehen.»

«Das ist das Kennzeichen eines guten Detective», sagte ihm Lestrade zwischen Seufzern, während seine Rippen wieder ihre alte Position einnahmen. «Die Fähigkeit, im Dunkeln zu sehen. Ich wünschte, ich hätte sie. Wo sind Sie gewesen?»

«Nun, Super, ich hab den Revierwagen verpaßt, weil ich immer noch mit dem Tee für Sergeant Valentine beschäftigt war. Schließlich mußte ich die Untergrund nehmen.»

«Gut, jetzt, wo Sie da sind, bleiben Sie hier. In Kürze wird ein Bobby mit einer Kamera auftauchen. Und Inspector Collins vom Yard. Das Zimmer, das Sie suchen, ist da drüben, auf der linken Seite. Ich gehe jetzt was essen und komme dann zurück. Oh, Hollingsworth…»

«Super?»

«Da drin ist eine Dame, die macht besseren Tee als Sie. Also seien Sie auf der Hut. Ihre Tage sind gezählt.»

Es war die Ausgabe der *Daily Mail*, die Lestrade am nächsten Morgen interessierte. Sie enthielt einen großen Nachruf auf den verstorbenen Hans-Rüdiger, von jemandem verfaßt, der außerordentlich gut informiert zu sein schien. Vielleicht konnte dieser Jemand Lestrade mit den fehlenden Einzelheiten über den toten Journalisten versorgen, ihm irgendeinen greifbaren Grund für die Ermordung des Mannes liefern. Der Superintendent mußte vor allem rasch und lautlos vorgehen. Die Metropolitan Police stand kurz vor dem Zusammenbruch. Ungeachtet der ungewöhnlich tatkräftigen Unterstützung durch die Stadtpolizei, wurden ihre Fähigkeiten einer ernsten Prüfung unterzogen. Der neue Rotherhithe-Tunnel hielt sie Tag und Nacht in Atem, und Mungo Hydes Männer schwärmten von ihrem schwimmenden Hauptquartier in Wapping aus, um im trüben Themsewasser nach Blasen Ausschau zu halten, die vielleicht auf ein Leck hindeuten konnten. Jeden Tag, so munkelte man, konnte im Hyde Park oder im Regent's Park – man konnte nie sicher sein – eine gewaltige Demonstration von Frauenrechtlerinnen stattfinden, die das Wahlrecht fordern und die blaue Linie noch weiter ausdünnen würden. Und, was am wichtigsten war, sechzehn Muskelmänner aus beiden Londoner Polizeikräften verbrachten ihre Tage damit, sich auf den olympischen Wettbewerb des Tauziehens vorzubereiten. Man schrieb das Jahr 1908. Es gab Prioritäten.

Das Innere des *Mail*-Gebäudes in der trockenen, staubigen, verstopften Fleet Street vermittelte Lestrade das Gefühl, er sei im Yard in einem Palast untergebracht. Überall rannten Männer mit grünen Augenschirmen wie verrückt rauchend hin und her. Botenjungen mit Tuchmützen sausten in alle Richtungen. Schriftsetzer mit schwarzen Fingern fummelten an ratternden Maschinen herum. Und über allem das Kratzen von Bleistiften, das Klappern der Schreibmaschinen, das wahnsinnige Klingeln der Telefone und das stampfende Dröhnen der großen Druckpressen.

«Mr. Grant?»

Der Mann blickte auf, als Lestrade eintrat, und schob den grünen Augenschirm hoch. «Ja?»

«Superintendent Lestrade. Scotland Yard. Kann ich Sie sprechen?»

«Mr. Lestrade.» Grant schüttelte ihm kräftig die Hand. «Das ist eine Ehre, Sir. Eine Ehre. Hatten wir nicht letztes Jahr eine Geschichte über Sie?»

«Wenn Sie so wollen», sagte Lestrade. Er empfand Öffentlichkeit als ein wenig verwirrend. Das war nicht sein Stil.

«Ja, ja. Es war der Otterbury-Fall, nicht wahr?» Grant bot ihm einen Stuhl an. «Ist es wahr, daß Sie den Fall binnen zehn Minuten lösten?»

Lestrade grinste. «Eine Übertreibung, Mr. Grant. Aber, zugegeben, es war ein kurzer Fall.»

«Kaffee, Superintendent?»

«Danke, ja.»

Durch die offene Tür rief Grant einem vorbeikommenden Jungen zu: «Zwei Kaffee. Murdoch. Aber dalli. In meinen 'nen Schuß Gin. Mr. Lestrade?»

«Nur Milch und Zucker, bitte.»

«Und dann war da der Fall Justin. Erstklassig.»

«Dabei hatte ich eine Menge Hilfe», gestand Lestrade.

«Von Abberline?» fragte Grant spöttisch. «Wir sind hier unter uns, Mr. Lestrade. Wir kennen die *wirklichen* Helden des Yard. Aber wie kann ich Ihnen helfen? Arbeiten Sie an einem Fall?»

«Leider. Hans-Rüdiger Hesse.»

«Ach so.» Grant lehnte sich in seinem Stuhl zurück, nahm den Augenschirm ab und fuhr mit seinen Journalistenfingern durch sein rotblondes, zerzaustes Journalistenhaar. «Welch ein Verlust für unseren Berufsstand.»

«Ich nehme an, Sie haben heute morgen seinen Nachruf geschrieben.»

«Ja. Nun, eigentlich habe ich ihn letzte Nacht geschrieben. Erzählen Sie mir nicht, Sie hätten einen gespaltenen Infinitiv darin gefunden.»

«Sub Inspector Ganymede ist für verlorene Gegenstände verantwortlich», erklärte Lestrade. «Ich untersuche einen Mord.»

«Ganz recht.» Grant blickte ihn sonderbar an. «Womit kann ich helfen?»

«Sie scheinen Hesse recht gut gekannt zu haben.»

«Ach», lächelte Grant, «die Großtuerei des Journalisten täuscht. Im Grunde bin ich ihm nur einmal begegnet – vor zwei Wochen, als er gerade angekommen war. Ein paar von uns aus der Fleet Street spielten die Gastgeber für die ausländischen Presseleute, die rübergekommen waren, um über die Ausstellung und die Spiele zu berichten.»

«Eine Menge Informationen nach nur einer Begegnung.» Lestrade tippte auf die zusammengeknüllte Zeitung, die zwischen ihnen auf dem Tisch lag.

«Eigentlich habe ich sie geklaut.»

«Wie?»

Es klopfte an der Tür, und der Junge mit dem Kaffee erschien.

«Ah, Kaffee, Superintendent.»

«Danke, Murdoch. Igitt!» grollte Grant, als die braune Flüssigkeit seine Lippen berührte. «Da ist ja wirklich überhaupt kein Gin drin, Bursche. Du wirst es im Zeitungsgewerbe nicht weit bringen, wenn du nicht richtig Kaffee machen kannst. Macht nichts. Ich bin ein Bursche, der sich zu helfen weiß», und er zog aus einer Schublade eine Taschenflasche und goß einen Teil ihres Inhalts in den Becher. «Raus. Nun, wie ich sagte, ich klaute die Informationen einem anderen Journalisten.»

«Entspricht das dem Berufsethos?» Lestrade profitierte von den zehn Minuten, die er sich täglich Zeit nahm, um in Chambers' Wörterbuch zu blättern. Die Frage blieb jedoch offen, ob er über den Buchstaben B hinausgelangen würde.

«Berufsethos?» Grant war verblüfft. «Mr. Lestrade. Ich bin im Zeitungsgeschäft. Mehr als das, ich bin bei der *Daily Mail*. In der Liebe und in der Fleet Street ist alles erlaubt, wissen Sie. Außerdem hatte sie nichts dagegen.»

«Sie?»

«Marylou Adams von der *Washington Post*.»

«Ist das eine Zeitung?»

«Nein, eigentlich nicht. Aber das Beste, was man in den Vereinigten Staaten auf diesem Sektor auf die Beine bringt. Die *Post* und die *New York Times*.»

«Ich verstehe. Miss Adams ist also eine Journalistin?»

«Seltsam, oder? Tatsächlich ist sie eine sehr gute. Mag dieses Blatt

über die Suffragetten schreiben, was es will, heimlich muß ich zugeben, daß es ein *paar* Jobs gibt, die Frauen gut machen. Möchten Sie
sie kennenlernen?»

«Ja», sagte Lestrade und setzte seinen Becher in der Überzeugung
ab, daß dieser Kaffee aus Druckerschwärze gebraut war.

«Nichts einfacher als das. In einer halben Stunde bin ich im neuen
Club mit ihr zum Essen verabredet. Machen wir einen kleinen Spa-
ziergang?»

Sie schlenderten, der Journalist und der Polizist, durch die schmut-
zige Fleet Street, vorbei an der großen grauen Kuppel von St. Paul's,
die sich über dem Qualm und Getriebe der City erhob. War es schon
so lange her, daß Constable Lestrade den Helm der City Police ab-
gesetzt und durch *Temple Bar* in den Metropolitan District geschrit-
ten war. Seine Füße waren vielleicht gegangen, aber ein Stück seines
Herzens hatte er zurückgelassen.

Und sein Herz machte abermals einen Sprung im Foyer des *Wig-
and-Pen-Clubs*, der dem *Temple* gegenüberlag.

Grant übernahm die Vorstellung: «Superintendent Lestrade, ich
möchte Sie mit Miss Marylou Adams bekannt machen.»

«Madam.» Lestrade war, gelinde gesagt, überrascht, als die zierliche Dame ihm kräftig die Hand schüttelte. Sie hatte klare, strah-
lende Augen und ein bezauberndes Lächeln. Wie alt mochte sie
sein? Siebenundzwanzig? Achtundzwanzig? Sie trug einen Bubikopf, und ihr Samtkostüm umspannte eine Figur, nach der sich alle
umdrehten.

«Tut mir sehr leid, Sir», unterbrach ein würdevoller Mann das Trio,
«aber Damen sind nicht erwünscht.»

Grant sah entsetzt aus, winkte den Mann beiseite und flüsterte ihm
lebhaft etwas ins Ohr, während Lestrade und Miss Adams in einem
verlegenen Schweigen dastanden und einander anblickten. Kurz
darauf kam Grant zurück.

«Es tut mir schrecklich leid, Marylou. Ich dachte, wenn Sie drüben
Journalistin sind und es hier einen neuen Club gibt, gäbe es drüben
vielleicht einen neuen Geist. Offensichtlich ist er nur drüben, nicht
hier.»

«Nehmen Sie's nicht so tragisch, Richard», lächelte sie. «Und was den neuen Geist angeht, bin ich nicht so sicher. Wissen Sie, daß man in New York gerade ein neues Gesetz erlassen hat, das Frauen verbietet, in der Öffentlichkeit zu rauchen?»

«Sieh da. Nun ja, Sie leben eben in den Kolonien», grinste Grant. «Ich habe dem alten Trottel sogar erzählt, Sie seien die Nichte von McKern vom Old Bailey, aber das machte keinen Eindruck, leider. Wir müssen wohl doch zu *Luigi* gehen.»

Sie verließen das dunkle, kleine Gebäude, als der Kaffeejunge der *Mail* in Lestrade hineinrannte und ihn mit einem Krach in das Spiegelglas von Lipton's schleuderte. Die Krempe des Bowlers zerknüllte wie Papier, und auf der Stirn des Superintendent begann sich eine purpurne Beule auszubreiten.

«Du Idiot, Murdoch.» Grant versetzte dem Jungen eine Ohrfeige.

«Möchten Sie Anklage wegen tätlichen Angriffs erheben, Superintendent? Ich würde mit Freuden aussagen, damit es diesem Hanswurst an den Kragen geht.»

«Nein, nein.» In der Mittagshitze verschwamm alles vor Lestrades Augen. «Ich bin gleich wieder in Ordnung.»

«Also, was ist los, du unsäglicher Tolpatsch?»

«Lord Northcliffe, Sir», platzte der Junge heraus. «Er ist da.»

«Gut, gut», sagte Grant. «Die Stimme des Herrn. Marylou, Mr. Lestrade, tut mir leid. Der alte Knacker wurde erst am Nachmittag erwartet. Konferenz auf höchster Ebene wegen der Spiele. Ich fürchte, ich werde in meinen Käfig zurückkehren müssen.»

«Das ist in Ordnung, Richard», sagte Marylou. «Das verstehe ich.»

«Alsdann *à bientôt*», und er küßte ihr die Hand, bevor er Murdoch mit Fußtritten auf dem Trottoir vor sich her trieb. Lestrade war jetzt ein wenig ratlos. *Luigi* kannte er nicht. Und er würde eine Dame niemals ins *Coal Hole* auf dem Strand mitnehmen. Andererseits war er nicht sicher, daß Edward Henry das *Palace* als eine gerechtfertigte Aufwendung anerkennen würde. Als ob sie seine Gedanken lesen könne, sagte Marylou: «Im Grunde bin ich nicht sehr hungrig, Mr. Lestrade. Ich möchte viel lieber die Temple-Kirche sehen. Ich habe einmal eine Arbeit über Kreuzritter geschrieben.»

«Es wird mir ein Vergnügen sein.» Lestrade bot ihr den Arm, in der Hoffnung, daß das keine unjournalistische Geste war, und führte sie durch die dunkle, schmale Gasse in den sonnenhellen Hof. Sie fanden die Tür der Rundkirche und schlenderten durch den kühlen Bogengang in die Dunkelheit. Keile von Licht legten sich über die Steinplatten, warfen Ströme von Rot und Gold auf den jahrhundertealten Steinboden.

Barhäuptig standen sie unter den Stichbalken und staunten. Am entfernten Ende des Mittelschiffs lagen, von Millionen neugieriger Finger blank gerieben, die steinernen Grabdenkmäler der Tempelritter, die Beine gekreuzt, die Hände zum Gebet gefaltet. Marylou blickte auf sie nieder und sagte:

«Untätig in ihren gebroch'nen Panzern, die Herren der Welt,
Eine große, gottgleiche Rasse von Königen, auf sich gestellt.
Macht und Krieg gingen ihren Schwertern voran,
Die Könige des mystischen Ostens erkannten als Herrscher sie an.»

«Shakespeare?» fragte Lestrade, der sich des Erbes der englischen Literatur immer bewußt war.

Sie lächelte, dann lachte sie glockenhell, daß es an diesem geheiligten Ort widerhallte. «Marylou Adams», sagte sie. «Ich war siebzehn, als ich das schrieb. Schrecklich, nicht wahr?»

«Mir hat's gefallen», sagte Lestrade.

Sie ließ ihre Finger über die marmorne Rüstung und die kalten Falten des Überrocks gleiten. Beim Gesicht hielt sie inne und starrte einen Augenblick in die toten Augen. Auch Lestrade sah genauer hin. Die Nase des Templers hatte die Spitze eingebüßt, so wie er die seine. Damit endete die Ähnlichkeit. Einen toten Lestrade mit einem solchen Hut würde man nicht sehen.

«Lord de Ros», sagte sie. «Ich möchte wissen, wie er war? Wenn die Toten doch nur reden könnten, wie, Superintendent?»

«Das ist eigentlich der Grund, warum ich mit Ihnen reden wollte», sagte er.

Sie sah ihn verblüfft an. «Ich dachte, Sie seien ein Freund von Richard», sagte sie.

«Wir sind uns gerade begegnet», klärte Lestrade sie auf. «Ich hörte, daß Sie den verstorbenen Hans-Rüdiger Hesse kannten?»

Sie schritt vom Grabmal fort und nickte traurig. «Er war ein prachtvoller Mann. Er wird uns fehlen.»

«Mr. Grants Nachruf», er ging flüsternd neben ihr her, «war, wie ich höre, Ihr Werk.»

«Im wesentlichen», sagte sie. «Richard meinte, er verdiene einen ordentlichen Nachruf, und er wußte, daß ich ihn besser kannte als jeder englische Journalist.»

«Ich wüßte gern mehr», sagte Lestrade, «aber dies ist vielleicht nicht der Ort...» Er bemerkte, daß schwarzgewandete Kirchendiener wie Fledermäuse um die Säulen huschten.

«Ich denke, dieser Ort ist genau der richtige», sagte sie. «Rudi... Hans-Rüdiger brachte mir alles bei, was ich über Zeitungen weiß. Mein Stiefvater brachte mich nach Berlin, als ich ein Kind war. Es ist der einzige Beruf, den ich je ausüben wollte. Und Rudi machte das alles möglich. Ich glaube, das ist ein guter Ort, um sich zu unterhalten.»

Sie lehnte sich an die Wand einer steinernen Nische.

«Wer könnte den Tod eines solchen Mannes wünschen?» fragte sie.

«Feinde?» fragte Lestrade.

«Alle Zeitungsleute haben Feinde, Superintendent. Das bringt der Job mit sich. Aber ich kenne keinen Journalisten, der so respektiert wurde wie Rudi. Ein Zeitungsmann, wie ihn Zeitungsleute schätzen.»

«In Grants Artikel stand, daß er meistens über Politik schrieb. Warum gab er sich mit Sport ab?» fragte Lestrade.

«Das war eine Erholung für ihn», sagte sie. «Es sollte sein letzter

Auftrag sein, bevor er sich zurückzog. Er hatte vor, eine Artikelfolge über die Politik hinter dem Sport zu schreiben, wenn man das so sagen kann. Ich kann's nicht glauben, daß er tot ist.» Sie wandte sich rasch ab, bevor Lestrade ihr Gesicht sehen konnte.

«Wann sahen Sie ihn zum letztenmal?» Er ließ ihr Zeit.

«Ich hatte ihn seit einigen Monaten nicht gesehen», sagte sie.

«Ich wollte bloß fünf Tage in London bleiben. Natürlich schrieben wir uns regelmäßig. Es ist komisch. Ich war im Begriff, ihn zu besuchen...» Ihre Stimme versiegte wieder, und sie drehte sich zur Wand. Dann stampfte sie mit den Füßen auf, drehte sich um und sah ihn an, die Tränen unterdrückend.

«Sagen Sie, Mr. Lestrade, tragen Sie eine Pistole?»

«Eine Pistole?» Ihre Frage überraschte Lestrade. «Nein, warum fragen Sie?»

«In Washington tragen die Polizisten Pistolen», sagte sie zu ihm. «Haben Sie überhaupt eine Waffe?»

Er zögerte einen Augenblick, dann zog er seine Hand aus der Jakkentasche. Auf seinen Fingerknochen schimmerte der Schlagring. Er hob die Hand höher, löste eine Sperre, und eine kurze Klinge blitzte silbern im Sonnenlicht.

Ein Kirchendiener, der gerade vorbeikam, blieb stehen, schnappte nach Luft und sperrte das Maul auf wie ein Wasserspeier.

«Setzen Sie das Ding ein», sagte sie kategorisch. «Gegen den, der Rudi umgebracht hat, wer immer es sein mag. Ich werde Ihnen nach besten Kräften helfen.»


«Also, was haben wir, Walter?» Geistesabwesend rührte Lestrade in seinem Tee. Von Zeit zu Zeit kam eine Brise vom Fluß durch das Fenster herein. Die Bogenlampen auf der Uferstraße glitzerten wie die Sterne am Himmel der heißen Sommernacht. Das Rattern des letzten Autobusses verlor sich in Whitehall. Sternklare Nacht.

«Hans-Rüdiger Hesse», begann Walter Dew und schnürte seine Schuhe auf. «Was dagegen, Chef? Bin den ganzen Tag auf den Beinen gewesen.»

Lestrade nickte zustimmend. Wenn schon Schweißfüße, dann zog er die von Walter Dew denen anderer Leute vor.

«Höchst geachteter und allseits beliebter Zeitungsmann. War hier, um über die Spiele zu berichten. Seit zwei Wochen in England. Sprach Englisch wie ein Eingeborener – ist das Ihr Bier, Sir?»

«Lassen wir das Bier mal beiseite, Walter. Was wissen wir sonst noch?»

«Hesse wollte aufhören. Sich in ein paar Monaten zurückziehen. Er hat für zahlreiche deutsche Zeitungen in Berlin und München geschrieben. Hat als freier Journalist gearbeitet. War seit mehr als dreißig Jahren im Geschäft. Niemand kann etwas Schlechtes über ihn sagen...»

«Sagt Miss Adams.»

«...sagt Miss Adams. Was halten Sie von ihr, Sir?»

Lestrade blickte den Chief Inspector an. Einen Augenblick glaubte er, im Schein der Lampe ein graues Haar ausmachen zu können, aber das mußte an seinen Augen liegen. Und daran, daß es beinahe Mitternacht war.

«Ich weiß nicht, Dew. Sie ist sehr jung. Ich habe den Eindruck, daß sie in eine männliche Welt eingedrungen ist und feststellt, daß es dort ziemlich rauh zugeht. Andererseits...»

«Sir?»

«Andererseits scheint sie sehr scharf darauf zu sein, Hesses Mörder hinter Gitter zu bringen.» Er erinnerte sich an den Vorfall mit dem Schnappmesser. «Sie wäre ganz glücklich, wenn ich ihn umbringen würde, wer immer er ist.»

«Jetzt hören Sie aber auf!» Dew sah entsetzt hoch. «Komisches Völkchen, die Amerikaner.» Er schüttelte den Kopf. «Jetzt dieser Roosevelt. Stellen Sie sich das vor: ein Cowboy als Präsident!»

«Darüber sollten wir uns nicht den Kopf zerbrechen, Walter», mahnte ihn Lestrade. «Was haben Sie von Hawkins' Abteilung erfahren?»

Dew zog wieder sein Buch zu Rate. «Abgesehen von den Chestertons, mit denen Sie gesprochen haben, wohnt in dem Haus in der Freedom Street nur noch eine weitere Mieterin, eine Mrs. N.

Thrawl. Weigerte sich, Sergeant Valentine ihren Vornamen zu nennen, er nimmt jedoch an, daß sie Nutty heißt. Verschweigt auch ihr Alter. Er schätzt sie auf achtzig, wenn nicht älter.»

«Kannte sie Hesse?»

«Nein. Offenbar hörte sie ihn oben herumgehen, aber es heißt hier ‹stocktaub›, also weiß ich nicht, wie glaubwürdig sie ist.»

«Achtzig?» sinnierte Lestrade. «Also viel zu gebrechlich, um einen erwachsenen Mann mit einem Brieföffner an seinen Schreibtisch zu nageln?»

«Valentine sagt, wacklig auf den Beinen. Braucht einen halben Tag, um aufs Klo und zurück zu kommen.»

«Kein Dienstmädchen?» fragte Lestrade.

«Es kommt jeden Tag eine Putzfrau.»

«Die könnte ich gebrauchen», rief eine fröhliche Stimme im Vorbeigehen. «Nacht, Gentlemen.»

«Nacht, Hollingsworth», antwortete Lestrade.

«Ich werde diesen Constable austauschen», knurrte Dew. «Überhaupt keinen Respekt im Leib. Es ist natürlich das Schulgesetz, das schuld dran ist. Die Schulen in die Hände der Grafschaftsräte zu legen! Dabei kommen Leute wie er raus.»

«Sachte, sachte, Walter», beschwichtigte Lestrade. «Irgendwo unter diesem unverschämten Äußeren verbirgt sich ein guter Polizist. Haben Sie Geduld mit ihm. Sie werden es merken.»

«Vielleicht», seufzte Dew, «vielleicht. Was denken Sie über die Chestertons, Sir.»

«Exzentrisch, Walter. Was sollte ich sonst von ihnen denken?»

Dew rutschte unbehaglich hin und her. Lestrade wußte genau, was folgen würde. Gleich würde Dew aufstehen und seinen Schnurrbart streichen. Dann würde er auf und ab marschieren. Dann würde er beginnen, an den Fingern zu zählen.

«Nun, Chef.» Dew stand auf. «Wie Sie wissen, habe ich selber gewisse literarische Ambitionen.»

«Ach ja, Walter.» Lestrade verzog keine Miene. «Ihr Großes Werk.»

«Ja, Sir.» Die Finger glätteten den gestutzten Schnurrbart.

«Mein Magnum Opium. Nun, ich weiß ein bißchen über diese Schreiberlinge – wie ihre Gehirne funktionieren.»

«Fahren Sie fort.»

Dew begann über den Teppich zu stolzieren wie ein Tiger im Regent's Park. «Chesterton ist Schriftsteller. Hab's selbst nachgeprüft. Schrieb *Der Napoleon von Notting Hill*.»

Lestrade war unbeeindruckt. «Versteht also nicht viel von Geschichte?»

«Und jede Menge Artikel und Kritiken. Der springende Punkt ist, Chef, er ist ehrgeizig und will es weit bringen.»

«Ja?»

«Also», Dews linker Daumen kam ins Spiel und Dew zu Punkt eins. «Chesterton bot Hesse diese Wohnung an. Er kennt dessen guten Ruf bereits und ist darüber verärgert.»

«Und?»

Der Zeigefinger ging in die Höhe und gesellte sich zum Daumen. «Er wartet, bis alte Dame aus dem Haus ist… wo war sie?»

«Einkaufen in Battersea, High Street.»

«Richtig.» Dews Mittelfinger schnellte hoch. «Chesterton sucht Hesse im Laufe des Morgens auf, verwickelt ihn in eine Unterhaltung. Hesse läßt sich darauf ein. Chesterton weiß, die einzige Person im Haus ist die alte Mrs. Thrawl in der Wohnung darunter. Und sie ist stocktaub.»

«Ja?»

Dews Ringfinger nahm Haltung an. Der Finger, der den guten Chief Inspector mit Leib und Seele an Mrs. Dew band, Mutter all der kleinen Dews.

«Also plaudert Chesterton mit ihm, wartet auf den richtigen Augenblick, bis Hesse ihm den Rücken zudreht, und dann ersticht er ihn mit dem Brieföffner.» Der kleine Finger hatte sich zu den übrigen gesellt.

«Das war's?» fragte Lestrade.

«Ich habe keine Finger mehr, Chef», räumte Dew ein.

«Tatsächlich? Aber ich fürchte, an Ihrer Theorie sind fünf Punkte falsch.»

«Wirklich?» Dew war niedergeschlagen. «So wenige?» Er wußte, wann er den Verlierer zu spielen hatte. Jederzeit.

«Erstens», Lestrade hob Dews Daumen. «Chesterton hat Hesse die Wohnung nicht angeboten. Das war der Vermieter – ein Bursche namens Perceval. Ich habe ihn überprüft, und er ist sauber.»

«Oh!»

«Zweitens. Ich habe auch Chesterton überprüft. Er schreibt nicht im entferntesten dieselben Sachen wie Hesse.» Er lupfte Dews Zeigefinger. «Und er schreibt englisch. Mit anderen Worten, er hatte keinen Grund zu beruflichem Neid. Es ist ein bißchen so wie bei Edward Henry und Chief Superintendent Abberline. Der eine ist ein wirklicher Polizist, der andere ist ein Idiot. Verschieden wie Tag und Nacht.»

Er drückte Dews Mittelfinger in die Höhe. «Drittens. Mr. Chesterton hat ein Alibi. Er sagte, er sei am Morgen des Mordes in der Fleet Street gewesen, und er war dort. An dem Morgen, als ich dort war, hab ich es nachgeprüft. Er kam genau um neun in *The Printer's Devil* an und ging von dort kurz nach elf zum *Wayzgoose*. Dort war er bis zum Mittag.»

«Verdammt», sagte Dew. «Was wird er machen, wenn dieses neue Ausschankgesetz durchkommt?»

«Dasselbe wie alle anderen, Walter», seufzte Lestrade. «Aufhören zu trinken. Viertens. Stockley Collins kam mit den Fingerabdrücken aus der Wohnung. Überhaupt keine Abdrücke, ausgenommen die von Hesse, Perceval, ein paar, die vermutlich von einer Putzfrau stammen – oh, und sechs Abdrücke, die zu verschiedenen Constables aus Hawkins' Abteilung gehören – erinnern Sie mich daran, daß ich darüber mal ein Wörtchen mit ihm rede.»

«Chesterton könnte Handschuhe getragen haben, Sir.» Dew versuchte seine Finger aufzurichten.

«Und fünftens», Lestrade bog Dews kleinen Finger zurück. «Ich bin mein Leben lang Polizist gewesen, länger als ich zurückdenken kann. Chesterton ist kein Mörder. Das können Sie mir glauben.»

«Tu ich, Sir», sagte Dew zögernd und starrte seine aufrechten Finger an. «Kann ich die jetzt runternehmen?»

«Ja, Walter», seufzte Lestrade. «Trotzdem, in einem Punkt hatten Sie recht.»

Dews Gesicht erhellte sich. «In welchem?»

«Der Mörder trug Handschuhe.»

«Also doch?»

«Also doch, Walter.» Lestrade unternahm den unerhörten Schritt, das Zimmer zu durchqueren und sich selber Tee einzuschenken. «Das ist das Zeichen eines vorsichtigen Mannes. Eines Mannes, der Bescheid weiß.»

«Worüber, Sir?»

«Über Fingerabdrücke», erwiderte Lestrade.

«Aber wir arbeiten doch schon seit... sieben Jahren damit.»

«Ja, nur daß Hawkins' Abteilung das nicht zu wissen scheint. Und vergessen Sie nicht, daß wir immer noch erst einen Fall in den Akten haben, bei dem Fingerabdrücke die einzigen Indizien waren.»

«Die Stratton-Brüder, vor drei Jahren.» Dews Kenntnisse waren nahezu enzyklopädisch.

«Die Stratton-Brüder», nickte Lestrade. «Das führt mich zu einem anderen Punkt.»

«Zu welchem, Sir?»

Lestrade starrte auf sein von den Lampen erleuchtetes Spiegelbild in der Fensterscheibe. «Hesse wurde mit seinem eigenen Brieföffner umgebracht. Er trug die Aufschrift ‹Made in Germany›.»

«Das stimmt», erinnerte sich Dew. «Und ‹Ein Geschenk aus Mönchengladbach›.»

«Was darauf hindeutet», sagte Lestrade mehr zu sich selber, «daß es im Affekt geschehen sein könnte. Sonst hätte der Mörder seine eigene Waffe mitgebracht. Es sei denn...»

«Es sei denn?»

«Ein Mann, der einen anderen im Affekt tötet, indem er zu einem Brieföffner greift, vielleicht im Verlauf eines Streits...»

«Ja?» Dew saß auf der Stuhlkante.

«Trägt ein solcher Mann Handschuhe, Walter? Kommt und geht ein solcher Mann wie ein Geist, ohne daß ihn jemand hört oder sieht?»

«Wohin führt uns das also, Sir?» fragte Dew.

«Nirgendwohin», gab Lestrade zu und drehte sich vom Fenster weg. «Und ich frage mich immer wieder, warum Hesse mich sprechen wollte. Und was meinte er mit dieser Botschaft – Nana Sahib? Walter!»

«Sir?»

«Wenn Sie wissen wollen, wie spät es ist, was machen Sie dann?»

«Äh … ich frage einen Polizisten», erwiderte Dew.

«Genau», sagte Lestrade. «Setzen Sie Sergeant Jones und Sergeant Dickens dran. Sie sind verdammte wandelnde Enzyklopädien. Und ich will Antworten.»

# Drei Mann in einem Boot

Die Spiele begannen in jenem Sommer in White City, dem wunderbarsten Bauwerk, eine Mischung aus Taj Mahal und Kreml mit einer kleinen Prise vom Pavillon in Brighton; seine Kuppeln und Türmchen, seine Minaretts und Glockenleisten spiegelten sich im Wasser von Shepherd's Bush, das man durch ungezählte labyrinthische Meilen bester britischer Röhren herbeigepumpt hatte.

Es schien, als habe sich ganz Europa auf den geschwungenen Terrassen versammelt, ein Meer von Strohhüten, Hauben und Federhüten in der Sommersonne. Die Zylinder des Olympischen Komitees glänzten wie schwarze Käfer zwischen den Magnolien der Damen, und niemand war anmutiger als die Königin – Gott segne Sie –, die strahlend um das Podium humpelte, daneben die gewaltige Gestalt des Königs, prächtig in dreißig Yards Marineblau gehüllt, mit Bändern und Litzen wie ein Admiral der Flotte. Zum Flattern der Union Jacks und den ohrenbetäubenden Hochrufen einer bewundernden Menge hielt er seine Rede, erst auf englisch, dann auf französisch. Lestrade stand, flankiert von Dew, Valentine und den Constables Bourne und Hollingsworth, am entfernten Ende der Terrasse. Ein ziemlich nervöser kleiner Mann, der Blicke in alle Richtungen warf, stand ein wenig hinter dem König zu seiner Rechten, die Hand mit aller Lässigkeit, zu der sein nervöser Charakter fähig war, in die Innentasche geschoben.

Es war Superintendent Quinn von der Spezialabteilung, der Seine Majestät in diesem glücklichen Augenblick beschützte.

«Wer ist das da oben neben Superintendent Quinn?» knurrte Lestrade.

Bourne war einigermaßen entsetzt. Er trug einen todschicken Anzug aus grünem Samt. «Das ist Seine Majestät, Superintendent», erklärte er. «Der König.»

Alle blickten ihn an.

«Wir sind zwar knapp an Leuten», sagte Lestrade, «aber Ihre Aufmachung versetzt mich nicht gerade in Stimmung, Bourne. Wie so vieles andere ist solcher Firlefanz seit Oscar Wilde aus der Mode. Gehen Sie nach Hause und ziehen Sie sich um.»

«Zu Befehl, Sir.» Bourne war beleidigt, und die Kapelle stimmte «God Save the King» an.

«Gott schütze uns alle», murmelte Dew und blickte auf Hollingsworth, der ihm zuzwinkerte.

«Was soll uns das hier einbringen, Sir?» fragte Valentine.

«Verdammt, wenn ich das wüßte», erwiderte der Superintendent, «abgesehen von einem steifen Nacken und schmerzenden Plattfüßen. Wenigstens können Sie Ihren Enkelkindern erzählen, daß Sie die Spiele mit eigenen Augen gesehen haben.»

«Und einundzwanzig Wettbewerbe», sagte Dew. «So etwas habe ich noch nie gesehen.»

«Was dagegen, wenn ich mich unter das Volk mische, Sir?» fragte Valentine. «Stillstehen, geht mir auf die Nerven.»

«Tun Sie sich keinen Zwang an», sagte Lestrade zu ihm, froh, daß Constable Bourne gegangen war, bevor er diesen speziellen Befehl hörte. «Gentlemen, ich schlage vor, daß wir dasselbe tun. Irgend etwas. Alles kann wichtig sein. Vergessen Sie nicht, jemand wollte Hans-Rüdiger Hesses Tod. Vielleicht war es jemand, der hier ist», und er schlurfte davon.

«Nun», sagte Hollingsworth und schob seinen vorschriftsmäßigen Strohhut in den Nacken, «wir werden nicht lange brauchen, diesen siebzigtausend Leuten ein paar Fragen zu stellen, oder?»

Eine nach der anderen erklangen weitere Nationalhymnen, als die Athleten unter ihren gestrafften Fahnen über die Laufbahn marschierten. Als erste die Briten, als Gastgeberland, mit dem Union Jack auf ihren Jacketts. Als die Damenmannschaft vorbeimarschierte, gab es von der weiblichen Seite des Stadions mächtigen feministischen Beifall. Dann folgten die Deutschen und die Österreicher in Marineblau mit Adlern seitlich auf den Jacken, die Schweden in weißem Flanell und die Franzosen, deren Ausstellung nebenan stattfand, in Rot, Weiß und Blau. Zumindest Superintendent Quinn stieß einen Seufzer der Erleichterung aus: kein Grün, Weiß oder Purpur in Sicht. Mrs. Pankhurst und ihre Suffragetten hatten heute frei.

Die Kapelle brach in schreckliche Mißtöne aus. Die einzige auf dem Podium, die trotzdem lächelte, war die Königin.

«Was ist das, Lieber?» fragte sie Seine Majestät.

«Das habe ich mich auch gefragt. Quinn, was hat der Lärm zu bedeuten?»

Superintendent Quinn hatte sich eingehend mit diesen Dingen beschäftigt. Das brachte der Auftrag mit sich. «Das ist die amerikanische Nationalhymne, Sir», sagte er.

Seine Majestät nickte und wandte sich an die Königin. «Er sagt, es sei ein schrecklicher Krach, Liebe.»

Sie blickte auf die Athleten mit dem Sternenbanner auf der Brust. «Sie mögen Amerikaner sein, Bertie», schalt sie ihn, «aber ich glaube nicht, daß sie rüpelhafter sind als andere. Du darfst nicht vergessen, sie sind noch ein sehr junges Land, oh, schau dir doch diese jungen Türken an», rief sie, als deren Halbmond um die Bahn zog. «Welche Anmut. Welche Geschmeidigkeit.»

Und die Kapelle spielte weiter.


Detective Sergeant Dickens von der Metropolitan Police war, neben McDowell und Sergeant Henri La Touque von Hainault, der einzige Polizist, der Französisch sprach. So kam es, daß er in die Wildnis von Shepherd's Bush abkommandiert wurde, um die Probleme mit der Ausstellung zu bewältigen. Der gleichermaßen belesene Detective Sergeant Jones war aus unerfindlichen Gründen zur Berittenen Abteilung nach Imber Court abkommandiert worden, wo er weder ein Nutzen noch eine Zierde war, sondern seine Tage damit verbrachte, die Tiere nach Spuren von Rotlauf und Rotz zu untersuchen und Inspector Edgar-Smith Bericht zu erstatten, der seinen

Schlagstock polierte und es kaum erwarten konnte, wieder gegen die Suffragetten zu reiten. So kam es, daß es Dickens war, den Lestrade vorfand, umgeben von Kisten französischer Weine und bis zum Hals in französischem Käse von einer besonders widerlichen Sorte, während die Menge sich vorbeiwälzte, um an der Eröffnungsveranstaltung teilzunehmen.

«*Stadium, stadium, stadium, stadii, stadio, stadio*», deklinierte er, bequem zurückgelehnt, zum Besten eines vorbeikommenden höheren Schülers. «Ah, Morgen, Superintendent. Sind Sie gekommen, um mich zu erlösen?»

«Kommen Sie, Dickens, Sie genießen doch jede Minute.» Lestrade ließ sich neben ihn auf einen Rohrstuhl im Schatten einer Markise – es war natürlich eine französische – fallen.

«Ich würde lieber Verbrechen aufklären, als für diese Froschfresser das Kindermädchen spielen.»

«Nun, deshalb bin ich hier, Dickens. Ist einer dieser Weine trinkbar?»

«Nein, Sir.»

«Dachte ich mir. Was wissen Sie über Nana Sahib? Ist es deutsch?»

Dickens war verblüfft. «Nein, Sir. Indisch.»

«Dann erzählen Sie mal.»

«Nana Sahib. Geboren etwa 1821, Sprößling der brahmanischen Kaste der Maharatten. Sein Name war Dundhu Panth, und er wurde vom letzten Fürsten, Baji Rao, adoptiert. Nach dem Tode seines Vaters, 1853, wollten wir ihm keine Pension geben, und 1857, bei Ausbruch des Sepoy-Aufstandes in Meerut (10. Mai 1857), erklärte er sich selber zum Fürsten und griff die britische Garnison in Cawnpore an. Auf seinen Befehl wurden Frauen und Kinder hingerichtet, nachdem er ihnen freien Abzug über den Fluß zugesagt hatte. Er floh vorm Eintreffen unserer Entsatztruppen in den Terai-Dschungel von Nepal, wo er der Legende nach gestorben ist. Hilft Ihnen das?»

Lestrade machte den Mund wieder zu. «Genauer konnten Sie wohl nicht sein, oder, Dickens?» fragte er.

«Also keine Hilfe?»

Lestrade schüttelte den Kopf. «Wenn ich das wüßte», sagte er. «Was, glauben Sie, hat das mit einem ermordeten deutschen Journalisten zu tun?»

«Ah, Hans-Rüdiger Hesse. Ich dachte mir schon, daß Sie an der Sache dran sind. In der *Mail* hieß es, es sei Hawkins' Fall.»

«So, schreiben sie das? Gibt es vielleicht noch einen anderen Nana Sahib?»

«Nicht daß ich wüßte, Sir. Ich muß mal nachsehen.»

«Tun Sie das, Sergeant.» Lestrade stand auf. «Ich muß ins feindliche Leben. Heißt es nicht ‹Frauen müssen weinen und Polizisten müssen ins feindliche Leben›?»

«So ähnlich, Sir. *Bonne chance*, wie die Franzosen sagen.»

«Wirklich?» Lestrade schlenderte fort und fächelte sich mit dem Bowler Kühling zu. «Sagen sie das?»

An diesem Dienstag stand der Wind günstig für die Franzosen. Die *Sorais* tauchte in die Schaumkronen des Solent und richtete sich unter dem begeisterten Geschrei der Besatzung wieder auf. Sie fuhr unter vollen Segeln, und ihr Deck war überspült, aber die *Cobweb* lief trotzdem zu ihr auf. Ein Schuß ertönte, um das Ende des Rennens anzuzeigen, und Blair Cochrane stand am Bug der *Cobweb*, durchnäßt, aber glücklich. Auf der *Sorais* nahm die Herzogin von Westminster eine andere Haltung ein. Zuschauer auf den Piers beobachteten, daß sie mit den Männern ihrer Crew auf Deck kauerte. Nur einer kauerte nicht. Er lag bewegungslos zwischen Tauen und Spieren, und seine Mannschaftskameraden hämmerten vergeblich auf seine Brust. Das Rennen der Acht-Meter-Klasse war, wie sein Leben, zu Ende.

Sie brachten ihn an Land, trugen ihn über den Strand von Ryde, durch die Menge, deren Beifallsrufe und Fähnchenschwenken sich in Schweigen verwandelte. Ihre Gnaden, die Herzogin, leichenblaß und angespannt, war die ganze Zeit an seiner Seite. Niemand beachtete die Ehrenrunde der *Cobweb* auf dem glitzernden Solent.

Niemand hörte zu, als die Lautsprecher die offizielle Siegerzeit bekanntgaben. Die Töne verhallten über dem Strand, ausgelöscht von der Ironie des Geschehens. Eine olympische Silbermedaille nach drei Regattatagen. Ein Triumph britischer Segelkunst und Kühnheit. Aber ein Mann war tot. Heimgekehrt war der Seemann, heimgekehrt von der See, und Inspector Hunter von der Hampshire and Isle of Wight Constabulary schickte ein Telegramm an Scotland Yard.

Eigentlich hätte Abberline den Fall übernehmen müssen, aber Abberline war unerklärlicherweise durch eine anhaltende Überwachung in Penge verhindert. Der einzige ranghohe Beamte, den man erübrigen konnte, war Sholto Lestrade. Ja, Henry wußte, daß der Fitzgibbon-Fall über ihm schwebte – wie Lestrade mit seiner ausgedehnten klassischen Bildung sagte, «wie das Schwert des Demosthenes» –, ja, Henry wußte, daß der Hesse-Fall sich eines Tages zu einem internationalen Zwischenfall von unangenehmen Dimensionen ausweiten könnte. Aber, hatte Henry gesagt, die Anforderung komme nicht vom obskuren Inspector eines obskuren Reviers, sondern von der Herzogin von Westminster selbst. Lestrade mußte hinfahren.

Er packte ein paar Ersatzkragen, seinen Kolani und eine lustige Matrosenmütze ein und fuhr mit seinem Lanchester namens Elsa nach Süden. Nahe Guildford zersprengte er eine Schafherde, und wenigstens ein Tier blieb dabei auf der Strecke. Bei Devil's Punch Bowl stieß er mit einem Heuwagen zusammen, und allein bis nördlich von Petersfield wurde sein Kennzeichen von achtzehn Constables notiert. Als er die Höhe von Portchester Castle erreichte, war seine Fahrt bereits legendär. Sie brachte ihm natürlich keine Medaillen ein, aber er hatte Portsmouth in Rekordzeit erreicht. Einer der Fußgänger, den er um ein Haar umbrachte, zog einen Bleistift aus der Tasche, als sei er tief in Gedanken, und begann etwas auf einen Notizblock zu kritzeln. Alles in allem war Mr. Graham froh, am Leben zu sein.

«Von so was hab ich noch nie gehört», knurrte der Fährmann in Portsmouth. «Sie können nicht eine von diesen pferdelosen Kutschen mit auf'n Dampfschiff nehmen. Ist mir egal, und wenn Sie der verdammte Premierminister wärn. Wir nehmen nich mal Pferde mit und diese Höllenmaschinen schon gar nich.»

Und das war's. Lestrade betrat den Anleger zu Fuß, und ungeachtet seiner vierundfünfzig Jahre und der drückenden Hitze hängte er sich seine Schutzbrille um den Hals und marschierte die Pier hinunter, von jedem Ächzen der Planken daran erinnert, daß dieses Ding 1813 zu Lebzeiten seines Urgroßvaters erbaut worden war. Die Passanten in ihrem Urlaubsputz und unter ihren Sonnenschirmen, die ihm applaudierten, als er vorbeieilte, hatten keine Ahnung, daß er um jemandes Leben lief.

Lestrade war bereits einmal auf der Insel Wight gewesen, als er den Fall des Mannes in der Schlucht bearbeitete. Damals hatte er in Shanklin gewohnt und das zweifelhafte Vergnügen gehabt, täglich pfundweise mit Cottage Pie gefüttert zu werden, welche die einfallslose Köchin Mrs. Bush, Gattin des hiesigen Sergeant, ihm vorsetzte. Unterwegs, während er seine Ausrüstung zerschrammte und das unfreundliche Blattwerk der englischen Heckenwege verfluchte, sagten ihm Logik und Mathematik, daß der Sergeant längst pensioniert sein mußte. Sein Gefühl grenzte daher fast an Bestürzung, als er eine graue schnurrbärtige Gestalt vierschrötig auf der Pier Street stehen sah, als er an der Sperre vorbeihastete und sich dabei schmerzhaft die Wange stieß. Nun ja, was war schon eine Schramme mehr oder weniger unter Freunden!

«Superintendent Lestrade, Sir!» sagte die schnurrbärtige Gestalt. «Welch eine Freude, Sie zu sehen, nach so vielen Jahren. Wir haben Ihre Heldentaten in den Londoner Zeitungen verfolgt.»

«Sergeant Bush?» Lestrade hoffte, daß er sich irrte.

Bush richtete sich auf. «Sub Inspector.» Sechzehn Jahre dabei und um einen halben Dienstgrad aufgestiegen.

«Unfaßlich», sagte Lestrade.

«Sie werden sich an meine teure Gattin erinnern.» Bush deutete auf das schwarzgekleidete Wesen neben ihm. Sie knickste und strahlte, immer noch ihre Schürze tragend.

«O ja», sagte Lestrade. «Und alle die kleinen Büsche? Sie müssen ja

inzwischen zu einem richtigen Wäldchen geworden sein, oder?»
Sein *bon mot* stieß auf taube Ohren. Schließlich war man hier auf
der Isle of Wight. Der Verstand war mit dem Weggang Tennysons
und die Schlagfertigkeit bereits lange vorher ausgewandert.

«Inspector Hunters Empfehlungen, Sir. Er erwartet Sie erst Morgen. Ich war ohnehin gerade auf Pier-Streife – nun, bei all den Invasoren hier.»

«Invasoren?»

«Oh, Verzeihung, Sir. Fremde. Von drüben, vom Festland. Wie
Sie.» Der Sub Inspector sah auf die Uhr. «Sie sind ein bißchen spät
dran», sagte er, «aber wenn Sie in meinem Revierwagen mitfahren
wollen, Mrs. Bush hat eine tolle Shepherd's Pie im Backofen.» Mrs.
Bush knickste und strahlte abermals. Nicht ganz so toll, dachte Lestrade.

«Ich würde lieber die Leiche sehen», sagte er. Das war nicht als
Beleidigung gemeint. Er hätte sich deswegen keine Sorgen zu machen brauchen. Es wurde auch nicht so aufgefaßt.

«Hier entlang, Sir. Sie haben ihn ins *Royal Esplanade* geschafft.
He!» Er packte einen vorbeikommenden Schuljungen am Ohr.
«Hör auf von den Schiffen zu träumen, Jüngelchen, und trage den
Koffer vom Superintendent.»

Während Mrs. Bush verschwand, ohne Zweifel, um sich in der Küche mit einem Kunstwerk zu beschäftigen, wurden Bush und Lestrade in den Keller geführt. Der Herr des Hauses war ein nervöser
Mann mit einer Neigung zu Verdauungsstörungen, der klar erkannt
hatte, was Leichen in bezug auf ein nachlassendes Geschäft bedeu-
teten. Trotzdem wahrte er die Etikette und verzichtete während Lestrades Anwesenheit darauf, für einen Blick auf die Leiche von Be-
suchern jedesmal Sixpence zu verlangen.

«Also, was ist passiert, Bush?» Lestrade ging um den behelfsmäßi-
gen Tisch zwischen Fäßchen von Burt's Best Bitter herum und betrachtete die Leiche, ohne zu zahlen.

«Wurde tot hergetragen, Sir. Vom Strand.»

«Todesursache?»

Schweigen. Bush war kein Detektiv. Er war ja kaum ein Polizist.

Und es war, anders als bei Hollingsworth, nicht Frechheit, die ihn murmeln ließ: «Kurzatmigkeit, Sir.» Mehr fiel ihm einfach nicht ein.

Lestrade bemerkte die gelbe Leinenschwimmweste, die immer noch unter seinen Armen befestigt war, den Südwester, der neben ihm lag, die schweren Seestiefel auf dem Boden. «Also ein Seemann?» Bush war verblüfft. «Ach, du Schreck, Mr. Lestrade. Was ihr Fritzen aus London alles wißt. Von der *Psoriasis*, Lady Westminsters Jacht.»

«Ach ja», sagte Lestrade. «Ihre Gnaden, die Herzogin. Wer war er?»

Bush mußte in seinem Notizbuch nachsehen. «Mr. Hemingway», sagte er, «Portman Square, London und Windsor.»

«Berufsseemann?»

«Nein. Alle Segler bei diesen Spielen sind Amateure, Sir.» So wie manche Polizisten, dachte Lestrade, doch er hielt sich zurück. Er blickte auf die sterblichen Reste von Mr. Hemingway. Er war ein Mann um die Dreißig, mit einem scharfen Mittelscheitel und einem gestutzten militärischen Schnurrbart. Er sah friedlich aus, die Augen geschlossen, die Hände auf der Brust zusammengefügt. Aufgebahrt für den Bestatter. Durchaus Sixpence wert. Es waren die hellgrünen Flecken an seiner Schwimmweste, die Lestrade interessierten.

«Was glauben Sie, Mr. Lestrade?» wollte Bush wissen. «Herz?»

«Schon möglich», murmelte Lestrade. «Haben Sie eine Liste seiner Mannschaftskameraden?»

«Jawohl, Sir.»

«Wo könnte ich sie jetzt finden?»

Bush blickte abermals auf die Taschenuhr. «Tja, sie werden jetzt alle oben auf der Burg sein, Sir. Da ist eine große Gartenparty im Gange.»

«Wie komme ich hin?»

«Ich werde Sie mit dem Revierwagen hinfahren, Sir.»

«Oh, gut.»

Sie ratterten durch den Sommerstaub über Wege dahin, die man auf der Isle of Wight für Straßen ausgab, bis sie den steilen Hügel nahmen, der nach Carisbrook Castle führte. Am efeuüberwachsenen Außenvorwerk des vornehmen Gebäudes zog Bush die Bremse an. Es bewirkte wenig, und er mußte ein paar hundert Yards lang die Zügel anziehen, bis die Polizeipferde seinen geknurrten Befehlen gehorchten.

«Sie warten besser hier», sagte Lestrade, eilig seinen Kolani auspackkend. «Wir wollen doch nicht, daß Ihre Uniform die Damen erschreckt.»

«Zu Befehl, Sir. Ich halte meine Pferde an der Kandare.»

Die Klänge eines Streichquartetts drangen an Lestrades Ohr, als er durch den mittelalterlichen Torbogen auf den Hof schritt. Auf dem Rasenplatz zu seiner Rechten erging sich eine große Versammlung von Gästen in einer Nachmittagsplauderei, begleitet vom Klirren feinen Porzellans und dem Geleier langweiliger, abgedroschener Reden, welche Prinzessin Beatrice als Statthalterin der Insel führte. Lestrade wurde sofort klar, daß er mit seiner eleganten seemännischen Kleidung keine gute Wahl getroffen hatte. Alle anderen waren prächtig mit Gehröcken und Zylindern bekleidet. Er flüsterte mit einem Diener, der auf eine attraktive Dame mit einem breitkrempigen, blumengeschmückten Hut deutete. Obgleich sie von Männern umgeben war, näherte er sich ihr. «Ihre Gnaden? Ich bin Superintendent Lestrade von Scotland Yard. Könnte ich mit Ihnen sprechen?»

«Natürlich», sagte die Herzogin von Westminster. «Gentlemen, würden Sie uns entschuldigen?»

«Könnten wir irgendwo hingehen?» fragte Lestrade.

«Die Brustwehr?» schlug sie vor und ging voran.

Die Aussicht von der Mauer war atemberaubend. Meilenweit zog sich die Landschaft hin, wie betäubt in der Sommerhitze, und tief unten lagen die Dachfirste der kleinen Stadt.

«Es war dieses Fenster, durch das König Charles von der Burg zu fliehen versuchte», sagte die Herzogin.

«Und hat er es geschafft, Euer Gnaden?» Lestrade war, was englische Geschichte betraf, nie sonderlich auf der Höhe gewesen. Sie sah ihn merkwürdig an. «Danke, daß Sie so rasch gekommen sind», sagte sie.

«Warum haben Sie mich kommen lassen?» Sie blieben stehen und überblickten die mächtigen Schluchten und die äußeren Erdwälle aus elisabethanischer Zeit.

«Sie werden wissen, daß einer meiner Leute auf der *Sorais*, William Hemingway, tot ist.»

«Ja», bestätigte Lestrade. «Ich habe ihn gerade im *Hotel Esplanade* gesehen.»

«Verstehe.» Sie schwebte über den mürben Stein, ihr Fächer war in der Brise von der Brustwehr überflüssig. «Er war ein gesunder, robuster Bursche, Superintendent. Ich kann nicht glauben, daß sein Tod ein natürlicher war. Darum habe ich Sie kommen lassen. Können Sie helfen?»

«Wie viele Leute gehörten zur Besatzung Ihres Schiffes, Madam?» fragte er.

«Insgesamt vier», erwiderte sie. «Drei Männer und ich selbst.»

«Das wären – Mr. Hemingway, Mr. Hunloke und Mr. Crichton?» Er rief sich Bush' Liste ins Gedächtnis.

«Das ist richtig.»

«Sind diese Herren jetzt hier?»

Sie blickte hinab auf die pünktchengroßen Gestalten auf dem Rasen. «Philip Hunloke ist nicht da. Er hat im Hafen ein paar dringende Reparaturen auszuführen.»

Lestrade blickte sie an.

«Auf Mr. Ratseys Werft in Cowes», erklärte sie.

Das Quartett begann erneut zu spielen, und eine unbeschreibliche Sopranstimme drohte meilenweit das Glas zu zertrümmern.

«Oh, nein», murmelte die Herzogin. «Miss Lambert kann wieder nicht an sich halten. Nehmen wir die Treppe zum Verlies, Mr. Lestrade? Schaffen Sie das?»

«Mit Leichtigkeit, danke der Nachfrage, Madam.» Lestrade war durch den Rüffel ein wenig verletzt, aber als er oben angekommen war, keuchte er mehr als ein bißchen. Ihre Gnaden war bereits vor ihm da und starrte durch ein tiefes Loch in eine der Kammern, verfallen und offen unter dem Himmel. «Man sagt, dieser Brunnen sei dreihundert Fuß tief, Mr. Lestrade», sagte sie. «Und ein Dienstmädchen habe sich im siebzehnten Jahrhundert hinabgestürzt.»

«Ja, ja», seufzte Lestrade, «das kommt bei Dienstmädchen öfter vor.»

Auf der windgeschützten Seite der großen Steine waren sie wenigstens relativ unbehelligt von den verbalen Attacken Miss Lamberts. Lestrade hockte sich im Winkel des Raumes auf das mittelalterliche Klosett und begann.

«Vielleicht können Sie mir erzählen, was passierte», sagte er. Die Herzogin lehnte sich an die entfernte Mauer.

«Gewiß. Meine Crew und ich stachen vor drei Tagen von der Pier von Ryde in See und kehrten jeden Tag dorthin zurück. Das Rennen der Acht-Meter-Klasse ging über sechzehn Meilen.»

«Wer nahm sonst noch daran teil?»

«Warten Sie — die Franzosen, die Belgier, die Schweden, die Norweger und natürlich wir.»

«Und wer siegte?»

«Der gute alte Blair. Blair Cochrane mit der *Cobweb*.»

«Zweiter?»

«Ich mit der *Sorais*.»

«Und dritter?»

«Die *Fram* aus Norwegen.»

«Wer suchte Ihre Crew aus?»

«Mrs. Allen und ich.

«Mrs. Allen?»

«Die Besitzerin der Jacht», erklärte die Herzogin.

«Erzählen Sie mir von dem toten Mann.»

«Willie? Er war ein prächtiger Mann. Oh, ein bißchen exzentrisch, schätze ich. Er glaubte, man müsse täglich trainieren und in Form bleiben. Es machte ihm nichts aus, vor dem Frühstück fünf Meilen zu laufen.»

«Und er war ein erfahrener Segler?»

«Der beste», antwortete sie. «Nach Philip Hunloke der beste Mann, den ich hätte finden können.»

«Sie sind schon früher mit ihm gesegelt?»

«Ja, mehrere Male.»

«Was passierte dieses Mal?»

«Zuerst», sie begann auf den abgetretenen alten Steinen hin und her zu gehen, «war alles bestens. Der Wind war günstig. Wir waren alle bester Laune. Wir hatten der Presse ein Interview gegeben und uns fotografieren lassen. Dann, alle Mann an Deck.»

«Und dann?»

«Gegen Ende des ersten Tages – Montag – klagte Willie über Übelkeit. Er habe Magenschmerzen, sagte er. George – Mr. Crichton – sagte, das käme vom Champagner. Willie tat das ab. Aber als er am Abend an Land ging, fiel mir auf, wie grau er aussah. Trotzdem, zu diesem Zeitpunkt lagen wir in Führung und setzten alle große Hoffnungen auf den Dienstag.»

«Und am Dienstag?»

«Willie war sichtlich schwächer. Den größten Teil des Tages klammerte er sich an der Reling fest und lächelte, wenn er merkte, daß einer von uns ihn ansah. Aber er konnte die Jacht einfach nicht mehr handhaben. Philip und George unterstützten ihn, aber es war nicht leicht. Ich kümmerte mich um ihn, so gut ich konnte, aber der Wind war nach Nordost umgeschlagen, und wir hatten alle Hände voll zu tun. Am Ende des Tages lagen wir immer noch leicht in Führung, aber die *Cobweb* hatte uns fast eingeholt, und die *Fram* kam bedrohlich nahe. Wir hielten auf der Victoria-Pier Kriegsrat und teilten Willie mit, daß er am Mittwoch nicht segeln werde. Er wollte es nicht akzeptieren. Wollte uns, wie die Dinge lagen, nicht im Stich lassen.»

«Und am Mittwoch?»

«Er kam uns merkwürdig vor, als wir ausliefen. Beinahe benommen. Er hatte kaum die Kraft, seine Backpflaumen zu essen. Als wir die Boje zum Finish umrundeten...» Die Stimme versagte ihr einen Augenblick, dann hatte sie sich wieder unter Kontrolle. «Als wir die Boje umrundeten, brach Willie zusammen. Sein Puls ging sehr schnell. Seine Augen waren glasig, und seine Pupillen waren erweitert. Es ging ihm sehr, sehr schlecht. Er war ein guter Segler, Mr.

Lestrade», sagte sie plötzlich, «und ich kann schwören, daß sein Herz in Ordnung war. Ich kann es nicht begreifen.» Sie wandte sich der Treppe zu, die, ausgetreten und uneben, über den grasigen Hang zum Burghof hinabführte. «Oh, es ist so scheußlich. Im Jachtclub von Ryde wird heute abend ein Ball stattfinden. Ich soll der Ehrengast sein. Die Ballkönigin. Aber ich fühle mich im Augenblick nicht besonders königlich.»

Er blickte in das energische, aristokratische Gesicht, dessen Augen in Tränen schwammen. Fast genau so hatte Marylou Adams vor ein paar Tagen ausgesehen. Und er dachte wie schon tausendmal darüber nach, was für ein kalter Bettgenosse der jähe Tod war. Herzlos, erbarmungslos. Nichts als Leere.

«Ihre Gnaden», sagte er, «ich bin in diese Lage katapultiert worden. Ich bin, das bekenne ich, weit von Whitehall entfernt, aber ich muß jemandem vertrauen, und ich glaube, dieser Jemand sind Sie.»

«Ich danke Ihnen, Mr. Lestrade», sagte sie und fürchtete sich vor dem, was folgen würde.

Er blickte auf die edwardianisch eleganten Figürchen auf dem Rasen, die dort unten durcheinanderliefen und nett zueinander waren. Im Augenblick war kein Gesang zu hören. Offenbar hatte jemand Miss Lambert gebeten, aufzuhören.

«Sagen Sie», sagte er. «Sie erwähnten Backpflaumen.»

«Wirklich?» fragte sie.

«Sie sagten, Mr. Hemingway habe kaum Kraft gehabt, seine Backpflaumen zu essen...»

«O ja», erinnerte sie sich. «Das war ein Teil seines Gesundheitsfimmels, seiner Exzentrizität, wenn Sie wollen. Er aß jeden Tag Backpflaumen, um sich in Form zu halten.»

«Wer wußte davon?» fragte Lestrade.

«Beinahe jeder», erwiderte sie. «Zumindest in Seglerkreisen. Man zog ihn ständig damit auf. Er sagte, er pflege Regatten zu gewinnen, weil die Pflaumen ihn vorwärtstrieben.»

«Hat noch ein anderes Besatzungsmitglied diese Pflaumen gegessen?»

Sie verzog das Gesicht. «Gütiger Himmel, nein. Wie ich Ihnen sagte, Willie war exzentrisch.»

«Zweifellos.»

«Was hat es mit diesen Backpflaumen auf sich, Mr. Lestrade? Waren sie schlecht?»

«Sehr, Madam», sagte er grimmig. «Natürlich ist es nur eine Vermutung, aber ich muß, wie ich sagte, jemandem vertrauen.»

«Also, was vermuten Sie?» drängte sie ihn. «Mr. Lestrade, Willie Hemingway war ein sehr enger Freund. Er starb auf meinem Schiff. Ich habe das Recht zu wissen, was ihm zugestoßen ist.»

«Nun gut», sagte Lestrade und löste sich von der Mauer, um ihr ins Gesicht zu blicken. «Nehmen Sie sich zusammen, Madam. William Hemingway wurde vergiftet.»

«Zufällig?» Sie glaubte, ihr Herz bleibe stehen.

«Nein, Madam. Absichtlich. Die Symptome, die Sie beschreiben – die Schwäche, die geweiteten Pupillen, der Zusammenbruch. Und vor allem das Erbrechen – grasgrün, nicht wahr?»

Sie nickte stumm.

Er nickte ebenfalls. «Digitalis», sagte er. «Roter Fingerhut.»

Sie rang nach Luft.

«Eine Unze der Tinktur – und sie ist trotz der neuen Giftbestimmungen nicht schwer zu bekommen – oder sechsunddreißig Gran des Blattes. Bis der Tod eintritt, dauert es… ungefähr drei Tage.»

Sie taumelte einen Augenblick gegen den Torbogen.

«Sind Sie in Ordnung, Euer Gnaden?» Er ergriff ihren Arm.

«Ja», flüsterte sie. Sie blickte ihn durchdringend an. «Sie wollen mir sagen, daß Willie ermordet wurde?»

«Ja», nickte er. «Wer gab ihm die Pflaumen?»

Sie runzelte die Stirn, dann raffte sie ihre Röcke. «Mr. Lestrade, ich muß gehen.»

Aber Lestrade streckte den Arm aus und verwehrte ihr den Weg durch den Torbogen. «Wer gab ihm die Pflaumen?» wiederholte er. So wirkten Pflaumen nun mal auf Leute.

Er sah, daß ihre Lippe nur eine Sekunde zitterte. «Philip Hunloke», sagte sie.

Der Ball war auf seinem Höhepunkt in dieser stillen, tropischen Nacht. Lestrade hatte auf Mr. Ratseys Werft kein Glück gehabt. Philip Hunloke war da gewesen, sicher, aber er war schon fort. Das machte nichts. Lestrade holte ihn schließlich an den schwenkbaren Waschbecken in den reichverzierten Toiletten des Clubhauses des Royal-Victoria-Jachtclubs ein. Auf das Überraschungsmoment konnte er nicht bauen, denn er stieß auf Hunloke, als dieser sich gerade die Hände wusch, und der besagte Hunloke hatte seinen Widersacher im Spiegel erblickt – einen sonderbar aussehenden Mann mit einem Fuchsgesicht, bekleidet mit einer lächerlich flotten Mütze und einem Kolani.

«Ich bin Superintendent Lestrade von Scotland Yard», stellte er sich vor. «Sind Sie Philip Hunloke?»

«Kapitän Philip Hunloke, ja.» Der Mann war ungemein darauf bedacht, seine Würde zu wahren. «Was kann ich für Sie tun?»

«Sie können mir von den Pflaumen erzählen», sagte Lestrade.

Hunloke unterbrach das Abtrocknen seiner Hände. «Pflaumen?» wiederholte er verständnislos.

«Die Backpflaumen, um genau zu sein, die Sie William Hemingway beim Start des Acht-Meter-Rennens gaben.»

«Was ist damit?» Hunloke trocknete weiter seine Hände ab.

«Das sollen Sie mir sagen», beharrte Lestrade.

«Weichen Sie mir nicht aus, Lestrade», knurrte Hunloke und musterte ihn von oben bis unten. «Ich schätze, dafür fehlt Ihnen der Grips. Ein lieber Freund von mir ist gestern gestorben. Niemand von uns ist für solchen Hokuspokus in Stimmung. Also, kommen Sie zur Sache.»

«Gut.» Lestrade straffte sich. «Die Sache ist so, Kapitän Hunloke, daß ich glaube, diese Pflaumen waren der Grund für Mr. Hemingways Tod.»

«Was? Völliger Unsinn», platzte Hunloke heraus. «Sie wirken höchstens als Abführmittel. Sie mögen ja fatal schmecken, aber sie können nicht töten.»

«Können sie doch, wenn man ihnen genügend Digitalis beimischt.»

«Was?»

Ein kleiner alter Seemann mit einem Spitzbart kam herein. Er spürte die merkwürdige Stimmung und hielt es für besser, wieder zu gehen.

«Digitalis», wiederholte Lestrade, nachdem der Mann verschwunden war. «Der Extrakt des Fingerhuts. Eine edle, anmutige Pflanze mit purpurnen getüpfelten Blüten…»

«Ja, ja.» Hunloke war wütender auf sich selber als auf Lestrade. «Ersparen Sie mir die Botaniklektion.» Er gewahrte sein eigenes Gesicht im Spiegel. Es war aschgrau geworden. «Mein Gott», sagte er, «das bedeutet…»

«Ja?» Lestrade kniff lauernd die Augen zusammen.

«Tatsächlich», wandte sich Hunloke ihm zu, «habe ich dem armen Willie die Pflaumen nicht gegeben. Oder besser, ich gab sie ihm, aber ich gab sie lediglich von einem anderen an ihn weiter.»

«So?» Lestrade hob eine Augenbraue. «Von wem?»

«Von Nordahl Overland, dem Kapitän der *Fram*.»

Lestrade runzelte die Stirn. «Das ist das norwegische Schiff?»

«Jacht», verbesserte ihn Hunloke.

«Warum wollte Kapitän Overland Willie die Pflaumen geben?»

«Willies Vorliebe für Pflaumen war in Seglerkreisen wohlbekannt, Superintendent. Und es gehört zum guten Ton, daß die Mannschaften vor dem Start einer Regatta kleine Geschenke austauschen. Ich habe einen ganzen Schrank voller Krawatten.»

«Warum gab er ihm die Pflaumen nicht selber?»

«Willie hatte sich am ersten Morgen verspätet. Die *Fram* wollte auslaufen, und ich bot mich an, die Pflaumen an Willie weiterzugeben. Gott, hätte ich das bloß gewußt!»

«Machen Sie sich keine Vorwürfe, Kapitän. Wenn hier Vorwürfe zu machen sind, werde ich das tun. Draußen. Ich nehme an, daß Kapitän Overland hier ist?»

«Was?» Hunloke war mit seinen Gedanken weit weg, kreuzte auf dem Solent, den sterbenden Willie in seinen Armen. «Äh… ja.»

«Ja. Wären Sie so freundlich, ihn mir zu zeigen?»

«Ja, natürlich.»

«Da ist noch eine Sache.» Lestrade hielt den Kapitän an der Tür zurück. «Diese Pflaumen, waren sie in einer Büchse oder in einem Beutel?»

«In einem Beutel», sagte Hunloke.

Er ging voran in den Ballsaal, den zahllose funkelnde Kronleuchter erhellten. Die Kapelle, eigens von Harrods hergeschickt, spielte eine Quadrille und stellte gegenüber Miss Lambert und dem Rookley Palm Court, welche die Gesellschaft am Nachmittag unterhalten hatten, eine ausgesprochene Verbesserung dar. Die Herzogin von Westminster sah in ihrem Ballkleid großartig aus, das mit Auszeichnungen und Orden übersät war, obgleich sie nichts mit mehr Stolz trug als die silberne Olympiamedaille um ihren weißen Hals.

«Dort», murmelte Hunloke. «Der Knabe mit dem Monokel. Das ist Overland.»

Lestrade gewahrte einen eleganten kleinen Burschen, der eher ein Mann seines Schlages war, aber von einer Arroganz, die er wohl von den Fjorden und der Universität Oslo bezogen hatte. Er war von einer Gruppe Seeleute umgeben, gebaut wie Schlachtkreuzer, mit flammendroten Haaren und borstigen Bärten. Lestrade war im Begriff, für einen internationalen Zwischenfall zu sorgen, doch als er kurz davor war, berührte eine Hand seinen Arm.

«Miss Adams.» Er machte ein langes Gesicht.

«Mr. Lestrade», sagte sie. «Was tun Sie hier?»

Wie eine Journalistin sah die Amerikanerin jetzt überhaupt nicht aus. Die schwarze Samtjacke und der Bubikopf waren verschwunden. Ihr dunkles Haar fiel in langen Locken auf ihre Schultern, und nur der Glanz in ihren Augen blendete mehr als ihr Ballkleid.

«Ich könnte Sie dasselbe fragen», sagte er.

«Ja, aber ich habe zuerst gefragt», lachte sie.

«Ich bin dienstlich hier, Madam», erwiderte er.

«Das sehe ich.» Sie blickte auf seinen lächerlich unpassenden Aufzug. «Ich ebenfalls. Für niemanden, auch nicht für die *Washington Post*, bleibt die Zeit stehen, ich bin seit zwei Tagen hier, um über das Rennen zu berichten.»

«Dann wissen Sie also vom Tod Mr. Hemingways?» fragte er.

«Ja. Tragisch. Ich…» Und ihre Heiterkeit wich. «Sind Sie deshalb hier?»

Er nickte.

«Tut mir leid», sagte sie. «Ich dachte, es sei ein Herzanfall gewesen.»

«Schon möglich», erwiderte er, «am Schluß. Das, was zu diesem Herzanfall führte, interessiert mich.»

«Lestrade.» Hunloke berührte seinen Ellenbogen. «Ich will, daß Sie Willies Mörder hinter Gitter bringen. Es ist nicht die Zeit für ein Schwätzchen.»

«Mörder?» Marylou sagte es ein wenig zu laut, und die Augenbraue von Prinzessin Beatrice hob sich unmerklich, als sie im Galopp an ihr vorbeitanzte.

«Nun, das wissen wir nicht mit Sicherheit.» Lestrade spürte, wie der Boden unter ihm wankte. «Ich wäre Ihnen dankbar, Kapitän, wenn Sie mir die Sache überlassen würden. Sie könnten Miss Adams vielleicht zum Tanz auffordern.»

«In Ordnung», sagte er mit grimmigem Gesicht. «Vergeben Sie mir, Madam, normalerweise mangelt es mir nicht an Ritterlichkeit. Die Tage sind nervenaufreibend.»

«Das sind sie wahrhaftig.» Sie reichte ihm die Hand. «Auch ich habe einen Freund verloren, Kapitän Hunloke. Er hat mir nicht weniger bedeutet als Mr. Hemingway Ihnen», und sie verschwanden im Gewühl der Tanzenden.

Lestrade versuchte sich um eine Säule herumzudrücken, doch er wurde von einem vorbeiwalzenden Quartett eingefangen und von einer sehr großen Dame durch den Raum gewirbelt, die ein Lasso aus Perlen trug, das ihm gegen die Nase peitschte. Als er sich von ihr losriß, wurde er von hinten gerammt und sah sich einem Herrn mit blühender Gesichtsfarbe gegenüber, dessen Kragen bis zu den Ohren hochstand und der sich überschwenglich für sein entsetzliches Benehmen entschuldigte und Lestrade versicherte, er sei glücklich verheiratet und Vater mehrerer Dutzend Kinder. Es dauerte einige Minuten, ehe der Mann vom Yard vor der Gruppe der Norweger stand.

«Kapitän?» sagte er.

«Jaa!» antworteten sie alle im Chor.

«Kapitän… Overland?» Er engte das Feld ein.

«Ich bin Overland», sagte der Mann mit dem Monokel.

«Ich bin Superintendent Lestrade von Scotland Yard.»

Einer der anderen Kapitäne flüsterte Overland etwas ins Ohr.

«Ah, Polizei», sagte Overland.

«Ja», sagte Lestrade. «Ich möchte Ihnen gern ein paar Fragen wegen des Todes von Mr. William Hemingway stellen.»

«Was?» Die Norweger scharrten sich wie ein Schutzschild um ihren Kapitän. «Was soll das heißen?»

«Ich habe Grund zu glauben, daß Mr. Hemingway vergiftet wurde.» Es war einer jener unglückseligen Augenblicke im Leben, in denen die Musik aufhören muß zu spielen. Der höfliche Applaus erstarb, und Lestrades Satz lastete wie Blei auf dem Abend.

«Gibt sisch ein Problem?» Ein französischer Seemann schob sich heran, seine Crew im Rücken.

«Wir können selbst auf uns aufpassen», sagte Overland.

«Natürlich», sagte der französische Kapitän. «Capitaine Bompard.» Er verbeugte sich vor Lestrade. «Aber Ihre Nation ist unerfahren. Isch dachte bloß…»

«Pah!» dröhnte einer der Norweger. «Franzosen denken nie.»

«Isch bitte um Verzeihung», mischte sich ein weiterer Franzose ein. «Isch muß doch bitten zu differenzieren.»

«Bitte.» Lestrade hob die Hand, sich der schweigenden Menge in seinem Rücken bewußt. «Diese Angelegenheit betrifft nicht die Franzosen.»

«Franzosen!» sprudelte der Franzose hervor. «Diesmal muß ich *Sie* bitten, Monsieur. Isch bin Emile Geraud, und isch bin Belgier. Wie können Sie es wagen, misch zu beschuldigen, ich sei Franzose!»

«Was ist schlecht daran, ein Franzose zu sein?» brüllte Bompard ihn an.

«Meine Herren», rief Lestrade. «Ich möchte mit Ihnen unter vier Augen sprechen, Kapitän Overland.» Und er deutete auf die Tür zum Herrenwaschraum.

«Unmöglich», erwiderte Overland. «Alles, was Sie mir zu sagen wünschen, können Sie auf dem korrekten diplomatischen Weg sagen.»

«Haben Sie Ärger, Overland?» Ein weiterer Kapitän in der Uniform der schwedischen Marine gesellte sich dazu. Er schlug vor Lestrade die Hacken zusammen. «Olef Waldemar», sagte er. «Zu Ihren Diensten.»

«Was wissen Sie von Dienst?» knurrte Overland.

«Gentlemen», Prinzessin Beatrice, Weltbürgerin genug, um Auseinandersetzungen wie diese in den Griff zu bekommen, trat vor, nur um von einem zufälligen rechten Haken eines der norwegischen Besatzungsmitglieder zurückgeschleudert zu werden. Bompard streckte den Mann mit einem einzigen Hieb zu Boden, und Waldemars Stiefel bohrte sich in den Rücken des Franzosen. Bevor Lestrade eine Chance hatte, auszuweichen, wurde er von einem riesigen Norweger gefällt, der wie ein Berserker herausfordernd brüllte. Der ganze Saal war in Aufruhr. Prinzessin Beatrice, die eine dicke Lippe leckte, begann die Damen hinauszudrängen, ungeachtet der Bemühungen der Herzogin und der Journalistin, die bleiben wollten. Die Kapelle stimmte, mangels anderer Wünsche, «Gay Gordons» an und tat ihr Bestes. Harrods, selbst an einem Sonnabend, war nichts gegen dieses Spektakel.

Ein Kronleuchter krachte zu Boden. Leiber rollten und taumelten hin und her. Fäuste flogen und Zähne krachten, während die Luft von entsetzlichen Flüchen in wenigstens fünf verschiedenen Sprachen zerrissen wurde. Passanten draußen auf der Straße blickten mißbilligend und nickten sich zu, als die Fensterscheiben herausflogen. Was für ein rüpelhaftes Volk, diese Seeleute. Und es stand noch Schlimmeres bevor. Nächste Woche würden sie alle nach Cowes weiterziehen.

Am Ende war es der gute alte Sub Inspector Bush, der den Abend rettete. Eine Abteilung seiner blaujackigen Bobbies eilte in den Saal, um die Zahl der Leiber, die aufeinander eindroschen, zu vermehren.

Und das «Jetzt ist's aber genug, meine Herren» war durchsetzt vom dumpfen Aufprall der Schlagstöcke und dem Klicken von Handschellen, als die Ordnung im Saal wiederhergestellt wurde.

Lestrade hatte das Beste verpaßt. Man hatte ihn bewußtlos unter einem Tisch hervorgezogen, sein Kolani reichlich durchtränkt mit einer der köstlichen Saucen, einer Gefälligkeit von Mr. H. G. Smith vom *Pier Hotel*, nachdem man ihm den Taktstock des Kapellmeisters vorsichtig aus dem rechten Nasenloch entfernt hatte. Davon und der leichten Gehirnerschütterung abgesehen, deren sichtbares Merkmal eine purpurne Beule auf der Stirn war, ging es ihm gut. Es ging ihm allerdings noch besser, als er unter den zarten Hilfsdiensten von Marylou Adams wieder zu sich kam.

«Au!» Er setzte sich kerzengerade auf und nahm den Eisbeutel von seinem Kopf.

«Ruhig, Mr. Lestrade», sagte sie, die Kissen aufschüttelnd.

Es hörte sich ein wenig abgedroschen an, aber Lestrade sagte es trotzdem: «Wo bin ich?»

«Zimmer dreizehn, *Yelf's Hotel*, Ryde. Ich hoffe, Sie sind nicht abergläubisch, Mr. Lestrade?» Sie lächelte ihn an.

«Natürlich nicht», sagte er, und seine Finger verirrten sich zum Holz des Nachttisches. «Wie lange bin ich hier?»

«Ein paar Stunden», sagte sie. «Fühlen Sie sich in der Lage, das Licht zu ertragen? Ich werde die Gardinen aufziehen.»

«Nur die Vorhänge, bitte», sagte er.

Sie ließ das Licht hereinströmen. «Sie haben uns allen Sorgen gemacht.»

Er erstarrte plötzlich und blickte an sich herunter. Er saß da in seiner rosafarbenen Hemdhose, leichte Qualität, im Sommer zu verwenden.

«Beunruhigen Sie sich nicht», lachte sie. «Der Wirt hat Sie mit der Hilfe von Sub Inspector Bush ins Bett geschafft. Und die beste Nachricht ist», sie setzte sich neben ihn auf die Bettdecke, «daß Mrs. Bush Ihnen aus Shanklin einen Teller ihrer köstlichen Pastete schikken wird.»

«Oh, gut», Lestrade verzog das Gesicht, aber die Anstrengung war zu groß, und er sank zurück. «Ich möchte ja nicht als vergreister englischer Reaktionär erscheinen», sagte er, «aber machen Sie sich keine Sorgen um Ihren Ruf, allein im Zimmer eines Mannes zu sein?»

«Im Zimmer eines *Polizisten*», schalt sie. «Aber nein. Trotz einiger ziemlich verschrobener kleiner New Yorker Gesetze gegen das Rauchen, bin ich eine emanzipierte Frau. Oder sollte ich diesen Ausdruck einem Engländer gegenüber nicht gebrauchen?»

Er lächelte. «Ich bin froh, daß Sie hier sind», sagte er.

«Ich ebenfalls.» Ihr Lächeln verschwand. «Weil Sie Hilfe brauchen», und sie ging zu einem Bettschränkchen. «Brandy?»

«Wie spät ist es?» fragte er.

Sie blickte aus dem Fenster auf die Uhr auf der anderen Straßenseite.

«Es ist fast halb elf.»

«Ah, dienstfrei», seufzte er. «Ja, bitte.»

«Sagen Sie, Mr. Lestrade», sie goß ihm einen kräftigen Schluck ein, «haben Sie je Bourbon probiert?»

«Ich dachte, das sei eine Stadt in Südafrika», gestand er.

Sie lachte das perlende Lachen, das er mochte. «Also.» Sie nippte an ihrem Glas und setzte sich wieder neben ihn. «Was haben wir?»

«Wir?» Sie hörte sich wahrhaftig an wie Walter Dew. Er sah ihre strahlenden, lachenden Augen, die kleinen Sommersprossen auf ihrer Stupsnase, die zierliche Gestalt und die festen Brüste unter ihrem Mantel. Nein, wirklich überhaupt nicht wie Walter Dew. Walter trug nie Mäntel; sie paßten nicht zu ihm.

«Mr. Lestrade.» Sie sprach ernst, mit einem harten, fast grausamen Unterton. «Daß wir uns recht verstehen. Ich bin zuallererst Journalistin. Ich mag, um Ihre verstorbene teure Königin – Gott segne Sie – zu zitieren, den Leib einer schwachen und hinfälligen Frau haben, aber darunter», sie tippte auf die Falten ihres Oberteils, «ist reines Zeitungspapier.»

Lestrade nickte. Das mußte das raschelnde Geräusch gewesen sein, das er hörte.

«Ein Mann, der mir sehr teuer war, wurde kürzlich ermordet. Wie Sie wissen, will ich, daß man seinen Mörder findet. Und meine ganze Ausbildung – die Ausbildung, die ich von Hans-Rüdiger erhielt – hat mich dazu geführt, eine Sache bis zu ihrem logischen Abschluß zu verfolgen. Wie gefährlich das auch sein mag. Was es auch kosten mag. Sie sind hier in England das Gesetz, und ich würde es vorziehen, mit Ihnen zusammenzuarbeiten. Aber wenn ich das nicht kann, dann, seien Sie versichert, werde ich allein arbeiten.»

«Ich verstehe», sagte er. «Aber ich habe nicht die Freiheit…»

«Aber Hans-Rüdigers Mörder ist in Freiheit, Mr. Lestrade. Und das ist eine unerträgliche Situation. Also, arbeiten wir zusammen oder getrennt?»

Lestrade blickte auf das zierliche Mädchen vor ihm, mit den wild glühenden Augen, dem energischen Zug um Lippen und Kinn. *Seine* ganze Ausbildung, die ihm anfangs Adolphus Williamson, dann Howard Vincent, Monro und McNaghten hatten angedeihen lassen, hatte ihn dazu geführt, allein zu arbeiten. Niemandem zu vertrauen. Niemals, niemals etwas zu enthüllen, vor allem keinem Pressefritzen.

«Also zusammen», sagte er.

Einen Augenblick war es still zwischen ihnen. Schweigend blickten sie einander an.

«Zusammen», sagte sie. «Zuallererst, wegen gestern abend…»

Er spürte aufs neue ein Hämmern im Kopf. «Erinnern Sie mich nicht daran. Einen kleinen Punkt haben wir beide übersehen: Wenn Mr. Edward Henry im Yard davon erfährt, bin ich vielleicht sowieso schon arbeitslos.»

«Unsinn», sagte sie. «Niemand wird Anzeige erstatten. Die Herzogin hat sich erboten, für alle Schäden aufzukommen, und die Vertreter des Olympischen Komitees haben es geschafft, daß alle Parteien sich die Hände gereicht haben. Ausgenommen Kapitän Bompard vom französischen Team, dessen Hände gebrochen sind…»

«Beide?» fragte Lestrade, immer um Genauigkeit bemüht.

«Es ist alles in Ordnung», sagte sie. «Die Ärzte im County Hospital sagen, er wird wieder Klavier spielen können.»

«Oh, gut.»

Sie schenkte ihm nach. «Aber die interessanteste Neuigkeit kommt noch: Kapitän Overland wurden die Backpflaumen von einer *anderen* Person gegeben.»

Er saß aufrecht im Bett. «Woher wissen Sie das?» fragte er.

«Haben Sie vergessen, daß ich Journalistin bin?» fragte sie. «Es ist mein Beruf, das zu wissen. Die Information über die Pflaumen bekam ich von Kapitän Hunloke. Er fühlt sich scheußlich wegen seiner Rolle in dieser schrecklichen Geschichte. Was Kapitän Overland betrifft, habe ich auf seiner Jacht im Hafen von Cowes eine ziemlich unangenehme kabbelige Stunde verbracht. Auch er fühlt sich scheußlich – obgleich sein gebrochenes Schlüsselbein noch dazu beiträgt. Er sagt, er habe die Backpflaumen zwar als Geschenk überreicht, sie in Wirklichkeit aber von jemand anderem bekommen.»

«Von wem?» fragte Lestrade.

«Das ist es ja eben», seufzte sie. «Er kann sich nicht erinnern. Beim Start des Rennens wimmelte es von Leuten, Journalisten, Fotografen, Touristen, alle umringten ihn, klopften ihm auf die Schulter und so weiter. Das führt uns nicht weiter, oder?»

«Nun ja, wenigstens bräuchte ich keinen Krieg mit Norwegen zu riskieren, wenn ich ihn festnehmen würde», bemerkte Lestrade. «Wenn das stimmt, was er sagt, natürlich.»

«Ich bin in meinem Leben einigen ziemlich perfekten Lügnern begegnet», sagte sie. «Wenn Overland einer davon sein sollte, ist er sehr gut.»

«Wenn er nun sehr gut wäre», Lestrade schob vorsichtig den Eisbeutel beiseite, «wenn er die Pflaumen selbst präpariert hätte, welches Motiv könnte er haben?»

«Beruflicher Neid», sagte sie. «Vielleicht war Hemingway ein besserer Segler als er.»

«Vielleicht», sagte Lestrade. «Aber warum nur Hemingway? Schließlich beendete die *Fram* das Rennen auf Platz drei. Was bedeutet, daß Overland von *zwei* britischen Schiffen geschlagen wurde.»

«Jachten», verbesserte sie ihn.

«Warum nicht Blair Cochrane töten, der gewann? Oder die Herzo-gin, die zweite wurde.»

«Sie mochten keine Pflaumen», schlug sie vor.

«Es gibt andere Möglichkeiten. Nein, das ergibt keinen Sinn. Es sei denn, es gibt eine andere Verbindung zwischen Hemingway und Overland, von der wir nichts wissen.»

«Ich kann das nachprüfen», sagte sie. «Aber ich muß zur Fleet Street zurückkehren, Richard Grant von der *Mail* wird gewiß be-hilflich sein.»

«Ich kann das ebenfalls nachprüfen, wie Sie sagen», meinte Le-strade. «Aber ich müßte zum Yard zurückkehren. Ich bin gleicher-maßen sicher, daß Superintendent Quinn von der Spezialabteilung keine Hilfe wäre. Aber das ist er weder hier noch dort.»

«Aber was ist, wenn Overland die Wahrheit sagt?»

Lestrade schnalzte mit der Zunge und bemerkte plötzlich, daß seine Nase geschwollen war und schmerzte. «Dann haben wir unseren Mann verloren», sagte er. «Er hat sich nach dem Start des Rennens unter die Menge auf der Pier gemischt, und wir haben ihn verloren. Waren Sie damals dabei?»

«Nein, ich sagte es Ihnen. Ich bin erst seit drei Tagen hier. Den ersten Tag habe ich ganz verpaßt. Ich war beim britischen Damen-team in White City. Es gibt natürlich noch eine andere Möglichkeit, die wir nicht ins Auge gefaßt haben.»

«Ja?»

«Daß wir nicht nach dem Mörder eines Mannes, sondern zweier Männer suchen.»

«Zwei?»

«Daß derselbe Mann, der William Hemingway umbrachte, auch Hans-Rüdiger Hesse tötete.»

Lestrade schüttelte den Kopf. «Nicht möglich», sagte er.

«Warum?»

«Nun, da haben wir erst einmal die Tatwaffe. Nach meiner Erfah-rung benutzen Mörder in der Regel dieselbe Waffe – ein Messer oder ein Beil. Hemingway wurde vergiftet. Hesse wurde erstochen.

Sie haben mein Wort darauf, daß wir nach zwei verschiedenen Männern suchen. Mein Problem ist, daß ich beide Fälle am Hals habe und vom Yard nicht viel Hilfe zu erwarten habe, wie die Dinge liegen.»

«Ich verstehe», sagte sie und stand auf. Sie huschte zu ihrer Handtasche auf dem Schränkchen und nahm etwas heraus. Lestrade wollte seinen Augen nicht trauen. Sie streckte ihren Arm in die Länge, und er starrte in die Mündung einer kleinen Pistole.

«Dies ist eine Derringer», sagte sie. «Sehr handlich, um Präsidenten der Vereinigten Staaten zu töten... oder Superintendents von Scotland Yard. Aus dieser Entfernung würde ich kaum danebenschießen. Und wenn, dann habe ich einen zweiten Schuß.»

Sie lachte und klickte den Hahn auf die leeren Läufe. «Natürlich, wenn sie geladen ist. Sie haben wirklich Glück. In der Regel ist die Waffe geladen.»

«Haben Sie einen Waffenschein?» fragte er und stürzte seinen Brandy hinunter.

«Warum, Superintendent, Süßer», verfiel sie plötzlich in den schönsten Südstaatenjargon, «ich glaub wirklich nich, daß ich überhaupt so was brauch. Egal», die Stimme war wieder hart geworden, «es spielt gar keine Rolle, weil es keinen Zweck hätte, Sie mit einer Pistole zu töten, wenn ich bereits Ihren Brandy vergiftet hätte.»

Sekundenlang raste sein Puls. Er starrte in das Glas und schnüffelte daran. Kitzelte es auf seiner Zunge? Zog sich sein Magen zusammen?

«Entspannen Sie sich.» Sie setzte sich wieder hin und tätschelte seine Hand. «Ich wollte Ihnen nur klarmachen, daß ich, wenn ich Sie – oder jemand anderen – ermorden wollte, etwas in Reserve habe, bloß für den Fall.»

«Für den Fall?» sagte er, und sein Herz sackte langsam aus dem Mund nach unten.

«Für den Fall, daß etwas schiefgeht.» Sie zuckte die Achseln. «Wissen Sie, das Deck einer acht Meter langen Jacht ist ein ziemlich öffentlicher Ort, um zu sterben. Wie sollte der Mörder Hemingway sonst aus dem Weg räumen? Hätte er ihn mit einem Ruder erschlagen oder von einem vorbeifahrenden Kriegsschiff eine Salve auf ihn gefeuert, wäre das ein bißchen auffällig gewesen, oder?»

«Wie Sie sagen», sagte Lestrade und begriff, worauf sie hinauswollte. «Ein bißchen.»

«Mit Rudi dagegen war er allein. Und er nahm die Waffe, die ihm in die Hand fiel. Den Brieföffner.»

«Woher wissen Sie, daß es ein Brieföffner war?» fragte er sie.

«Aber, aber», spottete sie. «Sie sind ein mißtrauischer alter Griesgram, daran besteht kein Zweifel. Das stand alles in den Zeitungen. Lesen Sie die denn nicht?»

«Nur, wenn sich's nicht vermeiden läßt», erwiderte Lestrade.

«Aber wo ist die Verbindung zwischen Hesse und Hemingway?»

«Das ist es, was ich herausfinden will.» Sie griff nach ihrer Handtasche. «Und dazu brauche ich die Hilfsmittel von Fleet Street. Kommen Sie allein zurecht? Ich denke, Sie werden feststellen, daß die Herzogin Ihre Hotelrechnung bezahlt hat.»

An der Tür blieb sie stehen und lächelte.

«Werde ich Sie in London sehen?» fragte sie.

«So wie ich Sie kenne, Miss Adams, habe ich daran keinen Zweifel.»

Und sie warf ihm eine Kußhand zu, wie es emanzipierte Frauen zu tun pflegen.

# Die Vierhundert Meter: ein totes Rennen

Von Admiral Crichton erfuhr Lestrade genau so wenig Neues wie von Philip Hunloke. Ja, er wußte, daß Hemingway sich Backpflaumen einverleibte. Ja, er wußte, daß Kapitän Overland ihm ein paar geschenkt hatte. Nein, er hatte keine Ahnung, woher sie stammten. Während also das Olympische Komitee ein Beileidstelegramm von Baron de Coubertin persönlich an die nächsten Angehörigen schickte und die Vorbereitungen für Autopsie und Bestattung getroffen wurden, nahm Lestrade Abschied von den jungen Männern und der See und fuhr mit einem Postschiff nach Portsmouth hinüber. Aber er war vier Tage fort gewesen, und der kleine Bursche, den er damit beauftragt hatte, nach seinem Lanchester zu sehen, war in dringenden Geschäften weggerufen worden, und das zärtlich geliebte Automobil des Superintendent, eine Nobelmarke, die von den Höchsten im Land bevorzugt wurde, stand abseits der Straße auf vier Steinklötzen, und seine Räder mit den silbernen Speichen waren verschwunden. Lestrade veranlaßte, daß der Wagen, Ersatzreifen inklusive, instand gesetzt und von einem Constable zum Yard zurückgefahren wurde. Er selbst nahm den Zug, zur großen Erleichterung der Verkehrsteilnehmer der Umgebung. Er kehrte in die zugigen Quartiere des Yards zurück und fand dort, kurz nach der Lunchzeit, einen Mann, gebaut wie ein Elefant, vor, der auf ihn wartete.

«Hallo, Chef.» Constable Hollingsworth schien erleichtert, ihn zu sehen. «Himmel, haben Sie ein bißchen Schattenboxen gemacht?» Er deutete auf die geschwollene Stirn des Superintendent.

«Etwas in der Art», erwiderte Lestrade, «bloß daß der Schatten zurückgeschlagen hat. Wer sind Sie?»

Der Elefantenmann schlug die Hacken zusammen und verbeugte

sich steif. «Ich bin Alois Vogelweide», sagte er, «von der Berliner Polizei.»

Er schob Lestrade seine Papiere hin, der die schwierige deutsche Schrift wie mit geübtem Auge entzifferte.

«Die scheinen in Ordnung zu sein», sagte er.

«Ach so», strahlte Vogelweide. «Sie lesen Deutsch?»

«Ich dachte, Sie seien Deutscher?» Lestrade war verwirrt.

Vogelweide ebenfalls, doch er ging mit der rücksichtslosen Tüchtigkeit darüber hinweg, für welche die Preußen berühmt sind.

«Komme als Vorhut des Kaisers», erklärte er, «der nächste Woche das Boot Ihres Königs Edward bei Cowes schlagen wird.»

«Ich verstehe», sagte Lestrade und schnippte mit den Fingern in Hollingsworths Richtung. «Trinkt man in Berlin Tee?»

«In Berlin, ja, aber hier drüben nicht. Türkischen Kaffee, bitte.»

«Sie haben den Inspektor gehört, Hollingsworth», sagte Lestrade. «Bitteren türkischen Kaffee.»

«Wird gemacht, Chef, ich werde jemanden zu Abdul Pascha auf dem Strand schicken müssen.»

«Dann tun Sie's, Mann», sagte Lestrade. «Wir sind immer froh, wenn wir unseren Freunden von der anderen Seite des Kanals helfen können.»

Der Constable verschwand knurrend.

«Bin in der Angelegenheit Hans-Rüdiger Hesse hier», erklärte Vogelweide. «Ihre englischen Zeitungen sagen, daß er ermordet wurde.»

«Leider ja», sagte Lestrade und hob behutsam den Bowler von seinem Kopfverband.

«Was unternehmen Sie in der Sache?»

«Alles, was wir können», antwortete Lestrade. «Vielleicht sind Sie unterdessen in der Lage, mir zu sagen, warum ihn jemand tot sehen wollte.»

Vogelweide hielt einen Augenblick inne, als müsse er Lestrades Worte erst in seinem Kopf übersetzen. «War ein hervorragender Journalist», sagte er. «Furchtlos und nicht zu korrumpieren. Solche Männer machen sich Feinde, ja?»

«Vielleicht», sagte Lestrade.

«Also, was denken Sie?» bedrängte ihn Vogelweide.

«Vielleicht», wiederholte Lestrade, «daß die Ermordung Mr. Hesses auf englischem Boden bloß ein Zufall war. Daß ihm jemand von Berlin hierher gefolgt ist.»

«So?»

«So.» Lestrade ging zur Tür und öffnete sie. «Vielleicht wäre es für Sie das Beste, wenn Sie Ihre Nachforschungen zu Hause anstellen würden – in Berlin.»

«Nein», lächelte Vogelweide. «Ich habe drei Wachtmeister, die rund um die Uhr daran arbeiten. In der Zwischenzeit werde ich dafür sorgen, daß die Leiche nach Hause geschickt wird, damit sie in Berlin bestattet werden kann.»

«In Ordnung.»

Der riesige Inspektor knallte die Hacken zusammen. «Wenn ich das erledigt habe, werde ich Sie wieder aufsuchen, alter Junge, und wir werden zusammenarbeiten, ja?»

«Nein», sagte Lestrade. «Ich kann wirklich nicht helfen. Türkischer Kaffee ist eine Sache, aber Zusammenarbeit? Ich schätze, daß unsere Methoden völlig verschieden wären.»

«Unsinn», grinste der fette Mann. «Sind beide Detektive. Beide hinter derselben Sache her – einem Mörder. Will gern mit Ihnen zusammenarbeiten, aber wenn nicht, werde ich's ohne Sie tun. Guten Tag. Ich trinke meinen Kaffee ein anderes Mal.»

«Leben Sie wohl», sagte Lestrade mit Nachdruck. «Und tun Sie nicht, was ich tun würde», und er sah, wie der Mann klickend den Flur entlangging.

«Guten Morgen», hörte er Inspector Gregory sagen, als er Vogelweide auf der Treppe begegnete.

«Ist er das?» hörte er den Deutschen antworten.

«Constable Bourne?» Der Superintendent steckte seinen Kopf durch die Tür zum Vorzimmer. «Ich möchte Ihnen etwas im Vertrauen sagen.»

Der Detective Constable trippelte ins Zimmer. «Ja, Superintendent?»

«Dieser Mann, der gerade gegangen ist.»

«Derek Hollingsworth, Sir?»

«Nein, der andere.»

«O ja», lächelte Bourne. «Der Große. Sah aus wie ein Starker Mann vom Zirkus.»

«Ja, den meine ich. Nun, er ist Polizist, so wie Sie angeblich einer sein sollen. Aber trotz seines Grinsens und Hackenschlagens ist er ein Ausländer. Und obwohl er hier keine Amtsbefugnis hat, werde ich das Gefühl nicht los, daß er uns in die Quere kommen wird.»

«Ja, Sir.»

«Ihre Aufgabe, Bourne, ob sie Ihnen nun gefällt oder nicht, besteht darin, ihn zu beschatten. Überallhin, wo er hingeht, gehen Sie auch hin. Verstanden?»

Bournes Augen leuchteten auf. «Überallhin, Sir?»

Lestrade zog die Augenbrauen ein wenig in die Höhe. «Machen Sie Gebrauch von Ihrer Diskretion, Constable», sagte er.

«Die habe ich immer bei mir, Sir.» Und er verschwand.


Der Schuß der Starterpistole zerriß die Stille des Morgens. Ein Rauchwölkchen stieg auf, und die Uhren begannen zu ticken. Strohhüte und Federhüte beugten sich vor, um den Augenblick nicht zu verpassen, als die fünf Männer sich in Bewegung setzten.

Kent Icke von der *Daily Graphic* begann seinen Kommentar am Megaphon:

«Und es ist J. C. Carpenter, J. C. Carpenter aus den Vereinigten Staaten, mit seinem unverwechselbaren Laufstil. Schauen Sie sich bloß diese stampfenden Unterschenkel an, meine Damen und Herren. Hinter ihm W. C. Robbins, ebenfalls Vereinigte Staaten... scheint sich einiges zuzutrauen, verschärft das Tempo nicht. Und an dritter Stelle – heute wird ohne Trennseile gelaufen – in fabelhaftem Tempo, da ist unser, unser aller Wyndham Halswelle, Kopf an Kopf mit seinem Laufkameraden von den Worplesdon Harriers, Martin Holman. Und in diesem Augenblick fällt der Neger J. P. Taylor außen zurück. Er wurde weithin als Favorit gehandelt, aber im Augenblick sieht es schwarz für ihn aus. Robbins, Robbins kommt jetzt auf – sehen Sie sich bloß diesen Rhythmus an. Sieht so aus, als würden alle eine gute Zeit erreichen. Taylor macht Boden gut… Was passiert da? Robbins, Robbins hat Halswelle geschnitten – o mein Gott. Er kreuzt Halswelles Weg, und der Mann von den London Scots muß ausweichen. Oh, was für eine Katastrophe! Robbins ist mit Carpenter auf der Innenbahn. Ich weiß nicht, was die Bahnrichter dazu sagen werden. Sie sind jetzt schon auf der Zielgeraden. Und immer noch kann jeder gewinnen. Außer Holman. Er scheint zu verlieren. Er fällt zurück. Da kommt Halswelle, greift Carpenter an. O Gott. Carpenter… Das ist verblüffend. Ganz verblüffend. Carpenter läuft diagonal aufs Zielband los. Halswelle muß auf die Außenbahn ausweichen. Die Zuschauer sind aufgesprungen – Sie nicht auch, meine Damen und Herren? In meiner ganzen Laufbahn als Sportreporter habe ich so was noch nicht erlebt. Ja, ja. Carpenter gewinnt Gold, Halswelle Silber… Aber warten Sie… Das Zielband ist unten. Die Zielrichter haben das Band fallen lassen. Einer von ihnen winkt mir zu. Wenigstens glaube ich, daß er mir zuwinkt. Carpenter glaubt, daß er gewonnen hat. Er setzt zu einer Ehrenrunde an. Jetzt spricht ein Bahnrichter mit ihm. Oh, du meine Güte, Carpenter scheint ihn niedergeschlagen zu haben. Ich kann nicht ganz verstehen, was er ruft… es hörte sich an wie ‹Das ist doch nicht Ihr Ernst›. Nun ja, ich wußte immer, daß die Amerikaner entsetzliche Sportsleute sind, aber das schlägt dem Faß den Boden aus. Und damit gebe ich weiter an Dorian O'Hehir beim Weitsprung.»

Inmitten des Tumultes am Zieleinlauf, dem Geschrei und den Beschuldigungen, bemerkte niemand, daß Martin Holman neben der Laufbahn zusammenbrach. Er sah leichenblaß aus, atmete schwer. Es dauerte einige Minuten, bevor Offizielle mit weißen Armbinden ihn auf eine Trage legten und vom Kampfplatz trugen. Am Abend war er tot.

Sie schafften seine Leiche in das Leichenschauhaus von White City. Wirklich sonderbar, daß sie so etwas gebaut hatten, es sei denn, sie rechneten damit, daß ihre Athleten starben. Natürlich war es das

Herz. Er war nicht fit. Hatte nicht genug trainiert. Die Worplesdon Harriers waren nicht mehr das, was sie mal waren. Der Arzt, der zufällig unter den Zuschauern war, unterschrieb den Totenschein, und er war noch da, als Lestrade ankam.

«Doktor Harris», sagte er und nahm den Strohhut ab, den er sich der sengenden Hitze wegen hatte auf den Kopf zwängen müssen, «wie steht's in Camberwell?»

Der ergrauende, schnurrbärtige Mediziner blickte auf. «Lestrade, was führt Sie her?»

«Die Nase eines meiner Sergeants, Doktor.»

«Doch nicht Dew!» feixte Harris.

«Walter Dew ist mittlerweile Chief Inspector, Doktor. Seit dem Fall mit dem Heiligen Haus.»

«O ja», murmelte Harris, «hatte ich vergessen. Gefiel Ihnen übrigens *Die sechs Napoleons* vom alten Watson? Nun, von ihm und Conan Doyle.»

«Ich dachte immer, es wären bloß drei», erwiderte Lestrade mit dem Hochmut eines Mannes, der den Kurs in Französischer Geschichte für Polizisten besucht hat. Harris blickte ihn prüfend an. Es war die übliche Reaktion. «Nein, in Wirklichkeit, war es Sergeant Dickens. Er hat Dienst auf der Ausstellung, und ihm kam das ziemlich merkwürdig vor.»

«Merkwürdig?» wiederholte Harris. «Die Spiele sind im Gang, Lestrade. Dieser arme Bursche ist lediglich ein Opfer der Hitze geworden. Sie könnte uns alle umbringen, wissen Sie. Als Watson in Afghanistan war...»

«Ja», unterbrach Lestrade. «Erzählen Sie das irgendwann Inspector Gregory.» Er blickte auf die Leiche. «Hitze?» fragte er Harris.

«Eigentlich das Herz. Ich würde schätzen, daß seine rechte Vena cava all dem nicht gewachsen war.»

Lestrade hob die Augenlider an. «Wie lange ist er schon tot?»

«Etwa drei Stunden. Den größten Teil des Tages war eine richtige Armee von Medizinern hier. Armer Tropf.»

Lestrade ging neben den Laufhosen in die Knie. «Was ist das?» fragte er.

Harris staunte wieder einmal über Lestrades Unwissenheit. «Das ist ein Bein», sagte er.

«Diese Hautflecken», klärte der Superintendent die Situation.

«Blässe.» Harris stach mit seiner Pinzette in den Quadriceps femoris des toten Athleten. Er zeigte nicht die geringste Reaktion, was nicht überraschte. «Laienhaft gesprochen, sinkt das Blut, wenn es einmal aufgehört hat zu fließen, in den Körperteil, der dem Boden am nächsten ist. Es folgt der Schwerkraft.»

«Vielen Dank, Doktor.» Lestrade war geduldig. «Aber diese Nadelstiche, *oben* auf dem Bein.» Er stieß mit dem Bleistift in den Sartorius.

«Ah.» Harris mußte in gebückter Haltung denken, etwas, das ihm noch nie behagt hatte. «Offenbar ist er umgedreht worden.»

«Offenbar. Wie lange ist er tot, sagen Sie?»

«Etwa drei Stunden. In der Zwischenzeit wurde ich fortgerufen. Warum?»

«Er ist ganz schlaff», sagte Lestrade.

«Natürlich. Schließlich ist er tot», erklärte Harris.

«Was ist mit der Leichenstarre?» fragte Lestrade. «Er müßte mittlerweile steif sein wie ein Brett.»

«Oh, das ist verschieden, Lestrade.» Harris tat die Sache mit seiner jahrelangen Erfahrung ab.

«Stimmt. Es sei denn, der Tote ist einer körperlichen Anstrengung unterworfen gewesen – Holman lief den größten Teil der Vierhundertmeterstrecke. Wenn er keine Krämpfe bekommen hätte – ein Bahnrichter erzählte mir, er habe einige gehabt und hätte wirklich nicht laufen dürfen. In diesen Fällen setzt die Leichenstarre sehr rasch ein.»

«Sie verstehen eine ganze Menge von diesen Dingen, oder?» sagte Harris mißgünstig. «Was nehmen Sie also an?»

Lestrade zog das Messer mit dem Schlagring aus der Tasche. Er setzte die Spitze vorsichtig auf den Unterarm des toten Mannes und ritzte die Haut damit. Ein Tropfen Blut trat aus.

«Was tun Sie da, Mann?» Harris war verblüfft. War Lestrade in der Zwischenzeit Chirurg geworden? Oder ein Vampir?

«Fließendes Blut», sagte Lestrade. «Ich habe an Geschichten von blutenden Leichen nie geglaubt, bis ich Detective Sergeant wurde. An diesem Punkt ging mir ein Licht auf.»

«Nämlich?» fragte Harris, der immer noch mächtig im dunkeln tappte.

«Nämlich, daß in bestimmten Fällen von Vergiftung die Leichenstarre kommt und geht. Ich schätze, daß er bereits ziemlich steif war und in zwei Stunden wiederum steif sein wird – und das Blut bleibt, wie ihr Mediziner sagen würdet, flüssig.»

«Guter Gott.»

«Können Sie eine Obduktion vornehmen, Doktor?»

«Äh... nun ja.» Harris strich sich den Schnurrbart und verbarg seine Nervosität hinter Großmäuligkeit. «Sie wollen die Todesursache, vermute ich.»

«Die kenne ich bereits.» Lestrade wischte die Messerspitze an seiner Jacke ab und ließ die Klinge zurückschnellen. «Holman wurde vergiftet. Was ich will, ist ein Blick auf den Mageninhalt.»

«Ich habe meine Säge nicht bei mir», erklärte Harris.

«Leihen Sie sich eine», schlug Lestrade vor. «Doktor, ich brauche Antworten. Ganz unter uns, Holman ist der zweite Athlet, der binnen einer Woche an Gift starb.»

«Wirklich? Herrje, ja. Ich las es in der *Times*. Dieser Segler im Solent. Guter Gott, Lestrade. Was hat das zu bedeuten?»

Der Superintendent zuckte die Achseln. «Ich muß noch eine Menge weiterer Fragen beantworten, bevor ich das sagen kann, Doktor», sagte er. «Und zumindest eine davon betrifft Pflaumen.»

Während Mr. Edward Henry eine Pressekonferenz abhielt, um den Herren von der Presse und damit der Öffentlichkeit zu versichern, es bestehe kein Grund zur Aufregung, alles Menschenmögliche werde getan und London sei immer noch die sicherste Hauptstadt der Welt, reiste Lestrade nach Worplesdon. Er ließ seinen Lanchester zu Hause, denn er hatte nicht den Wunsch, sich noch einmal die Räder stehlen zu lassen. Er nahm statt dessen die Eisenbahn. In den

Akten fand sich nicht ein einziger Fall, daß jemand die Räder einer Lokomotive gestohlen hatte.

Er kam am frühen Nachmittag auf der Rennbahn an, und man sagte ihm, die einsame Gestalt, die auf der Bahn der kleinen Arena ihre Runden drehte, sei Lieutenant Wyndham Halswelle. Er war das, was man einen stattlichen Mann nannte, hatte eine ziemlich lange Nase und einen Mittelscheitel; Lestrade wußte es zwar nicht, aber alles an ihm war aerodynamisch perfekt für schnelle Läufe über Mittelstrecken.

«Man nennt mich Jock», sagte Halswelle und schüttelte Lestrade die Hand. «Die unvermeidliche Anrede, fürchte ich, für einen Offizier der London Scots. Joggen wir ein bißchen?»

«Joggen?» wiederholte Lestrade.

«Langsam laufen», wiederholte Halswelle.

«Nun, meine Kleidung ist kaum…»

«Legen Sie Ihre Jacke ab.» Halswelle half dem Mann vom Yard beim Ausziehen. «Und Ihren Hut. Ich kann nicht stillstehen, wissen Sie. Ich trainiere.»

«Ja, ich habe einen Sergeant, der ist wie Sie. Sie bestreiten noch einen Lauf?» Lestrade spürte, daß sich seine Lunge bereits zusammenzog. Wenn man Worplesdon im Juli mit zu vielen Dienstjahren und zu vielen Zigarren in Verbindung brachte, hatte man die Erklärung für das Wrack, das neben Halswelle durch das menschenleere Stadion stolperte.

«Die Vierhundert Meter werden wiederholt», sagte der Schotte.

«Wegen Holman?» keuchte Lestrade.

«Wegen Carpenter», erklärte Halswelle. «Er hat mich zweimal geschnitten, und sie haben ihn disqualifiziert. Ich bin nicht sonderlich glücklich darüber. Weil sie beim Rennen keine Trennseile benutzen, das ist der Grund. Es kommt zwangsläufig zum Gedränge.»

«Was können Sie uns sagen», schnaufte Lestrade, «über Martin Holman?»

«Guter Mann», sagte Halswelle ernst, in seiner achten Runde kaum in Schweiß. «Ich werde ihn vermissen.»

«Können Sie sich jemanden vorstellen, der ihn tot sehen wollte?»
Lestrade hatte nach einer Möglichkeit gesucht, Halswelle zum Still-
stehen zu bringen. Augenscheinlich hatte er sie gefunden. Der
Schotte blickte ihn an. «Was sagen Sie da?» fragte er.
Lestrade hatte das starke Verlangen, sich an etwas anzulehnen.
Aber außer Halswelle gab es hier nichts. Und es wäre allzu würdelos
gewesen, selbst für einen Augenblick, an der Schulter des Mannes
zusammenzusinken.
«Lesen Sie keine Zeitung?» rasselte Lestrade, dessen Brust sich
nach etwa vierzig zurückgelegten Yards nur mit Anstrengung hob.
«Die Morgenausgaben?»
«Nur die Sportberichte», erklärte Halswelle. «Kent Icke, Bill
Waring, Alan McLaren.»
«Können wir uns hier irgendwo ungestört unterhalten?» fragte Lestrade, der endlich spürte, daß die Eisenkugel in seiner Kehle sich
ein wenig lockerte.
Halswelle überschaute das kleine Stadion: stumme Sitzplätze, so
weit das Auge reichte. «Ich glaube nicht, daß Sie einen Ort finden
werden, wo es ungestörter ist, oder?»
Er ließ sich plötzlich zu Boden fallen, lag auf dem Rücken, warf
seine Beine in die Luft und begann zu strampeln, als sitze er umgekehrt auf einem unsichtbaren Fahrrad. Lestrade trat rechtzeitig zurück, bevor ein Nagelschuh seinen Schnurrbart traf.
«Martin Holman wurde ermordet», sagte er. «Von einer unbekannten Person oder von mehreren.»
Einen Augenblick hörte Halswelle auf zu strampeln, dann machte
er weiter.
«Wie?» fragte er.
Lestrade war dankbar, sich neben ihn hocken zu können. «Er
wurde vergiftet.»
«Wie?» wiederholte Halswelle.
Lestrade blickte in das energische Gesicht, jetzt ein wenig gerötet,
weil das Blut in den Kopf stieg. Er sagte noch einmal: «Er wurde
vergiftet.»
Halswelles Füße krachten zu Boden, und im selben Augenblick fe-

derte sein Körper in die Höhe wie eine Maulwurfsfalle. «Vergiftet womit? Wie wurde es gemacht?»

«Ein Arzt, den ich kenne, hat die ganze letzte Nacht damit zugebracht, seinen Mageninhalt zu untersuchen.»

«Was fand er?»

«Nun, schließlich fand er den Magen. Und darin eine Menge giftiger Blätterpilze.»

«*Boletus luridus*», sagte Halswelle.

«Wie meinen?» Lestrades Latein war nie über die erste Deklination hinausgelangt und manchmal nicht einmal bis dahin.

«*Boletus luridus*, Superintendent. Das ist ein Fungus.»

«Giftig?»

Halswelle schüttelte den Kopf. «Verdächtig», sagte er. «Es hängt von den vorhandenen Alkaloiden ab, wie wirksam diese Gifte sind. *Muscaria* können bei manchen Leuten gewiß zum Tod führen.»

«Sie scheinen sich mit Giften sehr gut auszukennen, Lieutenant», bemerkte Lestrade unwillkürlich.

«Nicht mit Giften», sagte Halswelle, «mit Fungi.»

«Woher wissen Sie, welche Pilze Holman aß?»

«Ich weiß es nicht», sagte Halswelle achselzuckend. «Aber ich weiß, welche ich für ihn sammelte.»

«Die Sie sammelten?»

«Ja. Im Wald von Worplesdon vor ein paar Tagen. Ich war zum Laufen draußen und war verblüfft, sie so früh im Jahr zu sehen.»

«Warum haben Sie sie gesammelt?»

Der Lieutenant beugte sich zu ihm. «Weil, Mr. Lestrade, Martin ein Künstler war. Oh, natürlich ein Amateur, so wie auch als Sportler. Aber in Londoner Kreisen war er wegen seiner Stilleben ziemlich bekannt. Er brauchte ein paar Pilze von einer bestimmten Beschaffenheit für eine Arbeit, die er fertigstellte. Natürlich bat er mich darum.»

«Natürlich, weil er wußte, daß Sie sich auskannten?»

Halswelle nickte. «*Luridus* hatte die Farbe, die er suchte. Mein Gott, ich habe nicht damit gerechnet, daß er sie essen, sondern sie bloß malen würde.»

«Warnten Sie ihn zuvor, sie zu essen?»

«Nein, selbstverständlich nicht. Die Briten sind ein Völkchen, das vor Pilzen eine krankhafte Angst hat, Superintendent. Wenn sie sie nicht beim Gemüsehändler gekauft haben, essen sie sie gewöhnlich nicht. Oh, das ist entsetzlich.»

«Darf ich Sie fragen, wie es kommt, daß Sie so viel über Pilze wissen?»

«Ein lebenslanges Interesse», antwortete Halswelle. «Manche Leute angeln. Andere reiten. Ich sammle Pilze.»

Lestrade kam mühsam auf die Füße und fragte sich, wie er den Weg zurück zu seiner Jacke und seinem Strohhut schaffen sollte.

«Da ist noch etwas.» Halswelle war auf den Beinen und neben Lestrade.

«Etwas, das Sie über Martin Holman wissen sollten.»

«Ja?»

«Ich glaube, er wurde erpreßt.»


Es war einer jener seltenen Augenblicke, in denen Sergeant Valentine stillstand. Den Tag über war es drückend heiß gewesen, und er und der Superintendent standen auf der Dachpromenade von Scotland Yard, hoch über den Laternen und dem funkelnden Braun des Flusses. Tief unten das Gewühl winziger Leute auf dem Embankment: Theaterbesucher, die ins Theater strebten, Trinker, die nach einem Drink schmachteten, Figuren, auf der Suche nach einem Autor. Doch wenn Lestrade einen Augenblick der Vorstellung nachhing, daß das ganze menschliche Leben dort unten war, galt das nicht für Valentine. Er hatte noch allerlei vor.

«Also, zu welchen Schlüssen sind Sie nach der Durchsuchung von Holmans Wohnung gekommen?» fragte Lestrade und sah seinem Zigarrenrauch nach, der über die Dächer trieb.

«Die Briefe sind interessant, Sir», erwiderte Valentine, «aber es ist das Tagebuch, das alles verrät.»

«So?»

«Nun, fast alles.» Valentine fischte ein kleines Notizbuch aus seiner

Die Vierhundert Meter: ein totes Rennen

Tasche. «Hören Sie sich das an: Vierzehnter März: ‹M. wird schwierig. Will mehr.› Und am dritten April: ‹Sie läßt mich schwer bluten. Kann nicht vernünftig mit ihr reden. Wir müssen zu einem Ende kommen.› Und am zweiundzwanzigsten Juni: ‹M. setzt mich unter Druck. Muß G. aufsuchen und alles gestehen.›»

«M?» wiederholte Lestrade. «G?»

Valentine zuckte die Achseln. Nichts fiel ihm leichter.

«Was haben Bourne und Hollingsworth über ihn herausgefunden?»

«Wollen Sie das wirklich wissen, Sir? Na gut. Bourne sagte, er sei mit Holmans Vorhängen einigermaßen einverstanden, aber der Chintz des Sofas passe einfach nicht dazu…»

«Ja, ich bin nicht sicher, ob es sein tieferer Sinn für Form und Farbe war, den ich im Sinne hatte. Ich möchte schwören, daß Bourne in einer früheren Verkörperung eine Frau war. Welche Schule hat er besucht?»

«Holman?»

«Bourne.»

«Schule für Kunstgewerbe – ein Jahr.»

«Ich wußte es!» Lestrade klatschte in die Hände, und ein Taubenschwarm flog auf. «Was ist mit Hollingsworth?»

«Oh, das kann sich eher hören lassen. Er verbrachte den Nachmittag bei Messrs. Glanville and Fritillary, Hoflieferanten seiner Majestät, König Richard III.»

«Womit befassen sie sich?»

«Beliefern den Adel mit Schweinskopfsülze und anderen Teilen von Schweinen. Sie wissen doch, wenn die feinen Pinkel ihre Picknickkörbe von Fortnum's kriegen?»

«Nein.»

«Nun. Offenbar ist gewöhnlich ein Topf von Glanville and Fritillary drin, mit dem einen oder anderen in Aspik.»

«Und Holman arbeitete dort?»

«Ja. Man hielt große Stücke auf ihn. Hatte eine vielversprechende Zukunft.»

«Er war also das Hirn hinter der Sülze?»

«Das könnte man sagen, Sir.»

«Mit wem sprach Hollingsworth?»

«Äh… mit dem Geschäftsführer, Sir. Ein Mr. Glanville.»

«G», murmelte Lestrade.

«Nun, das ist wirklich nicht so erstaunlich, Sir, wenn man den Familiennamen und das alles bedenkt.»

«Nein, ich meine G – den Buchstaben G. Sie sagten, in Holmans Tagebuch habe gestanden: ‹Muß G aufsuchen und alles gestehen.›»

«Oh, ja.»

«Hat Hollingsworth dieses Tagebuch gesehen?»

«Nein, Sir. Detective Sergeant Bourne befaßte sich mit der Wohnung. Ich kam nur auf einen Sprung vorbei.»

«Ja, natürlich. Wie spät ist es?»

Valentine riß seine Taschenuhr heraus. «Halb neun, Sir. Ich muß mich sputen…»

«Ja, in der Tat. Besorgen Sie mir einen Wagen und lassen Sie ihn am Nebeneingang warten. Ich glaube, ich und Mr. Glanville müssen mal ein bißchen plaudern.»


In der Ecke eines stillen, kleinen Restaurants in einer Seitenstraße von Ludgate Hill speisten zwei Journalisten bei Kerzenschein zu Abend, genossen die Herzlichkeit ihres Beisammenseins, den Wein und das Leuchten eines Sommerabends.

«Es ist sehr freundlich von dir, Richard, mir freien Zugang zu den Büros der *Mail* zu gestatten.»

Er stieß mit ihr an. «Ist mir ein Vergnügen, Marylou. Laß bloß den alten Harmsworth nicht dahinterkommen.»

«Ich dachte, er verkörpere alles, was im Journalismus neu und bahnbrechend sei», erwiderte sie. «In den Staaten halten wir viel von ihm.»

«Vielleicht, aber trotz seiner Prahlereien – und seiner unzweifelhaften Begabung als Zeitungsmann – bin ich nicht sicher, ob er es gern sähe, daß eine Amerikanerin in der Redaktion rumschnüffelt.»

«Meinst du, daß er die *Times* kriegen wird?»

«Er ist drauf und dran», grinste Grant. «Er arbeitet sich systematisch durch die Fleet Street – eine Seite rauf und die andere runter. Was er wirklich will, sind natürlich die Gerichtshöfe am Ende der Straße – oder am oberen?»

«Richard.» Sie schlug mit der Serviette nach ihm. «Das ist unwürdig.»

«Ich weiß», lachte er, «aber wenn man nicht gegen seinen Chef gehässig sein kann, gegen wen sonst?»

«Wie wär's mit Lestrade?» Sie wechselte das Thema.

«Ja», sinnierte er, «ich könnte vermutlich gehässig über ihn reden.»

«Das habe ich nicht gemeint, und das weißt du», sagte sie. «Im Ernst, Hans-Rüdiger war ein guter Freund. Alles, was ich über Journalismus weiß, habe ich von ihm gelernt. Ist Lestrade auf Draht, wie ihr Briten sagt?»

«Neugierig, wie ich war, habe ich den guten alten Superintendent mal ein bißchen genauer unter die Lupe genommen. Letztes Jahr klärte er den Otterbury-Fall in Rekordzeit auf – ein Bankraub, Farrow's in Cheapside. Die City Force hatte keine Spur.»

«Wie gut ist er bei Mordfällen?»

«Ah, gut. Er löste den Fall Heiliges Haus vor ein paar Jahren. Natürlich gibt's ein paar, die sagen, er wäre ein Trottel.»

«Wirklich? Wer?»

«Nun, Arthur Conan Doyle, zum Beispiel. Er und John Watson haben den Mann seit Jahren an den Pranger gestellt. Ich bin erstaunt, daß er sich das hat gefallen lassen.»

«Oh, du meinst diese Sherlock-Holmes-Geschichten?»

«Richtig. Nein, es ist sehr schwierig, einen Mann wie Lestrade zu beurteilen. Der Yard ist natürlich keinen Pfifferling mehr wert, seit Edward Henry Commissioner ist. Sage mir, Marylou, was du über den Fall von Hans-Rüdiger denkst?»

Sie schwieg einen Augenblick. «Es geht nicht einfach um Hans-Rüdiger», sagte sie. «Ich glaube, wer immer ihn umbrachte, tötete auch Kapitän William Hemingway im Solent.»

«Wo ist die Verbindung?» fragte er.

«Das ist es ja gerade. Ich kann keine finden.»

«Und Martin Holman?»

«Wer?» fragte sie stirnrunzelnd.

«Aber Marylou», spottete er, «die tödliche Falle. Das Problem ist, wenn man sich in alte Geschichten vertieft – auch wenn sie bloß eine Woche alt sind –, kann man die neuen verpassen. Martin Holman brach vor zwei Tagen nach dem Vierhundertmeterlauf zusammen und starb.»

«Gibt es eine Verbindung?»

Grant nickte grimmig. «Ich glaube schon. Er wurde vergiftet, genau wie Hemingway.»

«Hast du darüber berichtet?»

«Nein, mein Mitarbeiter, Chaim Gestetner. Arbeitete früher für den *Daily Star of David*. Er sprach mit dem Arzt, der Holman obduziert hat. Es war eine Pilzvergiftung.»

«Was?»

«Tod nach dem Verzehr von Pilzen.»

«Mein Gott. Hat die Polizei eine Spur?»

Grant lachte. «Keine, wie gewöhnlich.»

«Bearbeitet Lestrade den Fall?»

«Ja.» Er beugte sich zu ihr. «Marylou, ich glaube, wir sind einer großen Sache auf der Spur. Zwei Sportler und ein Journalist, der über die Spiele berichtete, sind tot, und das alles im Laufe von zwei Wochen. London wimmelt von Europäern und von Scharen deiner aufgeregten Landsleute. Ich brauche dir die Spannungen nicht aufzuzählen, denen unsere Welt ausgesetzt ist, Marylou. Griechen gegen Türken; Türken gegen Türken; Franzosen gegen Deutsche; Engländer gegen Franzosen. Diese ganze französische Ausstellung ist bloß eine Fassade, um Gott weiß welche Feindseligkeit zu bemänteln. Denk an die Faschodakrise…»

Sie nickte und lächelte verschmitzt. «Zu der Zeit ging ich zur Schule.»

«Miststück», grinste er. «Dann laß dir von einer ein wenig älteren und klügeren Generation sagen, daß wir in die Mündung internationalen Schreckens starren. Und die Spiele sind ein gefundenes Fressen. Aber dieses Mal wird nicht nur mit Worten geschossen, sondern es ist ernst gemeint.»

«Was können wir machen?»

Grant lehnte sich zurück und klopfte an sein Weinglas. «Wie nahe kommst du an Lestrade heran?»

«Ich weiß nicht», sagte sie. «Denkst du, es ist wichtig?»

Er nickte. «Ja. Wenn wir diese Story kriegen wollen – ich für die *Mail* und du für die *Post* –, müssen wir die Schachzüge kennen. Du mußt genau herausfinden, was die Polizei unternimmt.»

«Aber wie sollen wir erfahren, was die Mörder unternehmen?»

«Ganz recht», seufzte er. «Wenn wir das wüßten, hätten wir die größte Story des Jahrzehnts.»

«Darauf trinke ich», sagte sie. «Auf die größte Story des Jahrzehnts», und sie stießen an, und ihre Augen funkelten im Kerzenlicht.


Es war ein besorgter Mr. Glanville, mit dem Lestrade an diesem Abend sprach. Es war nicht nötig, ihn zur Schlafenszeit aus dem Bett zu holen, denn Mr. Glanville war bereits im Geschäft und steckte bis zum Hals in staubigen Geschäftsbüchern, in einem Büro, das aussah, als sei es noch immer das von Mr. Scrooge.

«Ihr Burschen seid verflixt schnell», sagte er. «Ich habe erst heute nachmittag ein Problem entdeckt. Wer hat Sie gerufen?»

«Niemand», erwiderte Lestrade. «Ich bin wegen einer völlig anderen Sache hier, obgleich ich vermute, daß sie sich als ein und dieselbe herausstellen wird – Ihre Sache und die meine. Lassen Sie mich raten – Ihre Bilanz wackelt.»

«Korrekt», sagte Glanville und wischte sich ausgiebig die Stirn. «Wie ein Storch ohne Beine. Ich erwarte nächste Woche die Buchprüfer. Wo ist das ganze Geld hingekommen?»

Lestrade plazierte seinen Bowler auf dem obersten Aktenordner.

«Ein Teil floß in die Tasche des verblichenen Mr. Holman. Der Rest in die Tasche einer Dame, deren Name mit M anfängt.»

Nachdem er seinen Unterkiefer von der Tischplatte gelüftet hatte, wurde Glanville ganz blaß. «Ich kann es nicht glauben», murmelte er.

«Die Dame, deren Name mit M beginnt?»

«Martin Holman», sagte er. «Er ist seit Jahren bei uns. Eine Säule der Firma. Nein, nein. Es muß ein Schreibfehler sein.»

«Überprüfen Sie Ihre Zahlen noch einmal, Mr. Glanville – besonders die von Mr. Holman abgezeichneten. Ich denke, dort werden Sie auf eine gewisse buchhalterische Kreativität stoßen.»

Glanville lutschte an seinem Bleistift, kratzte sich den Kopf, fuhr mit besorgtem Finger die Zahlenkolonnen der doppelten Buchführung auf und ab wie ein schizophrener Bibliothekar. Er lehnte sich in seinen Stuhl zurück, erschöpft, niedergeschlagen.

«Mein Gott, mein Gott. Wem kann man heutzutage trauen?»

«Ja wem? Sie wußten es nicht?»

Glanville schüttelte den Kopf. «Nicht die geringste Ahnung.» Er stand auf. «Sie kommen besser raus, Miss Fendyke.»

Es gab ein keuchendes und raschelndes Geräusch, dann glitt die Tür eines Aktenschrankes beiseite, und eine ziemlich elegante Dame stand dort, mit Korsett und Schlüpfer bekleidet. Ihr Gesicht war knallrot.

«Es hat keinen Zweck, jetzt etwas zu verbergen, Madeleine», sagte Glanville.

Miss Fendyke war offensichtlich anderer Meinung, denn sie zog den Leinenüberzug von der nächsten Schreibmaschine und versuchte zu bedecken, was von ihrer Sittsamkeit übrig war.

«Madeleine», sagte Lestrade, «wußten sie, daß Mr. Holman in die Kasse gegriffen hat?»

Sie warf einen besorgten Blick auf Glanville. «Ja», sagte sie schließlich.

«Madeleine», schrie er. «Wie konnten Sie?»

«Sie alter Geizkragen!» fuhr sie auf ihn los. «Ja, ich habe ihn erpreßt. Ja, er hat Sie bestohlen. Sie waren nur so sehr in mich vernarrt, sie schmutziger alter Lustmolch, daß Sie's nicht merkten. Sie hätten uns nur besser zu bezahlen brauchen, und nichts von alledem wäre passiert. Martin hätte sich nicht selber bedienen und ich nicht auf Ihrem widerlichen Schoß sitzen müssen.»

Glanville und Lestrade blickten auf den besagten Schoß. Wie bei Schößen von Leuten, die Schweinesülze an den Adel lieferten, nicht anders zu erwarten, sah er ganz respektabel aus.

«Aber Madeleine, wir hatten etwas…»

«Sie hatten wahrscheinlich etwas», fauchte sie. «Ich hoffe bloß, Sie haben es nicht an mich weitergegeben.»

«Mr. Lestrade», jaulte Glanville. «Ich hatte keine Ahnung, keine Ahnung von alledem.»

«Miss Fendyke, haben sie ein Kleid?»

«In meinem Spind», antwortete sie.

«Würden Sie es bitte anziehen. Ich muß Sie leider bitten, mich auf das Polizeirevier Bow Street zu begleiten.»

Sie richtete sich auf und streckte Lestrade einen ziemlich beeindruckenden Busen entgegen. «Stehe ich unter Arrest?» fragte sie.

«Um die Formalitäten kümmern wir uns später», teilte er ihr mit. «Für den Augenblick sind Sie nicht verpflichtet, etwas zu sagen. Alles, was Sie sagen, kann zu Protokoll genommen und möglicherweise als Beweis verwendet werden, verstehen Sie?»

Sie nickte, warf dem zitternden Mr. Glanville einen vernichtenden Blick zu und huschte zu ihrem Spind.

«Äh… Superintendent», sagte Glanville, «meine Frau… sie versteht mich nicht, wissen Sie. Madeleine und ich… nun ja, es wird doch nicht rauskommen, oder? Nichts über die Peitschen, meine ich? Und über die Handfesseln?»

«Ich wüßte nicht, warum, Mr. Glanville.»

«Und die Ketten…»

Lestrades Gesicht wurde mürrischer. «Ich befasse mich mit dem Tod von Mr. Holman», sagte er. «Alles andere ist nebensächlich… für den Augenblick.»

Er führte Miss Fendyke zur Treppe.

«Und der Mastiff war nicht meine Idee», rief Glanville ihm nach. «Nicht wirklich.»

Im Revierwagen erwies sich Miss Fendyke als sehr mitteilsam. Sie erzählte Lestrade außerdem eine Menge Dinge, die er wissen wollte. Und ein paar, die er nicht wissen wollte. Es war nur gut, daß Walter Dew nicht bei ihm war. Ein verheirateter Mann mit bestimmten Empfindlichkeiten hätte Miss Fendykes Offenherzigkeit ziemlich beängstigend gefunden. Martin Holman hatte fast fünfzehn Jahre für Messrs. Glanville and Fritillary gearbeitet.

Er hatte einen vorzüglichen Ruf, doch Messrs. Glanville and Fritillary gehörten zu jenen Arbeitgebern, die völlige Loyalität erwarteten und der Ansicht waren, es sei an sich schon eine Belohnung, für sie zu arbeiten. Zwar hatte jeder Angestellte Anspruch auf ungezählte Töpfe mit Dingen in Aspik, doch bei Bargeld war man knauserig. Miss Fendyke hatte in diesem Zusammenhang ihr eigenes Heilmittel gefunden. Erstens hatte sie sich als dritte Sekretärin das Vertrauen des alten Mr. Fritillary erschlichen. Ja, er hatte ihr nach Geschäftsschluß eine Menge diktiert. Ja, er war mit einem Lächeln auf dem Gesicht gestorben. Zweitens war sie die erste Sekretärin des gegenwärtigen Mr. Glanville geworden – und Lestrade hatte einen ersten Eindruck von ihrer Beziehung gewonnen. Mrs. Glanville verfügte über die Wärme einer arktischen Eisdecke, und man munkelte, das Kissen, das im Bett zwischen ihr und ihrem Mann liege, sei aus Stacheldraht. Andererseits wiederum traf das vielleicht nicht zu, denn Mr. Holman hätte ja an dieser Herausforderung Spaß haben können. Drittens hatte Miss Fendyke entdeckt, daß Holman sich ständig aus der Firmenkasse bediente, und im Laufe von zwei Jahren eine Summe von nahezu fünfhundert Pfund aus ihm herausgequetscht. Miss Fendyke war finanziell fast abgesichert, als dem Idioten auf der Laufbahn von White City die Puste ausgegangen war. Ja, er habe sich damit gebrüstet, ein Künstler zu sein, doch obwohl die Kritiker sich wohlwollend über seine Stilleben äußerten, hatte niemand tatsächlich eines gekauft. Holman pflegte zu sagen, das spiele keine Rolle. Eines Tages werde er zu Geld kommen, und dann könnten sich Messrs. Glanville and Fritillary in einem ihrer eigenen Töpfe einpökeln lassen und er werde sich eine eigene Galerie und ein Atelier kaufen und so weiter.

Als Constable Hollingsworth diese Aussage, mit Hilfe Lestrades, der ihm bei der Rechtschreibung half, zu Protokoll genommen hatte, war es fast Morgen. Sergeant Valentine stürmte herein, ohne den Mantel abzulegen, um seinen Chef davon in Kenntnis zu setzen, daß sich am Kennington-Oval Ärger zusammenbraute.

«Verliert Surrey wieder einmal?» gähnte Lestrade.

«Nein, Sir. Suffragetten, Sir. Sie fangen an, den Platz zu besetzen.»

Lestrade warf einen grimmigen Blick auf Miss Fendyke, in deren Mund Butter nicht schmelzen würde. «Weiber!» sagte er.

Inspector Edgar-Smith verhielt seinen Rotschimmel am Rand des Spielfeldes, hinter sich seine siebzig Polizisten zu Pferde. Die Sonne des frühen Morgens fiel auf den Bodennebel, und eine unheimliche Stille breitete sich über das Feld aus. Verwirrte Herren mit Kricketschlägern und bebänderten Kappen liefen Spießruten, und einer oder zwei pfiffen und versuchten die Atmosphäre aufzuheitern. Am entfernten Ende des Feldes sammelte sich eine ständig wachsende Armee, schwärmte fächerförmig aus und bildete links und rechts je einen Flügel. Langsam stiegen ihre Banner in die Morgendämmerung, kunstreiche goldene Buchstaben auf grünem, purpurnen und weißen Grund. Edgar-Smith senkte den Helmrand, um die Aufschriften zu entziffern «Brixton Streichholzmacherinnen», «Golders Green Kranzflechterinnen», «Pimlico Perlstickerinnen». Entschlossene Blicke unter breitkrempigen Hüten begegneten den festen Blicken der Polizei. Fahnen hoben und senkten sich flatternd in der Brise. Nur die Zuschauer, meist Männer, unterhielten sich, während sie verwirrt und unbehaglich durch die Reihen der hölzernen Sitze stolperten, um ihre Plätze einzunehmen. Sie stießen gegeneinander und verdrehten die Hälse, um das ungeheure Frauenregiment zu mustern. Keiner von ihnen kannte das schöne Geschlecht so schweigsam. Die Frauen wollten die Männer entnerven, und sie hatten Erfolg damit.

Als Lestrade, Valentine und Hollingsworth eintrafen, war die

Sonne aufgegangen und der Nebel verschwunden. Eine dünne blaue Linie von Polizisten stand mit verschränkten Armen vor den Pferden. Kein Laut war zu hören, bis auf das gelegentliche Schnauben und Scharren. Die Tiere waren stumm.

Lestrade lüftete seinen Strohhut, um den Gegner in Augenschein zu nehmen.

«Gerissenes Weibervolk», knurrte Edgar-Smith. «Sie haben sich so aufgebaut, daß sie die Sonne im Rücken haben, sehen Sie?»

«Warum sind Ihre Männer hier?» Lestrade blickte zu dem Mann auf. Ein Rindvieh zu Pferde, dachte er.

«Wir bekamen einen Tip, daß es hier Ärger geben könnte. Ich habe Verstärkungen von Hydepark angefordert. Um zehn kann ich weitere hundert Männer hier haben. Wenn sie sich bloß bis dahin zurückhalten.»

«Und eine kleine Kanone, wie?» stichelte Lestrade.

«Nein.» Edgar-Smith entging die Spitze. «Wir brauchen die Armee nicht. Ich werde allein mit der Sache fertig.»

Lestrade überflog die eigenen Reihen.

«Ich glaube, ich bin der Ranghöhere», sagte er.

«Bei den Beamten in Zivil, ja.» Edgar-Smith ließ kein Auge von den Bannern.

«Bei allen Einheiten», beharrte Lestrade.

«Ausgenommen die Berittene Abteilung.» Edgar-Smith ließ sich nicht erweichen. Und außerdem hatte er recht. Ein Superintendent von Scotland Yard hatte keine Befehlsgewalt über die Berittene Abteilung. Und offensichtlich war Edgar-Smith entschlossen, sich seinen Mann zu greifen. Oder, in diesem Fall, seine Frau.

«Sie werden von den Flanken her angreifen», sagte er. «Erst rechts, dann links. Am schwächsten sind sie da drüben, beim Popcornstand. Da wird die ganze Sache anfangen.»

Lestrade hatte sich im Sattel nie wohl gefühlt. Jetzt jedoch wagte er sich so dicht wie möglich an den Steigbügel des Mannes heran. «Sie hören sich an, als ob es hier eine Schlacht geben wird», knurrte er.

Edgar-Smith sah ihn zum erstenmal an. «Natürlich wird's eine Schlacht geben», sagte er. «Und Mrs. Pankhurst und ich sind die

Generäle, die sich gegenüberstehen. Mit der Infanterie können Sie machen, was Ihnen gefällt, Lestrade. Meine Jungens sind bereit. Wenn jemand da drüben nur mit der Wimper zuckt, greifen wir an.»

«Angreifen?» Lestrade nahm seinen Strohhut ab. «Sind Sie verrückt? Das sind unbewaffnete Frauen.»

«Unbewaffnete Frauen?» Edgar-Smith spie seine Verachtung auf den sorgsam gewalzten Rasen. «Sehen Sie doch selbst», sagte er. «Sehen Sie sich diese Unterarme an, diese Fäuste. Darin sehen Sie nicht gerade Palmwedel, oder, Lestrade? Was tragen sie in ihren Handtaschen bei sich, was schätzen Sie? Taschentücher? Riechsalz? Nein, Superintendent: Ziegelsteine. Und wenn sie Sie mit einem davon erwischen, sind Sie schlauer.»

Lestrade bekam eine Gänsehaut.

«Und das ist noch nicht das Schlimmste. Sehen Sie diese Hüte?»

Lestrade sah sie. Eine Reihe hinter der anderen.

«Nun, sie werden mit den tödlichsten Modeartikeln gehalten, die Männern bekannt sind – mit Hutnadeln. Auf vierzig Schritt treffen sie damit das Auge eines Mannes.»

«Ich kann nicht glauben, was ich da höre.» Lestrade war verwirrt.

«Mit Verlaub, Superintendent, Sie haben es in Zivil ganz gemütlich gehabt. Wir, hier an der Front, müssen uns mit der wirklichen Welt auseinandersetzen. Schauen Sie hin – Sie sehen das unerträgliche Antlitz des Weibervolks.»

Lestrade blickte sich um und dann wieder auf Edgar-Smith. «Geben Sie mir eine Minute, um mit ihnen zu reden», sagte er. «Hat das bis jetzt schon jemand versucht?»

Edgar-Smith tätschelte liebevoll den Knauf seines Knüppels. «Der hier spricht für mich.»

«Ja, sehr beredt», bemerkte Lestrade. Er zog seine Uhr. «Es ist jetzt halb neun», sagte er. «Geben Sie mir fünf Minuten. Ihr Wort darauf, daß Sie bis dahin nicht anfangen?»

Edgar-Smith holte ebenfalls seine Uhr heraus. «Fünf Minuten», sagte er, «dann werden wir ein paar Verhaftungen vornehmen.»

Lestrade nickte. Er zog seine Jacke aus und übergab sie Hollingsworth. Er winkte Valentine zu sich. «Ich geh rüber und rede mit ihnen», sagte er.

«Verdammter Wahnsinn, Chef», murmelte Hollingsworth mit sicherem Blick für Tollkühnheit. «Passen Sie auf Ihre Nüsse auf da draußen.»

«Gott bewahre», sagte Lestrade. «Wenn irgendwas schiefgeht, wenn Sie sehen, daß Edgar-Smith nach seinem Knüppel greift, dann halten Sie ihn zurück. Ist mir egal, wie Sie das machen. Aber halten Sie ihn zurück. Wenn man ihn auf diese Damen losläßt, wird der Blutige Sonntag dagegen aussehen wie ein Picknick in Sydenham Park.»

«Wir werden ihn aufhalten, Sir», versicherte Valentine, und Lestrade wandte sein Gesicht seinem Feind zu. Vielleicht trat er zu seinem letzten Gefecht an.

«Welche ist Mrs. Pankhurst?» fragte er, ohne sich umzudrehen.

«Die in der Mitte», klärte Edgar-Smith ihn auf. «Die Schreckschraube mit dem vierschrötigen Gesicht unter dem WSPU-Banner.»

Lestrade löste sich schlendernd von der blauen Linie. Ein Raunen ging durch die Menge links und rechts von ihm. Knöchel umklammerten die Fahnenstangen fester; Stiefel stemmten sich in Steigbügel. Valentine flüsterte dem nächsten Polizisten zu, er solle, falls es Ärger gab, vor den Pferden den Weg blockieren. Ein Schiedsrichter, bereits von Kopf bis Fuß in die Sweater anderer Leute gehüllt, rannte auf den barhäuptigen, hemdsärmligen Superintendent zu. Valentine sah zu. Gab es jetzt einen Platzverweis?

«Verzeihung», sagte der Schiedsrichter, «die Jungens lassen fragen, wann wir anfangen können zu spielen.»

Lestrade ließ seine Augen nicht von der Gruppe der Damen in der Mitte. «Wir sagen Ihnen Bescheid», erwiderte er. «Währenddessen halten Sie sie zurück. Wir können keine Verantwortung übernehmen.»

Der Schiedsrichter verflüchtigte sich und zuckte die Achseln, als er zum Pavillon zurückging. Lestrade näherte sich der Linie der Damen bis auf etwa ein Dutzend Yards, als sich ihm drei riesige Weiber in den Weg stellten.

«Wir sind der Verlorene Haufen», sagte eine. «Um an unsere Anführerin zu gelangen, müssen Sie an uns vorbei.»

«Mrs. Pankhurst?» rief Lestrade. Der Name klang durch das Oval und widerhallte in der Morgenluft. Die Frauen nahmen den Ruf auf: «Pankhurst! Pankhurst!»

Die Menge begann zu buhen und zu zischen. Edgar-Smith' Männer zogen ihre Knüppel und ließen sie an ihren Schultern ruhen. Einen Augenblick unschlüssig, traten die Bobbies von einem Fuß auf den anderen und ließen Lücken, damit ihre berittenen Kollegen durchreiten konnten.

Hinter dem Verlorenen Haufen gab es Bewegung, und die Rufe erstarben. Eine kleine Frau, lila gekleidet, drängte sich durch mächtige Armmuskeln, um Lestrade entgegenzutreten.

«Superintendent Lestrade, Madam», sagte er, «Scotland Yard.»

«Schwein!» schrie eine ältliche Stimme aus den Reihen.

Es gab Gelächter.

«Wir sind uns schon begegnet, Superintendent. Ich glaube jedoch, sie waren damals Inspector.»

«Wir sind uns in der Tat begegnet, Madam. Der Fall Heiliges Haus. Damals waren Sie eine Dame.»

Es war das falsche Wort zur falschen Zeit. Von irgendwo kam ein Stein geflogen und traf schmerzhaft Lestrades Nase. Er spürte, daß sich seine Augen mit Tränen füllten und Blut auf seinen Schnurrbart tropfte. Aber er wich nicht zurück. Er wußte, wenn er sich jetzt duckte oder seine Haltung im geringsten änderte, würde Edgar-Smith zu seinem großen Auftritt kommen.

«Bitte, Mr. Lestrade», sagte Mrs. Pankhurst. «Wir wollen niemanden verletzen», aber das Glitzern in den Augen des Verlorenen Haufens sprach eine andere Sprache. «Wir haben lediglich die Absicht, das Spiel dieser Herren zu unterbrechen. Wußten Sie, daß Frauen seit dem achtzehnten Jahrhundert Kricket gespielt haben?»

Lestrade wußte es nicht. «Es steht Ihnen frei, weiterhin zu spielen,

Madam.» Er sagte es so deutlich, wie es sein mit Blut gefüllter Mund zuließ.

«Aber gerade das können wir eben nicht», klärte sie ihn auf. «Nicht hier. Weder auf dem Lord's noch auf einem der Plätze in den Grafschaften. Es gibt keine Wettkämpfe für Damen. Es gibt keine weiblichen Berufsspieler. Es gibt keine weiblichen Platzwarte. Und warum ist der letzte Schläger nicht als die zwölfte Frau bekannt? Sehen Sie hinter sich, Mr. Lestrade.» Die kleine Frau deutete auf die Linie der berittenen Polizisten, deren Pferde die Köpfe zurückwarfen und mit den Schwänzen schlugen. «Sie wittern Blut», sagte sie. «Das ist das unerträgliche Antlitz von Asquiths England.»

Eine Stille trat ein. Lestrade trat näher – einen Schritt, zwei. Er fühlte, wie sich seine Nase über seinen Wangen auszubreiten begann. Der Verlorene Haufen flankierte seinen General, in den Händen schimmerten Hutnadeln.

«Man wird Sie niederreiten, Mrs. Pankhurst», flüsterte Lestrade. «Der Mann an der Spitze ist ein Tier. Sein einziger Kummer im Leben ist, daß die Knüppel seiner Männer nicht länger sind. Sagen sie Ihren Männern... äh... Ihren Damen – sie sollen nach Hause gehen. Hier können sie nichts ausrichten.»

Sie näherte sich ihm. Einen Schritt. Zwei. Sie standen fast Nase an Nase. «Ich wünschte, ich könnte es, Mr. Lestrade», sagte sie.

Wieder trat Stille ein. Da zerriß eine Stimme zu Lestrades Rechten den Morgen. «Oh, dieser verfluchte Mist!» Alle Augen richteten sich auf einen kleinen Mann aus der Menge, der über den Zaun hüpfte und über den geheiligten Rasen auf den linken Flügel von Mrs. Pankhursts Armee zurannte. «Ethel, du kommst augenblicklich nach Hause, Mädchen. Hätte ich gewußt, daß du hier bist, hätte ich dich mit dem Teppichklopfer versohlt!»

Das war das rote Tuch, das Lestrade befürchtet hatte. Der linke Flügel wankte einen Augenblick, dann wich er zurück, so daß sich Ethel ihrem anrückenden Gemahl allein gegenübersah.

«Ich bin der einzige Teppichklopfer in unserem Haus!» rief Ethel plötzlich und hieb ihrem Mann ohne Warnung mit der Handtasche auf den Kopf. «Das ist für sechzehn Jahre in der Hölle, George Witherspoon.»

George Witherspoon schwankte einen Augenblick, während das Blut durch seine Haare sickerte. Dann verdrehte er ungläubig die Augen und ging zu Boden. Es war gar keine Frage, daß die linke Flanke, wie von Edgar-Smith vorausgesagt, vorwärts drängte und dabei den zerbrechlichen Popcornstand über den Haufen rannte. Aus der zusammenbrechenden Hütte taumelte ein ebenso zerbrechlicher Verkäufer, bevor sie ihm seine gestreifte Schürze abrissen und sie als Kriegsbeute an einem ihrer Banner hißten.

«Pimlico Perlenstickerinnen!» kreischte Mrs. Pankhurst und gab ein Zeichen mit der Hand. Es ertönte ein unheimliches, schrilles Geschrei, als die purpurnen Kohorten dieser Berufsgruppe den Umgrenzungszaun niederrissen und nach den Männern in den ersten Reihen schlugen, stießen und boxten, so daß diese wie ein Kartenhaus zusammenfielen und zurückwichen, nicht nur in ihrem Stolz verletzt.

Lestrade wirbelte herum und sah Edgar-Smith' Knüppel in der Luft, während seine Reiterei, zusammen mit den laufenden Bobbies, zum Angriff vorrückte. In einem kritischen Augenblick der Entscheidung versuchte Hollingsworth festzustellen, ob es möglich war, einem Pferd ein Bein zu stellen. Es war nicht möglich, und er krümmte sich am Boden und umklammerte vor Schmerzen seinen Knöchel. Valentine, behende, einfallsreich, die Worte eines Chefs im Kopf und die Taten des 92. Regiments zu Fuß bei Waterloo in vager Erinnerung, grapschte zur Rechten und zur Linken nach Steigbügelriemen und hob seine Füße vom Boden. Auch das schlug fehl, und er landete schmerzhaft auf dem Gesicht, inmitten der Kothaufen von Edgar-Smith' Pferden.

Jetzt griffen die Damen des rechten Flügels, kräftiger, entschlossener, nach ihren Handtaschen und eilten auf Mrs. Pankhursts Befehl vorwärts. Die Kranzflechterinnen waren eine mannhafte Schar, reckten ihre Knüttel gegen den blauen Himmel und schrien wie Todesfeen. Lestrade stürzte auf den General los und tanzte im staubigen Oval sekundenlang so etwas wie eine Polka mit ihr, bevor er von allen drei Mitgliedern des Verlorenen Haufens zu Boden gestreckt wurde.

«Das Gros vorrücken», hörte er den General schreien. «Wir sind emanzipierte Frauen. Wir dürfen nicht nachgeben.»

Auf den Stufen des Pavillons vergaßen die Teams aus Surrey und Middlesex ihre aus Leder und Weide geborene Feindschaft. Der Schiedsrichter deutete in entsetztem und stummem Unglauben nach vorn, ehe sich ihm der erstickte Schrei entrang: «Sie ziehen aufs Spielfeld. Die Torstäbe. Mein Gott, die Torstäbe.»


Tausend Absätze gruben sich in den geheiligten Rasen. Als die Perlenstickerinnen die Mitte überquerten, traf sie auf der Flanke der Angriff von zweiundzwanzig weißgekleideten Kricketspielern, deren Blut kochte und die versuchten, die Dreistäbe den leibhaftigen Klauen des Todes zu entreißen. Schließlich waren es Edgar-Smith' Reiter, die größere Zerstörungen anrichteten, als sie über das Spielfeld galoppierten. Dreistäbe, Bälle, Schlagmänner, Werfer und Damen dutzendweise taumelten vor ihnen her, und das Kennington-Oval wurde ein Schlachtfeld an jenem Julitag im Jahre Unseres Herrn 1908.

Als die blauen Helme der Verstärkung über das Spielfeld fluteten, saßen die Kricketspieler mit ihren blutigen Knieschützern und zertrümmerten Torstäben da und schluchzten in ihre bebänderten Kappen, und die Damen ließen ihre Hutnadeln verschwinden und aus ihren Handtaschen Steinhaufen zu Boden fallen. Die Banner wurden gesenkt, die schäumenden Pferde nahmen wieder in einer Reihe Aufstellung.

Ein zerschlagener Superintendent Lestrade, die Nase rot und schwarz, die Weste von der geheiligten Erde Surreys gebräunt, stolperte zu seinen eigenen Linien zurück. Valentine und Hollingsworth waren da und sahen noch schlimmer aus als er selbst.

«Tut uns leid», keuchte Valentine. «Wir taten, was wir konnten.»

Lestrade nickte. Er bemerkte ein im Staub liegendes Plakat mit der

Aufschrift «Hängt Winston Churchill». Er hob es auf. «Beweisstück», grinste er einen rotgesichtigen Bobby an, «Inspector Edgar-Smith.»


Der Inspector salutierte mit seinem Knüppel und wendete sein Pferd, um an die Spitze seiner Truppen zurückzukehren.

«Für alles, was Sie heute vollbracht haben», keuchte Lestrade und erwiderte den Gruß mit dem Plakat. Plötzlich drehte er es, riß es mit beiden Händen in die Höhe und ließ es auf den Helm des Mannes herunterkrachen. Der Knüppel fiel ihm aus der Hand, die Zügel entglitten ihm, und ein bewußtloser Inspector der Berittenen Abteilung sackte friedlich über der Kruppe zusammen und lag still. An der Front der Damen erhob sich ein ohrenbetäubendes Beifallsgeschrei, und sie hätten, wären sie imstande gewesen, den Polizeikordon zu durchbrechen, Lestrade auf ihren Schultern vom Kampfplatz getragen.

# Tod auf dem Fives Court

An dem Tag, da die Amerikaner an der Wiederholung des Vierhundertmeterlaufs nicht teilnehmen durften, dem Tag, an dem «Jock» Halswelle das Rennen in fünfzig Komma null nach Hause lief, dem Tag, an dem Richard Grant mit HALSWELLE GUT, ALLES GUT die Schlagzeile des Jahres landete, war Sholto Lestrade (wieder) auf dem Teppich im Büro des Assistant Commissioners der Metropolitan Police.

Edward Henry war der oberste Polizist. Er hatte einen legendären Ruf, dieser kleine Copper, der einen Subkontinent gezähmt und die Welt mit dem Wort «Fingerabdrücke» bekannt gemacht hatte. Er hatte die Berichte gelesen, er hatte in den Tageszeitungen die Spalte «Letzte Meldungen» gesehen. Er konnte nicht auf die Abendausgaben warten.

«Lestrade.» Er blickte seinen Superintendent kritisch an, der vor ihm stand, den Bowler in der Armbeuge geklemmt, über dem Gesicht den neuen weißen Verband.

«Ich weiß nicht, ob ich Sie suspendieren oder erschießen soll. Guter Gott. Wie konnten Sie? Ein Schädelbruch, sagt man im Krankenhaus. Man ist nicht sicher, ob er überleben wird.»

«Edgar-Smith, Sir?»

«Edgar-Smith soll zum Teufel gehen», knurrte Henry, obgleich man darauf kaum hoffen konnte. «Ich spreche von diesem Knaben, George Witherspoon. Was haben Sie angestellt?»

«Versucht, es Mrs. Pankhurst auszureden, Sir.»

«Und Sie haben versagt, Lestrade», mahnte ihn der Assistant Commissioner, «auf der ganzen Linie versagt.» Er trat hinter Lestrade und drehte sich mit einem Knurren um. «Und wie Sie Edgar-Smith behandelt haben! Unter aller Kritik!»

«Das ist er, Sir», pflichtete Lestrade ihm bei.

«Persönlich, Lestrade», schnaubte Henry, «bin ich zufälligerweise Ihrer Meinung. Der Mann ist ein absolutes Ferkel, mit dem Fingerspitzengefühl eines Schlachtschiffes. Darum habe ich ihn auch versetzt und zum Direktor des Polizeimuseums gemacht. Aber offiziell erholt er sich. Ich kann nicht zulassen, daß meine Beamten sich in der Öffentlichkeit raufen. Können Sie sich vorstellen, was für einen Riesenspaß die Herren von der Presse daran haben werden? Ich habe gehört, daß die Damen von der WSPU Sie zur Ehrendame ernannt haben?»

Lestrade errötete unter seinen Beulen. «Nun, natürlich fühle ich mich geschmeichelt», sagte er, «aber ich könnte eine solche Ehrung nicht annehmen.»

Henry verschlug es vor Wut die Sprache, und er griff nach einem Briefbeschwerer. Aber er war ein Mann, der auf Formen achtete, ein Opfer seiner Beherrschtheit, und er stellte ihn wieder zurück. «Setzen Sie sich besser hin», sagte er. «Würde ich Sie abknallen, würde man mich festnehmen, und wenn ich Sie suspendieren würde, hätte ich noch weniger Personal, als ich jetzt habe. Gorillas wie Edgar-Smith wachsen nicht auf Bäumen, wissen Sie.»

Lestrade sackte dankbar in einen Sessel. «Wahrlich nicht, Sir.»

«Bolsover», sagte Henry.

«Sir?»

«Der Marquis von Bolsover. Etwas Neues über den Tod seines Sohnes?»

Lestrade schlug sich an die Stirn und bereute es im selben Augenblick, als das Zimmer vor seinen Augen verschwamm.

Henrys Gesicht erschlaffte und nahm den Ausdruck völliger Verständnislosigkeit an. «Sie hatten den Fall ganz vergessen?»

«Wenn man soviel im Kopf hat», sagte Lestrade, «kommt das schon mal vor.»

«Zu Ihrem Glück hatte er einen Schlaganfall.»

«Der alte Mann?»

«Ja. Man rechnet nicht damit, daß er sich wieder erholt. Er liegt im Koma.»

«Man hat den Jungen begraben.» Zumindest das wußte Lestrade.

Henry nickte. «Es heißt, die Obduktion seines Sohnes habe Bolsover den Rest gegeben. Das und die Schande des Selbstmordes, natürlich.»

«Aber es war kein Selbstmord, Sir», klärte Lestrade ihn auf.

«Nicht?» fragte Henry stirnrunzelnd. «Aber ich las Blands Bericht. Das verschlossene Zimmer.»

«Ich weiß», nickte Lestrade. «Aber ich habe eine Nase für solche Dinge, Sir.» Er tippte an seine Nase. «Wenigstens hatte ich sie. Es ist was faul.»

«Nun, das ist alles ziemlich dünn», gab Henry zu bedenken. «Sprechen wir von Mord?»

Lestrade nickte. «Und es ist durchaus möglich, daß es der erste von mehreren war.»

«Fahren Sie fort.» Henry schnitt sich eine Zigarre zurecht.

«Anstruther Fitzgibbon, Hürdenläufer, wird tot in seinem Schlafzimmer am Berkeley Square gefunden. William Hemingway, Segler, wird an Bord eines Acht-Meter-Bootes im Solent vergiftet.»

«Jacht», verbesserte ihn Henry.

«Nein, ich bin sicher, daß es im Solent war, Sir.» Lestrade war unnachgiebig. «Martin Holman, Läufer, bricht in White City auf der Laufbahn zusammen und stirbt an Gift.»

«Die Verbindung?»

«Liegt auf der Hand», erwiderte Lestrade achselzuckend. «Alle waren Sportler.»

«Und Hans-Rüdiger Hesse?»

«Hm.»

«Sehen Sie, ich lese Ihre Berichte genauer als Sie selber, Lestrade. Sie sprachen von einer Verbindung.»

«Ich glaube, es gibt eine», nickte er, obgleich sein Bericht verschwieg, daß es Marylou Adams war, die ihn auf die Idee gebracht hatte. «Aber er paßt nicht ins Muster. Erstens, er wurde erstochen. Zweitens, er war kein Sportler.»

«Also hat er mit den anderen nichts zu tun?»

«Nun, er war hier, um über die Spiele zu berichten», sagte Lestrade, «und er suchte mich aus irgendeinem Grund auf.»

«Nana Sahib.» Wenn es darum ging, sich an Details aus Berichten zu erinnern, wies Edward Henry eine große Ähnlichkeit mit Elefanten auf.

«Nana Sahib», wiederholte Lestrade.

«Vier Männer tot», sinnierte Henry. «Zwei nach derselben Methode ermordet. Wie weit sind Sie im Fall Holman?»

«Ich setze die Jagd fort, Sir. Er wurde erpreßt. Bei der betreffenden Dame wird gerade Maß für die Gefängniskluft von Holloway genommen.»

«Hat sie's getan?»

«Ich glaube nicht. Obwohl Holman zu seinem Chef gehen und seine Veruntreuungen gestehen wollte, glaube ich nicht, daß Miss Fendyke das Zeug dazu hat. Außerdem hat sie von Pilzen keinen Schimmer.»

«Was bleibt uns also?»

«Ich habe Tag und Nacht Männer in White City, Sir.»

«Wen verdächtigen Sie?»

«Jeden – und niemanden.» Lestrade hielt es für besser, auf Nummer Sicher zu gehen.

«Wir können nicht in jede Mannschaft einen Mann stecken, Lestrade», sagte Henry. «Die Sportler würden den Braten riechen.»

«Wie ist es mit der Presse, Sir?» fragte der Superintendent.

«Sind Sie wahnsinnig? Wenn Sie diesen Leuten einen Finger reichen, nehmen sie die ganze Hand.»

«Ich weiß, Sir, aber sie können auch sehr nützlich sein. Außerdem, wo wir mit Handschellen winken, bieten sie Geld.»

«Denken Sie an eine bestimmte Person?»

«An zwei», sagte Lestrade. «Miss…»

Henry hob die Hand. «Ich will's nicht wissen. Wenn rauskommt, daß wir Nachforschungen mit der Hilfe von Fleet Street anstellen, werden wir alle im Kuratorium des Polizeimuseums enden.»

«Dann habe ich noch einen Freund, der am Olympischen Fecht-

turnier teilnehmen wird», fuhr Lestrade fort. «Er ist nicht der hellste
Kopf unter der Sonne, aber ich glaube, er könnte nützlich sein.»
Henry nickte. «In Ordnung, aber das alles ist streng vertraulich,
Lestrade. Diese Unterhaltung hat nie stattgefunden.»
«Welche Unterhaltung meinen Sie, Sir?»
Henry lächelte tatsächlich. Dann läutete das Telefon. «Ja?» Es
krächzte und klickte als Antwort auf seine Stimme. «Wo?» Er wurde
plötzlich ernst. «Wann? Wie?»
Er legte auf. «Es hat einen weiteren Mord gegeben, Lestrade.» Er
blickte den Superintendent mit leichenblassem Gesicht an. «Ein Mitglied der Olympiamannschaft der Damen.» Er kritzelte etwas auf
einen Notizblock. «Dies ist die Adresse. Es wird ein Blutbad, Lestrade. Ich will, daß das aufhört.»


Zu jener Zeit war das Herrenhaus von Touchen End nur über die
Straße zu erreichen. Der alte Sir Theobald Touchen hatte neben
Wellington bei Cuidad Rodrigo und mit allen übrigen auf den
Schanzen gestanden. Das einzige, was die flatternden Nasenflügel
des alten Soldaten mit Sicherheit in Aufregung versetzte, war das
Ächzen und Gerassel von Güterwagen und das Schnauben und Puf-
fen von Lokomotiven. Es ging die Sage, daß er einen Inspektor der
London-und-Windsor-Eisenbahngesellschaft erschossen und einen
weiteren in dessen eigenen Ketten erhängt habe. Die Thronbestei-
gung der jungen Victoria hatte ihn so weit besänftigt, daß er in der
Entfernung von acht Meilen von seinem Besitz ein Gleis zugelassen
hatte. Wäre man ihm auch nur einen Yard dichter auf den Leib ge-
rückt, hätte er die Mastiffs losgelassen. Theobald Touchen moderte
zwar in seiner Gruft, aber Tradition ist zählebig, und so kam es, daß
Superintendent Lestrade in Windsor ausstieg und für den Rest des
Weges eine Kutsche nahm. Fives Court war das Elefantenhaus
gewesen, ein phantastisches Gebäude voller Bögen und Winkel,
ursprünglich das Geschenk einer dankbaren Nation an den eingefleischten alten General, der sich, bevor er in der Bresche von Bada-
joz stand, auf dem Rücken eines Elefanten sehr heimisch gefühlt

hatte. Lestrade bildete sich ein, daß der Geruch der großen Tiere noch immer über der Koppel hing, als er und Constable Hollingsworth durch einen Seiteneingang eintraten.

Eine statuenhafte Dame in einem knapp sitzenden Sportkostüm begrüßte sie.

«Superintendent Lestrade», stellte er sich vor. «Dies ist Detective Constable Hollingsworth.»

«Frizzie Dalrymple», sagte sie mit einem kräftigen Roedean-und-Girton-Akzent. Hollingsworth war von der Vorderfront der Dame fasziniert, deren Brustwarzen sich wie Orgelregister gegen das Leinen stemmten.

«Sehen Sie sich diese Schwanzsporne an», flüsterte er aus dem Mundwinkel.

Ohne die überraschenden ornithologischen Kenntnisse seines Untergebenen zu beachten, fuhr der Superintendent fort. «Guten Morgen, Madam. Ich hörte, die hiesige Polizei ist bereits hier gewesen?»

«Und wieder verschwunden», sagte Miss Dalrymple, «bis auf einen einsamen Idioten, den sie dagelassen haben, um die arme Effie zu bewachen. Das ist so unwürdig, Superintendent. Können wir sie nicht wenigstens ins Haus schaffen?»

«Im Augenblick nicht, Madam», teilte Lestrade ihr mit. «Vielleicht könnten Sie im Haus warten? Mein Kollege und ich werden später mit Ihnen sprechen. Könnten Sie das Personal zusammenrufen?»

«Es war ein Mann, natürlich», schnaubte Miss Dalrymple.

«Wer war was, Schätzchen?» fragte Hollingsworth.

Sie drehte sich zu ihm um, als nehme sie einen schwachen Geruch wahr. «Ich bin nicht Ihr Schätzchen, Sie niederträchtiges kleines Mannsbild.»

«Und auch von keinem anderen, würde ich meinen», murmelte Hollingsworth, aber er sah den rotäugigen Blick seines Chefs und beließ es dabei.

«Ich spreche vom Mord an der armen, lieben Effie», sagte sie, wieder an Lestrade gewendet. «Es war ein Mann.»

«Gewiß, Madame», pflichtete Lestrade ihr bei. «Vielleicht könnten wir das später erörtern?»

Sie machte auf einem startbereiten Absatz kehrt und sprintete über die Koppel. Hollingsworth stieg das Wasser in die Augen. «Wissen Sie, was die braucht, Super?» fragte er. Aber Lestrade war gegangen und marschierte schnurstracks auf den Berkshire-Constable los, der am Tor herumlümmelte.

«Lestrade, Scotland Yard. Wer sind Sie?»

«Constable Morse, Sir.»

«Wer ist Ihr Vorgesetzter?»

«Chief Inspector Challoner, Sir.»

Lestrade hob eine Augenbraue. «Nie von ihm gehört. Wo ist die Tote?»

Morse fummelte an einer Reihe von Schlüsseln am Ende einer langen Kette herum. Er stopfte einen in das Schlüsselloch einer alten Holztür, die ihm bis zum Kinn reichte. Selbst Lestrade mußte sich bücken. Im Inneren war ein rechteckiger Hof, an vier Seiten von Mauern aus gebrannten Ziegeln und Steinen umgrenzt. Aus der gegenüberliegenden Ecke sprang ein Strebepfeiler vor, neueren Datums als die übrigen, der mit einer Persenning verhängt war. «Sie liegt drunter, Sir», sagte Morse und zog die Plane zurück. Die liebe Effie hing rücklings über dem Sockel aus Steinplatten. Ein schönes Mädchen, blaß, leichenblaß unter dem kurzgeschnittenen schwarzen Haar. Sie trug dasselbe Sportkostüm wie Frizzie Dalrymple, das knapp oberhalb zweier eingedellter Knie endete.

Hollingsworth umschritt die Leiche, den Tabak kauend, den er sich seit dem Aufbruch vom Revier aufgespart hatte, und blieb am oberen Ende des Rumpfes plötzlich stehen. Sein Blick fiel auf dieselbe erstaunliche Vorderfront, wenngleich diese aufgrund der Lage des Mädchens bis an ihre Ohren reichte. Der Unterschied bestand darin, daß ihr Trikot von braunem Blut durchtränkt war, das in zwei Bögen die Rippen kreuzte und über die Brüste zu Boden tropfte.

Vorsichtig berührte Hollingsworth die starren Brustwarzen. Er spürte schmerzhaft ihren Druck gegen seine Fingerknochen.

«Super», sagte er stirnrunzelnd.

«Hm?» Lestrade betrachtete immer noch die wohlgeformten Waden und die Nagelschuhe.

«Setzt die Leichenstarre in den Extremitäten ein?»

«In meinen hat sie das bereits, glaube ich», knurrte Lestrade, der so graziös dahockte, wie es einem Mann nur möglich war, der wenige Stunden zuvor einem Gorgonenhaupt gegenübergestanden hatte.

Lestrade kam um den Sockel herum und starrte in das bleiche Gesicht. Er schüttelte den Kopf. «Tragisch», sagte er. «Wie alt? Achtzehn, neunzehn?»

«Eher zweiundvierzig», bemerkte Hollingsworth und tippte mit der Schuhspitze gegen Effies Oberweite.

«Guter Gott», sagte Lestrade. «Morse, hat jemand diese Leiche untersucht?»

«Ich glaube nicht, Sir.»

«Wer hat sie gefunden?»

«Äh…» Der Constable zog seinen Handrücken zu Rate. «Hab mein Notizbuch verloren, Sir», setzte er murmelnd zur Erklärung hinzu. «Mr. H. Bandicoot.»

Lestrade stand jäh auf. «H. Bandicoot?» wiederholte er. «Großgewachsener Bursche? Blondes, lockiges Haar? Auf ziemlich einfältige Art gutaussehend?»

«Ja, das isser, Sir.» erwiderte Morse.

«Sie kennen ihn also, Chef?» wollte Hollingsworth wissen.

«Nie von ihm gehört», sagte Lestrade. «Sind Sie verheiratet, Morse?»

«Ja, Sir, schlecht und recht.»

«Sie, Hollingsworth?»

«Leider ja, Chef», brummte er. «Wir sind inzwischen vierzehn Jahre zusammen und anscheinend keinen Tag zuviel.»

«In Ordnung. Dann werden Sie ja nicht allzu schockiert sein, Gentlemen, wenn ich…» Und er packte das Trikot mit beiden Händen und riß es mit einer einzigen flüssigen Bewegung auseinander. «Mein Gott!»

Die drei Polizisten rissen die Augen auf. Oberhalb der Schnittwun-

den auf dem Zwerchfell befand sich ein Apparat, wie ihn wenige
Frauen und noch weniger Männer kennen.

Lestrade hatte als erster die Geistesgegenwart zu sprechen.

«Also, wofür halten Sie das?»

«Das sind Siebe», sagte Morse. «Die nimmt meine Frau, wenn sie
Kohl durchseiht.»

«Hier war 'ne Menge mehr durchzuseihen», bemerkte Hollingsworth.

«Diese beiden Dinger haben das Mädchen umgebracht.»

Er hatte recht. Das Blut klebte geronnen und braun auf dem gekräu-
selten Rand unter jeder Brust. Auch die Schnallen auf jeder Seite
waren blutverkrustet. Hollingsworth trat näher, um mit dem Finger
über die Siebe mit ihren golfballgroßen, durchbrochenen Hütchen
zu fahren.

«Nicht.» Lestrade schob seine Hand weg.

«Sie haben recht, Chef.» Zum erstenmal in seinem Leben sah Hollingsworth beschämt aus. «Gehört sich nicht, irgendwie, oder?»

«Vergessen Sie, was sich gehört», sagte Lestrade. «Schauen Sie sich
das Gesicht an.»

Hollingsworth gehorchte.

«Jetzt die Hände.»

Hollingsworth gehorchte. Lestrade hob sie hoch, und man sah Geschwüre entlang der Finger und auf den Handflächen.

«Haben Sie ein Taschentuch, Morse?» fragte der Superintendent.

«Ja, vielen Dank, Sir. Oh, ich verstehe», und der Constable zog es
heraus.

Lestrade wischte das Blut von der Brustwunde. Weitere Geschwüre
kamen zum Vorschein. «Danke, Morse.»

Der Constable brachte es nicht über sich, das Taschentuch wieder
einzustecken, stand ziemlich einfältig da und ließ es an der Hand
baumeln.

«Chromentzündungen», sagte Lestrade. «Kaliumdichromat. Was
wissen wir über diese Dame, Morse? War sie im Färbereigewerbe
tätig?»

«Man kann auch anders sterben», grinste Hollingsworth, doch die bemühte Leichtfertigkeit stieß auf taube Ohren.

«Ich glaube, daß sie überhaupt nicht gearbeitet hat, Sir.»

Lestrade untersuchte noch einmal die Hände. Unterhalb der Schwären war die Haut weich und glatt.

«Gut, meine Herren. Ich wünsche, daß die Leiche ins Leichenschauhaus nach Windsor geschafft wird. Gibt es ein Telefon im Haus, Morse?»

«Ja, Sir. Ich glaube schon.»

«In Ordnung. Hollingsworth, veranlassen Sie alles Nötige. Und bevor Sie und die Dame sich trennen, will ich, daß Sie ihr diesen Halter abschnallen, den sie trägt. Und wenn Sie das tun, ziehen Sie sich Handschuhe an. Es sei denn, Sie wollen so enden wie sie.»


Lestrade befragte die Dienerschaft zuerst. Er wußte, wie es in Herrenhäusern auf dem Lande zuging. Der Herr bezahlte die Rechnungen und ritt auf die Jagd, aber diejenigen, die wirklich Bescheid wußten, gehörten zum Personal, und sie hatten eine Neigung, gestärktes Weißzeug zu tragen und sich die Stirnlocken zurechtzuzupfen. Jedoch es war ein langweiliger Tag, bis er den vormaligen Oberkammerdiener und jetzigen Chauffeur befragte, der mit plastronbewehrter Uniform und mit Schirmmütze steif vor ihm stand.

«Hören Sie, bin nicht so einer, der redet», versicherte er Lestrade.

«Natürlich nicht… äh… »

«Mansell, Sir. Fahrer Seiner Lordschaft.»

«Seiner Lordschaft?» Lestrade hatte es versäumt, die naheliegendste Frage zu stellen.

«Lord Bolsover. Ist natürlich jetzt nicht da.»

«Der Marquis von Bolsover besitzt Touchen End?»

«Seit Jahren», klärte Mansell ihn auf. «Sein alter Herr hat's dem alten General Touchen abgekauft, bevor Aldane in der Miliz war. Besitzt den größten Teil von Berkshire, sowieso.»

«Aldane?»

«Bolsover.»

«Wer war denn während der letzten Tage der Gastgeber?» Lestrade machte einen neuen Anlauf.

«Diese hochnäsige Kuh, Miss Frizzie, nehm ich an. Aber sie wechseln sich gegenseitig ab, solange diese Spiele im Gang sind. Paar Tage Touchen, paar Tage Tranby Croft.»

«Wer? Die Sportler?»

Mansell nickte. «Sportler, drauf scheiß ich», knurrte er. «Sind bloß wegen dem Schampus hier und wegen der Schweinereien, die sie im Wald treiben. Heiliger Vater!»

«Wie geht's Ihrem Vater?» wiederholte Lestrade.

«Seit 'ner Ewigkeit tot», klärte Mansell ihn auf. «Diese Miss Effie, die war 'ne Nummer. Nicht daß ich mir das Maul zerreißen möchte, wohlgemerkt.»

Lestrade lockerte seinen Kragen und streckte die Beine. Er bot dem Mann eine seiner besten Havannas an. Es mußte an der Wärme der Bibliothek und an dem Glas Port liegen, das er zum Mittagessen getrunken hatte.

«Sie war also 'ne Nummer, die Miss Effie?» Er blies unbesorgt Ringe an die Inigo-Jones-Decke.

«Eine? Eher schon zwei gleichzeitig. Lief wie ein Rolls-Royce.»

«Lief leise, wie?» Lestrade wandte dem Mann den Rücken zu und öffnete den verschlossenen Flaschenständer mit seiner Messerklinge. «Cognac?»

«Nun, ich mach mir nicht viel aus dem Zeug», murmelte Mansell, «aber weil's Mittwoch is…»

«Es ist Donnerstag.» Lestrade hielt es für das Beste, das klarzustellen.

«Weil's aber Mittwoch is, wo ich nich trink, werd ich 'nen kleinen nehmen.»

«Gab es einen bestimmten Mann in Miss Effies Leben?» Lestrade nahm selber einen Schluck des bernsteinfarbenen Nektars zu sich.

«Wie wär's mit dem Zweiten Bataillon der Gordon Highlanders?» wieherte Mansell, stürzte den Cognac hinunter, räusperte sich und hielt auffordernd das Glas hoch. Lestrade gehorchte. «Nein, ganz voll. Ich hab sie erst gestern im Wald gesehen.»

Mansell warf einen Blick in die Runde, um sich zu vergewissern, daß die Eichentäfelung ein Geheimnis bewahren konnte; um zu prüfen, ob die Bücher stumm waren.

«Ich bin keiner, der schwatzt, verstehen Sie.»

«Aber nicht doch», sagte Lestrade und schüttelte bekräftigend den Kopf.

«War 'n Mann.»

Lestrade sackte in den Bibliothekssessel zurück. «Nein», sagte er.

«Sie waren weit genug weg. Ham mich natürlich nich bemerkt.»

«Sie waren allein?»

«Nein, der alte Smithers, der Wildhüter, war bei mir, aber der is so gut wie blind und stocktaub, also kriegte er nich spitz, was passierte.»

«Was passierte denn?» Lestrade beugte sich vor.

«Er zog ihr die Klamotten runter.» Über Mansells Oberlippe bildeten sich Schweißperlen.

«Wirklich?» flüsterte Lestrade. «Wer?»

«Miss Effie.» Mansell begann zutiefst an der Intelligenz des Mannes vom Yard zu zweifeln.

«Nein, ich meine, wer zog ihr die Klamotten runter?»

«Weiß nich. Konnt ihn nich erkennen. Ist dunkel abends im Wald. Wurde schon Nacht.»

«Konnten Sie die Unterhaltung verstehen?»

«Paarmal ‹Oh›, paarmal ‹Ah›. Einmal oder zweimal ‹Pfui›, wenn ich mich nicht irre.»

«Die beiden gehörten also auch nicht zu denen, die reden, wie?» bemerkte Lestrade und füllte das Glas des Chauffeurs zum drittenmal. «Würden Sie sagen, daß der Mann einer der Gäste aus dem Haus war?»

«Jetzt, wo Sie mich fragen», Mansell rieb sich das Kinn, «ich erkannte Miss Effie an ihren Dingern.» Er hielt die Hand vor die Brust. «Ich hab noch nie solche Möpse gesehen.»

«Machten Sie sich's zur Gewohnheit, nach Miss Effies Dingern zu gucken?»

Trotz seiner drei Cognacs war Mansell auf der Hut und witterte

vielleicht Anschuldigungen. «Trug sie ja überall zur Schau», klagte er. «Heißblütiger Bursche wie ich mußte sie einfach bemerken.»
«Und Mrs. Mansell?» Lestrade zog eine Augenbraue hoch.
«Was die hat, is nich der Rede wert. Wenigstens hab ich sie seit 1879 nich mehr gesehen.»
«Neulich, nachts im Wald, hatte sie also keine Bluse an?»
«Und kein Korsett.»
«Sonst hat sie nichts versucht?»
«Er war derjenige, der's bei ihr versuchte», erwiderte Mansell.
«Wenn Sie sich für einen der Gäste entscheiden müßten», versuchte Lestrade ihn festzunageln, «wer könnte es gewesen sein; der Mann, der mit Miss Effie zusammen war?»
«Wo Sie mich das jetzt fragen», kam Mansell wieder zu sich, «dann war's vermutlich dieser große blonde Bursche, dieser Bandicoot. Er sieht so aus, als ob er ein bißchen scharf wäre.»

«Na, ein bißchen scharf, Harry Bandicoot?» Lestrade schlenderte auf die Veranda.
«Was?» Der große blonde Bursche paffte weiter seine Zigarre.
«Lassen Sie uns am Fluß entlanggehen. Ich möchte mir den Fives Court noch einmal ansehen.»
Sie überließen die Veranda den Motten des Juliabends, die auf der Suche nach Licht tanzten und flatterten. Der Verband glänzte weiß auf der Nase des Mannes mit dem Strohhut und dem grauen Sergeanzug, so daß die Zuschauer vom Haus ihn vor den Bäumen für ein Phantom halten konnten.
«Tut mir leid, Harry, daß ich Sie bis zuletzt habe warten lassen.»
«Das ist schon in Ordnung, Sholto. Scheußliche Sache, das. Hübsches junges Ding, diese Effie Jennings.»
«War sie hübsch?»
«O ja. Entzückend, einfach entzückend. 1906 wurde sie zum Mädchen des Jahres gewählt.»
«Ja, ich habe so was gehört. Wie geht's Letitia?»
«Sehr gut. Sie kommt in ein paar Tagen nach White City, wenn ich auf die Planche muß.»

«Fehlt Ihnen was?»

«Im Augenblick nicht», lachte Bandicoot. «Ich bin nicht sicher, ob's noch so sein wird, wenn ich mit den Ungarn die Klinge gekreuzt habe.»

«Oh, das Fechtturnier. Natürlich. Emma hat mir alles erzählt.»

«Sie schreiben ihr nie, Sholto.» Der große Mann wurde plötzlich ernst.

«Ich weiß.» Lestrade ging weiter, starrte auf die Forellenringe, die im Abendgold zerplatzten.

«Sie ist Ihre Tochter, Sholto. Wann haben Sie sie zum letztenmal gesehen?»

«Es ist fast ein Jahr her», sagte er. «Sie muß inzwischen eine richtige Dame sein.»

Er stützte sich mit dem Arm auf den Stamm einer knorrigen alten Birke, der über das Wasser ragte.

«Das ist sie. 1914 wird sie zwanzig sein, sagt Letitia. Sie vermißt Sie, wissen Sie.»

Lestrade wandte sich rasch ab. «Sehen Sie sich das an, Harry», sagte er. «Was sehen Sie?»

Bandicoot musterte die dunkle Linie der Bäume. «Bäume», sagte er. «Und ein Reiher, der nach Hause fliegt.»

Lestrade sah zu, wie die Silhouette über den Ulmen aufstieg, die Flügel riesig vor dem Sonnenuntergang. Dann sank sie wieder herab, stumm, wie sie aufgestiegen war. Er nickte bedächtig.

«Ich sehe Blut, Harry», sagte er leise, «und schäbige Straßen. Die kalten, dunklen Augen der Leute im Abgrund. Sehen Sie sich das an.» Er deutete auf seine Nase.

«Ich wollte Sie nicht nach dem Verband fragen», sagte Bandicoot.

«Ich meine nicht den Verband. Meine Nasenspitze.»

Bandicoot sah scharf hin. «Ich kann sie nicht sehen, Sholto.»

«Weil sie nicht da ist, Harry.» Lestrade war die Geduld in Person. «Die habe ich durch einen Säbel eingebüßt, auf dem Friedhof von Highgate.»

«Ich weiß», sagte Bandicoot, «ich war dabei.»

«Genau«, lächelte Lestrade. «Treuer alter Harry. Sie retteten mir das Leben in Henglers Zirkus, und jetzt ziehen Sie für mich meine Tochter groß.»

«Letitia und ich sind stolz darauf, Sholto.» Bandicoot kniete nieder, pflückte eine Rose und steckte sie ins Knopfloch seiner Jacke. «Wir – das heißt Emma – würden Sie gern öfter sehen.»

«Ich sagte», fuhr Lestrade fort, «daß ich die Nase in Highgate ein-büßte. Dies hier», er deutete auf den Verband, «stammt vom Ken-nington-Oval, heute morgen. Ich erspare Ihnen die Aufzählung des übrigen. Es ist kein Leben für ein Mädchen, zu Hause zu warten, um seinem alten Vater die Pfeife und die Hausschuhe zu reichen. Was ist, wenn der alte Vater eines Abends mal nicht heimkommt? Was ist, wenn er irgendwo in einer Gasse liegt mit einem stumpfen Gegenstand im Kopf? Und selbst wenn man von alldem absieht, Harry, von meinem Gehalt könnte ich nicht eines der Kleider be-zahlen, die sie trägt, das wissen Sie.»

«Ich weiß, daß sie Sie liebt, Sholto. Und sie möchte Sie sehen. Sie wird mit Letitia und den Jungens in White City sein. Versprechen Sie, daß Sie sie aufsuchen werden.»

Lestrade blickte in das aufrichtige bittende Gesicht des Mannes. Dann sah er wieder auf das bleifarbene Wasser des Sees, das erkal-tete, als sie létzten Sonnenstrahlen es der Nacht überließen. «Ich verspreche es», sagte er.

«Also», Bandicoot schlug dem Superintendent auf die Schulter, daß dieser keuchte und stolperte, «was wollten Sie mich fra-gen?»

«Kommen wir von hier zum Elefantenhaus?»

«Ja, wir brauchen bloß über die Brücke zu gehen.»

«Sie gehen besser voran. Ich kenne mich hier nicht aus. Erzählen Sie mir von diesen Treffen.»

«Nun, da gibt es wirklich nicht viel zu erzählen. Eine Gruppe von uns, Sportler aus verschiedenen Disziplinen, die für die Spiele ausge-wählt wurden, wir haben im Februar beschlossen, uns abwechselnd auf unseren Landsitzen zu treffen und zu trainieren.»

«Und Effie Jennings?»

«Hürdenläuferin des Damenteams. Sie und Frizzie Dalrymple waren Mannschaftskameradinnen, obwohl sie, unter uns gesagt, nicht miteinander auskamen.»

«Ja?»

«Nun – haben Sie Frizzie befragt?»

«Noch nicht. Sie ist die letzte nach Ihnen.»

«Du meine Güte. Das wird ihr nicht gefallen. Da fällt mir ein, daß ich sie beim Abendessen nicht gesehen habe. Ein sicheres Zeichen, daß sie eingeschnappt ist. Übrigens, haben Sie gegessen?»

«Ich habe in der Bibliothek gegessen», erklärte Lestrade, der spürte wie die Bohlen der Brücke unter seinen Füßen federten. «Warum wird es ihr nicht gefallen?»

«Aus zwei Gründen», rief Harry durch die zunehmende Dunkelheit zurück. «Erstens, weil sie unbeschreiblich herrschsüchtig ist. Zweitens, weil sie Männer haßt.»

«Aha.» Lestrade fühlte wieder das Zwicken in der Nase. Dasselbe wie kurz nach Tagesanbruch, als der Stein ihn getroffen hatte.

«Und deshalb, nehme ich an, waren sie und Effie alles andere als entzückt voneinander.»

«Ich verstehe.»

«Also, eigentlich sollte der ganze Trubel Effies wegen stattfinden. Ich meine, sie ist der Schützling des alten Bolsover...»

«Wirklich?»

«Nun ja, sie war's, das arme Ding. Natürlich, im Augenblick ist er nicht besonders munter, oder? Aber in jüngeren Jahren war er offensichtlich ziemlich sportlich. Lief einmal eine Meile, während das Teewasser kochte.»

Lestrade war nicht beeindruckt. Nach seiner Erfahrung kochte das Wasser sowieso nie, wenn man darauf wartete.

«Aber dann tauchte Frizzie auf und begann herumzukrakeelen. Jeder mußte für sie springen. Behandelte das Personal wie Dreck. Ich bin bloß froh, daß sie meine Einladung nach Bandicoot Hall nicht angenommen hat. Sie und Letitia wären im griechisch-römischen Stil absolut gleichwertig gewesen.»

«Ich würde mein Geld immer auf Letitia setzen», grinste Lestrade. «Sie mag also keine Männer?»

«Haben Sie heute morgen nicht auf ihren Sportdress geachtet? Grün, Weiß und Purpur. Die Farben von Mrs. Pankhursts Bewegung.»

«Davon habe ich kürzlich 'ne Menge zu sehen bekommen.»

«Sholto, ich muß Sie das fragen. Ihre Nase? Ich wußte nicht, daß Sie auf dem Kennington-Oval spielten. Schweres Spiel?»

«Sehr schwer», erwiderte Lestrade. «Ich will nur soviel sagen, daß sehr viel Zeit vergehen wird, bevor Abteilung XI mich wieder um Hilfe bitten wird. Ich dachte, ein Bowler sei etwas, das man auf dem Kopf trägt. Erzählen Sie mir alles über Effie Jennings.»

«Nun ja, ich bin natürlich keiner, der sich das Maul zerreißt...»

«Über Sie, Harry, erzählt man sich eine Menge.»

«Was?»

«Nichts. Weiter.»

«Man sagt, sie sei bei Männern nicht gerade wählerisch.»

«Ja? Wer sagt das?»

«Leute, die sie nicht leiden können, schätze ich. Sie war wirklich ziemlich entgegenkommend, Sholto, aber ich will wirklich nicht ins einzelne gehen... Sie wissen doch... da ist Letitia.»

«Nie in Versuchung gewesen, Harry?» Lestrade zwinkerte Harry vielsagend zu. «Hat Miss Jennings...?»

Bandicoot warf einen raschen Blick nach links und rechts. «Um die Wahrheit zu sagen, ja.»

«Wann?»

«Letzte Nacht.» Er ging voran auf die Koppel vor dem dunklen Umriß des Elefantenhauses.

«Letzte Nacht?» Lestrade blieb wie angewurzelt stehen.

«Wir waren in der Bibliothek. Eine Gruppe von uns. Sie bekam einen Telefonanruf. Als ich aufblickte, bemerkte ich, daß wir allein waren. Ich wollte mich zurückziehen, weil sie telefonierte, aber sie machte mir ein Zeichen zu bleiben.»

«Wer war der Anrufer?»

Bandicoot zuckte die Achseln. «Ich habe keine Ahnung, aber nach der Art zu urteilen, wie sie mit ihm flirtete, war es ein Mann.»

«Erinnern Sie sich an etwas, was sie sagte?»

«Äh... warten Sie – ‹Du böser Junge›... äh... ‹du übertreibst wieder... Nein, ich kann doch unmöglich...›»

«Nur das Wesentliche, Harry», sagte Lestrade.

«Nun, es schien, daß sie sich verabredete... O mein Gott.»

«Was?»

«Sie verabredete sich mit... wer immer es war... für heute morgen zu einer Partie Fives. Sholto, ich sah keinen Zusammenhang. Bis jetzt.»

Lestrade tätschelte Bandicoots eisenharten Bizeps. «Lassen Sie's gut sein, Harry, Sie hätten nichts tun können. Haben Sie Miss Jennings heute morgen gesehen. Ich meine, bevor Sie ihre Leiche fanden?»

«Nein. Nachdem sie zudringlich wurde, hielt ich es für das Beste, einen weiten Bogen um sie zu machen... ich meine...»

«Sie meinen, Sie haben sich versteckt, Harry», ergänzte Lestrade.

«Ja.»

«Sie versuchte, Sie in der Bibliothek zu verführen.»

«Direkt unter Gibbons *Verfall und Untergang*, alle vierzehn Bände. Die Narwhal-Ausgabe, natürlich.»

«Gibt's noch eine andere?» stichelte Lestrade.

«Weiß ich wirklich nicht», bekannte Bandicoot, dem während der Schulzeit die Klassen für lernschwache Schüler zur zweiten Heimat geworden waren.

«Ihr Geheimnis ist bei mir sicher aufgehoben», lächelte Lestrade.

«Es ist nichts passiert, Sholto», versicherte ihm Bandicoot ein wenig gereizt, «nicht das geringste.»

Lestrade lächelte abermals, dieses Mal über den Nachsatz. Er öffnete die Tür zum Hof. «Ich brauche noch einmal Ihre Sachkenntnis. Erzählen Sie mir etwas über Fives.»

«Also.» Bandicoot durchmaß den Raum. «Dies ist das Eton-Spiel. Dies hier», er klopfte auf den Mauervorsprung, wo die Leiche gelegen hatte, «ist das Feld. Sie haben einen Ball und lassen ihn von der Wand zurückprallen.»

«Ist es ein Spiel für Damen?» Lestrade hockte sich auf das Feld.

«Eigentlich nicht. Geht ziemlich rauh dabei zu. Einige Burschen tragen Handschuhe. Ich nicht.»

«Das ist alles? Bloß ein Ball und eine Hand?»

«Die meisten von uns haben zwei Hände, Sholto», meinte Bandi-coot ihn erinnern zu müssen.

«Wie kommt es dann…?»

«Was?»

«Harry, in der Regel ziehe ich andere Personen nicht ins Vertrauen, das wissen Sie.»

Bandicoot nickte.

«In diesem Fall habe ich keine Wahl.» Lestrade trat dicht an ihn heran. «Sie haben das Spiel in Eton gespielt?»

«Selbstverständlich.»

«Und seitdem?»

«Hin und wieder.»

«Sie sagten, es gehe dabei rauh zu. Welche Arten von Verletzungen können auftreten?»

«Hm… äh… gebrochene Handgelenke, verstauchte Knöchel, die verschiedensten Gehirnerschütterungen, wenn die Burschen gegen die Mauern krachen. So was in der Art.»

«Keine Schnittwunden im Zwerchfell?»

«Bitte?»

«Brust, Harry», nahm Lestrade zu laienhaften Bezeichnungen Zuflucht.

«Eine Schnittwunde? Ist es das, was der armen Effie zugestoßen ist? Ich mochte nicht so genau hingucken.»

Lestrade nickte. «Ich nehme an, daß sie an Blutvergiftung gestorben ist. Die Schnitte müssen durch den Rand ihrer Unterwäsche verursacht worden sein.»

«Ihre Unterwäsche?» Bandicoot war verblüfft. «Ich habe gar nicht gewußt, daß Fischbein so heimtückisch sein kann», sagte er.

«Oh, dies war eine spezielle Anfertigung», sagte Lestrade. «Sie könnte gegen die Mauer geprallt oder gestoßen worden sein. Der Effekt wäre in beiden Fällen derselbe gewesen – der Metallrand hätte sich in ihr Fleisch gebohrt. Das Gift besorgte den Rest.»

«Warum, Sholto?» Bandicoot lehnte sich gegen die Mauer. «Warum sollte jemand Effie töten wollen?»

Lestrade blickte zum großen Haus mit seinen blitzenden Lichtern hinüber.

«Vielleicht habe ich die Antwort in ein paar Minuten, Harry», sagte er. Er befühlte seinen Verband. «Andererseits vielleicht auch nicht.» Und sie gingen über den Fahrweg zurück.


Harry Bandicoot hatte recht. Frizzie Dalrymple war überhaupt nicht erfreut, daß Lestrade sie den ganzen Tag hatte warten lassen. Lestrade saß in der Bibliothek, sorgsam darauf bedacht, nicht unter der Narwhal-Ausgabe zu sitzen, und erwartete den Angriff.

«Ich habe nicht die Absicht, eine Ihrer Fragen zu beantworten», teilte Frizzie ihm mit, schüttelte ihr drahtiges Haar und schob ihre Nase in den Schein des Kronleuchters.

«Wie soll ich dann herausbekommen, wer Miss Jennings umgebracht hat?» Lestrade versuchte es auf die naive Tour.

«Das», Frizzie nahm eine Zigarette aus einem kleinen Holzkästchen, «ist Ihr Problem.»

«Ich dachte, sie sei eine Freundin von Ihnen.» Lestrade riß ritterlich ein Streichholz für sie an, doch sie war schneller, und er schaffte es lediglich, ihr die Finger zu verbrennen.

«Sie *war*», sagte sie mit Nachdruck. «Unglücklicherweise, Sergeant...»

«Superintendent», verbesserte er.

«Unglücklicherweise... ließ sie sich mit Männern ein.»

«Mit einem bestimmten?»

«Mit jedem», erwiderte sie kalt und blies den Rauch durch ihre zitternden Nüstern wie ein Vollblut in Epson.

«Sie mißbilligten das?»

«Nennen Sie mich pingelig, wenn Sie wollen...» begann sie.

«Wollen wir nicht sachlich bleiben, Miss Dalrymple?»

«Was ich über Effie Jennings denke – oder über irgend etwas anderes –, geht ausschließlich mich etwas an.»

«Und Männer?»

«O ja, über die habe ich in der Tat bestimmte Ansichten. Und die vertrete ich laut und deutlich. Warum, zum Beispiel, sind Sie keine Frau?»

Das war keine Frage, die Lestrade sich oft gestellt hatte. «Ich nehme an, Gott hatte Seine Gründe», sagte er.

«Ich schätze, die hatte Sie», konterte Frizzie, «obgleich Sie gewiß, wenn ich Sie so ansehe, ziemlich rätselhaft sind. Gibt es überhaupt Frauen bei der Polizei?»

«Nein, Madam», erwiderte er und beschloß, seiner verletzlichen Nase zuliebe nicht sein übliches «Gott bewahre» hinzuzufügen.

«Letzten Februar ist in London ein Frauenparlament zusammengetreten», fuhr sie fort. «Ist Ihnen das bekannt?»

«In Umrissen, Madam», antwortete er.

«Der Tag wird kommen, da wir die Erde beherrschen werden, Constable. Der getretene Wurm wird sich krümmen.»

«Vielleicht, Madam, aber bis dahin...»

«Bis dahin ‹Hegt eure gedemütigten Ehemänner, so lange ihr könnt›. Der Tag der Abrechnung steht bevor, Lestrade. Die Stadt London tat das einzig Vernünftige in ihrer Geschichte, als sie Florence Nightingale zur Ehrenbürgerin machte.»

«Ganz recht, jetzt zu Miss Jennings...»

Aber Frizzie war in Fahrt. «Yvette Guilbert hat es letzte Woche in der *Westminster Gazette* glänzend zusammengefaßt. Haben Sie es gelesen?»

«Nein ich...»

«Können Sie lesen?»

«Nun, ich...»

«Sie trat dafür ein, Hosenröcke zu tragen, und sie sagte: ‹Frauen, entwickelt Muskeln, denn nur durch Muskeln werdet ihr siegen.›»

«Was Ihre Unterwäsche betrifft...» fing Lestrade an, aber kaum waren ihm die Worte über die Lippen gekommen, als die entwickelten Muskeln von Miss Dalrymples rechter Hand ihm einen schmerzhaften Schlag auf den Schnurrbart versetzten, der ihm Tränen in die Augen trieb.

«Wüstling!» kreischte sie und floh aus dem Raum.

Er konnte nicht schlafen. Es war nicht der Schein des Vollmondes, der schräg durch die Stores fiel und den Raum in ein fahles Licht tauchte. Es war nicht die Tatsache, daß man ihn in die oberste Dachkammer gesteckt hatte, wo sein Kopf bei jeder Bewegung an die Decke stieß. Es war der Apparat; der Büstenhalter, der Effie Jennings' Tod verursacht hatte. Hollingsworth war abmarschiert, das mörderische Korsett auf Armeslänge von sich entfernt haltend, und hatte von Passanten ein paar sehr befremdete Blicke geerntet. Doch während seiner kurzen Unterhaltung mit Frizzie Dalrymple hatte Lestrade bemerkt, daß sich unter ihrem blaßgrünen Trikot etwas Festes und Gewölbtes hob und senkte, und er hatte bei sich gedacht: «Die können nicht echt sein.» Konnte es sein, grübelte er, während er ein weiteres Mal mit der Tapete zusammenstieß, daß auch Miss Dalrymple eine solche Vorrichtung trug? Und wenn das zutraf, hatte sie die Hand im Spiel, als die ihrer einstigen Freundin mit Kaliumdichromat präpariert wurde? Er streifte die Leinenbezüge zurück. Er richtete sich im Dachwinkel auf. Er blickte auf das Bleidach hinaus, wo die großen Steinfiguren im Mondlicht Wache hielten. Der verdammte Mond war nicht gerade hilfreich. Trotzdem, er mußte es herausbekommen. Er mußte es wissen. Hatte Effie, fragte er sich, während er nach seinen Strümpfen suchte, die Gefühle ihrer Freundin mit Füßen getreten, indem sie sich mit Männern herumtrieb? Mit Männern, den Erzfeinden, diesen eingefleischten Teufeln? Oder steckte etwas dahinter, das noch finsterer war? War dieser Mord ein weiterer in der schrecklichen Reihe, die irgendwie mit Anstruther Fitzgibbon begann? Ein weiterer Sportler, vor dem Ziel zur Strecke gebracht? Was hatten die Morde gemeinsam, fragte er sich zum tausendstenmal, als er durch den Türspalt lugte. Effie Jennings war ein Mädchen und obendrein ein leichtes. Wenigstens hatte er den ganzen Tag gehört, wie Leute sie dazu machten. Es war die achte Treppenstufe, die seinen Atem stokken ließ. Das Geräusch mußte jeden im Haus geweckt haben. Sogar Effie Jennings hatte sich vielleicht im Leichenschauhaus von Windsor auf ihrem kalten Sockel geregt. Aber nein. Falls die Haushunde es hörten, waren sie entweder taub oder arglos oder beides. Er folgte der Wendeltreppe in die Dunkelheit. Sein weißes Hemd verriet ihn auf dem Treppenabsatz, als der Strahl des Mondlichts es erfaßte. Die Standuhr unten in der Halle schlug feierlich zweimal, und er preßte sich an die Tapete, nur um es sogleich zu bereuen, als seine angeschlagene Nase ihn an den Morgen erinnerte.

Er schlitterte über den Teppich, ein wenig schlurfend, wie es sein König bei ähnlichen nächtlichen Ausflügen in großen Landhäusern zu tun pflegte. Er mußte Frizzie Dalrymples Korsett in die Hände bekommen. Er hatte sich vorhin gemerkt, welche Tür die ihre war – die mit grünem Fries bezogene am Ende des Ganges. Hier verharrte er, das Ohr an die Täfelung gepreßt. Stille. Verdammt. Er hätte es vorgezogen, wenn sie geschnarcht hätte. Egal, man konnte nicht alles haben. Er legte eine schwitzende Hand auf den Türknopf. Eine Drehung. Zwei. Ein Klicken. Seine Nackenhaare sträubten sich. Sie hatte das doch wohl nicht gehört? Er wartete, wie ihm schien, eine Ewigkeit und wagte nicht zu atmen. Was würde er sagen, wenn sie aufwachte? «Ich hätte da bloß noch eine Frage, Miss Dalrymple» oder «Ich dachte, ich hätte ein Geräusch gehört» oder «Ich habe Ihnen nicht gedankt, daß Sie so aufrichtig waren»? Ja, das war's. Trotzdem, er hoffte, daß es nicht soweit kommen würde.

Eine Nase ohne Spitze, aber mit Verband schob sich durch die Tür, gefolgt von dunklen Augen, die im Halbdunkel des Zimmers blinzelten. Sie hatte die Vorhänge zugezogen. Gott sei Dank. Der Mond war jetzt nicht mehr hinderlich. Dagegen die Dunkelheit. Seine Augen mußten sich daran gewöhnen. Er erspähte das prächtige Doppelbett und die schlafende Gestalt in der Mitte. Er konnte keine Kleider erkennen. Sie waren vermutlich im Schrank, einem dunklen Umriß aus Mahagoni in der Ecke. Er ging auf Zehenspitzen über den Teppich und wich vorsichtig dem Waschständer aus. Er hielt den Atem an, als seine Beine gegen das Marmorbecken stießen. Warum hatte er seine Hose nicht angezogen? Die Situation wäre weniger verfänglich gewesen, obwohl weniger Kleider weniger Lärm machten.

Da war es. Ein Paar Kuppeln aus Leinen und Metall lag wie das Modell eines zweihöckrigen Kamels – oder waren es zwei Dromedare – auf dem Toilettentisch. Er hob sie vorsichtig hoch. Sie waren schwerer, als er gedacht hatte. Und er hatte gerade noch Zeit, sie sich vorn unter sein Hemd zu schieben, als das Licht anging und Frizzie Dalrymple kerzengerade und kreischend im Bett saß. Er verfluchte diese neumodischen Apparate. Welcher Teufel hatte den alten Bolsover geritten, im Obergeschoß elektrisches Licht installieren zu lassen?

«Ich war nicht so aufrichtig, Ihnen zu danken», stieß er hervor.

«Was tun Sie hier, Sie Untier?» kreischte sie hysterisch. «Und was ist das?»

Sie deutete entsetzt auf die zwei Höcker, die unter Lestrades Hemd sichtbar waren.

«Äh… nichts, Madam. Ich habe mich nicht wohl gefühlt. Seit der Operation.»

Die Tür flog krachend auf, und erstaunte Gesichter spähten ins Zimmer. Zwei Sportlerinnen sprinteten zu Frizzie und schützten sie mit ihren Leibern. Stämmige Diener bildeten einen Kreis um Lestrade. Nur Harry Bandicoot hatte ein tröstendes Wort für ihn: «Wüstling.»


Lestrade gewöhnte sich allmählich an den Teppich in Mr. Edward Henrys Büro. Reihen viktorianischer Polizisten blickten aus gebräunten Fotografien mit verschränkten Armen mißbilligend herab. Das Muster eines Polizisten saß mit steinernem Gesicht da und fixierte den Superintendent.

«Zuerst schlagen Sie einem Kollegen vor aller Öffentlichkeit den Schädel ein», sagte er. «Dann werden Sie ohne Hose im Schlafzimmer einer weiblichen Zeugin erwischt. Sie wird natürlich Anzeige erstatten.»

«Natürlich, Sir.» Lestrade hielt es für das Beste, ihm beizupflichten, freilich ohne sich zu demütigen.

«Lestrade, gewöhnlich stecke ich meine Nase nicht in die privaten… äh… Angelegenheiten meiner Beamten. Sie sind Witwer, nicht wahr?»

«Ja, Sir.»

«Und gibt es… ich will sagen, gibt es eine Frau in Ihrem Leben?»

«Nichts Derartiges, Sir.»

«Und haben Sie es sich zur Gewohnheit gemacht, in die Schlafzimmer von Damen einzudringen?»

«Nein, Sir.» Lestrade war entsetzt. Das hatte er bloß viermal oder fünfmal gemacht, und immer war er im Dienst gewesen.

«Dem Bericht, den man mir vom dortigen Revier geschickt hat, entnehme ich, daß Sie in erregtem Zustand waren.»

«Eigentlich nicht, Sir.»

«Lestrade.» Henry schlug so heftig auf den Tisch, daß seine Hand schmerzte. «Ich will nicht darüber streiten, in welchem Maße etwas geschwollen war. Haben Sie Ihr Membrum virile entblößt oder nicht?»

«Ich hatte es nicht nach Touchen End mitgenommen», versicherte Lestrade.

«Verdammt, Mann, Ihr…» Und er beugte sich vor und flüsterte in Lestrades Ohr. Mrs. Henry hätte diese Art vorgezogen.

«Was fällt Ihnen ein, Sir!» Lestrade war empört. «Was die junge Dame in ihrem hysterischen Zustand sah, war das hier.» Er zog triumphierend den gewölbten Apparat hervor.

«Guter Gott, Lestrade. Ist das eine Art Ehehilfe?»

«Könnte es sein, Sir, aber tatsächlich ist es Bhiseys Erprobter Büstenformer.»

Henry machte ein langes Gesicht. «Ich denke nicht, daß das unserem Fall hilft», sagte er. «Warum wollten Sie das Ding haben?»

«Im Gegenteil, Sir. Es hilft meinem Fall ungemein. Nun, ein bißchen. Bevor ich auf Ihren… äh… Wunsch herkam, habe ich Detective Constable Bourne mit einem kleinen Auftrag weggeschickt.»

«Bourne? O ja, ich weiß, wen sie meinen. Ein bißchen schwul, wie?»

«Nur äußerlich», sagte Lestrade. «Nun, er hat ein paar Tage einen Mann verfolgt, und ich wollte ihm eine Pause gönnen.»

«Und?»

«Und er besuchte einen gewissen Shanker Abaji Bhisey in der Essex Road 323.»

«Warum?»

«Weil der besagte Mr. Bhisey diese Apparate fabriziert. Offenbar werden sie von der gesamten Damenmannschaft bei den Spielen getragen.»

«Was hat das mit dem Tod von Effie Jennings zu tun?»

«Effie Jennings trug eine Spezialanfertigung. Ich habe sie aus dem Labor zurückbekommen. Sie werden rund oder oval oder in jeder anderen gewünschten Form angefertigt, und man pumpt sie zur gewünschten Größe auf.»

Lestrade tat es, und die Kuppel nahm riesige Ausmaße an, so daß das durchlöcherte Hütchen fast an Henrys Nase stieß.

«Aber vermutlich bläst man doch nicht nur eine auf, oder?»

«Nein, nein, das nehme ich nicht an», sagte Lestrade. «Beide, schätze ich.»

«Ganz recht.» Henry befingerte den Apparat. «Sonst wäre ja eine unverhältnismäßig groß.»

«Und die andere so klein, daß sie kaum da ist», bemerkte Lestrade.

Henry riß sich von dem technischen Zauberwerk los. «Warum glauben Sie, daß Miss Jennings eine spezielle Anfertigung trug?»

«Es fehlt die Polsterung am unteren Rand. Sie hatte keine Lüftungskanäle.»

«Führte zu beträchtlicher Hitzeentwicklung, denke ich», mutmaßte Henry.

«Führte zum Mord. Wenn Sie diese scharfe Kante mit Gift präparieren, brauchen Sie nur noch kräftig darauf zu drücken, und die Haut ist geritzt. Der Rest – der Weg des Giftes durch die Arterien in die Glieder – ist lediglich eine Frage der Zeit. Vergessen Sie nicht, daß Miss Jennings Fives spielte, bevor sie starb. Ihr Blutdruck war hoch. Es dürfte sehr rasch gegangen sein.»

«Wissen wir, wer dieses spezielle… hm… Ding kaufte?»

«Bourne hat den Namen. Fand ihn in Bhiseys Hauptbuch», sagte Lestrade stolz. «Ein gewisser Victor Ludorum.»

«Nein, haben Sie nicht, Lestrade. Sprechen Sie Latein?»
Der Superintendent runzelte die Stirn. «Nicht oft, Sir», gab er zu.
«Victor Ludorum bedeutet ‹Gewinner der Spiele›. Es war der Titel,
den die Römer ihren größten Athleten und Wagenlenkern verliehen. Es ist ein Pseudonym, Lestrade. Ein Beiname. Konnte Bhisey
den Mann beschreiben?»
Lestrade schüttelte den Kopf. «Er konnte sich überhaupt nicht an
ihn erinnern», sagte er. «Na schön», seufzte er, «zurück zur Kleinarbeit. Mit Ihrer Erlaubnis, Sir.»
«Nein», hielt Henry ihn zurück. «Ich muß mir über Ihre Zukunft
Gedanken machen. Für den Augenblick machen Sie weiter. Aber,
um Gottes willen, lassen Sie sich nichts zuschulden kommen. Nein,
das behalte ich.» Er spielte mit der Büstenstütze. «Vielleicht würde
Mrs. Henry sie gern sehen – aus bloßer Neugier, verstehen Sie.»
«Ich verstehe, Sir», lächelte Lestrade. Aber Neugier war schon
mancher Katze zum Verhängnis geworden.


«Meine Karte», sagte der Mann, der gebaut war wie ein Kleiderschrank.
Lestrade hatte an diesem Morgen bereits genug durchgemacht. Ein
wütender Inspektor Vogelweide hatte einen verlegenen Constable
Bourne in Lestrades Büro gezerrt und zu wissen verlangt, warum
dieser *Homo* ihn verfolge. Zuerst habe er gedacht, es sei der Schnitt
seiner Lederhose oder sein Glück habe ihn verlassen. Dann, als er
Bourne in die Mangel genommen, seinen Kopf gegen eine Mauer
gehämmert und seine Taschen gefilzt habe, sei ihm klargeworden,
daß Bourne Polizist war. Warum, wollte er wissen, habe Lestrade
Bourne den Befehl gegeben, ihm zu folgen? War dies die Vorstellung des Yards von Zusammenarbeit? Reichten Höflichkeit und
Hilfsbereitschaft eines britischen Polizisten gegenüber einem deutschen Kollegen so weit, ihn verfolgen zu lassen? In Zukunft werde
er, Vogelweide, allein arbeiten und ihn, Lestrade, nur noch einmal
belästigen, wenn er ihn brauche, die Auslieferung des Mörders von
Hans-Rüdiger Hesse zu erwirken.

Und nun das. Lestrade blickte auf die Karte – ein geöffnetes Auge und der Schriftzug «Wir Schlafen Nie».

«Maddox», sagte der riesige Mann», Detektei Pinkerton.»

«Womit kann ich Ihnen helfen, Mr. Maddox?» Lestrade fürchtete sich beinahe zu fragen.

«Umgekehrt wird 'n Schuh draus, Bruder.» Maddox plumpste in einen Sessel und steckte sich eine Zigarette an. «Rauchen Sie?»

«Ja», bekannte Lestrade.

«Na, etwas, was wir gemeinsam haben», und er steckte die Packung weg. «Also, hören Sie, Lieutenant…»

«Superintendent», sagte Lestrade.

«Okay. Ich bin rübergekommen, um diese britischen Schiedsrichter bei den Spielen zu überprüfen. Haben unsere Jungens in die Pfanne gehauen. Zielband durchgerissen und all das.»

«Ja, weil eure Burschen verdammt nicht in einer geraden Linie laufen können, das ist das Problem», sah sich Hollingsworth gezwungen einzuwerfen.

Maddox fuhr hoch und ballte seine kräftige Faust.

«Nehmen Sie's ihm nicht übel», sagte Lestrade, «er hat einen schlimmen Knöchel.»

«Und ein schlimmes Maul», setzte Maddox hinzu.

Da er spürte, daß die anglo-amerikanischen Beziehungen im Augenblick nicht so waren, wie sie sein sollten, entließ Lestrade den Constable, um Tee zu machen.

«Rühr das Zeug nie an», versicherte ihm Maddox. «Kaffee. Schwarz, einen Eimer voll. Wissen Sie, ich weiß nicht, wie ihr Burschen das aushaltet, den ganzen Tag das Zeug zu saufen.» Er fischte eine Taschenflasche heraus. «Red Eye?»

«Ja», Lestrade tippte auf seinen Verband. «Aber es wird besser.»

Maddox zuckte die Achseln und schluckte seinen Rachenputzer in einem Zug.

«Effie Jennings», gurgelte er.

Jetzt fuhr Lestrade hoch. «Wer?» fragte er.

«Keine Spielchen mit mir, Lieutenant. Sie untersuchen den Tod der Dame.»

«Nein, soweit ich weiß, hatte sie diesen Titel nicht.»

«Also untersuchen Sie den Fall doch, oder?» Maddox grinste triumphierend. «Vereinigte Staaten, eins; Großbritannien, null.»

«Warum interessieren Sie sich für die Sache, Mr. Maddox?»

Der Pinkerton-Mann paffte seine Old Glory. «Effie Jennings war die Verlobte von J. C. Carpenter, unserem nationalen Spitzenathleten. Es ist schlimm genug, daß eure Burschen ihm die Vierhundert Meter versaut haben, aber wenn einer von ihnen sich an seinem Mädchen vergreift, nun, schlafen wir nicht.»

«Ist mir bekannt.» Lestrade tippte mit dem Finger auf die Visitenkarte.

«Was haben Sie?» fragte Maddox.

«Eine Menge Papierkrieg», seufzte Lestrade.

«Kommen Sie, Lestrade. Ich habe ein Recht auf…»

«Nein, Mr. Maddox. Leider haben Sie kein Recht auf irgendwas. Miss Jennings ist britische Staatsbürgerin und starb auf britischem Boden. Und deshalb ist der Fall meine Sache und nicht die Ihre. Und, wenn ich das sagen darf, Mr. Carpenter war einer von vielen.»

Maddox nickte langsam. «Nun», sagte er schleppend, «hätte ich mir denken können. Okay, Lieutenant, ich bin im Bilde. Scotland Yard will nicht mitspielen, wie? Nun, das ist in Ordnung. Trotzdem will ich Ihnen ein Rat geben.» Er stand auf, so daß sein Homburg beinahe die Decke berührte. «Daß mir keiner Ihrer Burschen in die Quere kommt, verstanden?»

Hollingsworth kam mit einer Tasse Tee herein, als Maddox ging, und der Amerikaner ließ seine Kippe elegant in die Tasse fallen. Lestrade bemerkte, wie die Knöchel seines Constable weiß wurden und seine Lippe sich kräuselte. «Er kann nichts dafür, Hollingsworth», sagte er. «Er kommt aus den Kolonien.»

Der Mann aus den Kolonien war so erfindungsreich, wie es Amerikaner nun mal sind. Vom selben Pioniergeist wie Daniel Boone, Jim Bridger und Davy Crockett beseelt, begab sich Maddox zur einzigen anderen Informationsquelle über Verbrechen außer Scotland Yard – zur Fleet Street. Hier, in Sichtweite der grauen Kuppel von

St. Paul's, zwischen Saufbolden und Anwaltsgehilfen, trieben einige der kriminellsten Männer der Welt ihr Unwesen. Und die meisten von ihnen arbeiteten für Zeitungen.

Marylou Adams saß am Fenster, blickte hinaus und erstarrte, als sich ein mächtiges Paar Schultern in ihr Gesichtsfeld schob, Straßenhändler und Anwälte beiseite stoßend. Ihre Stimme erstarb mitten im Satz, was Richard Grant veranlaßte, aufzublicken. «Erzähl mir nicht, dem Golden Girl der *Washington Post* hätte es die Sprache verschlagen.» Er runzelte die Stirn und ging zu ihr. «Marylou.» Er bemerkte ihre geöffneten Lippen und den angespannten Blick.

«Was ist los?»

«Dieser Mann da unten.» Sie deutete auf den großen Amerikaner, der nach dem Eingang zu den Büros der *Mail* Ausschau hielt.

«Wer ist er?»

«John Maddox, ein Pinkerton-Mann», sagte sie.

«Pinkerton? Aha. Kennst du ihn?»

«Jeder in Washington kennt einen Mann wie Maddox. Er ist ein Tier.»

«Ich möchte wissen, was er hier will?»

«Das würde ich gern rauskriegen, Richard. Was dagegen?» Sie machte sich auf die Suche nach ihrem Hut.

«Ich bringe dich raus», sagte er. «In der Zwischenzeit sollten wir wegen des Mordes in Touchen End mit Superintendent Lestrade Verbindung aufnehmen.»

«Meinst du?»

«Das ist doch wohl klar. Effie Jennings war Sportlerin wie fast alle anderen. Ich bin sicher, daß er deine weiblichen Seiten zu schätzen wissen wird. Übrigens, wußtest du, daß ein deutscher Bulle namens Vogelweide hier in London war?»

«Nein.»

«In Anbetracht deines Pinkerton-Mannes ...?»

«Er ist nicht mein Mann, wenn du's genau wissen willst», fauchte sie.

«Verzeihung.» Er spürte, daß er einen wunden Punkt berührt hatte.

«Aber bald wird es hier auf jedem Quadratzoll mehr Bullen geben als Opfer.»

Grant brachte Marylou zum Hinterausgang, dann eilte er zurück, um den Pinkerton-Mann auf der Straße abzufangen. Maddox und der Engländer schritten hinaus in die Mittagssonne.

# Abwehr einer Sixt

Sie hielten auf Abstand, als sie gingen, die beiden Superintendents. Patrick Quinn war über sechzig, und mit Lestrade hatte er es längst verdorben. An diesem Morgen war der Strand so belebt wie immer. Detective Constable Bourne, der noch ein wenig unter den Folgen von Vogelweides grober Behandlung litt, hatte leichteren Dienst und untersuchte den Diebstahl einiger Trikots aus den Schränken in White City. Er war zweifellos der beste, nein, der einzige Mann für diese Aufgabe, angesichts seiner ausgedehnten Erfahrung mit Bügelwäsche und Rüschen, gepaart mit monatelanger Tätigkeit im Fundbüro.

«Na, wie stehen die Dinge in der Sonderabteilung Irland?» fragte Lestrade und zündete sich eine wohlverdiente Zigarre an.

«Sonderabteilung», verbesserte Quinn. «Sie wissen ganz genau, daß wir die Iren vor vier Monaten fallengelassen haben.»

«Oho, nicht alle, Paddy, mein Junge», sagte Lestrade in breitem Irisch. «Wir haben immer noch Sie.»

Quinns Hand schnellte plötzlich nach links und ergriff den Kragen eines vorbeikommenden Bengels. Ohne seinen Schritt zu verlangsamen, schwenkte er den sich wehrenden Jungen kopfüber hin und her und schüttelte ein Päckchen Zigaretten aus seiner Tasche. Er zertrat das anstößige Rauchwerk, gab dem Burschen eine Ohrfeige und ging weiter.

«Also, wie ist Ihre Meinung?»

Quinn blickte starr nach vorn. «Sie wissen, daß ich nichts enthüllen darf», sagte er.

Lestrade hatte diesbezügliche Gerüchte gehört, aber Zeit war kostbar. «Verdammt noch mal, Quinn, es macht uns doch beiden keinen Spaß, im Revier des anderen herumzutrampeln, aber wenn der oberste Polizist vorschlägt, daß wir kooperieren sollen, was machen wir dann zuerst?»

«Sehen in einem Wörterbuch nach?» Quinn versuchte, hilfsbereit zu sein.

«In Ordnung, und zweitens?» Lestrade klemmte den feuchten Stummel fester zwischen die Zähne.

«Also gut.» Quinn rückte dichter an Lestrade heran, daß sich ihre Ellenbogen beinahe berührten. «Sie wissen natürlich, daß es eine internationale Angelegenheit ist?»

«Ja? Warum?»

Wiederum griff sich Quinn einen vorbeikommenden Bengel, quetschte ihn an eine Schaufensterscheibe und filzte ihn. Er zermalmte die Zigaretten in seiner Faust, gab dem Jungen ein paar hinter die Ohren und ging weiter.

«Ist doch klar», fuhr er fort. «Vier Sportler tot, alle waren Briten. Einer davon tot, bevor die Spiele anfingen.»

«Fitzgibbon, ja. Also, auf wen tippen wir?»

Quinn rückte näher. «Auf die Franzmänner», sagte er.

«Die Franzosen? Warum?»

«Elsaß und Lothringen», flüsterte Quinn mit zusammengepreßten Lippen.

«Komplizen?» fragte Lestrade begeistert.

«Wer?»

«Elsaß und Lothringen. Wer ist Lothringen?»

«Nicht *wer*, Lestrade», knurrte Quinn, «*Wo*. Guter Gott, Mann, haben Sie denn überhaupt keine Ahnung davon, was in der Welt passiert?»

«Ich weiß bloß, was Abberline sagt», gestand Lestrade.

Plötzlich schlug Quinn mit seinem linken Fuß aus und brachte einen Burschen auf dem Pflaster zu Fall. Er zerrte den Kopf des verblüfften Jünglings hoch, schnippte die Woodbine hinter dessen Ohr weg und zertrat sie auf dem Boden.

«Wie heißt du, Kleiner?» knurrte er.

«Harold Abrahams, Sir.»

«Was willst du werden, wenn du groß bist?»

«Läufer, Sir.»

«Nicht mit dieser Nase, Bursche!»

Im nächsten Augenblick setzte er seinen Weg fort und bahnte sich und Lestrade mit Fußtritten den Weg durch die Tauben auf dem Trafalgar Square.

«Wer ist das Opfer, das nicht ins Muster paßt?» wollte Quinn wissen.

«Hesse», antwortete Lestrade.

«Und warum paßt er nicht rein?»

«Er ist Journalist.»

«Und was ist er noch?»

«Ein Deutscher.»

«Genau», strahlte Quinn. «Bei Ihnen ist Hopfen und Malz noch nicht verloren, Lestrade. Ich habe niemals wirklich den Unsinn in *The Strand* geglaubt. Übrigens, gab es Sherlock Holmes wirklich?»

«Nein», sagte Lestrade. «Ich schätze, jemand hatte das Gefühl, man müsse ihn erfinden. Was hat die Tatsache, daß Hesse Deutscher war, damit zu tun?»

Quinn seufzte. Es war ein Seufzer der Enttäuschung. Über Jahre, die er damit verbracht hatte, über Karten von Europa zu brüten, jenen Karten, die seit zehn Jahren nicht mehr entrollt worden waren. «Elsaß und Lothringen», setzte er an, als mache er einem Dorftrottel etwas klar, «sind Provinzen, die Bismarck 1871 besetzt hat. Deutschland hat sie für sich beansprucht. Die Franzosen sagen, sie gehörten ihnen.»

Lestrade blickte verständnislos. «Also?»

«Also», Quinn riß einem vorbeifahrenden Botenjungen eine Burlington aus dem Mund und beförderte ihn mit einem kräftigen Tritt vom Fahrrad, «wartet Frankreich ungeduldig auf eine Gelegenheit, Elsaß und Lothringen zurückzubekommen. Gibt es eine bessere Möglichkeit, nebenbei ein bißchen Rache zu nehmen, sozusagen während man wartet, als bei einem internationalen Zusammentreffen einen berühmten deutschen Journalisten zu erledigen? Sie sind richtige Bullenbeißer.»

Lestrade sah die Verbindung zwischen Franzosen und Hunden nicht, ließ Quinn jedoch gewähren. «Was ist mit den anderen?»

«Ja, das ist der Witz an der Sache, Lestrade.» Quinn bog links nach Whitehall ein. «Es ist eine Vertuschung, wissen Sie. Unser Mann will Hesse aus dem Weg räumen, um einen Schlag für La Patrie zu führen, aber er will, daß es aussieht wie ein Massenmord. Also ermordet er ein paar andere, um uns auf die falsche Fährte zu lokken… Und in Ihrem Fall hat's funktioniert.»

«Aber warum *britische* Sportler?» beharrte Lestrade.

«Ich weiß es nicht, Mann. Ich hab's nur mit den verfluchten Ausländern zu tun. Ich kann nicht alles machen, wissen Sie!»

Er sprang Lestrade in den Weg und zerrte einen strampelnden Jungen von einem Brauereigaul.

«He!» brüllte der Brauer und zog die Zügel an. «Was soll'n das bedeuten?»

Diese Frage hatte sich Lestrade während der letzten zehn Minuten ebenfalls gestellt.

«Ich bin Superintendent Quinn von Scotland Yard», sagte Quinn und fuhr mit den Händen in die Taschen des Jungen. «Der Verordnung vom letzten Februar zufolge habe ich die Befugnis, die Kleidung von Kindern zu durchsuchen und Tabak jeder Art zu beschlagnahmen, wo ich ihn finde.»

Wie es sich gehörte, fand er ihn auch und krümelte ihn in die Futtersäcke der schnaubenden Pferde. Als er sich abwandte, fiel sein Blick auf ein neues Opfer und er bückte sich geschmeidig und hob das Jüngelchen auf den Rücken des nächsten Pferdes. In seinem Eifer hatte er übersehen, daß dieses Jüngelchen ziemlich gut gekleidet war, einen Zylinder und einen Frack trug. Erst bei der Durchsuchung erblickte er die goldene Taschenuhr, die verzierte Weste. Er guckte wie ein Basset, den man in der Speisekammer beim Pinkeln erwischt hat.

«Ich bin Superintendent Quinn», begann er, «und Sie, Söhnchen?»

Aus einem runzligen Gesicht blickten ihn die Augen eines kleinen alten Mannes an, dessen gummiartige Ohren Funken zu sprühen schienen.

«Mit Schmeichelein erreichen Sie nichts», krächzte der Winzling. «Ich bin Mervyn Klitzeklein vom Zirkus Barnum, und ich bin siebenunddreißig Jahre alt. Trottel!» Und dann nahm Quinn nur noch wahr, daß sich ein makelloser Lederstiefel in seine Nase grub, ehe er anmutig in Lestrades Arme sackte. Der Winzling sprang vom Pferderücken und hüpfte, eine Reihe von Saltos schlagend, in Richtung Whitehall davon.

«Ist alles in Ordnung, Sir?» erkundigte sich ein vorbeikommender Constable und salutierte.

«Das ist Superintendent Quinn», sagte Lestrade und übergab die schlaffe Gestalt dem Uniformierten. «Einer zuviel, fürchte ich. Bringen Sie ihn sicher zum Yard, ja?»

Die Pferde scharrten ungeduldig mit den Hufen, warfen ihre Köpfe hoch und rasselten mit ihren Ketten. Sogar die Leibgardisten blickten ihn unter ihren blitzenden Helmen merkwürdig an. Die Gruppen von Kindern und Damen umdrängten sie, während ein Mann, unter ein schwarzes Tuch gebückt und ein Stativ umklammernd, mit einem Arm durch die Luft fuhr und rief: «Ein bißchen nach links, ein bißchen nach rechts. Können Sie denn dieses Pferd nicht ruhig halten?»

Lestrade umfaßte das alles mit einem Blick. Es war nichts, was er nicht schon ungezählte Male gesehen hatte. Scharfe, einsatzbereite Säbel unter Königin Annes Bogengängen, Helmbüsche, die in der sommerlichen Brise wehten. Ein Gedränge von Touristen mit aufgekrempelten Ärmeln und Sonnenschirmen. Auch die Damen waren hübsch gekleidet.

Aber heute war etwas anders. Er gewahrte hinter sich einen Mann, der mit gleichbleibender Geschwindigkeit dahinschlenderte. Einmal oder zweimal drehte er sich um und bemerkte unter dem sorgfältig pomadisierten Haar eine kleine Furche auf der Stirn. Das Gesicht war schmal und gebräunt. Vielleicht war er ein Kollege des Winzlings, der gerade eben Superintendent Quinn flachgelegt hatte. Doch er war im ganzen genommen größer. Lestrade blieb stehen, um auf einer Stufe seinen Schuh zuzubinden, und warf ihm abermals einen verstohlenen Blick zu. Der Mann drehte sich herum, um die Gardekavalleriebrigade zu bewundern, als sie paradierte, Stiefel auf dem Pflaster klapperten und unter dem Vordach Kommandos gebrüllt wurden. Lestrade bemerkte, daß sein Schatten, vor lauter Eifer, normal zu erscheinen, die *Times* beim Lesen verkehrt herum hielt. Ein Australier vielleicht?

«Entschuldigen Sie», rief ihn eine Stimme an, und ein kleiner Mann mit einem nördlichen Akzent tippte ihm auf die Schulter. «Könnten Sie mir sagen, auf welcher Seite die Admiralität ist?» Lestrade richtete sich auf, so daß der Scheitel des Mannes bis zu seinem Schlips reichte.

«Auf unserer, denke ich», erwiderte er und ging davon.

Er schlenderte weiter, bis er plötzlich scharf nach links in den Hof hinter dem Yard einbog. Im Schatten drückte er sich eng an Norman Shaws Granit und wartete ab.

«Will ein Kutscher sein Geld haben?» grinste Inspector Tom Gregory, der in diesem Augenblick über den Vorplatz eilte.

Lestrade winkte ihn wütend weg, und Gregory schwenkte nach links, laut pfeifend, mit dem ganzen Feingefühl eines Hafenarbeiters. Der große Mann kam vorbei, und Lestrade drückte ihm den Finger ins Kreuz.

«So, Freundchen», sagte er, «dies ist eine Sache unter Gentlemen. Ich bin der Gentleman, und Sie werden meine Manieren entschuldigen.» Er packte den Mann am Kragen und schleuderte ihn gegen die Yard-Mauer, ohne den Druck seines Zeigefingers zu verringern.

«Monsieur Le Strade, würden Sie bitte Ihren Finger aus meinem Rücken nehmen?»

«Sie wissen, wer ich bin?» Lestrade richtete sich auf.

«Aber *mais oui*», sagte der große Mann. «Darf isch... wie würden Sie sagen... misch umdre'en?»

«Bitte sehr», sagte Lestrade. «Wer sind Sie, und warum folgen Sie mir?»

Der Franzose griff in seine Jacke, doch Lestrade war schneller und packte seinen Arm.

«Bitte», sagte der Franzose, «die Leute werden reden. Isch se'e aus wie Nelson – der auf der Säule.»

«Dann passen Sie auf Ihre Finger auf», sagte Lestrade. «Keine krummen Touren.»

«Nein, nein», sagte der Franzose ernsthaft. «Isch versischere Ihnen, keine krummen Türme.» Er zog eine Visitenkarte. «Isch bin Inspecteur Claude Monet von der Sûreté.»

«Sûreté?» Lestrade überflog die Karte. Die Schrift hätte ebensogut Griechisch sein können. «Wie geht's denn dem alten Goron zur Zeit?»

«Er 'at sisch zur Ru'e gesetzt. Er schickt Ihnen seine Empfehlungen und rät Ihnen, dasselbe zu machen.»

«Ah, wie freundlich», sagte Lestrade. «Warum folgen Sie mir?»

«Isch wollte wissen, was Sie wissen.»

Lestrade grinste. «Mein lieber Junge, Sie sind, wie mein teurer alter Vater zu sagen pflegte, immer noch nicht trocken hinter den Ohren. Kommen Sie in zehn Jahren oder so noch mal vorbei.»

«Zu meinem allergrößten Bedauern, Monsieur Le Strade, kann isch das leider nischt. Bis da'in wird Monsieur 'ugo längst vermodert sein.»

«'ugo?» Lestrade hatte Schwierigkeiten, der Unterhaltung zu folgen.

«Besançon 'ugo, der große französische Fechtmeister. Er ist tot.»

Und er war tot. Chief Inspector Dew saß im Umkleideraum von Prince's, dem 1853 für Tennis-Enthusiasten in Piccadilly gegründeten Club; aber die Zeiten hatten sich geändert, und Raum war knapp. Die Plätze hallten inzwischen von anderen Schlägen wider. Detective Constable Hollingsworth war bei Dew. Auch Sergeant Valentine war vorübergehend da gewesen. Der ganze Raum roch nach kaltem Metall, Lederpolitur und schwitzenden Leibern. Lestrade machte den großgewachsenen französischen Detektiv mit dem Abdruck des Käppis auf der Stirn mit den anderen bekannt. «Frisch versetzt vom *trafic*», erklärt er.

«Verkehr?» sagten Lestrade und Dew im Chor.

«Sieht mir nicht aus wie Fahrerflucht, Walter», sagte Lestrade.

«Was meinen Sie?»

«Mord», erwiderte Dew und starrte geistesabwesend auf Monet. Und es war Mord. Der große französische Fechtmeister lag ordentlich auf einem Gestell, die Arme über der Brust gekreuzt, mit den Händen eine Lilie umklammernd. Lestrades Kinn fiel herunter. «Was ist das?»

«Ist 'ne Blume, Chef», sagte Hollingsworth, stolz auf seine botanischen Kenntnisse.

«*Le fleur de lys*», fügte Monet hinzu.

«Das hat seine Mannschaft gemacht», erklärte Dew. «Sie haben ihn heute morgen gefunden und aufgebahrt.»

«Wie kommen Sie hierher?» wollte Lestrade wissen. «Sie waren doch in White City, oder?»

«Vier Tage und vier Nächte, das ist genug für einen Mann», grollte Dew. «Ich war gerade auf dem Weg nach Hause, als ein Constable mich anhielt.»

«Und Sie, Mr. Monet?» sagte Lestrade langsam und deutlich. «Woher wußten Sie von dem Vorfall?»

«Isch war 'ier, um die Spiele anzuschaun. Es ist – wie Sie sagen – Er'olung.»

«Das sagst du, Kumpel», warf Hollingsworth ein. «Wir sagen Ferien, verstehst du, was ich meine, Jean?»

«Dieser Mann ist aufsässig, Monsieur Le Strade», bemerkte Monet sachlich.

«Ja, tut mir leid», antwortete Lestrade, «er ist Londoner, fürchte ich. Was haben wir, Walter?»

«Monsieur Le Strade», unterbrach ihn Monet, «isch muß Sie daran erinnern, daß ein Landsmann von mir tot ist. Isch bin 'ier der verantwortliche Beamte.»

Dew pfiff gedämpft durch die Zähne und wandte sich ab.

«Und ich muß Sie daran erinnern, Monsieur, daß Sie in diesem Land Besucher und mithin nur geduldet sind. Sie haben keinerlei amtliche Befugnis. Aus Gefälligkeit gegenüber Monsieur Goron,

vor dem ich die größte Hochachtung habe, können Sie bleiben.
Aber nur unter der Bedingung, daß sie den Mund halten, bis ich
mit Ihnen spreche, ist das klar?»

Monet nickte. «Isch werde schweigen wie ein Grab.»

«Also, Walter?» Lestrade lächelte seiner Nummer zwei zu.

«Erschossen, Sir.» Er bog mit dem Finger die Lilie beiseite. «Genau hier.»

«*Mon Dieu*!» keuchte Monet, als über dem Gürtel das blutige
Hemd zum Vorschein kam.

«Wie ein Grab, nicht vergessen.» Lestrade wirbelte herum. Er
drückte Hollingsworth seinen Strohhut in die Hand. «Wie geht's
dem Knöchel?» murmelte er.

«Unerträglich, danke, Super», erwiderte der Detektiv. «Wie geht's
dem Zinken?»

«Ebenso.» Er kauerte neben der Wunde, knöpfte das Hemd des
toten Mannes auf und spähte hinab. «Sauberer Einschuß», sagte
er. «Revolver?» Er griff nach einem Handtuch, das auf einem
Tisch in der Nähe lag, und wischte den Bauch ab. «Keine
Schmauchspuren. Der Schuß wurde aus einiger Entfernung abgegeben. Wann haben seine Kameraden ihn gefunden, Walter?»

«Wie es scheint, gegen acht. Ich habe das Gebäude abriegeln lassen, wie Sie gesehen haben, aber die Leute fangen an zu reden.
Hier findet heute nachmittag ein Fechtturnier statt. Während der
letzten Stunde saß mir dauernd der Verantwortliche im Nakken.»

«Acht.» Lestrade prüfte die Pupillen des Toten. Er war etwa fünfzig, eisengrau, aber in bester körperlicher Verfassung. «Er ist»,
sagte er schließlich, «schätzungsweise seit acht oder neun Stunden
tot. Das bedeutet, heute morgen gegen vier oder fünf. Wahrscheinlich haben draußen Sportfunktionäre und Bobbies überall rumgetrampelt?»

«Ich fürchte, ja, Sir», erwiderte Dew achselzuckend. «Ganz zu
schweigen von der Presse.»

«Presse?»

Hollingsworth hatte Dew deutlich sagen hören, er solle die Presse

nicht erwähnen, aber der Super war der Super, und man kam ihm
nicht leichtfertig in die Quere, wenn überhaupt.

«Na ja, irgendeine Zeitungstante.»

«Eine Frau?» Lestrade hob eine Augenbraue. «Wer?»

«Weiß nich, Chef», erwiderte Hollingsworth. «Ich hab das bloß
von einem der Burschen an der Tür gehört.»

Lestrade fixierte ihn kühl. «Dieser Bursche an der Tür, hat er Streifen am Ärmel?»

«Könnte sein, könnte sein.» Hollingsworth hatte eine Schwäche für
die Kollegen in Uniform. Bis vor kurzem war er einer der ihren gewesen.

«Nun, jetzt hat er keine mehr», knurrte Lestrade. «Haben Sie mit
einem dieser Frö… Franzosen gesprochen, Dew?»

«Nein, Sir, leider spreche ich dieses Kauderwelsch nicht.»

«Offensichtlich», sagte Lestrade. «Also gut, Monet. Fangen Sie an,
sich Ihre Brötchen zu verdienen. Wo sind diese Leute, Dew?»

«Oben, Sir. Die ganze verdammte Fechtmannschaft.»

«Gut. Monet, Sie kommen mit mir. Dew, ich will sofort einen Fotografen hier haben. Und nicht diesen Burschen, diesen Bailey. Er
taugt nichts. Wen haben wir sonst noch?»

«Constable Lichfield, Sir.»

«In Ordnung, nehmen wir Bailey. Hollingsworth, Ihre Aufgabe ist
es, ein Mitglied der englischen Fechtmannschaft zu finden, einen
Harry Bandicoot. Er ist vermutlich inzwischen auf dem Weg hierher. Wenn er ankommt, führen Sie ihn zu mir nach oben. Und machen Sie deswegen kein Theater. Ganz unauffällig. Klar?»

«Kristallklar, Chef», und er verschwand.


Monet war zweifellos von Nutzen. Wäre er nicht dagewesen, wäre
Lestrade darüber alt geworden, einen Fechter nach dem anderen als
Zeugen vernehmen zu müssen. Es ergab sich, daß zahlreiche *sa-
breurs* dauernd hinein- und hinausflitzen mußten und Monet gegenüber behaupteten, sie seien auf der *planche* gewesen. Nach ihrem schleichenden Gang zu urteilen, war Lestrade geneigt, dem zu-

zustimmen. Als der Polizeikordon unten auf der Straße sich lockerte und dem Publikum zur nachmittäglichen Veranstaltung Zutritt gewährt wurde, begann Lestrade, die Geschichte zusammenzusetzen.

Besançon Hugo war hochgeschätzt worden im Cadre Noir, das sich nach Lestrades Mutmaßung, wenn er überhaupt darüber nachdachte, aus Negern zusammensetzte. Da Hugo jedoch blütenweiß war, besonders im jetzigen aufgebahrten Zustand, konnte das nicht stimmen. Er war jedenfalls der Meisterfechter der Armee, hatte jedoch wie viele andere den Dienst quittiert, als der aufsässige kleine Dreyfus rehabilitiert worden war. Seitdem hatte er seine Zeit damit verbracht, Vollblutpferde zu züchten und Fechtunterricht zu geben. Einige der größten Namen in Frankreich – Camembert, Brie, Port Salut – zählten zu seinen Freunden. Es verstand sich darum von selbst, daß er die französische Olympiamannschaft betreute, und es war ebenso selbstverständlich, daß er am Abend vor den Eröffnungsgefechten die Ausrüstung überprüfte.

Man hatte seinen zusammengesunkenen Körper an der entfernten Wand gefunden, und mit der Hilfe eines Meßbandes und eines Monets, der glänzend die Rolle der Leiche spielte, war Lestrade in der Lage zu rekonstruieren, was geschehen war. Hugo war durch die Tür eingetreten. In der Diele hinter ihm gab es eine Lampe, der Umkleideraum jedoch ließ sich nur erleuchten, wenn man das Gaslicht in der Mitte des Raumes entzündete. Niemand konnte sich erinnern, das Licht ausgedreht zu haben, nachdem man die Leiche gefunden hatte, darum war es wahrscheinlich, daß der Mörder in der Dunkelheit auf der Lauer gelegen hatte. Hugo bot ein leichtes Ziel, von der Tür eingerahmt, das Licht in seinem Rücken, und wer immer geschossen hatte, mußte, so vermutete Lestrade – und er schob Constable Bailey beiseite, um mit seiner Messerklinge in der verkrusteten Wunde zu bohren –, aus einer knienden Position gefeuert haben. Warum? Vielleicht kein guter Schütze? Ein Zwerg? Einen Augenblick mußte er an die todbringenden Füße von Mervyn Klitzeklein denken, doch er ließ den Gedanken fallen. Hugo war nicht zu Tode getreten worden.

Der springende Punkt war, daß ein Schuß in den Magen nicht sofort tödlich war. Hugo war Zeit geblieben, zur Tür zu kriechen – das bewies das auf dem Boden verschmierte Blut. Auch der Türgriff zeigte Blutspuren. Er hatte versucht, die Tür zu öffnen, als der Mörder, nachdem er sie achtsam hinter sich geschlossen hatte, gegangen war, doch seine Kräfte hatten ihn verlassen.

«Aber natürlich war da noch», sagte Monet, als das letzte Mitglied der Mannschaft nach unten gegangen war, um sein Glück zu versuchen, «die Sache mit dem Buchstaben J.»

Lestrade runzelte die Stirn. «Was für eine Sache mit dem Buchstaben J?»

«Oh, tut mir leid. Der letzte, Monsieur Alibert, er sah diesen Buchstaben auf der Glasscheibe der Tür. Er war mit 'ugos Blut geschrieben.»

«Was?» Lestrade richtete sich auf seinem Stuhl auf. «Warum haben Sie mir das nicht erzählt?»

«Isch 'abe doch», sagte Monet achselzuckend.

Lestrade war aufgebracht. Das war also die internationale Zusammenarbeit. «J», murmelte er nachdenklich. «Was bedeutet das?»

«Es ist der Buchstabe des Alphabets zwischen I und K», setzte ihm Monet auseinander.

«Ausgezeichnet!» donnerte Lestrade. «Sollen wir annehmen, daß der verstorbene Monsieur Hugo seine Schreibkünste verbesserte, um sich die Zeit zu vertreiben, als die Lebenskraft ihn verließ? Was ist die Bedeutung, Mann?»

Monet schwieg einen Augenblick. «Isch 'abe mein 'andwerk beim großen Goron gelernt», sagte er dann. «In seiner Alchimistenküche in der Sûreté 'aben wir das eine oder andere gelernt.»

«Und was ist das?» fragte Lestrade.

«Niemand aus der Mannschaft 'at auch nur mit einem Wort erwähnt, daß 'ugo ein – wie Sie sagen – Antisemit war. Er 'aßte die Juden. Darum 'at er wegen der *affaire* den Dienst quittiert.»

«Die Affäre?» wiederholte Lestrade. «Ich habe nichts von einer Affäre gehört. Wer mit wem?» Die Welt ging an ihm vorbei.

«*Non, non, monsieur.* Wir Franzosen nennen den Fall Dreyfus die *affaire.*»

«Aha, ich verstehe», nickte Lestrade. «Sie glauben also, daß J für Jude steht?»

«Isch weiß, daß J für Jude steht», strahlte Monet selbstsicher. «Die Frage ist, welcher Jude versteckte sich zwischen den *épées* und wartete auf ihn?»

«Und warum in London? Wer wußte, jenseits der Grenzen Frankreichs, daß Hugo die Juden haßte?»

«Niemand, nehme isch an», sagte Monet gleichmütig.

«Genau. Warum ihn also nicht in Paris umbringen? Wozu sich die ganze Mühe machen und ihm nach London folgen?»

«Nun», grinste Monet. «Um uns auf die falsche Spur zu locken. Wenn er ein Franzose ist, gar ein französischer Jude, wird er wissen, wie wunderbar die französische Polizei ist. In England braucht er sich bloß wegen der englischen Polizei Sorgen zu machen.»

«Ich bin entzückt», strahlte Lestrade eisig. Er blickte auf seine Taschenuhr. «Sieht nicht so aus, als hätte mein Constable Mr. Bandicoot gefunden. Sehen wir uns das Fechten an, Inspector?»

Es war unmöglich gewesen, die Veranstaltungen am Nachmittag so kurzfristig abzusagen. Aus der ganzen Welt waren Leute gekommen, um im Prince's das Klirren der Degen zu hören. Es hätte einen Tumult gegeben, wenn man sie fortgeschickt hätte. Ähnlich unmöglich war es, die Anwesenheit so vieler Polizisten zu begründen, und so umsichtig die Messrs. Digham and Beryman auch gewesen waren, ein Sarg von sechs Fuß Länge, aus dem oben eine Lilie hervorlugte, war nicht zu verbergen. Als die Detektive in die Halle kamen, war das erste Gefecht im Gange, aber die gemurmelte Unterhaltung des Publikums drehte sich um den Mord. Der Tod von Besançon Hugo war irgendwie durchgesickert, und jeder Journalist im Gebäude hatte die *planche* verlassen, um sich in den Umkleideräumen herumzudrücken und Constables und Zivilbeamten gleichermaßen auf den Pelz zu rücken.

Lestrade zwängte sich zwischen Monet und eine Dame mit einem überaus großen Hut, dessen Straußenfedern sich in seine Nase bohrten. Die Augusthitze war erstickend, und selbst die geöffneten Fenster ließen nur noch mehr Hitze herein, die vom glühenden Pflaster von Piccadilly aufstieg. Fächer und Strohhüte wurden geschwenkt, bewirkten jedoch wenig Kühlung. Lestrade spürte den Schweiß in den Achselhöhlen. Gedämpfter Beifall verkündete das Ende des ersten Gefechtes, und ein großgewachsener, gutaussehender alter Etonianer nahm seinen Platz auf der *planche* ein. «Ein gewisser Bandicoot», las die Lady mit dem großen Hut von ihrem Programm ab. «Focht für Eton.»

«Gegen wen tritt er an?» fragte sie der Herr über ihr.

«Jeno Fuchs», las sie vor.

Lestrade drehte sich um und blickte sie an. Es gab gewiß keinen Grund dafür. Der Mann hatte bloß eine höfliche Frage gestellt. Monet verzog keine Miene. Offenbar hatten die Franzosen ein anderes Wort dafür.

«Wer ist er?» fragte der Herr.

«Hauptmann bei den Hunyadi-Husaren.»

«Verdammter Ausländer», knurrte der Mann.

Dieses Mal drehte Monet sich um und musterte ihn drohend. Lestrade blickte gleichmütig geradeaus. Dann gewahrte er eine Frau, die ihm aufgeregt zuwinkte. Es war Letitia, Harrys Frau, und zu ihrer Rechten, alle hektisch winkend, die Jungens, Ivo und Rupert, und Lestrades Tochter Emma. Seine Augen verschleierten sich ein wenig, als ihm plötzlich aufging, wie ähnlich sie, in ihrem Jungmädchenkleid und mit der Nachmittagssonne auf dem Gesicht, ihrer Mutter war. Es war fast ein Jahr her, seit er sie zuletzt gesehen hatte. Mein Gott, wie hübsch sie geworden war. Fuchs und Bandicoot grüßten einander mit ihren Säbeln, und auf das Kommando «Achtung» kreuzten sie die Klingen. Lestrade staunte über die Stellung der Beine des Ungarn, seitlich in die in der Sonne treibenden Staubteilchen gestemmt. Leise kratzte Stahl gegen Stahl, und die Schiedsrichter nickten und drückten ihre Stoppuhren. Der Ungar bewegte sich blitzschnell, und seine Klinge schnitt in einem weiten Bogen durch die Luft. Aber Bandicoot war schneller. Er fing die Wucht des Säbelhiebs ab und verwandelte ihn in der Luft in einen Stoß gegen die Brust des Hauptmanns. In den Beifall mischten sich Pfiffe. Der erste Treffer für Bandicoot, und beide Männer nahmen ihre Ausgangspositionen wieder ein.

Vielleicht hatte Goron recht, dachte Lestrade. Vielleicht hätte auch er sich zur Ruhe setzen sollen. Am anderen Ende des Saales begann gerade ein zweites Gefecht mit Degen.

Er verstand die Namen nicht. Er sah bloß die beiden Männer in Weiß, die einander mit ihren Degen grüßten und ihre Masken aufsetzten. Sie gingen in die Hocke, wie der Ungar es getan hatte. Dann stieß die Frau neben ihm einen unterdrückten Wutschrei aus, und er wandte sich wieder Bandicoots Gefecht zu.

«Lump!» schrie sie.

«Gemeiner Ausländer!» rief der Herr neben ihr.

Bandicoot wich vor einem mißlungenen Ausfall zurück, und der spärliche ungarische Beifall wurde vom Hagel britischer Pfuirufe überdeckt. Aber Buhrufe schwollen zu einem Schrei an, und alle Augen wandten sich dem anderen Ende der Halle zu. Einer der beiden Fechter strauchelte, und aus seinem Hals unter der Maske sikkerte Blut. Er ließ die Waffe fallen und nestelte an seiner Maske, bevor er auf die Knie sackte und vornüber auf das Gesicht zu Boden fiel. Sein Gegner trat zurück, seine abgebrochene Klinge noch immer zur Parade erhoben, den Kopf ungläubig schüttelnd. Die Pfeifen der Schiedsrichter schrillten durch den Tumult. Mütter drehten ihren Kindern die Köpfe weg. Fuchs und Bandicoot vergaßen ihr eigenes Gefecht und rannten über die *planche* zum gestürzten Fechter.

«Mein Gott», murmelte Lestrade und entriß der Dame mit dem Federhut das Programm.

«Untier!» knurrte sie wütend.

Er überflog die Seite, ohne ihr einen Blick zu gönnen. «Nein, Madam, Polizei», sagte er.

«Arbuthnot!» blaffte sie ihren Begleiter an. «Hast du gesehen, was dieses Untier getan hat? Er hat mein Programm gestohlen.» Arbuthnot hob die Nase von seinem Programm. «Nun, wenigstens ist er ein Engländer, meine Liebe», schnaubte er.

Aber Lestrade war verschwunden. Er und Monet setzten mit einem alles andere als elegantem Purzelbaum über die Reihe vor ihnen hinweg und rutschten ein paar Yards auf den Knien über den blankpolierten Boden, so daß der Franzose mehr an Lautrec als an Monet erinnerte.

«Machen Sie Platz!» rief Lestrade. «Ich bin Polizist.» Der hintere Teil der Menge bildete eine Gasse, als wäre er ein Aussätziger. Doch die vorn Stehenden waren hartnäckiger.

«*Pardon!*» brüllte Monet und schlug mit seinem Strohhut um sich.

«*Je sius un détective.*»

Die Franzosen in der Menge machten Platz, aber es gab immer noch einen inneren Kreis von Gaffern.

«Ich bin Arzt», rief eine andere Stimme. «Lassen Sie mich durch, bitte!»

Die humaneren Mitglieder des inneren Kreises machten Platz, bis nur noch ein harter Kern Schaulustiger mit makabren Gelüsten übrig war, die die gekrümmten Gestalten der Fechter in der Mitte umstanden.

«Treten Sie zurück, bitte», forderte eine andere Stimme, «ich bin krankhaft neugierig», und die letzten Zuschauer verdrückten sich und ließen Lestrade und Monet durch.

Der Superintendent riß dem sterbenden Mann die Maske ab. Seine Nase und sein Schnurrbart waren von Blut durchtränkt, und die Stahlspitze der Klinge steckte aufrecht unter seinem Kinn.

«*Tonnerre!*» flüsterte Monet und bekreuzigte sich.

«Wer ist der Mann?» fragte Lestrade und bemerkte plötzlich, daß er direkt neben Harry Bandicoot stand. «Mr... äh...?»

Bandicoot blickte verständnislos. «Ich bin's, Sholto», sagte er. Er bemerkte, daß Lestrades linkes Auge ihm zuzwinkerte, und konnte sich keinen Vers darauf machen. Vielleicht war sein alter Chef das Opfer nervöser Störungen geworden, seit er ihn das letzte Mal gesehen hatte.

«Kenne ich Sie, Sir?» fragte Lestrade anzüglich.

Bandicoot streifte das Netzwerk und die Leinwand seiner Maske ab. «Natürlich…» Und er zuckte zusammen, als Lestrades Stiefel die Haut von seinem weißbestrumpften Schienbein schürfte. «… Nein. Wer sind Sie?»

«Superintendent Lestrade von Scotland Yard.»

«Dies ist Hilary Term», klärte Bandicoot ihn auf. «Universitätsmannschaft Cambridge.»

Der niedergestreckte Fechter Term griff nach Lestrades Ärmel, als dieser sich neben ihn hockte. Er öffnete seinen Mund, um etwas zu sagen, aber die Anstrengung war zu groß, und sein Kopf fiel in die Arme eines Offiziellen.

«Welch ein tragischer Unfall», murmelte Fuchs in makellosem Budapester Englisch.

«Von wegen Unfall», fauchte Lestrade in kaum weniger gepflegtem Pimlico. «Dieser Mann ist ermordet worden.»

Die letzten Worte wurden von den nächsten Zuschauern aufgenommen. «Lassen Sie mich durch», rief der krankhaft neugierige Mann, der jetzt noch neugieriger war als zuvor. Aber man drückte ihn zurück. Und die Presseleute im anderen Raum, wo sie immer noch wegen des Besançon-Mordes herumschnüffelten, kamen schreiend in den Hauptsaal zurück, in ihrem Gefolge Fotografen mit Stativen und flatternden schwarzen Tüchern.

«Ich will, daß dieser Raum auf der Stelle geräumt wird!» bellte Lestrade, und von irgendwoher kam ein Heer von Constables und begann die Journalisten abzudrängen und die Zuschauer zu vertreiben.

«Harry», flüsterte Lestrade in dem Durcheinander, «Sie bringen Letitia und die Familie besser hier raus. Es könnte unangenehm werden. Aber gehen Sie nicht zu weit weg. Ich muß mehr über diesen Mr. Term wissen.»

«Du mörderischer Hurensohn!» Alle Köpfe drehten sich in Richtung des Sergeant von der Metropolitan, der unter den Augen der entsetzten Zuschauer den unglücklichen Gegner Terms an der Kehle packte, bevor er ihm ins Gesicht schlug.

«Sergeant!» rief Lestrade, aber die Faust war kraftvoller als das Wort, und der Franzose ging zu Boden.

«*Un moment*», sagte Monet, tippte dem Sergeant auf die Schulter, riß ihn herum und brach ihm mit einem Schlag die Nase. Ein englischer Offizieller donnerte sein Knie in Monets Leiste, und während der Detektiv sich krümmte, brach im Prince's in Piccadilly die Hölle los.

«Jetzt wäre ein günstiger Augenblick, Harry!» rief Lestrade, aber der alte Etonianer war damit beschäftigt, die Schädel zweier Franzosen zusammenkrachen zu lassen.

«*Sauve qui peut!*» hörte Lestrade Monet rufen, bevor eine riesige ungarische Faust dafür sorgte, daß der Raum vor seinen Augen verschwamm und die Lichter ausgingen.


Sie standen, die Rücken dem Fluß zugewandt, in einem betörenden Rosa der Abendsonne. Der Detektiv mit dem Strohhut und den blauroten Wangenknochen sah zerbeulter aus als gewöhnlich. Der alte Etonianer mit dem Homburg wies natürlich keinen Kratzer auf, aber er bewegte sich ein wenig steif.

«Alles in Ordnung, Harry?» fragte Lestrade. «Wie fühlen Sie sich?»

«Ziemlich komisch, Sholto, wirklich», sagte Bandicoot, «es ist eine der Eigenschaften von Federstahl, daß, wenn man auf das eine Ende tritt, das andere hochschnellt und dir einen versetzt.»

«Ich dachte, ihr Fechter würdet Martingals oder so was tragen… da unten.»

«Nicht in der britischen Mannschaft, Sholto.» Bandicoot war ein wenig pikiert, daß sein alter Freund davon sprach. «Ich glaube, die Schotten tragen Gurte.»

«Ach so.» Lestrade fuhr mit der Hand über seine schmerzenden Rippen. «Zigarre?»

«Danke. Guter Gott, wie lange fehlt Ihnen schon dieser Zahn?» Lestrade befühlte die Lücke mit der Zunge. «Etwas sechs Stunden», erwiderte er. «Sind Letitia und die Kinder heil rausgekommen?»

«O ja.» Bandicoot macht es sich auf einer Bank am Ufer bequem.
«Sie sind wohlbehalten im *Grand*.»

«Gut. Jetzt zu Mr. Hilary Term. Sie sind meine Augen und Ohren bei den Sportlern, Harry. Ich versuchte Sie zu erreichen, bevor die Kämpfe begannen – die offiziellen, meine ich –, um zu sehen, was Sie, wenn überhaupt, über unsere Fechtmannschaft herausgefunden hatten. Was passierte heute nachmittag? Gott, neuerdings scheinen wir diese Art von Unterhaltung ständig zu führen.»

«Nun, natürlich hab ich's nicht gesehen», erwiderte Bandicoot. «Hatte alle Hände voll mit Hauptmann Fuchs zu tun. Aber was allem Anschein nach passierte, war – wer war der Franzose?»

«Alphonse Leotard – ich habe im Programm nachgesehen.»

«Leotard machte vermutlich einen Ausfall. Der Aufprall ließ seine Klinge brechen, und die Spitze schoß hoch unter Terms Kiefer.»

«Kommt das öfter vor – daß die Klinge bricht?»

«Außerordentlich selten. Ich hab selber nur davon gehört; bis heute hab ich's nie selber gesehen. Natürlich, es gibt da etwas doppelt Merkwürdiges.»

«Ja?»

«Nun», Bandicoot kramte in seinem Beutel. «Sehen Sie selber.»
Er brachte die abgebrochene Klinge des Franzosen zum Vorschein.

«Wo haben Sie die her?» Lestrade war erstaunt.

«Vom Boden im Prince's, Sholto.» Bandicoot stellte fest, daß Lestrade neuerdings schwerer von Begriff war.

«Aber das ist ein Beweisstück, Mann. Ich dachte, Monet hätte es aufgehoben.»

«Ja, hat er, aber in dem Handgemenge... Werden Sie übrigens deswegen Ärger bekommen?»

«Ich rechne damit», seufzte Lestrade. «Sie werden bemerken, daß wir im Augenblick im Gegenwind des Yards sitzen. Ich mach einen weiten Bogen um den Ort, wie der vorausschauende Elefant sagte. Erklären Sie's mir. Ist eine Ewigkeit, seit ich mit Macheten zu tun hatte.»

«So herum müssen Sie's halten.» Es war ungewöhnlich, daß Bandicoot seinen früheren Chef gönnerhaft behandeln konnte. «Der Witz bei einem Degen ist, daß Sie Ihren Gegner mit der Spitze am Rumpf treffen.»

«Aber das ist verdammt gefährlich, oder?»

«Normalerweise nicht, weil die Spitze mit einer Gummikappe versehen ist. Und der Stahl ist ohnehin stumpf.»

«Ich verstehe.»

«Außer in diesem Fall.»

«Was?»

Bandicoot kramte in seiner Tasche. «Dies», sagte er triumphierend, «ist die Spitze von Leotards Klinge.»

Lestrade warf in der Abendsonne einen schiefen Blick darauf. «Sie ist scharf», sagte er.

«Wie eine Nadel», bestätigte Bandicoot.

«Also…»

«Also hat jemand die Degenspitze geschärft und die Gummikappe wieder draufgesetzt, denn er wußte, daß die Waffe vor dem Gefecht von den Schiedsrichtern flüchtig überprüft werden und daß sich die Kappe nach den ersten paar Stößen ablösen würde.»

«Zwangsläufig.»

«Ja», erwiderte Bandicoot. «Dafür reicht die Parade einer Quart oder einer Sixt. Dann würde es zwischen Leotards Degenspitze und Terms Kehle nichts mehr geben.»

«Also war das Brechen der Klinge…?»

«Es passierte zufällig. Die Spitze sollte durch Terms Jacke dringen. In jedem Fall natürlich mit tödlichen Folgen.»

«Trotzdem riskant», murmelte Lestrade.

«Selbstmörderisch», pflichtete Bandicoot bei. «Eines kann ich nicht verstehen, Sholto: Warum wollte Leotard ihn umbringen und dann noch vor aller Augen?»

«Ich glaube, Harry, im Gegensatz zum Mörder haben Sie nicht ins Schwarze getroffen, Leotard ist bloß ein Werkzeug in einem größeren Plan.»

Lestrade kannte den glasigen Ausdruck in den Augen des alten Etonianers von früher und beugte sich vor. «Die Erkenntnis kam mir

wie ein Blitz», erklärte er, «in dem Augenblick, als ich Term zu
Boden gehen sah. Der wichtigste Grund, warum ich heute im Prince's war, war der, daß Besançon Hugo letzte Nacht ermordet
wurde.»

«Das habe ich mir gedacht.» Bandicoot versuchte, seine Würde zu
wahren. Nachdem er Lestrade in der Degenfrage geholfen hatte,
spürte er jetzt, daß er auf schlüpfriges Terrain geriet.

«Ich schätze, daß Hugos Tod nicht geplant war. Er überraschte jemanden, der dabei war, einen der Degen zu präparieren – um genau
zu sein, diesen hier. Wie ich hörte, hat jedes Mitglied der französischen Mannschaft seine eigene Lieblingswaffe, richtig?» Bandicoot
nickte.

«Also drang Mr. X letzte Nacht ins Prince's ein und schärfte die
Spitze von Leotards Degen, was bedeutet, daß er mit der Mannschaft gut bekannt sein muß. Er war mitten in der Arbeit, als Hugo
ihn ertappte. Also mußte Hugo sterben.»

«Das haben Sie also gemeint, als Sie sagten, es sei riskant.» Bandicoot nickte triumphierend.

«Nein. Das Risiko bestand darin, Leotards Degen zu benutzen.
Gut, die Gummikappe würde mit Sicherheit abgeschlagen werden.
Aber wie konnte Mr. X sicher sein, daß die geschärfte Spitze sein
Opfer töten würde? Wenn sie Term an der Hand traf, am Arm, am
Bein, würde sie eine Wunde verursachen, vielleicht bloß einen Kratzer. Er konnte nicht wissen, daß Leotards Klinge brechen und die
Spitze in einen ungeschützten Körperteil dringen würde.»

«Aha.»

«Es sei denn…»

«Es sei denn?»

«Es sei denn, das, womit sich Mr. X beschäftigte, als Hugo ihn überraschte, war, die Spitze mit Gift zu präparieren.»

«Gift?»

Lestrade nickte. «Das würde Term mit Sicherheit töten, wo immer
der Stoß landete. Vorausgesetzt, Leotard war ein halbwegs anständiger Fechter, würde er seinen Gegner doch mit einiger Sicherheit
ritzen, nicht wahr?»

«So gut wie sicher», sagte Bandicoot.

«Aber als Hugo ihn störte, verlor Mr. X die Nerven und nahm Reißaus.»

«Also ist es ein *anderer* aus der französischen Mannschaft.» Bandicoot suchte verzweifelt nach dem logischen Zusammenhang – ein Unternehmen, das zu bestehen er schlecht ausgerüstet war. «Also suchen Sie in Wirklichkeit nach einem *Monsieur X*.»

«Das glaube ich nicht, Harry», seufzte Lestrade und lehnte sich zurück. «Denken Sie mal einen Augenblick nach. Hugo wird getötet – aus kurzer Distanz erschossen. Warum?»

«Äh… weil er Mr. X überraschte.» Bandicoot stieß einen Seufzer der Erleichterung aus. Er hatte nicht damit gerechnet, daß Lestrade Fragen stellen würde.

«Exakt, aber warum ging der Mörder soweit? Wenn Mr. X ein Mitglied der französischen Mannschaft war, hätte er sich da nicht irgendeine Entschuldigung für seine Anwesenheit im Umkleideraum ausdenken können, selbst in diesen frühen Morgenstunden? Er habe seine Ausrüstung überprüfen wollen oder etwas Ähnliches?»

«Äh… ja, ich denke schon.»

«Nein. Mr. X war jemand, der dort entschieden nichts zu suchen hatte, doch vielleicht – und das ist natürlich eine reine Vermutung –, vielleicht war es jemand, den er kannte und wiedererkennen würde. Wissen Sie, was ich meine, Harry?»

«Äh…»

Lestrade nickte grimmig. «Ganz recht. Ein Mitglied der *englischen* Mannschaft», sagte er. «Morgen, Harry, werde ich sie mir vornehmen. Können Sie mir zehn Minuten ermöglichen? Ich möchte Sie nicht auffliegen lassen. Es ist wichtig, daß Sie und ich gewissermaßen Abstand halten. Sie sind als mein Mann innerhalb immer noch wertvoll.»


Die Leiche von Hilary Term, Mitglied der Cambridge-Mannschaft, vermittelte Lestrade wenig, was er nicht bereits wußte. Die Quetschung oben auf der Brust, die zackige Wunde unter dem Kiefer, die durchtrennte Zunge, das alles bestätigte Bandicoots Vermutung, auf welche Weise Leotards Klinge getroffen hatte. Und die Einzelheiten aus Terms Leben erbrachten ebenfalls wenig. Er war in Oundle gewesen, an sich kein todeswürdiges Verbrechen, und auf ziemlich rätselhafte Weise ans King's College, Cambridge, gelangt. Als Student hatte er sich in allen Sportarten hervorgetan und besonders im Fechten geglänzt. Er war Gründungsmitglied eines ziemlich esoterischen Clubs hübscher, lässig-eleganter junger Männer, der sich «Fröhliche Klingen» nannte. Von diesen Männern abgesehen, hatte er wenige Freunde. Frauen schien es in seinem Leben nicht gegeben zu haben, doch es war bekannt, daß seine Familie General Baden-Powell nahestand. Als er in den Akten auf diesen Namen stieß, blieben Lestrades rotgeränderte Augen darauf haften. Der Knoten schürzte sich. Die Sache bekam einen düsteren, ja schäbigen Anstrich. Und mittendrin war der Mann mit dem Großen Hut, ein kleiner nußbrauner Mann, welcher der Held der Stunde war. Lestrade zog verschiedene Erkundigungen ein. Der Mann mit dem Großen Hut befand sich im Augenblick gerade auf der Insel Brownsea, zusammen mit einer großen Zahl ziemlich kleiner Jungens. Er griff nach seinem Strohhut, aber in derselben Sekunde flatterte ein dringendes Telegramm auf seinen knorrigen alten Schreibtisch. Es kam vom Außenministerium. Er schlich sich über die Hintertreppe hinunter, um Mr. Edward Henry nicht zu stören, und winkte im Sonnenschein eine Droschke herbei.

# Sieben für Rot

Die Enten quakten ihn an, als er an ihnen vorbeieilte. Kleine Kinder in Matrosenanzügen und Kindermädchen mit Kinderwagen schwenkten beiseite und machten ihm Platz. Ein Mann mittleren Alters, der es eilig hatte. Natürlich war Lestrade das Außenministerium nicht fremd. Man hatte es im Jahr seines Eintritts in die City Police im bombastischen italianisierenden Stil fertiggestellt. Es ragte drohend über dem St. James's Park auf wie eine riesige öffentliche Bedürfnisanstalt.

Mit dem Inneren des Außenministeriums war er weniger vertraut. Ein würdevoller Lakai geleitete ihn mit gerümpfter Nase die ausladende Haupttreppe hinauf, die normalerweise Gesandten, Botschaftern und Ministern, die ihre Aktenmappen vergessen hatten, vorbehalten war. Üblicherweise hätte man ihn zum Hinteraufgang gewinkt, der für die Männer reserviert war, die kamen, um die Gasuhren abzulesen, doch dieser Korridor der Macht wurde gerade von einem solchen Gasableser blockiert, und Zeit war von entscheidender Bedeutung. Riesige Blüten hingen in der Nachmittagsstille, und Fliegen umsummten träge die gewaltigen Gummibäume. In Bombazin eingezwängte Hausmädchen, das einheitlich stahlgraue Haar zu Knoten gebunden, flitzten hin und her und kitzelten das ausladende polierte Blattwerk mit Staubwedeln.

Er wurde in einen Raum mit wandgroßen Landkarten, Mahagonitischen und unbeschreiblich edlen Schreibtischen geführt. Auf einem steifrückigen ledernen Polstersofa saß der steifrückige lederne Außenminister.

«Superintendent Lewgrade, richtig?» fragte er.

«Lestrade, Sir», verbesserte ihn der Mann vom Yard.

«Ganz recht. Danke, Hurd, Sie können gehen.» Der Lakai verschwand. «Der Ernst der Situation ist Ihnen doch wohl bekannt?»

«Äh...»

Sir Edward Grey schritt über seinen Tigerfellvorleger. «Guter Gott, Mann, was ist mit Ihrem Gesicht passiert?»

Mit dem weißen Nasenverband und dem blauen Auge sah Lestrade gelblicher aus als gewöhnlich. Er ähnelte einer ziemlich gelbsüchtigen Banane.

«Das brachte der Dienst so mit sich, Sir.»

«Nun», sagte Grey, den unmittelbaren Zusammenbruch ahnend, «dann nehmen Sie besser Platz. Ich will Ihnen die Tatsache nicht verhehlen, Lestrade: In ganz Europa gehen die Lichter aus.»

Lestrade war von einer Energiekrise nichts bekannt.

«Es kommt jetzt vor allem darauf an, einen vorsichtigen Kurs zu steuern und keine kühnen Schläge zu führen. Sehen Sie das Ding da?» Er deutete auf eine Maschine in der Ecke des Raumes. «Wissen Sie, was das ist?»

«Nun ja.» Lestrade bewegte sich auf fremdem Terrain. «Sieht aus wie Rintouls Pferdekastrator, Sir.»

«Ja, ich weiß.» Grey lockerte seinen Kragen. «Aber in Wirklichkeit ist es ein Telegraf des allerneuesten Typs. Tatsächlich so neu, daß noch nicht mal das Patentamt einen hat. Wenn irgendwo im Empire etwas passiert, wird es mir mit Hilfe dieser Maschine auf der Stelle mitgeteilt – sagen wir, in einem Zeitraum von höchstens drei Wochen.»

«Erstaunlich, Sir!» Lestrade war vor Bewunderung beinahe sprachlos.

«Und dieser Apparat hat mir ein paar komische Dinge mitgeteilt, Lestrade. Ich brauche Ihnen natürlich nicht zu sagen, was vor sich geht.»

«Äh... natürlich nicht, Sir.»

«Erstens, eine Anglo-Französische Ausstellung. Bewunderungswürdig, versteht sich, bewunderungswürdig. Ich bin selber frankophil. Bis zu einem gewissen Punkt. Ja, ich habe sie in Algeçiras unterstützt. Das ist allgemein bekannt. Möchte natürlich nicht, daß meine Tochter einen von denen heiratet. Nicht daß einer sie fragen würde. Es liegt an ihrem bösen Maulwerk, müssen Sie wissen. Hat sie von ihrer Mutter. Trotzdem, es gibt... Wo war ich stehengeblieben?» Er trottete schwerfällig auf den Tigerkopf, und ein einzelnes Glasauge trat heraus und rollte über den Boden.

«Die Französische Ausstellung, Sir.»

«Ja, natürlich. Natürlich. Also, der alte Henry hält mich auf dem laufenden. Aus dem Innenministerium kommt selbstverständlich keine verdammte Information. Sind so nützlich wie die Cholera, das sind sie. Aber Edward Henry, er ist im Ausland gewesen, wissen Sie – draußen... da.» Er deutete unbestimmt auf die Landkarten an den Wänden. «Er begreift meine Lage. Es ist selbstverständlich lebenswichtig, umfassend informiert zu sein. Diese Spiele werden also sabotiert, nicht wahr? Wer steckt dahinter?»

«Ich wünschte, ich wüßte es», bekannte Lestrade.

«Guter Gott, bin ich an den falschen Mann geraten? Henry sagte mir, daß Sie den Fall bearbeiten.»

«In der Tat.»

«Also, dann lassen Sie mal hören. Das Empire wurde nicht von Idioten aufgebaut. Und es wird auch nicht von Idioten zusammengehalten. Wir brauchen Ergebnisse. Wie viele Sportler sind gestorben?»

«Sechs, nach der Zählung von heute morgen, Sir.»

«Sechs. Gütiger Gott, das sind epidemische Ausmaße.» Er wirbelte ein paarmal auf dem Vorleger herum, führte dann tatsächlich eine Pirouette aus und nahm dann neben Lestrade auf dem Polstersofa Platz. «Sie wissen, daß es die Türken sind, nicht wahr?»

«Die Türken?»

«Dies ist *absolut* vertraulich, Lestrade. Wenn ein Wort von dem, was ich Ihnen sagen werde, nach außen dringt – nun ja, dann muß ich mir meinen Lebensunterhalt wieder mit Angeln verdienen.»

«Gewiß, Sir.»

«Der Sultan hat sich gezwungen gesehen, den Drohungen der Jungtürken nachzugeben. Er hat im ganzen ottomanischen Bereich die Durchführung demokratischer Wahlen angeordnet.»

«Aber, aber.» Lestrade wiegte den Kopf.

«Sie sehen, was passiert, oder?»

«Äh…»

«Ganz recht, ganz recht.» Grey klopfte mit einer Art von patriotischem Stolz auf Lestrades Knie. «Zu politisch, das zu sagen, wie? Gütiger Gott. Ich schätze Vorsicht bei einem Mann.»

Lestrade warf einen Blick auf sein Knie und fragte sich, wie Sir Edwards Diagnose so falsch sein konnte, wo doch seine Hand so weit entfernt war.

«Das ist die Methode des Sultans, uns im Westen in den Rücken zu fallen. Indem er bei den Spielen ein Chaos verursacht, hofft er, irgendwie eine verquere Rache zu üben. Trauen Sie nie einem Mann mit einem Fes, Lestrade.»

«Oh, das würde ich nie tun, Sir», versicherte ihm Lestrade. «Aber ich glaube, daß dieser besondere Türke einen Bowler trägt.»

«Aha, natürlich. Ja. Eine Tarnung. Der einfallsreiche kleine Moslem.»

«Nein, Sir, ich glaube, daß unser Mörder ein Engländer ist.»

Grey schoß kerzengerade in die Höhe. «Ich glaube, Sie haben nicht zugehört, Superintendent», entrüstete sich Grey. «Im äußersten Fall ist unser Mann ein Perser.»

«Ein Perser?»

«Sie wissen bestimmt, daß der Schah sein Parlament reformiert hat?»

«Nun, ich…»

«Na also, da haben Sie's. Hören Sie, ich kann nicht deutlicher werden, Lestrade. Sie haben nicht die entsprechende Stellung, wissen Sie.» Er rieb sich die kräftige, energische Nase. «Vertrauen Sie mir, Superintendent, ich bin der Außenminister.» Er stand auf und schüttelte Lestrade kräftig die Hand. «Danke für Ihr Kommen», sagte er. «Es dreht sich darum, Lestrade, daß rasch etwas geschehen muß. Die Presse hat ihre Schlagzeilen. Sie suhlt sich in all dem Blut. Das ist schlecht für das Außenministerium; das ist schlecht für Scotland Yard. Verdammt noch mal, es ist schlecht für England. Der Union Jack besudelt. Unsere Schlachtschiffe sind der Stolz der Welt.

HMS *Indomitable* brachte den Prinzen von Wales mit sechsundzwanzig Knoten nach Cowes. Sechsundzwanzig! Das sind eine
Menge Knoten, Lestrade. Wir dürfen diesen Vorteil nicht einbüßen.
Wir können nicht zulassen, daß ein Pack von braunen Mistkerlen
uns aussticht. Wir würden uns lächerlich machen. Suchen Sie nach
einem Türken, je jünger, desto besser. Oder meinetwegen nach
einem Perser.» Er schüttelte dem verdutzten Superintendent noch
immer kräftig die Hand. «Von jetzt an werde ich jeden Tag in meiner *Times* nach Ergebnissen Ausschau halten.»
«In Ordnung, Sir», sagte Lestrade. «Und übermitteln Sie Lady Jane
meine Empfehlungen.»


Lestrade hätte nicht im Traum daran gedacht, jemals eine Dame ins
*Coal Hole* auf dem Strand mitzunehmen. Am allerwenigsten Miss
Marylou Adams von der *Washington Post*. Er war also ein wenig
entsetzt, als er an seinem warmen braunen Bier nippte und unverse-
hens ihr ernstes Gesicht erblickte, das sich im Glas widerspiegelte.
Er rappelte sich auf und winkte sie in eine stille Nische, in der es
nicht ganz so viele Sägespäne gab.
«Äh… möchten Sie etwas trinken?» fragte er sie.
«Was ist das?» Sie deutete auf sein Glas.
«Bier.»
«Ich möchte eins.»
Lestrade schnippte mit den Fingern, und der Herr Wirt erschien
persönlich. Es gab nicht viele schäbige Kneipen, die sich rühmen
konnten, einen Superintendent von Scotland Yard als Stammgast zu
haben. Den mußte man sich warmhalten.
«Sie sehen gut aus», begann Lestrade.
Sie warf einen Blick auf seine übermüdeten Augen, die zerschramm-
ten Wangen. «Sie nicht», sagte sie. «Als ich Sie zum letztenmal sah,
lagen Sie in einem Hotelzimmer mit einem Eisbeutel auf Ihrem
Kopf. Gott, das scheint Jahre zurückzuliegen.»
«In Wirklichkeit sind's drei Wochen.»
«Und seitdem hat es weitere Morde gegeben.»

Er nickte ernst, und der Schaum kräuselte sich auf seinem Schnurr-bart.

«Ich konnte Sie nicht früher aufsuchen», sagte sie. «Ihr Mann, Bourne, sagte mir im Yard, Sie seien hier. Ich hoffe, Sie haben nichts dagegen. Ich schätze, für sich selber haben Sie im Augenblick wenig Zeit.»

«Gibt es denn etwas Neues, Madam?» fragte er.

«Hören Sie, kennen wir uns mittlerweile nicht gut genug? Mein Name ist Marylou. Darf ich Sie Sholto nennen?»

«Gewiß doch», erwiderte er, «Marylou, gibt es etwas Neues?»

Sie lächelte. «Ihr Burschen gebt nie auf, nicht wahr?»

«Wir schlafen nie», sagte er gleichmütig. «Da fällt mir ein, sind Sie Mr. Maddox von der Detektei Pinkerton begegnet?»

Marylou Adams' Lächeln verschwand. Sie schloß kurz die Augen. Sie sah klein und verängstigt aus. «Nein», sagte sie. «Wenigstens nicht auf dieser Seite des Atlantiks. Aber ich kenne ihn, ja.»

«Er ist rübergekommen, um die Interessen dieses amerikanischen Sportlers, Carpenter, wahrzunehmen. Das bedeutet, daß ich es mit einem französischen, einem deutschen und einem amerikanischen Polizisten zu tun habe, die sich gegenseitig auf die Füße treten.»

«Können sie denn nicht helfen?»

Er blickte sie entsetzt an. Aber er mußte ihr zugute halten, daß sie eine Frau und daß sie eine Ausländerin war. Das mußte die Erklä-rung sein. «Haben Sie eine Verbindung zwischen Hans-Rüdiger Hesse und William Hemingway gefunden?»

«Nein», sagte sie. «Soviel ich weiß, gibt es keine. Ich bin zu Reuters gegangen. Ich habe ein Telegramm nach Berlin geschickt. Nichts. Das Problem ist, daß Rudi bereits so lange im Geschäft war, daß die meisten, die ihn kannten, tot und verschwunden sind. Trotzdem ist mir was aufgefallen.»

«Ja?»

«In seinen Anfängen hatte er einen gewissen Ruf als Kriminalrepor-ter.»

«Wirklich?» Lestrade spitzte die Ohren.

«Ist das ein Fingerzeig?»

«Der Yard befaßt sich nicht mit Fingerzeigen, Marylou. Nur mit Beweisen. Die sind's, die ich brauche. Und die sind's, die ich nicht kriegen kann. Aber ich werde Ihnen was sagen. Ich glaube, daß Sie recht haben. Hesse, Hemingway, Fitzgibbon, alle die anderen, wurden von derselben Hand getötet. Und Sie hatten ebenfalls recht mit den ‹Ersatzmännern›, wie Sie es nennen.»

«Ja?»

«Der Tod von Besançon Hugo hat mich drauf gebracht. Er kam in die Quere und wurde erschossen. Er war überhaupt nicht das Ziel – das war Hilary Term. Hugo tauchte zur falschen Zeit am falschen Ort auf.»

«Hm…» Marylou runzelte die Stirn, als Lestrade seine Theorie entwickelte. «Der Mörder tötet in der Regel mit… was? Gift?»

«In der Regel. Aber nicht im Fall von Anstruther Fitzgibbon.»

«Oder bei Rudi – der Brieföffner.»

«Oder bei Rudi», nickte Lestrade. «Doch er paßt aus einem anderen Grund nicht ins Bild. Und das hat damit zu tun, daß er mich aufsuchte.»

«Warum?»

Lestrade zuckte die Achseln. «Ich weiß es nicht», sagte er, «aber vielleicht weiß ich mehr, wenn ich aus Dorset zurück bin.»

«Dorset? Wo ist das?»

«Das ist eine kleine Grafschaft in Südengland, Marylou. Ich muß einen unserer Helden aufsuchen, mit dem ich bereits gesprochen habe.»

«Wer ist es?» flötete sie. «Ich liebe Helden.»

Er hob eine Augenbraue.

Sie versetzte ihm einen kleinen Schlag mit dem Riemen ihrer Handtasche. «Ich dachte, wir wären übereingekommen, zusammenzuarbeiten», ermahnte sie ihn.

«Schon gut», lächelte er. «Aber ich will in den nächsten drei, vier Wochen nichts darüber in der *Washington Post* lesen. General Baden-Powell. Von ihm gehört?»

«Der Held von Mafeking, nicht wahr? Zu der Zeit ging ich zur Schule.»

«Ja, natürlich.» Man brauchte Lestrade nicht an sein Alter zu erinnern. Er war Inspector gewesen, angehender Superintendent. Für ihn hatte sich nicht viel geändert.

«Wohnt Baden-Powell dort, in Dorset?»

«Nein. Er veranstaltet eine Art Lager auf der Insel Brownsea. Mit vielen kleinen Jungen.»

«Tun das Nationalhelden in England?» fragte sie.

«Dieser tut's offensichtlich.»

«Er hat also mit dem Fall zu tun?»

«Ich bin nicht sicher. Aber nach meiner Erfahrung ist es von Bedeutung, wenn ein Name in einem Fall mehr als einmal auftaucht. Anstruther Fitzgibbon war sein Adjutant...»

«Sein... Oh, Sie meinen sein Assistent?»

«Hm... ja, ich denke schon. Und er war mit Hilary Term mehr als oberflächlich bekannt.»

«Was wird man mit dem Franzosen machen, gegen den Term kämpfte?» wollte sie wissen.

«Nun ja, im Augenblick ist es Körperverletzung mit Todesfolge. Aber wir werden weitersehen, wenn er den Verband los ist.»

Sie verstummte. «In Fleet Street gibt es Gerüchte über Ihren Rücktritt», sagte sie. «Weil man ein Opferlamm braucht.»

Er tätschelte ihre Hand. «Ich mag ja ein alter Bock sein», gab er zur Antwort, «aber noch fresse ich kein Gnadenbrot. Gerüchte über meinen Rücktritt hat es in Fleet Street seit ewigen Zeiten gegeben. Ich muß meinen Zug kriegen.»

Sie stand plötzlich auf. Energisch. «Ich komme mit Ihnen», sagte sie.

«Also, Marylou...» Er hob einen Finger.

Sie griff danach. «Sie können Baden-Powell erzählen, daß ich für die Leute zu Hause eine Geschichte über ihn schreiben will. Vielleicht kriege ich mehr aus ihm raus als Sie.»

Lestrade seufzte. Womöglich hatte sie recht. Immerhin kampierte der Held von Mafeking auf der Insel Brownsea mit vielen kleinen Jungen.

Lestrade hätte wissen müssen, daß er eine große Überraschung erleben würde, als er sich an diesem Tag in die Wälder begab. Brownsea liegt im Hafen von Poole, ein herrliches Fleckchen mit Sand und Wald an diesem ruhigen und schwülen Augusttag. Sie setzten mit einem Ruderboot über, der Detektiv und die Lady, während über ihnen am wolkenlosen Himmel die Möwen kreisten. Er betrachtete Marylous Spiegelbild in der spiegelglatten Oberfläche und schnippte den Vogelkot von seinem Ärmel. Sie drehte ihren Sonnenschirm und lächelte ihn an. Der Bootsmann stieß seine Ruder in die Riemendollen, aber er war nicht ungefällig und half ihnen auf den weißen Strand.

«Sie ham eine Stunde», knurrte er. «Danach bin ich weg. Is Ihre Sache, wie Se zurückkommen.»

«Entzückend», feixte Lestrade den Mann an, der sich ihm plötzlich näherte und ihm ins Ohr flüsterte.

«Der beste Platz», sagte er, «is ungefähr dreihundert Yards von hier.» Er machte eine Kopfbewegung nach Westen.

«Wirklich?» fragte Lestrade. «Für was?»

Der Bootsmann runzelte die Stirn und blickte ihn eigenartig an.

«Geht mich nichts an.» Er zuckte die Achseln. «Sie sind sowieso alt genug, um ihr Vater zu sein.» Und er stapfte zu seinem Boot zurück.

Marylou hängte sich bei Lestrade ein und raffte ihre Röcke über dem Treibholz. «Wo könnte er sein?» fragte sie.

«Baden-Powell?» Lestrade beschattete seine Augen mit dem Strohhut. «Mittendrin, schätze ich.» Er fummelte in seiner Hosentasche. «Kopf, und wir gehen nach links. Zahl, und wir gehen nach rechts.» Er warf eine Münze hoch. «Also gut», sagte er. «Nach links.»

Sie verließen den Strand und das Ruderboot, das gemächlich in der Strömung trieb, und machten sich auf den Weg in den Wald. Jedoch nach etwa hundert Yards wurde klar, daß es keinen Weg durch den Wald gab. Der Pfad endete in einem Gewirr von Brombeerranken, deren Dornen die Haut schrammten und sich in die Kleider hakten. Es war totenstill hier. Unheimlich. Merkwürdig. Draußen war ein brütendheißer Sommernachmittag, aber im Wald, unter den Eichen und Silberbirken war alles dunkel, außer an den Flecken, wo die Sonne durchdrang und die raschelnden Blätter sprenkelte.

«Sind wir von dort gekommen?» fragte sie.

«Hm… ich weiß es nicht», gab er zu.

«Seien wir ehrlich, Sholto.» Sie stemmte die Hände in die Hüften. «Wir haben uns verirrt. Ich glaube es nicht. Wir haben das Boot erst vor einer Minute verlassen, und schon haben wir uns verirrt.»

«Sie sind die Pionierfrau, Marylou», mahnte er sie. «Seid ihr da, wo Sie herkommen, nicht alle Hinterwäldler?»

«Es ist nicht besonders schwierig, sich in Washington zurechtzufinden, Sholto. Oder in Manhattan. Oder Berlin. Wir könnten natürlich rufen.»

«Rufen?»

«Aber ja doch. Die Insel kann doch nicht so groß sein. Wenn's hier ein Lager gibt, sollte uns jemand hören.»

«Wenn's hier ein Lager gibt, sollte jemand zu *sehen* sein», erwiderte Lestrade.

Man hörte ein Geraschel. War es Gelächter? War es der Wind? Bei jedem Schimmern eines Baumes fuhren sie gespannt herum.

«Ist jemand da?» rief Lestrade.

Die Birken antworteten seufzend, aber niemand sonst. Er blickte auf seine Uhr. «Müßte eigentlich Teezeit sein», sagte er. «Zeigen Sie mir einen englischen Beamten, der keine Teepause macht, und ich werde Ihnen…» Aber er beendete den Satz nicht. Es riß ihn plötzlich zurück, als sei er im Begriff, mit ungewohnter Energie Foxtrott zu tanzen. Sein rechtes Bein ging in die Höhe und seine Schultern nach unten, und Marylou sprang entsetzt zurück, als Lestrade, nach allen Seiten Blätter verstreuend, in die Luft wirbelte, an der Kletterpflanze einer der größeren Ulmen baumelnd. Sein Kopf prallte mit einem Knirschen gegen die rauhe Rinde, und dem dumpfen Schlag folgte ein Stöhnen. Marylous Schrei erstarb, als die Büsche von allen Seiten auf sie zukamen und sie zu Boden zerrten. Zuerst sah Lestrade nichts als Sterne, dann gewahrte er, daß die Büsche, während er sich kopfüber hängend drehte, über ihm aus dem Boden wuchsen. Das Quietschen des Seils hörte schließlich auf.

Er zwang seinen Kopf nach oben, aber der Druck in seinem Nacken war zu stark, und er ließ ihn wieder herunterhängen. Jetzt begann das Seil sich zu drehen und sich unter seinem Gewicht abzurollen. Als befände er sich auf einem verrückten Karussell, drehte sich Lestrade um volle dreihundertundsechzig Grad. Sein Leben und der Wald von Brownsea rasten an ihm vorbei.

«He», hörte er eine Stimme krächzen, «das ist nicht der General.»

«Was?»

«Zwei solche Dinger hat der General nicht, oder?»

«Das bezweifle ich ernsthaft.» Lestrade hörte Marylous Stimme, schärfer als gewöhnlich, und dann ein Klatschen und ein «Au!» Er hörte deutlich, wie Kleider raschelten und glattgestrichen wurden. «Gib das her!» hörte er ihre energische Stimme. «Du widerwärtiger kleiner Rüpel. Ich werde dich übers Knie legen.»

«Es tut mir leid, Missis», sagte eine rüpelhafte, jedoch ziemlich kleinlaute Stimme.

«Das sollte es auch. Würdet ihr also jetzt bitte diesen Herrn runterlassen? Er hat eine sehr merkwürdige Gesichtsfarbe.»

«Himmel», kicherte eine andere Stimme, «die hat er wirklich. Guck ma. Is röter als mein Pimpel.»

«Wer hat ihn aufgehängt?» fragte eine andere Stimme.

«Dibbens.»

«Ich nicht.»

«Dann war's Dobson.»

«Verdammt, ich war's nich.»

«Was fürn Knoten isses denn?»

«Das versuche ich gerade rauszukriegen», sagte der größte Busch. «Als Fähnleinführer ist es meine Pflicht, euch Burschen in euren Schranken zu halten. Wer hat das verdammte Ding geknüpft?»

«Hört mal, ihr Büsche… äh… ihr Jungens», krächzte Lestrade, mittlerweile halb erstickt, «bitte denkt daran, daß eine Dame anwesend ist.»

«Was ich nicht verstehen kann, ist, wie mich diese Jungen mit einem General verwechseln konnten», sagte Marylou.

«Nicht mit einem General, Miss», klärte Dobson sie auf. «Mit *dem* General. Wir sind Waldläufer, jawohl. Wir würden Sie nicht mit *jedem* General verwechseln.»

«Dib, dib, dib?» dröhnte eine Stimme durch das Grün.

«Ja, General.» Ein Busch nahm Haltung an.

«Dob, dob, dob?» Es dröhnte noch einmal.

«Hier, General.» Ein zweiter Busch stand stramm.

«Dibbens, Dobson, wer von euch hat den Knoten gemacht?»

Lestrade versuchte sich herumzudrehen, um zu sehen, wer sprach, indem er sich an die Brombeerranken klammerte, die seine Fingerspitzen streiften. Alles, was er aus dieser Perspektive sehen konnte, war das verdutzte Gesicht von Marylou Adams, ungläubig erstarrt. Augen und Mund waren gleichermaßen aufgerissen.

«Gütiger Gott», hörte er sie flüstern.

Mit einer übermenschlichen Anstrengung riß er sich herum und erblickte die auf dem Kopf stehende Gestalt des Helden von Mafeking, seinen gestutzten militärischen Schnurrbart und die stahlharten Augen, die sonderbar von dem wallenden Samtkleid abstachen, das er über dem Khaki-Schlapphut trug.

«Ah, prächtig», sagte Baden-Powell. «Dibbens. Dobson. Gut gemacht.» Er blickte bewundernd auf den rotgesichtigen Detektiv. «Die Mysore-Tigerfalle. Ausgezeichnete Durchführung.»

Lestrade schluckte – ein sonderbares Gefühl, wenn man mit dem Kopf nach unten hing. Er kam sich keineswegs wie ein Tiger vor. Und er zweifelte ernsthaft daran, daß die ganze Sache ausgezeichnet war.

«Und», sagte der Lieutenant General, «wer hat den Knoten wirklich gemacht?»

«Ich war's, General», gab Dibbens zu. Der General gab ihm eine kräftige Ohrfeige, so daß der Junge, rechnete man Marylous Rückhand dazu, wie eine Mohnblüte aussah.

«Was war das für ein Knoten?» fragte Baden-Powell.

«Ein Zimmermannsknoten, Sir.»

«Unsinn.» Baden-Powell beäugte kritisch die Stelle des Baumstamms, die für Lestrade auf quälende Weise unerreichbar war. Der

Junge im Laubwerk warf einen Blick auf den Knoten. «Blackwall-Knoten, Sir», sagte er. Baden-Powell versetzte ihm einen kräftigen Schlag. «Idiot», sagte er. «Tonto», wandte er sich an den Fähnleinführer, «trägst du dein verläßliches Schweizer Armeemesser bei dir?»

«Ja, Sir.»

«Hab ich euch Jungens jemals die Geschichte vom Gordischen Knoten erzählt?»

Lestrade stieß einen erstickten Schrei aus.

Marylou war mit der Geduld am Ende. «Würden Sie diesen Mann bitte befreien?»

«Bitte, Madam.» Baden-Powell sah sie finster an. «Es gilt hier, ein paar wichtige Lektionen zu lernen. Ich bin dabei, diese Jungen in den Genuß von Jahrhunderten menschlicher Weisheit kommen zu lassen. Außerdem», er raffte seinen Rock und ließ sich auf seinen knochigen Hinterbacken nieder, «halten es Tiger in dieser Lage bis zu drei Stunden aus.» Er räusperte sich. «Es gab einmal einen großen Soldaten namens Alexander», sagte er zu den Jungen. Die Büsche schwärmten aus, bildeten einen Kreis um ihn und nahmen mit gekreuzten Beinen zu Füßen des großen Mannes Platz.

«War er so groß wie Sie, General?» wollte Dibbens wissen.

«Fast, mein Junge.» Baden-Powell tätschelte seinen Kopf. «Fast...»

Plötzlich gab es ein Geräusch, das Lestrade noch nie gehört hatte. Es war das Geräusch, wenn mit einer vollblütigen amerikanischen Lady die Gäule durchgehen. Marylou Adams entriß dem Fähnleinführer das Schweizer Messer und hackte auf den gestrafften Strick ein. Baden-Powell sah entsetzt zu, wie die ganze Falle zitterte und Lestrade kurz danach schwer auf seine Schultern krachte, während das Seil wie eine Peitschenschnur hochschnellte und sich um den unglücklichen Tonto wickelte.

«Für das Protokoll», sagte sie, klappte das Messer zusammen und stopfte es dem Burschen in die Tasche, «es war ein Webeleinstek», und beugte sich über den Detektiv, um den sich alles drehte.

Baden-Powell stand auf und versetzte dem verdutzten Tonto eine

Ohrfeige. «Die ist dafür, daß du dein Fähnlein nicht im Griff hast», sagte er. «Macht euch fertig, Jungens. Wir kommen zu spät zum Mittagessen. Legt jetzt die Tarnung ab. Wer als letzter sein Futter kriegt, ist ein Waschlappen.»

Und die Büsche schoben sich mühsam durchs Unterholz davon.

«Wen haben wir denn da?» Baden-Powell hockte sich neben das Paar. «Wir sind uns schon begegnet, nicht wahr?»

«Superintendent Lestrade», antwortete der Mysore-Tiger. «Ich möchte Ihnen ein paar Fragen stellen, Sir.»

«Können Sie gehen?» fragte Baden-Powell.

Gemeinsam stellten sie fest, daß er es konnte, wenn auch nur schlecht und recht.

«Ihre kleinen Rabauken hätten ihn umbringen können», fauchte Marylou den Kauernden Wolf an.

«Also, Marylou…» versuchte Lestrade sich einzumischen.

«Nichts da Marylou.» Marylou stampfte mit dem Fuß auf. «Was treiben Sie mit diesen Kindern? Bringen Sie ihnen bei, wie man Tiere und Leute umbringt? Und warum trägt ein Lieutenant General der Britischen Armee ein Kleid?»

Baden-Powell stand abrupt auf, durch diesen Tadel verletzt. «Ich mache mir nichts aus Ihrem Ton, Madam», sagte er. «Ich möchte, daß Sie diese Insel auf der Stelle verlassen.»

«Ist schon gut, Marylou.» Lestrade tätschelte ihren Arm. «Sehen Sie, ich kann stehen – wirklich», und er kippte zur Seite.

«Ich bringe Sie hier fort, Sholto.» Sie begann ihn hochzuhieven.

«Nein, nein», sagte er schwach. «Der General sieht sich bloß nach Jungens um.»

«In Washington D.C. haben wir ein Gesetz dagegen.» Sie sah ihn drohend an. «Und wir haben keine Offiziere, die Frauenröcke tragen.»

«Wirklich?» feixte Baden-Powell. «Von John Pershing habe ich da andere Sachen gehört, das kann ich Ihnen sagen.»

«Marylou.» Lestrade bekam ihren Arm zu fassen, ehe sie vor Wut platzte. «Vielleicht machen Sie sich auf den Weg zum Boot? Ich bin in wenigen Minuten bei Ihnen.»

«Ich bin nicht sicher, ob ich Sie mit diesem degenerierten Menschen allein lassen sollte.»

«Das geht schon in Ordnung», versicherte Baden-Powell. «Trotzdem, ich bin für Ihre Besorgnis dankbar.»

«General», Lestrade richtete sich auf, so gut er konnte, «könnten Sie Miss Adams den richtigen Weg zum Strand zeigen?»

Baden-Powell hob die Arme und deutete mit den Fingern in alle Richtungen. «Welchen Weg, Lestrade? Wir sind auf einer verdammten Insel, wissen Sie das nicht?»

«Bemühen Sie sich nicht!» sagte Marylou und gab die Hoffnung auf, ihren Hut gerade aufzusetzen. «Ich werde ihn selber finden.» Und sie schritt krachend durch das Unterholz davon, Blätter aus ihrem Haar zupfend.

«Tut mir leid wegen des Vorfalls, Lestrade.» Baden-Powell hockte sich neben ihn. «Die Fähigkeit, im Wald zu überleben, wissen Sie. Diese Jungens, Lestrade, die meisten von ihnen kommen aus Ihrer Gegend – East End, haben in ihrem Leben nie einen Grashalm gesehen. Ich habe Tausende gesehen – Jungens, meine ich, nicht Grashalme – verworfene, elende Exemplare, Kettenraucher, viele sogar Spieler. Ich bringe ihnen bei, wie man im Gelände marschiert, mit Hölzern Feuer macht, mit Flaggen Signale gibt und so weiter. Wie man alte Damen über die Straße geleitet.»

«Warum sind sie über Miss Adams hergefallen?» fragte Lestrade.

«Ach ja. Sie haben sie im Dämmerlicht offenbar für mich gehalten. Auf einige Entfernung kann das leicht passieren. Ich erinnere mich an den alten Squeaky Auchinleck in Indien. Erkannte den Umriß eines Brahma-Bullen nicht, der ihn angriff. Nun ja, diese Chance bekommt man nur einmal, Lestrade.»

Beide Männer nickten weise, und in diesem Augenblick vereinigte sich die Erfahrung aus einhundertundfünf Jahren.

«Also», sagte Lestrade, «könnte ich kurz mit Ihnen sprechen, vor dem… äh… Futtern?»

«Gewiß. Geht's wieder um den armen jungen Fitzgibbon?»

«Nicht direkt. Diesmal geht's um den armen jungen Term.»

«Term? Himmel, ja. Hab's in der Zeitung gelesen. Der junge Tonto schwimmt jeden Tag rüber, um aus Poole eine zu holen. Verdammt merkwürdig, die Sache. Armer Kerl, daß ihm das vor aller Augen passierte.»

«Dem jungen Tonto? Holt der nicht immer Ihre Zeitung?»

Baden-Powell blickte ihn befremdet an. «Nein, der junge Term, daß er so umgebracht wurde, meine ich. Ich habe ihn natürlich seit geraumer Zeit nicht gesehen. Aber ich hörte, er sei ein ziemlich guter Fechter. Trotzdem, so ist das nun mal. Keine Kavallerieausbildung, wissen Sie. Geht ihnen allen mal an den Kragen.»

«An die Kehle, Sir.» Lestrade war jemand, der es ganz genau nahm. «Die Wunde war an der Kehle.»

«Ganz recht, ganz recht.» Baden-Powell lehnte sich gegen einen nützlichen Baumstamm.

«Ist das nicht ein bißchen merkwürdig, daß zwei junge Männer aus Ihrem Bekanntenkreis binnen zweier Monate eines gewaltsamen Todes sterben mußten, Sir?» tastete Lestrade sich vor.

«Hm.» Baden-Powell nickte zustimmend. «Sind Sie noch einmal beim alten Bolsover gewesen, wie ich Ihnen vorschlug?»

«Nein, Sir.» Lestrade mußte bekennen, daß ihm im Durcheinander der letzten Wochen alles andere als das in den Sinn gekommen war.

«Aber ich hörte, daß er an der Schwelle des Todes stehen soll.»

«Oh, mindestens. Vermutlich hat er sie inzwischen schon halb überschritten. Haben Sie sich mal zum Zirkel bemüht?»

«Viele Male», gab Lestrade zur Antwort. «Obgleich natürlich seit dem Feuer im Bahnhof Moorgate...»

«Wie? Nein, nein, mein lieber Junge. Ich meine nicht Piccadilly, ich meine den Dichterzirkel. Kann das verdammte Zeug persönlich nicht ausstehen. Geschwafel, aber der junge Term war Mitglied.»

«Wirklich?»

«Ich erinnere mich, daß sein alter Herr es mir erzählte. Konnte natürlich keiner von uns gutheißen.»

«War das in Cambridge?»

«Da hat's wahrscheinlich angefangen. Verdammt abgeschmackter Ort. Aber ich glaube, inzwischen treiben sie sich in Bloomsbury rum. Übrigens genau so ein abgeschmackter Ort.»

«Danke, General.» Lestrade stand mühsam auf.

«Hat's Ihnen genutzt?» fragte Baden-Powell.

«Ich weiß es nicht. Ich hoffe, Sie haben nicht vor, in der nächsten Zeit das Land zu verlassen, oder?»

«Wie denn?» zwinkerte der Mann mit dem Großen Hut. «In diesem Aufzug?»


Dieser Freitag war abscheulich heiß. Die Flaggen unterhalb der riesigen Bollwerke von Schloß Windsor hingen schlaff in der Windstille. Sechsundfünfzig Männer, schmuck und wohlgebaut, in den Trikots ihrer Nationen, waren kaum noch zu halten. Der König selbst beklagte, daß er nicht mitlaufen konnte. Vielleicht wäre es vor vierzig Jahren und mit fünfzehn Stone weniger Gewicht gegangen. Jetzt schaffte er es kaum, auf das Podium zu kommen. Ein Geschrei erhob sich von der Menge, als er das Taschentuch hob – ein altes von Mrs. Keppel – und es mit einer plötzlichen Bewegung sinken ließ. Der Hofmarschall drückte auf den Abzug, und der Olympische Marathonlauf begann.

Das Feld wand sich durch Straßen und Gassen, Ellenbogen stießen an Ellenbogen, Schweiß strömte über Stirnen, Spucke schimmerte auf Schnurrbärten. Der Stolz Europas lief hier unter der sengenden Sommersonne und dem begeisterten Beifall der Zuschauer. Übermütige Kinder und kleine Hunde hüpften nebenher und schnappten nach den Fersen der Läufer. Radfahrer fuhren neben dem Feld entlang, riefen Aufmunterungen, gaben Kannen mit Wasser und erfrischende, belebende Zigaretten weiter. Fahnen und Wimpel flatterten entlang der Route, der Duft von kandierten Äpfeln, Zukkerwatte und Popcorn trieb mit der kleinen Brise, die vorübergehend ein wenig Abkühlung brachte.

Price und Lord übernahmen im sonnigen Southall die Spitze, mit fünfzig Yards Vorsprung vor Hefferson, dem entsetzlich unansehnlichen Südafrikaner, und einem kleinwüchsigen Konditor. Lord warf einen Blick nach hinten.

«Unterschätze den Makkaronifresser nicht, Price.»

Price blickte zurück.

«Krasser Außenseiter. Was ist mit dem Afrikaner?»

«Amateur, wie er im Buch steht. Zigarre?»

«Nein, danke. Habe gerade eine ausgemacht. Mensch, was für ein fabelhaftes Mädchen da hinten. Brust wie 'n Rollschrank.»

«Langsam, langsam alter Junge. Laß deine Augen auf der Straße. Sind immer noch sechzehn Meilen zu laufen, weißt du.»

«Es sind nicht die sechzehn Meilen, die mir Sorgen machen», gab Price zu. «Es sind die dreihundertundfünfundachtzig Yards, die diese Mistkerle hinten drangeklebt haben.»

«War in St. Louis nicht so, oder?»

«Himmel, nein», sagte Price. «Immerhin haben sie verdammte Kaffern in dem Rennen mitlaufen lassen, nicht wahr?»

«Ja, ich glaube, ich erinnere mich daran. Dieser Bursche hinter uns hat sie wahrscheinlich erschießen lassen. Aber Athen war ein bißchen viel. Diese verfluchte griechische Kavallerie-Eskorte.»

«Ja. Der Rennschuh ist noch nicht erfunden worden, der es mit Pferdescheiße aufnehmen kann.»

Unter dem Beifall der Menge trabten sie die High Street entlang.

«Guter alter Pricey!» rief einer.

«Lordy, Lordy!» jubelte ein Amerikaner.

Sie winkten zurück. «Hast du das vom armen alten Tyrrwhit gehört?» fragte Lord.

«Tyrrwhit Dover?» Price begann seine Taille zu kneten, um die Seitenstiche zu lindern.

«Ja. Er wurde heute morgen tot aufgefunden, weißt du.»

«Nein.» Price drosselte sein Tempo nicht. «Ich hatte keine Ahnung. Unfall?»

«Glaube ich kaum. Hatte einen Pfeil im Rücken.»

«Gütiger Himmel. Selbstmord?»

«Ziemlich kompliziert, würde ich denken.»

«Oh, ich weiß nicht. Er war ein verdammt guter Schütze, weißt du.»

Hefferson schloß plötzlich zu ihnen auf, das Kinn energisch vorgereckt, mit den Armen durch die Southall-Luft rudernd. Price stieß

Lord an und nickte in seine Richtung. «Kronje war ein Stinker!» rief Lord.

«Baden-Powell trägt einen Rock!» konterte Hefferson.

Die britischen Athleten verstummten. Die Bemerkung traf wirklich zu.

Hefferson federte durch Ealing, die Lunge in seiner mächtigen, muskulösen Brust ächzte. Und der kleine Italiener war ihm auf der ganzen Strecke auf den Fersen, neben sich einen wackelnden Radfahrer.

«He, Dorando», rief der Radfahrer, «mein Hintern is mir eingeschlafen.»

«Ich hab meine eigenen Probleme», zischte der kleine Konditor und überholte mit einem überragenden Zwischenspurt den Südafrikaner.

«He», knurrte Hefferson, «König Victor Emmanuel schläft mit seiner Mutter.»

«*Basta!*» fauchte Dorando und zeigte mit seinem Daumen nach unten. «Präsident Krüger hat einen ganz persönlichen Körpergeruch.»

Und in den Straßen von Willesden traf das auf viele von ihnen zu.


Der kleine Mann mit den riesengroßen Augen und der lächerlichen Kappe konnte es nicht glauben, als das Stadion von White City wie ein Elefant vor ihm aufstieg. Er blickte zurück. Hefferson war verschwunden. Price und Lord waren verschwunden. Nur der hartnäckige Amerikaner, Hayes, war in Sicht, aber er war, wie es schien, weit, weit entfernt. Dorandos Schrittmacher quälte sein gefühlloses Hinterteil ins Stadion und riß sein Zweirad nach links unter den Torbogen, um die letzte Runde auf der Aschenbahn zu beginnen.

«Das war's, Dorando. Wir sind fast am Ziel. Nur noch ein paar Meter. Dorando? Dorando?» Das Rad kam quietschend im Staub zum Stehen, und sein Kinn fiel herunter, als er sich umblickte. Der kleine Konditor lief in die falsche Richtung. Die Zuschauer waren aufgesprungen, pfiffen, stampften, gestikulierten.

«Und Dorando ist zu Boden gegangen, meine Damen und Herren.»
Kent Icke setzte zu seiner Lautsprecherreportage an. «Wie ein mo-
derner Philippus ist er gestürzt. Und er trägt auch keine Rüstung.
Aber Sie sind gewiß nicht an meiner enormen klassischen Bildung
interessiert. Leute laufen zu ihm, Offizielle, Ärzte. Er kommt wieder
hoch. Jemand übergießt ihn mit Wasser. Ich glaube… Ja, ich sehe,
daß seine Schuhe in dieser intensiven Hitze schmoren. Wir schmoren
alle ein bißchen heute nachmittag. Er ist auf den Beinen. Er steht
aufrecht. Das ist verblüffend, meine Damen und Herren. Wir sehen,
wie Geschichte gemacht wird, heute, an diesem Nachmittag in White
City. Vergessen Sie nicht, wo Sie es zuerst gehört haben. Oh, nein, er
ist unten. Dorando ist am Boden. Jetzt tragen sie ihn. Ich habe noch
nie eine solche Begeisterung bei Zuschauern erlebt. Komm, Dorando! Komm schon, du kleiner italienischer Mistkerl…» Und plötzlich bekam der Lautsprecher einen Schluckauf, doch der Lärm war zu
groß, daß man diesen kleinen *faux pas* bemerkt hätte.
So trugen sie ihn denn über die Ziellinie, Journalisten, die Offizielle
anrempelten und sprintende Polizisten. Die kleinen Knie knickten
ein, und er ging zum letztenmal zu Boden.


Es war natürlich der Amerikaner, Hayes, der Gold gewann. Unglücklicherweise waren die Schiedsrichter übereifrig gewesen und
kein bißchen parteiisch. Aber Dorando wurde abgerieben, mit
Handtüchern befächelt, und man gab ihm eine Flasche Chianti, damit er die Ohren steifhielt. Dann steckten sie ihn in einen Anzug und
schleppten ihn zu einer besonderen Auszeichnung zum Königlichen
Podium zurück. Zweimal an diesem Tag war Dorando in die Geschichte eingegangen. Und Mr. Irving Berlin setzte sich vor seine
Elfenbeintasten und komponierte ein Lied über ihn.


«Dann wollen wir mal sehen, ob ich das richtig verstanden habe,
Paddyboy. Dieser Itaker – wie hieß er noch?»
«Pietri. Dorando Pietri. Bloß unsere wunderbaren Sportreporter

bestehen darauf, ihn Dorando zu nennen, als wäre das sein Nach-
name.»

Lestrade zuckte die Achseln.

«Ihnen mag das egal sein, Lestrade.» Superintendent Quinn verstand sich darauf, seine Kollegen zu beruhigen. «Aber das bringt
meine ganzen Akten durcheinander. Lege ich das Dossier unter D
wie Dorando ab oder unter P wie Pietri?»

«Hm», nickte Lestrade. «Das Leben ist ein ewiges Auf und Ab, wie
der Graphologe mir mal sagte.»

«Das ist nicht zum Lachen, Sholto», sagte Inspector Gregory.

«Nein, Tom», seufzte Lestrade. «Ich schätze, nicht.» Nichts, was
Tom Gregory auch sagte, war zum Lachen. «Sie haben Pietri oder
Dorando oder wie er immer heißen mag festgenommen, weil er
beim Marathon in die falsche Richtung gelaufen ist?»

«Nein, nein, Lestrade», knurrte Quinn und griff nach seiner Taschenflasche, «Sie haben nicht zugehört. Ich habe ihn festgenommen, weil er sich heute nachmittag gegenüber Ihrer Majestät irra-
tional benommen hat.»

«Wirklich? Was hat er getan?»

Quinn warf den Kopf zurück. «Tut mir leid, das ist geheim.»

«Superintendent», sagte Lestrade ruhig, «ich habe den größten Teil
des Abends und der Nacht in einem völlig überfüllten Zug zugebracht und bin den ganzen Weg von Poole durchgeschüttelt worden. Ich komme zum Yard, um nach meiner Post zu sehen, und was
finde ich? Eine Notiz von Mr. Henry, in der er von mir verlangt, daß
ich in einem brandneuen Fall eng mit Ihnen zusammenarbeiten soll.
Nun, lassen Sie sich sagen, Mr. Quinn, daß ich zur Zeit bis zum Hals
in Fällen stecke und einen weiteren Fall so nötig brauche wie den
Biß eines Orang-Utans. Und wollen Sie mir bitte erzählen, wie
etwas, das in einem Stadion voller Zuschauer passiert, geheim bleiben kann?»

Quinn zwirbelte seinen Schnurrbart. Seine Nase war von ihrer Begegnung mit den eleganten Stiefeln des Mr. Mervyn Klitzeklein
noch immer kirschrot gefärbt, und es war drei Uhr morgens. «Na
gut», murmelte er. «Wie es der Zufall wollte, war mein Stenograf,

Constable Venables, am Tatort. Hat ein Gedächtnis wie ein asiatischer Mynahvogel. Kann jedes Wort wiederholen, das gesagt wurde.»

«Kommen Sie zur Sache, Patrick.» Lestrade versuchte es sich in Quinns ungemein spartanischem Mobiliar bequem zu machen.

«Gut. Stellen Sie sich die Szene vor: Der Itaker ist disqualifiziert, weil er von Offiziellen buchstäblich über die Ziellinie getragen wurde. Oh, und von einem von Gregorys Bobbies.»

«Ich werde ein Wörtchen mit ihm reden, Sholto. Er wird's nicht noch einmal tun.»

«Da sie nicht die Absicht haben, vor 1940 hier eine weitere Olympiade zu veranstalten, Tom, glaube ich nicht, daß er das tun wird. Fahren Sie fort, Quinn.»

«Aber die Königin – Gott segne Sie – fand irgendeinen Gefallen an ihm. Schneidiger kleiner Scheißer et cetera. Et cetera. Also beschloß sie, ihn auf der Stelle mit einem Goldpokal zu beschenken.»

«Nun, natürlich nachdem man ihn gewaschen und angezogen hatte», bemerkte Gregory, der es mit Konventionen sehr genau nahm. Die bösen Blicke der anderen brachten ihn zum Schweigen.

«Ihre Majestät sagte: ‹Sie tapferer kleiner Italiener. Bitte nehmen Sie diesen Pokal entgegen als Zeichen der Dankbarkeit für eine tapfere Heldentat.› Da guckte der Itaker zu Boden. Er zitterte am ganzen Leib. Es war ungemein peinlich. Er nahm den Pokal. Dann gab er ihn zurück. ‹Nein, nein›, sagte die Königin, ‹Sie scheinen nicht zu verstehen. Er ist für Sie.›

Dorando: ‹Nein, ich kann ihn nicht annehmen. Ich hab Dover umgebracht.›

Ihre Majestät: ‹Ja, ich weiß, man hat Sie um den Sieg gebracht, aber das macht nichts. Bei uns zählt nur beim Ringen, wenn man zu Fall gebracht wird. Ist es so?› Hier wandte sie sich um Rat an ihren Stallmeister. Er kannte sich offensichtlich mit Ringkämpfen nicht gut aus, denn er mußte jemand anderen fragen.

Dorando: ‹Nein, nein, Ihre Majestät. Sie verstehen nicht. Ich hab's getan.›

Ihre Majestät: ‹Natürlich haben Sie's getan, Sie schneidiger kleiner Mann. Gratulation. Darum geben wir Ihnen ja diesen Pokal.›»

«Was passierte dann?» fragte Lestrade, gelangweilt auf der Stuhlkante sitzend.

«Der verdammte Itaker fing an zu flennen. Er griff nach der Hand der Königin und schrie hysterisch.»

«Was taten Sie?»

«Streckten den kleinen Mistkerl natürlich zu Boden. Meine Jungens warfen sich auf ihn wie eine Tonne Ziegelsteine. Er war nach dem Rennen sowieso ziemlich wacklig auf den Beinen. Und er ist natürlich wirklich ein Winzling.» Als dieses Wort fiel, rieb sich Quinn die Nase.

«Was tat die Königin?»

«Nun, wenn Sie die Königin so gut kennen würden wie ich, Lestrade, würden Sie diese Frage nicht stellen. Ihre Majestät lächelte bloß anmutig und schlürfte mit dem Strohhalm ihre Nachmittagsstärkung. Aber als sie Autogramme gab, konnte man sehen, daß das Ganze sie völlig übermannt hatte. Ich fragte sie, wie sie sich fühle, und sie antwortete, es müsse fast vier Uhr sein. Na ja, die Hitze und die Anspannung.»

«Ich verstehe noch immer nicht, warum ich hier bin», bemerkte Lestrade. «Geistesgestörte Italiener sind eigentlich von Rechts wegen Ihr Revier, Quinn. Wie ich sagte, ich habe bereits alle Hände voll zu tun.»

«Lesen Sie denn gar nichts, Lestrade?» knurrte Quinn und warf ihm den *Evening Standard* zu.

Lestrade sah hin. «Oh, tut mir leid. Ich dachte, Sie meinten Zeitungen.»

«Da!» Quinn tippte auf die Überschrift. «Berühmter Schütze ermordet aufgefunden.»

«Schütze?» fragte Lestrade. «Hatte er was mit Astrologie zu tun?»

«Nun hören Sie aber auf, Sholto», schalt Gregory.

«Verzeihung, Tom», sagte Lestrade, «ich hatte vergessen, daß Sie eine Schwäche dafür haben.»

«Dover», sagte Quinn. «Tyrrwhit Falconhurst Dover. Einer der britischen Toxophilen.»

«Ein Giftmischer?» erkundigte sich Lestrade.

«Ein Bogenschütze, verdammt noch mal!»

Lestrade hatte sich verhört. «Ah, ich verstehe. So merkwürdig das klingt, Sie wecken mein Interesse. Weiter!»

«Nun, jetzt kommt Gregory ins Spiel. Das ist sein Fall.»

Lestrade sah auf seine Uhr. So lange schienen die Lampen im Yard noch nie gebrannt zu haben. Oder war es das halbe Jahrhundert, das er auf dem Buckel hatte und das allmählich anfing, seinen Tribut zu fordern?

«Dann fahren Sie fort, Tom», sagte er.

Marylou Adams stand im Mondlicht, eingerahmt von der Verandatür. Er ging zu ihr hinüber, noch immer das Weinglas in der Hand, obgleich es längst geleert war. Er erreichte sie mit ein paar Schritten, nahm ihre Hand und flüsterte ihren Namen.

Sie wandte sich langsam von ihm ab. «Ich kehre bald nach Hause zurück», sagte sie.

«Willst du das?» fragte er und zog sie wieder an sich.

Sie nickte. «Wenn ich den Mann gefunden habe, der Rudi Hesse umgebracht hat.»

Er schüttelte den Kopf. «Du bist durch und durch Journalistin», sagte er lächelnd. «Was macht Lestrade?»

Sie seufzte und schlenderte in den Garten. Die Rhododendronbüsche erglänzten im hellen Mondlicht und warfen scharfe blaue Schatten auf den Rasen. «Ich weiß es nicht», erwiderte sie. «Er scheint der Überzeugung, nach einem Massenmörder suchen zu müssen. Er glaubt, wer immer Rudi umgebracht hat, sei auch der Mörder der anderen Sportler.»

«Denkst du das nicht auch?» Er schritt neben ihr zum rosenüberwachsenen Bogengang. «Ich dachte, du hättest ihm diesen Floh überhaupt erst ins Ohr gesetzt.»

«Ich habe meine Meinung geändert», sagte sie.

«Aber nicht das einer Journalistin», gab er zu bedenken.

«Lestrade hat heute den größten Teil des Tages damit verbracht, kopfüber von einem Baum herabzubaumeln. Ich glaube einfach nicht, daß er der richtige Mann für den Fall ist.»

«Na schön», sagte er, «dann wollen wir ihn vergessen.» Er blickte zum klaren Himmel hinauf und führte sie zur Laube in einem Winkel der Ligusterhecke. «Die Nacht ist jung, Marylou», flüsterte er.

«Nein, das ist sie nicht», widersprach sie lächelnd. «Das ist ein Allgemeinplatz, den ein Schreiber wie du nicht verwenden sollte.»

Sie lachten in der Stille. Von irgendwo schwebte schreiend eine Eule herab, unheimlich weiß vor der Kulisse der Bäume. «Ich bin froh, daß du gekommen bist», sagte er und nahm ihre Hände in die seinen. Sie starrte in seine Augen und sah, daß sie so traurig waren wie ihre eigenen.

«Richard», sagte sie, «ich bin nicht frei.»

«Wer von uns ist schon frei?» Er berührte mit seiner Stirn die ihre. «Ist einer von uns frei?»

«Es gibt etwas, das ich dir nicht erzählt habe», sagte sie und schloß die Augen. «Dieser Maddox. Der Pinkerton-Mann…»

Er legte seinen Finger auf ihre vollen Lippen. «Und es gibt ein paar Dinge, die ich dir nicht erzählt habe», sagte er. «Die Welt ist groß, Marylou Adams. Wir haben Platz für kleine Geheimnisse.»

Unter den Zweigen spürte er ihr Gesicht, feucht von Tränen, das in seiner Hand ruhte, und er hörte sie flüstern: «Ich lieb dich, Richard Grant. Ich lieb dich. Ich liebe dich.»

Er löste sich von ihr und hielt sie auf Armeslänge entfernt.

«Besser nicht», sagte er. «Die Welt ist grausam, Marylou. Jeder muß sich allein darin zurechtfinden.»

Sie blickte zu ihm auf. «Immer?» flüsterte sie.

«Ich bin bereits verheiratet», fuhr er fort und bemerkte ihr Stirnrunzeln. «Nein, nicht mit einer Frau. Mit einer Maschine. Mit einer Maschine, die die ganze Nacht summt und pocht. Hör: Wenn du ganz still bist, kannst du sie jetzt hören. Der Druckpresse, Marylou, das Summen und Brausen. Das ist mein Leben. Das einzige, das ich kenne.»

«Immer», flüsterte sie noch einmal.

# Der Achter ohne Steuermann

«Sind Sie sicher, daß dies der Weg ist, Tom?» Lestrade spuckte Blätter aus dem Mundwinkel, während er und Gregory sich durch das Laubwerk nach oben kämpften. «Es ist bloß so, daß ich erst kürzlich eine Menge Wald gesehen und irgendwie darauf gehofft habe, es gäbe eine Straße.»

«Ja, ich denke es gibt wahrscheinlich eine, Sholto», knurrte Gregory und befreite seine unteren Gliedmaßen von kriechendem Efeu. «Ich kann mich gewiß nicht erinnern, gestern diesen Weg gekommen zu sein.»

«Wunderbar! Au!» Lestrades Strohhut krachte gegen einen Eichenast, Sekunden bevor sein Kopf ihm folgte.

«Ah.» Gregorys träges Gesicht hellte sich auf. «Dort ist eine Lichtung. Kommen Sie.»

Er tastete sich durch die Büsche vorwärts auf ein breites grünes Rasenstück zu. Plötzlich hörte man ein Zischen und einen dumpfen Aufprall, und er kippte vornüber aufs Gesicht. Lestrade eilte ihm nach, brach durch das Unterholz und hockte sich neben ihn, das blitzende Schnappmesser in der Faust. Er sah niemanden, bloß den gefällten Polizisten, und er drehte den Körper herum. Gregory sah bleich aus und wirkte nur unwesentlich lebhafter als in aufrechter Stellung. Lestrade beugte sich über ihn und horchte an seiner Brust. Alles, was er hören konnte, war das Ticken von Gregorys Diensttaschenuhr. Dann vernahm er den Herzschlag. «Lieber Himmel!» dröhnte plötzlich eine Stimme über ihm, und als er aufblickte, sah er einen riesigen Mann in Lincolngrün, der die Sonne verdunkelte. «Sie perverses Ferkel! Wende den Blick ab, Millicent. Da sind zwei Männer, die widernatürlichen Praktiken obliegen.»

Lestrade stand auf, und sein Scheitel reichte bis zum Bizeps des Bo-

genschützen. «Die einzige widernatürliche Praxis hier, Sir, ist das!»
Er schnappte sich den Bogen und zerbrach ihn über dem Knie mit
einer Kraft und Geschicklichkeit, die ihn einen Augenblick überraschte.

«Wie können Sie es wagen!» brüllte der Riese und blickte fassungs-
los auf die beiden Bogenteile, die ihm Lestrade wieder in die Hand
gedrückt hatte.

«Ist alles in Ordnung, Freddie?» rief eine weibliche Stimme.

«Darf ich jetzt gucken? Sind die Herren bedeckt?»

«Einer der Herren hätte leicht tot sein können, Madam», sagte Lestrade, als eine elegante Dame in einer Bluse mit Puffärmeln und
einem langen Rock sich in sein Gesichtsfeld schob. «Weil dieser
Mann so entsetzlich schlecht zielt.»

«Schlecht gezielt?» Freddie war über seinem grünen Wams knallrot
geworden. Er sah aus wie ein Weihnachtsbaum. «Dort ist das Ziel,
Mann.» Er deutete auf die Strohscheibe hinter sich. «Ich hab's bloß
um ein paar Zoll verfehlt. Auf einhundertunddreißig Yards, das ist
absolut zulässig. Außerdem hat die Sonne mich geblendet.»

«Quatsch, Freddie!» sagte Millicent und trat neben den gefallenen
Inspector. «Du bist heute morgen nicht in Form. Seit Tagen ist das
schon so. Gütiger Gott, ist das nicht dieser Bursche von Scotland
Yard, der gestern hier war?»

«Er ist es, Madam», sagte Lestrade. «Und ich bin der Bursche von
Scotland Yard, der heute hier ist. Superintendent Lestrade.»

«Oh, Freddie, es ist Mr. Lestrade. Ich erinnere mich. Er hat vor ein
paar Jahren den Fall mit den Wildgänsen in Nottingham bearbeitet.»

«Sind wir uns begegnet, Madam?»

«Millie Blanchard», sagte sie. «Nein. Aber ich las alles über Sie im
*Sagittarius*. Nummer 34. Dieser Mann ist einfach brillant, Freddie.»
Sie nahm Lestrades Arm. «Freddie wird sich um Ihren Mann küm-
mern. Es war schließlich sein Pfeil, der ihn flach legte.» Sie hielt inne.
«Wo hast du ihn getroffen, Freddie?»

Freddie beugte sich über Gregory und murmelte: «Rechte Schulter,
glaube ich. Er hat sich offensichtlich am Kopf verletzt, als er fiel.»

«Rechte Schulter? Nicht gerade ins Schwarze getroffen», sagte sie verächtlich. «Nur drei Punkte, leider, Superintendent. Oh, das wissen Sie natürlich.»

«Ich glaube, mich an die Punktzahl bei einer runden, feststehenden Zielscheibe zu erinnern, Madame…»

«Millie.» Sie stupste ihn mit ihrem Köcher.

«…Millie, aber bei einem Menschen?»

«Ganz recht, Mr. Lestrade.» Sie führte ihn über den Rasenplatz, wo eine Reihe von Bogenschützen in der prächtigen Morgensonne ihre Ziele anvisierten.

«Oh, guter Schuß, Jeffrey! Wir sind hier einfache Landleute, Mr. Lestrade, wir zielen nicht absichtlich auf Passanten, verstehen Sie, aber in diesen Wäldern ringsum gibt es eine beträchtliche Anzahl wildlebender Tiere, Eichelhäher, Rebhühner, hin und wieder sogar…» und sie fuhr mit dem Finger über seinen Aufschlag «…balzende Pärchen.»

«Ich verstehe», erwiderte Lestrade. «Wie viele Punkte für ein balzendes Pärchen?»

Sie schlug ihn scherzhaft mit ihrem Fingerling. «Frech!» sagte sie. «Es hängt davon ab, wo genau der Pfeil landet.»

Er blieb stehen. «Und wo genau landete er bei Tyrrwhit Dover?»

«Ah.» Sie gab seinen Arm frei, als sie unter der zerbeulten Krempe seines Strohhutes das stählerne Glitzern bemerkte. «Armer Tyrrwhit.»

«Ich muß Ihnen ein paar Fragen stellen, Millie.»

«Gewiß. Obgleich wir alle bereits unsere Aussage bei dem Herrn gemacht haben, den Freddie jetzt auf der Schulter trägt.»

Lestrade warf einen Blick zurück und sah den Riesen zum Clubhaus hinüberschlendern, während Tom Gregory wie eine Trophäe über seiner Schulter baumelte.

«Ja», sagte Lestrade, «aber da hätten sie auch gegen eine Wand sprechen können. Also, können Sie's noch mal wiederholen?»

«Aber gewiß doch.» Sie nahm wieder seinen Arm. «Wissen Sie, daß Sie den Bizeps eines Bogenschützen haben?» bemerkte sie und preßte den Muskel unter dem Stoff.

«In Ordnung, ich verspreche, ihn zurückzugeben, wenn ich damit fertig bin», lächelte er.

Sie trällerte ein hohes Kichern, das nicht im geringsten zu ihrer fülligen Gestalt paßte. «Limonade?»

Sie saßen unter den ausladenden Ästen einer Eiche an einem kleinen runden Tisch, und sie spielte die Mutter, füllte sein Glas und befächelte sich mit ihrer Trefferkarte. Der Morgen war voll von Bienengesumm, das hin und wieder durch den dumpfen Aufprall eines Pfeils auf der Scheibe und von einem vereinzelten Klatschen vom Umgrenzungszaun unterbrochen wurde.

«Tyrrwhit Dover», sagte Lestrade, der plötzlich spürte, wie ein zarter Zeh seinen Strumpf unter seinem Hosenbein kitzelte. «Ist das sein richtiger Name?»

«Natürlich nicht», sagte Millie. «Wer ließe sein Kind so taufen? Sein wirklicher Name war D'Abernon Falconhurst.»

«D'Abernon Dover?»

«Ja. Hier bei den Lincolnshire-Schützen wurde er aus onomatopoetischen Gründen Tyrrwhit genannt.»

«Ich verstehe», log Lestrade.

Sie merkte, daß er es nicht verstand. «Das Geräusch des fliegenden Pfeils, wissen Sie. Man hätte ihn genausogut Zisch Dover nennen können, meine ich.»

«Oder Eileen Dover?» schlug Lestrade vor.

Sie blickte ihn seltsam an.

«Wie gut kannten Sie ihn?»

«Nicht sehr gut, wirklich. Wir waren nicht miteinander… wie würden Sie sagen… intim.» Sie klimperte ihn mit den Wimpern an. «Er war ein kalter Fisch, Mr. Lestrade. Er lebte für seinen Sport.»

«Bogenschießen?»

«Toxophilie», verbesserte sie. «Die Griechen hatten ein Wort dafür, verstehen Sie.» Sie beugte sich zu ihm. «Aber die hatten ja schließlich für alles ein Wort, finden Sie nicht?»

Lestrade kannte das Wort wirklich nicht. Alles, was in der ersten lateinischen Deklination nicht vorgekommen war, existierte für ihn nicht. Und somit gab es sehr viel, das für ihn nicht existierte.

«Wie lange kannten Sie ihn?»

«Warten Sie… ungefähr zwei Jahre, schätze ich.»

«Finanzielle Schwierigkeiten?»

«Sie unverschämter Knabe», schalt sie ihn. «Wir kannten einander kaum.»

«Ich meine, Millie, ob Dover finanzielle Schwierigkeiten hatte.»

«Nun, ich nehme an, seit Einführung der Erbschaftssteuer ist niemand mehr gesellschaftlich so abgesichert wie früher, oder?»

«Wahrlich nicht», seufzte Lestrade, dessen Entlohnung ihn so weit unten auf der Einkommensskala plazierte, daß an die Zahlung von Erbschaftssteuern gar nicht zu denken war. «Wissen Sie, wer die Leiche gefunden hat?»

«Hat Ihr Mann Ihnen das nicht gesagt?»

«Mein Mann?»

Sie deutete mit dem Kopf in Richtung auf das Clubhaus.

«Ah. Inspector Gregory. Nein. In seinem Bericht ist es nicht erwähnt.»

«Ich verstehe.» Sie blickte starr geradeaus auf die übenden Bogenschützen.

«Nun, wenn Sie mir versprechen, daß es unter uns bleibt», sagte sie.

Lestrade beugte sich zu ihr hinüber. «Millie, Sie scheinen zu vergessen, daß ich in einem Mordfall ermittle. Ich bin nicht befugt, etwas zu versprechen.»

Sie sah ihn aus lockenden Augen an. «Na schön. Ich schätze, am Ende würden Sie es ohnehin rauskriegen. *Ich* fand ihn.»

«Wann?»

«Vorletzte Nacht.»

«Wo?»

Sie hob zögernd den Finger, bevor sie ihn ausstreckte. «Da drüben», sagte sie, «bei den Zielscheiben.»

«Um welche Zeit war das?»

«Ich kam gegen elf hier an. Vielleicht zehn Minuten später.»

«Also war es dunkel.» Lestrade profitierte von jahrelanger Erfahrung.

«Aber ja, Mr. Lestrade. Ich konnte feststellen, daß das um diese Nachtzeit öfter der Fall ist.»

Er machte eine Pause. «Darf ich daraus schließen, daß Sie eine Verabredung hatten, Millie?»

Sie sah ihn offen an. «Wenn Sie damit andeuten wollen, ich sei hergekommen, um mit Tyrrwhit Dover zu schlafen, lautet die Antwort, daß… Sie das nichts angeht.»

«Es geht mich leider etwas an», belehrte er sie, «wenn Sie ihn nämlich mit einem Pfeil in den Rücken trafen. Was ergäbe das auf der Trefferkarte? Neun Punkte für Gold?»

«Ihr Mitarbeiter sagte, der Pfeil habe das Herz des armen Tyrrwhit durchbohrt, Superintendent. Das ergibt… ungefähr sieben Punkte für Rot, würde ich sagen.»

Lestrade rückte seinen Sessel näher an den ihren und nahm ihre Hand. «Millie, ich möchte, daß Sie mir alles erzählen.»

Sie warf ihm einen raschen Blick zu. «Wenn ich muß», sagte sie. «Sie müssen begreifen, Mr. Lestrade, daß ich… was ich Ihnen erzählen werde, passiert nicht ständig.»

«Natürlich nicht», nickte er aufmunternd.

«Tyrrwhit und ich haben einander nahegestanden. Vor langer Zeit, so kommt's mir heute vor, obgleich es bloß ein paar Monate her ist. Er fand jemand anderen, wissen Sie. Und, um ehrlich zu sein… ich ebenfalls.»

«Hat dieser Jemand einen Namen?» fragte er.

«Seiner oder meiner?»

«Beide», sagte er. Er wußte, daß es klug war, bei erotischen Verwicklungen solcher Art so viele Tatsachen wie möglich zur Verfügung zu haben.

«Meiner ist ein Herr namens Willie Dod, ein Schützenbruder. Seine war eine Schlampe namens Lucy Trundle.» Sie machte ein finsteres Gesicht. «Wie auch immer, eine Dame hat auf ihren guten Ruf zu achten, Mr. Lestrade. Tyrrwhit tratschte herum, ausgerechnet hier im Club, zog meinen Namen in den Schmutz. Willie – Mr. Dod – drohte, ihn zusammenzuschlagen, aber ich wollte ihm auf meine Art den Mund stopfen.»

«Noch einmal?» erkundigte sich Lestrade.

Sie nahm keine Notiz davon. «Es war eine mondhelle Nacht, vorletzte Nacht. Ich wußte, daß er dasein würde.»

«Bei den Zielscheiben? Um diese Zeit?»

«O ja. Was immer Tyrrwhit Dover war, er war ein verdammt guter Schütze. Er konnte einem Glühwürmchen auf sechzig Schritt das Licht ausblasen.»

Lestrade schüttelte den Kopf und schnalzte vor Verblüffung mit der Zunge.

«Er übte oft bei Mondschein. Wir waren viele Male hier... natürlich nur in trockenen Nächten, wegen des Unterholzes.»

«Versteht sich.» Für einen Bullen gab Lestrade einen verdammt guten Beichtvater ab.

«Und er war da. Sein Köcher war schon halb leer.»

«Er war am Leben?» Lestrade blickte ungläubig drein.

«Natürlich», antwortete sie. «Ich forderte ihn heraus. Sagte ihm nach Strich und Faden meine Meinung.»

«Schlugen Sie ihn?»

«Aber gewiß doch. Zog ihm meine Reitgerte prächtig über die Schläfe. Warum?»

«Das würde die Narbe im Gesicht erklären», sagte Lestrade. «Mein lieber Gregory hat mir davon berichtet.»

«Nun, da haben Sie's. Trotzdem, ich schämte mich, daß ich die Nerven verloren hatte. Wissen Sie, ich hatte mir vorgenommen, ruhig zu bleiben. Er lachte bloß. Sagte mir, ich solle nicht so 'ne alberne kleine Pute sein, und er müsse trainieren. Das Olympische Turnier findet in zwei Tagen statt.»

«Was dann?»

«Ich ging weg und weinte. Ich hätte ihn...»

«Töten können?» hakte Lestrade nach.

«Ja.» Ihre Augen sprühten Feuer. «Ja, mit Freuden. Aber ich tat's nicht. Ich kehrte zur Straße zurück.»

«Sie hatten Ihr Pferd dortgelassen?»

«Ja. Als ich dort war, hörte ich einen Schrei.»

«Oho!»

«Nein, so hörte er sich nicht an. Mehr wie ‹Au›.»

«Was machten Sie?»

«Ich drehte mich um.»

«Und?»

«Ich konnte Tyrrwhit an der Zielscheibe stehen sehen. Er war hingegangen, um seine Pfeile rauszuziehen.»

«Wer hatte geschrien?»

«Es mußte Tyrrwhit gewesen sein. Ich rief: ‹Bist du in Ordnung?› Obwohl ich nicht weiß, warum. Es war mir wirklich egal.» Sie zuckte die Achseln. «Ich nehme an, wegen der schönen alten Zeiten. Ich ging zu ihm hinüber. Ich konnte sehen, daß er mit einem Pfeil durch den Rücken an die Zielscheibe genagelt war. Es war entsetzlich.» Ihr schauderte so sehr, daß ihr üppiger Busen wogte.

«War er tot?»

Sie nickte.

«Verzeihen Sie mir, Millie», sagte er und hielt ihre Unterarme fest, wobei er die Muskeln spürte. «Können Sie sich erinnern, wie tief der Pfeil eingedrungen war?»

Sie blickte ihn an, und ihre Augen waren von der jähen Erinnerung an das Entsetzliche angsterfüllt. «Ich weiß nicht», stotterte sie, dann riß sie sich zusammen. «Etwa zu einem Drittel.»

Er nahm sich einen Pfeil aus ihrem Köcher. «Zeigen Sie's mir.» Sie nahm den Pfeil und bezeichnete mit Daumen und Zeigefinger den Punkt, bis zu dem er in Tyrrwhit Dovers Körper eingedrungen war.

«War der Pfeil von derselben Sorte wie dieser?»

Sie nickte. «Ja, Parabolpfeil.»

«Und die Länge?»

Sie nickte abermals. «Da war noch etwas», fuhr sie fort. «Als die Polizei den armen Tyrrwhit von der Zielscheibe zog, sah ich die Pfeilspitze.»

«Und?»

«Sie war nadelspitz zugeschliffen.»

«Ich verstehe.»

«Ein gewöhnlicher Pfeil würde nicht töten, Mr. Lestrade. Eher wie vorhin bei Ihrem Mitarbeiter. Er holte ihn bloß von den Beinen.»

«Welche Stärke haben die Bogen, die Sie benutzen, Millie?» Er betrachtete die Waffe aus Eibenholz, die am Baum lehnte.

«Standard», antwortete sie. «Fünfundzwanzig Pounds.»

Er stand auf und führte sie zum Clubhaus. «Zeigen Sie mir, wo Sie standen.»

«Ungefähr hier», sagte sie, als sie die Stelle erreichten.

«Das war, als Sie den Schrei hörten?»

«Ja.»

Lestrade stellte sich neben sie und blickte zum Schießstand hinüber. «Auf welche Scheibe schoß Tyrrwhit?»

«Auf diese.» Sie deutete auf die dritte von rechts.

Er blickte nach rechts. Das flache Clubhaus war ein paar Yards entfernt. «Sagen Sie mir», sagte er, auf das Ziel zugehend, ohne die Rufe «Vorsicht!» der übenden Bogenschützen zu beachten, «ist das Clubhaus vielleicht in jener Nacht geöffnet gewesen?»

«Ja. Ich führte von dort ein Telefongespräch.»

«Das Clubhaus hat ein Telefon?» Lestrade war überrascht.

«Natürlich», entgegnete sie. «Wir leben im zwanzigsten Jahrhundert, Mr. Lestrade. Dabei fällt mir ein, sind Sie verheiratet?»

«Äh… nein, Millie, nein.» Die Frage überraschte ihn so, daß er stehenblieb. «Was hatte Dover an in der Nacht, als er starb?»

«Hm… lassen Sie mich nachdenken. Ein Paar lincolngrüne Hosen – die Farben unseres Clubs – und ein weißes Hemd.»

«Ein weißes Hemd im hellen Mondschein.» Lestrade sprach mit sich selber. «Gehe ich recht in der Annahme, daß Bogen und Pfeile im Clubhaus aufbewahrt werden?»

«O ja. Natürlich haben wir alle unsere eigenen. Aber wir haben immer welche in Reserve, falls einem von uns eine Sehne reißt oder ein Bogen zerbricht.»

Unbeeindruckt von den einhundertfünfzig Yards entfernten, aufgeregt winkenden Bogenschützen, trat er von der Zielscheibe zurück. Das Clubhaus stand frei und war ringsum von Rasen umgeben. Dahinter konnte er die Linie der Hecke erkennen, welche die Straße säumte. Wer immer Tyrrwhit Dover getötet hatte, war ins Clubhaus geschlichen, hatte sorgfältig einen Pfeil zugeschliffen, von der Seite des Hauses, die Millie nicht sehen konnte, geschossen und Dover in ihrer Anwesenheit weggeputzt. Dover hatte in seinem weißen Hemd ein leichtes Ziel geboten, vor allem, wenn der Mörder ein geübter Bogenschütze war. Und er war mit Sicherheit ein Mann gewesen. Lestrade hatte selber im Fall der Wildgänse mit einem Bogen hantiert, wenngleich das Jahre zurücklag. Ein Herrenbogen maß sechs Fuß und hatte eine Zugkraft von achtundvierzig Pounds. Kein Damenbogen hätte Dover durchbohren und an die Zielscheibe nageln können.

Freddie kam schwerfällig über den Rasen. «Ihr Bursche kommt wieder zu sich», sagte er. «Hören Sie, ich wußte vorhin nicht, wer Sie sind. Ich meine, Sie werden doch keine Anklage erheben, nicht wahr?»

«Das kommt noch darauf an», sagte Lestrade. «Ich danke Ihnen, Millie. Sie sind eine große Hilfe gewesen.» Er küßte ihr die Hand.

«Ich hätte das alles Ihrem Burschen erzählen müssen», schnurrte sie, «tut mir leid.»

Er schüttelte den Kopf.

«Vielleicht», sie blickte ihm tief in die müden Augen, «vielleicht könnten wir uns wiedersehen?»

Er warf einen Blick auf Freddie, beugte sich zu ihr und flüsterte: «Ich weiß nicht, ob Willie Dod darüber sehr erfreut wäre.» Und er trat beiseite, als sich drei Pfeile dort ins Ziel bohrten, wo eben noch sein Kopf gewesen war.


Inspektor Gregory saß benommen in einem abgedunkelten Raum des Clubhauses. Lestrade überprüfte routinemäßig die Ausrüstung. Viele Ständer für die Pfeile. Reihenweise Bogen. Kein Problem, hier an die Mordwaffe zu kommen. Und wenn er seinen Mann richtig beurteilte, hatte es keinen Sinn, nach Fingerabdrücken zu suchen. Er hatte gewiß Handschuhe getragen.

«Was geht hier vor, Sholto?» Gregory sah ihn verständnislos an.

«Was zum Teufel mache ich hier? Ich habe einen mordsmäßigen Brummschädel.»

«Sie sind leider im Dienst zu Fall gekommen, Tom.»

«Hören Sie», sagte Gregory, «was ist mit diesem großen Knaben in Grün los, der aussieht wie Robin Hood?»

«Warum fragen Sie?»

«Na, als ich vor einer Minute zu mir kam... wo immer ich gewesen sein mag, war er in einem traurigen Zustand. Murmelte Entschuldigungen und machte Theater. Dann schoß er wie ein Bolzen durch die Tür.»

Lestrade spürte, wie sich seine Nackenhaare sträubten. «Was hat er gemacht, Tom?»

«Äh...» Gregory hatte Schwierigkeiten, sich zu erinnern. «Er schoß wie ein Bolzen durch die Tür, Sholto.»

Aber Sholto Lestrade hatte das selber bereits getan.

Zurück zu den alten Plätzen. Wo alles anfing. Und den ganzen Weg über hätte er sich ohrfeigen können. Es waren immer die offensichtlichen Dinge. Die Dinge, die in die Augen stachen. Er nahm die Untergrundbahn, trotz des Feuers in Moorgate. Schließlich schlug der Blitz nicht zweimal zu. Das machten nur Kesselschmiede. Er nahm eine Droschke zum Berkeley Square. Jetzt hatte er keinen Inspector Bland zur Seite. Dazu war keine Zeit. Er spielte mit dem Gedanken, die Tür mit der Schulter aufzustemmen, aber sie schien aus massivem Granit zu bestehen, und es war immerhin möglich, daß Passanten die Polizei riefen. Also Geduld, Geduld. Aber zuerst mußte er eine Kleinigkeit erledigen.

Er winkte einer anderen Droschke und verwickelte den Kutscher ein paar Minuten in einen Streit über die Richtung. Und währenddessen zupfte er dem Gaul vorsichtig ein paar Haare aus dem Schwanz. Das griesgrämige Tier drehte sich um und blickte ihn vorwurfsvoll an, ließ ihn aber weitermachen. Zum Glück war er auf den einzigen masochistischen Droschkengaul Londons gestoßen. Als der Kutscher mit der Peitsche knallte, wandte sich Lestrade wieder seinem ersten Hindernis zu. Ein Druck des Schnappmessers an der richtigen Stelle, und schon öffnete sich die große Tür. Mit einem satten Klicken schloß sie sich hinter ihm. Hier in der Vorhalle war es kühl, trotz der Mittagshitze des Augusts. Er steckte sein Messer ein und ging zur Treppe, die schmierigen Haare beim Gehen drehend. Als er die Tür zur Wohnung des verstorbenen Anstruther Fitzgibbon erreichte, waren die Haare präpariert. Hier war das zweite Hindernis, weniger knifflig als das erste. Doch es war kein Hindernis. Unter dem Druck seiner Finger gab die Tür nach und öffnete sich weit. Merkwürdig. Nach Blands Informationen lebte Fitzgibbon allein, abgesehen von seinem Kammerdiener, Botley. Es schien kein Kammerdiener dazusein. Genaugenommen, überhaupt niemand. Doch die Wohnungstür stand offen. Hatte die Bolsover-Sippe das Haus verkauft? Drang Lestrade etwa in Räumlichkeiten ein, die jemand anderem gehörten? Unwahrscheinlich. Glaubte man den Zeitungen, war Bolsover ein lebender Leichnam. Und seine einzigen überlebenden Kinder waren in alle Winde verstreut. Wer hätte das Haus verkaufen können?

Lestrade gelangte zur Schlafzimmertür. Er legte die Finger auf den Messingknopf. Er drehte ihn einmal. Er klapperte. Aber er widerstand. Er wand das Pferdehaar zu einer kleinen Schlinge und band sie auf halber Länge mit einem Knoten zusammen, der Baden-Powell gefallen hätte. Dann drückte er seine Nase gegen das Holz. Ihre abgeflachte Spitze schien wie dafür geschaffen, als sie über die Oberfläche streifte. Wie ein verrückter Bluthund auf seinen Hinterläufen beschnüffelte er die Täfelung. Dann spürte er ihn. Er war zu fein, als daß seine Finger ihn hätten entdecken können, doch seine Nase zuckte zurück, und er zog den winzigen Splitter heraus. Er nahm seinen Strohhut ab, franste die Krempe noch mehr aus, bis sich ein scharfes Stückchen Stroh herausziehen ließ. Er schob es in die winzige Öffnung und schabte mit der Spitze das Harz heraus. Zuerst brach das verdammte Ding ab, doch dann glitt es ohne Schwierigkeit glatt durch das Holz der Tür. Er hätte nicht gedacht, daß es so einfach sein würde. Warum hatte er das alles bei seinem ersten Besuch nicht bemerkt? Er steckte die Schlinge aus Pferdehaar durch das winzige Loch. Es klappte tadellos. Zuerst wackelte er damit hin und her. Dann faßte die Schlinge etwas, und er zog sie zur Seite. Er hörte, wie der Bolzen zurückglitt, und begann wieder zu atmen. Bloß um ganz sicherzugehen, blieb er, wo er war, und zog den Bolzen zurück. Er hörte, wie er einrastete. Er hatte recht. Er dankte Gott und dem langweiligen alten Tom für seine zufällige Bemerkung über den Bolzen, der durch die Tür schoß. Abermals zog er an der Pferdehaarschlinge, und der Bolzen schoß zur Seite. Er drehte den Knopf, und die Tür ging auf. Er hielt inne und dachte nach: wenn die Tür sich öffnete…

Eine Hand packte ihn an der Krawatte, und er wurde mit einem Ruck in den Raum gezogen. Er spürte einen kraftvollen Schlag auf dem Hinterkopf und landete im Sturzflug auf Fitzgibbons Bett. Den Mund voller Eiderdaunen, wurde er gewahr, daß sein Angreifer ihm die rechte Hand auf den Rücken gedreht hatte. Er rollte sich zur Seite, warf den Unbekannten um und drosch mit einem Kissen auf ihn ein. Federn flogen in alle Richtungen, als herrsche im Raum ein Schneegestöber.

«Sie sind verhaftet», sagten zwei flaumige Stimmen gleichzeitig, und zwei Männer knieten aufrecht auf dem Bett, einer mit einer entsicherten Pistole, der andere mit einem gezückten Schnappmesser bewaffnet.

«Inspector Lestrade», sagte der eine ein wenig niedergeschlagen.

«Inspector Vogelweide», sagte der andere. «Zwei Seelen, aber ein Gedanke, wie?» Lestrade ließ seine Klinge verschwinden. «Sie gestatten?» Behutsam drehte er die Revolvermündung des Deutschen in eine andere Richtung.

«Ach, Verzeihung», entschuldigte sich Vogelweide. «Ich glaube, annehmen zu dürfen, daß Sie auf dieselbe Art reingekommen sind.»

Beide Männer machten es sich auf Fitzgibbons Himmelbett bequem und brachten ihre gleich aussehenden Schlingen zum Vorschein.

«Schlau!» sagte Vogelweide.

«Nicht unbedingt», erwiderte Lestrade. «Ihre scheint aus Draht zu bestehen.»

«Ja. Sie ist kräftiger. Dringt leichter durch das Holz.»

«Darum ging mein Strohhalm so leicht durch. Und darum war das Loch leichter zu finden. Sie sind mir zuvorgekommen.»

«Ach», Vogelweide errötete bescheiden, «bloß um ein paar Sekunden. Ich hatte kaum den Bolzen zurückgeschoben, als ich Ihren Strohhalm hörte. Wie sind Sie darauf gekommen?»

«Wir haben beim Yard so unsere Methoden.» Lestrade blieb unergründlich.

«Ach so», sagte der Deutsche, «Kommissar Zufall. Ich habe natürlich mit Methode gearbeitet.»

«Wirklich?» Lestrade weigerte sich, beeindruckt zu sein.

«Ich muß bekennen, daß es ein Engländer war, der mir den Weg wies, obgleich ich zugeben muß, daß sich mir bei diesem Gedanken der Magen umdreht.»

«Ein Engländer?»

«Ja.» Vogelweide ging zum verriegelten Fenster hinüber. «John Radcliffe. Er schrieb einen Roman mit dem Titel *Nena Sahib*.»

«Meinen Sie nicht *Nana Sahib*?» Für Lestrade begannen ein paar Stücke des Puzzles sich zusammenzufügen.

«Nein, ich meine *Nena Sahib*. Mit einem e, nicht mit einem a.»

«Darum also konnte Jones mir nicht helfen.»

«Wie meinen?»

«Nichts, fahren Sie fort. Was hat das mit dem Tod von Anstruther Fitzgibbon zu tun?»

«Mit Fitzgibbon? Sehr wenig. Ich befasse mich nur mit dem Tod von Hans-Rüdiger Hesse.»

«In diesem Fall», Lestrade fing an, sich Flaum aus dem Haar zu zupfen», sind Sie im falschen Zimmer im falschen Stadtteil von London.»

«Nein. Dieser Fall ist für den Tod von Hesse von größter Bedeutung.»

«Würden Sie mich bitte aufklären?» Lestrade war nie zu stolz, jemanden um Hilfe zu bitten. Sogar einen Kraut.

«Selbstverständlich. Sitzen Sie bequem? Zigarre?»

«Havanna?»

«Nein. Eine türkische.»

«Nein, danke. Mir hat neulich jemand geraten, den Türken nicht zu trauen.»

«Ach ja? Möglicherweise haben Sie recht.» Aber er zündete sie trotzdem an. «Ich hörte, daß Hans-Rüdiger in den Yard kam, um mit Ihnen zu sprechen?»

«Ja. Ich war nicht da.»

«Wissen Sie, warum er Sie sprechen wollte?»

«Nein. Aber er hinterließ offensichtlich eine Nachricht für mich.»

«Nena Sahib», sagte der Deutsche.

«Wenn ich jetzt darüber nachdenke, ja. Wie haben Sie das rausge-kriegt?»

«Von dem schlaksigen Schwulen mit den komischen Klamotten, der vorgibt, ein Detektiv zu sein. Der Bursche, der mir mit der Un-auffälligkeit eines Luftschiffes folgte.»

«Constable Bourne.»

«Ja. Ehe ich ihn wieder ins Leben entließ, entlockte ich ihm ein paar Informationen.»

«Ich werde ihm deswegen den Arsch aufreißen», bemerkte Le-strade.

«Ich fürchte, dafür könnte es zu spät sein», sagte Vogelweide reu-mütig.

«Allerwenigstens kommt er wieder zum Fundbüro.»

Vogelweide nickte. «Ich bedaure, daß Hans-Rüdiger Sie nicht spre-chen konnte. Andernfalls wäre er womöglich heute noch am Le-ben.»

«Und ich bedaure, daß er so geheimnisvoll war. Was bedeutete die Nachricht?»

«Ach, diese Journalisten. Er glaubte offenbar, Ihnen sei der Roman *Nena Sahib* bekannt. Lassen Sie mich erklären. Vor vielen Jahren machte sich Herr Hesse einen Namen als Kriminalreporter.»

«Ja, ich weiß.»

«Im Jahr 1881 berichtete er über einen der aufsehenerregendsten Kriminalfälle Deutschlands – den Fall Beck in Berlin.»

«Und?»

Vogelweide merkte, daß Lestrade keinen Schimmer hatte. «Der Detektiv, der den Fall bearbeitete, war Kommissar Heinz Hollmann.»

Lestrade erinnerte sich an den Namen. War das nicht ein Kunstfälscher, der Heinrich VIII. gemalt hatte?

«Konrad Beck war ein… wie nennen Sie das?… Straßenhändler. Er verkaufte Gemüse und Obst.»

«Ist das in Berlin ein Verbrechen?»

«Nein. Aber das Erhängen von Frau und Kindern, das ist ein Verbrechen.»

«Das hat Beck getan?» Lestrade war entsetzt. Gott sei Dank, daß die Briten ihre Familien bloß verprügelten.

«Ja, es sah aus wie Selbstmord. Frau Beck und ihre Kinder wurden erhängt in einem verschlossenen Zimmer gefunden. Wie brachte es eine Mutter bloß fertig, fragte sich Hollmann, ihre eigenen Kinder aufzuhängen.»

«Hatte sie Nerven wie Drahtseile?» fragte Lestrade.

«Die Antwort war einfach. Sie hatte es nicht getan. Beck brachte seine ganze Familie um und schmierte den Bolzen, so daß er ihn von außen einrasten lassen konnte, indem er eine Schlinge aus Pferdehaar durch ein winziges Loch einführte. Ich benutzte Draht, um die Probe zu machen. Anders als Sie, hatte ich keinen Zugang zu Pferdehaar.»

«Ich begreife nicht, was *Nena Sahib* damit zu tun hat?»

«Hollmann entdeckte, daß sich in Becks Wohnung ein Exemplar der deutschen Übersetzung dieses Romans befand. Darin war eine Seite markiert, auf der der Mord im verschlossenen Zimmer haargenau so beschrieben war, wie Beck ihn ausgeführt hatte.»

«Als Hans-Rüdiger die Berichte über den Tod von Fitzgibbon las, wurde ihm auf der Stelle klar, welche Bedeutung *Nena Sahib* hatte.»

«Ja. Und er wollte es Ihnen sagen.»

«Und darauf bekam *er* Besuch.» Lestrade rieb sich nachdenklich das Kinn.

«Exakt.» Vogelweide lehnte sich zurück und beendete seine Darlegungen.

«Wer besuchte Hesse?» fragte Lestrade.

Vogelweides Selbstzufriedenheit verschwand. «Ich habe nicht die leiseste Ahnung», sagte er. «Ich bin in hohem Maße ein Polizist, der sich bei Mord mit dem Wie befaßt. Das Wer überlasse ich anderen.»

«Vielen Dank, Inspector», lächelte Lestrade.


Es ließ sich wahrscheinlich an den Fingern einer Hand abzählen (und Polizisten tun das gewohnheitsmäßig), wie oft es vorgekommen war, daß ein Superintendent von Scotland Yard das Gebäude betreten hatte, bewaffnet mit Pfeil und Bogen. Passanten warfen ihm seltsame Blicke zu, von denen der uniformierten Männer ganz zu schweigen, die ihn grüßten. War es etwa soweit? War der legendäre Lestrade am Ende verrückt geworden? Er war in einem sehr kritischen Alter.

«Schon gut, Imbert», knurrte er den Mann an, der im verrufenen Teil des Gebäudes Dienst hatte. «Ist Ihr Chef da?»

«Nein, Sir. Leider sind Superintendent Quinn und Chief Superintendent Abberline...»

«...gesundheitlich nicht ganz auf der Höhe. Ja, ich weiß. Macht nichts. Zum Italiener da entlang?» Er drängte sich an den verdutzten Mitgliedern der Spezialabteilung vorbei, die herumlungerten und nach jemandem Ausschau hielten, dem die Zelle fremd war.

«Tut mir leid, Sir, aber Sie können nicht...»

Aber Lestrade konnte. Er nahm selber die Schlüssel vom Haken, an dem sie baumelten, und schloß sich selber die winzige Zelle auf, die in einem stillen Winkel des Yards lag. Hinter ihm war die verhängnisvolle Stahltür, die in Quinns ureigenes Revier führte. Er hatte diesen Raum nur ein einziges Mal betreten, und die Gegenstände darin ließen die Heilige Inquisition wie eine Sonntagsschule aussehen. Er warf einen schnellen Blick auf die aufgerissenen und blutenden Finger des Italieners.

«Wie ist das passiert?» fragte er.

Der kleine Mann mit den riesengroßen Augen und dem hochgezwirbelten Schnurrbart, sichtlich geschwächt, stand bei seinem Eintreten auf. «Ich bin auf der Bahn gestürzt, Sir.»

Lestrade blickte auf die Ketten um die Fußknöchel und die schwere Eisenkugel, die gefährlich zwischen ihnen rollte.

«Imbert!» brüllte er. Der besagte Constable steckte seinen Kopf durch die Tür. «Machen Sie sofort diese Dinger ab.»

«Das kann ich nicht machen, Sir.»

Lestrade verließ die Zelle, wobei er die Tür demonstrativ weit offenließ. Er legte dem Mann onkelhaft die Hand auf die Schulter. «Constable, kennen Sie einen Mann mit Namen Richard Grant?»

Imbert dachte nach. «Nein, Sir, ich glaube nicht.»

«Nun, er ist Journalist, oder wenigstens arbeitet er für die *Daily Mail*. Wenn ich ihm ein Wörtchen ins Ohr flüstere, zum Beispiel über den Zustand dieses Mannes und dieser Zelle, sind Sie und Mr. Quinn Ihre Pöstchen los.»

«Ich kann's nicht ändern, Sir.» Imbert nahm Haltung an.

«In Ordnung», seufzte Lestrade, «versuchen wir's jetzt ohne Umschweife. Wenn Sie diese Fesseln nicht abnehmen, schmier ich Ihre Eingeweide an die Wand.»

Imberts starre Haltung zerbarst. Die Augen des Super hatte einen gewissen Ausdruck. Er blickte tief in diese Augen, und im Handumdrehen waren die Fesseln verschwunden.

«Ich danke Ihnen, danke, *Ispettore*», plapperte der Italiener und küßte Lestrade die Hand, als dieser wieder in die Zelle trat.

«Keine Ursache.» Lestrade wich zurück. «Und im übrigen heißt es Superintendent. Also, Sie sind Mr. Dorando, stimmt's?»

«*Si*, Pietri, *Signore*. Dorando Pietri. Zu Hause in Italia mache ich süße Sachen.»

«Ja.» Lestrade hockte sich auf das eiserne Bettgestell und bedeutete dem kleinen schneidigen Läufer, dasselbe zu tun. «Mr. Quinn – er ist der nette Gentleman mit der Glatze, der die Streichhölzer unter Ihren Fingernägeln angezündet hat – berichtete mir, Sie hätten nach Ihrer Aussage Tyrrwhit Dover getötet.»

«*Si.*» Der Italiener brach in Tränen aus. «Ich hab's getan. Ich bin schuldig. Vergeben Sie mir, Superintendent, denn ich habe gesündigt.»

«Ja, gewiß doch, Imbert, haben Sie ein Taschentuch? Ich hab's immer gern, wenn junge Constables Taschentücher bei sich haben.»

«Hier, Sir.» Imbert beobachtete Lestrades Augen immer noch aufmerksam. Lestrade gab es an den Italiener weiter, sehr zu Imberts Mißfallen, und Dorando schneuzte sich mit explosionsartigem Getöse die Nase.

«Na, bitte», sagte Lestrade. «Wie wär's, wenn Sie mir sagten, wie Sie's taten?»

«Äh, *si.* Ich erschoß ihn mit Pfeil und Bogen.»

«Warum?»

«Was meinen Sie mit warum?»

«Na, Sie müssen doch einen Grund gehabt haben, ihn umzubringen.»

«Äh, *si.* Er... äh... er machte sich lustig über die glorreiche italienische *squadra.*»

«Wirklich?»

«*Si.* Zuerst rümpfte er die Nase über unsere prächtige Kapelle. Er sagte, wir hätten nicht genug Instrumente. ‹Bloß ein Cornetto›, sagte er voller Verachtung. Dann lachte er über unsere Wasserballmannschaft, sagte, wir hätten nicht genug Pferde. Solche Sachen.»

«Nun ja.» Lestrade ließ ihn gewähren. «Ein starkes Motiv, gewiß. Wie haben Sie's gemacht?»

«Sagte ich Ihnen doch. Mit dem Bogen und dem Pfeil.»

«Könnten Sie mir das zeigen?»

Zögernd nahm Dorando Lestrades Bogen. Dann nahm er den Pfeil.

«Sie wollen, daß ich das hier drin abschieße?» fragte er.

«Nein, nein, das wird nicht nötig sein. Ich danke Ihnen, Mr. Pietri. Ich werde veranlassen, daß man Sie in ein behaglicheres Quartier verlegt. Guten Tag.»

«Warten Sie», rief Dorando ihm nach. «Wollen Sie denn nicht wissen, wie ich eure Königin Victoria umgebracht habe? Euren Lord Nelson…? Euren…» Und Imbert ließ die Zellentür ins Schloß krachen.

«Über diese Sache mit Lord Nelson würde ich gern mehr erfahren, Sir», sagte er zu Lestrade.

«Was hat das zu bedeuten, Lestrade?» Superintendent Quinn war zurückgekehrt.

«Lassen Sie ihn laufen, Paddy.»

«Ihn laufenlassen? Haben Sie getrunken? Er hat Tyrrwhit Dover umgebracht.»

«Hören Sie. Wenn Sie's ihm einreden, würde er sagen, er hätte den heiligen Franziskus getötet.»

«Aha.» Quinns Augen hellten sich auf. «Mit diesem Pfeil und Bogen? Sind sie das? Ist das die Mordwaffe?»

«Schon möglich», erwiderte Lestrade, «aber wenn Dorando diese Waffe benutzt hat, grenzte das geradezu an ein verdammtes Wunder.»

«Warum?»

«Weil er nicht einmal den Bogen spannte, als ich ihn gerade eben aufforderte, mir zu zeigen, wie er's gemacht hätte.»

«So?» Quinn hatte den Unterricht in mittelalterlicher Kriegsführung offenbar geschwänzt.

«Also stimmt es nicht, Paddy. Auf diese Weise kann man nicht schießen.»

«Nun, seine Finger…»

«Ja.» Lestrades Augen schossen abermals kalte Blitze. «Darüber wollte ich mit Ihnen sprechen. Wir leben nicht im finsteren Mittelalter, Mann. Wir haben eine liberale Regierung. Wir schreiben das Jahr 1908. Dorando ist, von allem anderen abgesehen, ein italienischer Staatsbürger. Wollen Sie einen Krieg mit Italien?»

«Ja, warum nicht?» fragte Quinn achselzuckend. «Wir würden gewinnen.»

«Natürlich würden wir gewinnen, aber das ist nicht der Punkt. Mit Fingernägeln oder ohne, wenn ein Mann einen Bogen benutzt hat, um jemanden zu töten, hat er ein kleines bißchen Ahnung, wie man das Ding abfeuert. Nun, ich weiß nicht, ob es die Sonne war oder die Anstrengung des Marathonlaufs oder ob Freund Dorando ein paar Süßigkeiten zuviel intus hat. Aber eines weiß ich: Er hat Tyrrwhit Dover nicht umgebracht. Und jetzt schaffen Sie ihn, um Himmels willen, in ein Krankenhaus, bevor ein paar Gesandte Sie zur Schnecke machen.»

Quinn warf Imbert seinen Hut zu. «Damit wir uns recht verstehen, Constable», brüllte er. «Wenn ich Ihnen das nächste Mal befehle, einen Verdächtigen freizulassen, haben Sie verdammt noch mal zu gehorchen.»

Aber Lestrade konnte er nichts vormachen. Der kannte diese Sprüche bereits.


Das Stimmengewirr im Raum verstummte, als Mr. Edward Henry und Superintendent Sholto Lestrade auf dem Podium Platz nahmen. Es gab im Yard nur einen Raum, der groß genug war, um eine Pressekonferenz darin abzuhalten. Und zwar diese Vorhalle.

«Meine Herren», sagte Henry, «wir sind heute hier, um ein paar Tatsachen zu erörtern bezüglich kürzlicher Ereignisse im Zusammenhang mit den Olympischen Spielen, hier in unserer großen Stadt.»

Die Rauchwolken wurden dichter, als die Herren von der Presse und die einzige Dame sich vorbeugten.

«Könnte ich ein Foto machen, bevor wir anfangen, Mr. Henry?» kam eine gedämpfte Stimme unter einem schwarzen Tuch hervor.

«Nein.» Henry machte eine mißbilligende Handbewegung. «Wir sind hier nicht im Zirkus, meine Herren. Eine Anzahl von Menschen ist tot.»

«Wie viele genau bis heute morgen?» fragte ein Journalist.

Gelächter im Publikum.

«Acht, Mr. ....»

«Hart, *Daily Mail*. Ist es wahr, daß der Italiener Dorando alle Morde gestanden hat?»

«Nun... äh... Superintendent?» Henry war ein meisterlicher Drückeberger.

«Nein, Sir», sagte Lestrade, dem diese Veranstaltungen weniger Freude bereiteten als seinem Chef.

«Er war sozusagen ein Nachahmungstäter?» Eine barsche walisische Stimme erhob sich. «T. A. Liesinsdad, *The Globe*.»

«Nein, ich denke nicht», gab Lestrade zur Antwort. «Mr. Tyrrwhit Dover wurde von derselben Hand getötet wie alle anderen Opfer. Diese Hand ist nicht die von Signore Dorando.»

«Wem gehört sie dann? Dorian Vine, *Sportsman's Weekly*», legte eine weitere Stimme los.

Grammatisch bemerkenswert korrekt, dachte Lestrade, für einen Sportjournalisten. «Wenn ich das weiß, Sir, werden Sie es gewiß nicht als erste erfahren, darauf können Sie sich verlassen, meine Herren.»

Es gab einen Tumult, Zeitungen wurden geschwenkt, und es hagelte böse Zwischenrufe.

«Acht Menschen sind tot. Länder ziehen ihre Mannschaften zurück. Wir verlieren Geld. Und was tut ihr Leute vom Yard?» rief jemand.

«Hat es mit Sport zu tun? Jimmy St. James, *Ball's Weekly*.»

Der treibt es bestimmt jede Woche, dachte Lestrade. «Das könnte durchaus die Verbindung sein, ja», sagte er.

«Wann werden Sie Antworten haben?» Richard Grant war aufgestanden. «Vergessen Sie die Fragen.»

Ohrenbetäubende Rufe: «Hört, hört!» Henry hob seine Hand und bat um Ruhe. «Meine Herren», sagte er, «wir können nur sagen, daß wir alles Menschenmögliche tun. Meine Männer sind an der Grenze ihrer Leistungsfähigkeit...»

«Wir reden hier nicht über die Polizeimannschaft im Tauziehen», rief jemand. Es gab schallendes Gelächter.

«Ich habe absolutes Vertrauen zu Mr. Lestrade. Ich bin noch keinem Beamten begegnet, der so effektiv war...» Der Rest von Henrys Satz ging in allgemeiner Heiterkeit unter. «Meine Herren, wozu ich Sie auffordern, nein, worum ich Sie bitten möchte, ist, daß Sie damit aufhören, in Ihren Artikeln fortwährend die Metropolitan Police anzugreifen. Sie sind die Stimme des Volkes. Wenn das Volk den Glauben an seine Polizei verliert, dann erscheint mit Sicherheit die Schrift an der Wand.»

«So wie im Ripper-Fall», rief Liesinsdad, «den Mistkerl hat Lestrade auch nicht geschnappt.»

Die Polizisten ergriffen die Flucht. Als er die äußere Halle erreichte, wurde Lestrade von zwei Journalisten angehalten.

«Sholto.» Es war Marylou, die einzige Frau im Raum. Sie hielt ihn am Arm fest. «Sie sind ziemlich grob mit Ihnen umgesprungen», sagte sie. «Tut mir leid.»

Er blickte sie an. «Hallo, Marylou», sagte er. Und dann, an ihren Begleiter gewandt: «Auf Wiedersehen, Hart.»

«Es ist nicht nötig, diesen Ton anzuschlagen, Lestrade. Ich mache nur meine Arbeit.»

«Na, das ist das erste, was ich höre.» Richard Grant bog um die Ecke.

«Hurensohn!» höhnte Hart.

«Sie gehen besser wieder an die Remington, Sam. Der alte Harmsworth ist heute morgen mit dem linken Bein zuerst aufgestanden. Er schreit nach frischem Blut. Wehe dem Zeilenschinder, der um elf nicht in seiner Tretmühle ist», und er sah ihm nach. «Mr. Lestrade, auch mir tut's leid», sagte Grant. «Trotzdem, ich kann's den Burschen nicht verübeln. Tinte ist dicker als Wasser und so weiter.»

Lestrade war nicht sicher, ob das stimmte.

«Na ja, es scheint, wir haben alle Nieten gezogen», sagte Grant. «Marylou und ich sind nicht weitergekommen. Ich habe in Fleet Street das Unterste zuoberst gekehrt und nach einer Verbindung gesucht. Nach irgendwas, das diese Opfer miteinander verbindet. Sie müssen mit Ihrer Weisheit am Ende sein. Für mich und für Marylou ist es wenigstens bloß ein Job. Morgen wird's eine andere Geschichte geben.»

«Du vergißt, Richard», warf sie ein, «daß Hans-Rüdiger meine persönliche Sache ist. Und ich habe vor, meinen Mann zu kriegen.»

Sie hängte sich bei ihm ein. «Mr. Lestrade», sagte er, «hätten Sie Lust, mit uns zu speisen? Ich möchte Ihnen gern einen kleinen Vorschlag unterbreiten.»


Mr. Edward Henry sortierte flüchtig die Post. Im Grunde machte er das nicht viel anders als das Hauptpostamt.

«Noch ein bißchen Papier, Schatz?»

«Ja», nickte er. «Tonnenweise.»

Seine Frau stupste ihn an. «Nein, Schatz. Ich meine die Zeitung. Möchtest du die Zeitung von heute?»

«O ja.» Henry stapelte die Briefe zwischen dem weichen Ei und der Marmelade. «Danke, Liebes. Guter Gott!»

Tassen hüpften in alle Richtungen. Klein Helen, pausbäckig und lockenhaarig, reichlich mit Eidotter bekleckert, brach in Tränen aus.

«Was ist los, Schatz?» keuchte seine Frau und rettete die Kaffeekanne mit jener Fertigkeit, die sie sich in einem Leben voller Aufregungen und Besorgnisse angeeignet hatte. «Wieder mal Lloyd George?»

«Mr. Lloyd George soll der Teufel holen», knurrte Henry. «Es gibt einen neuen.»

«Einen neuen Lloyd George, Schatz?» Seine Frau runzelte die Stirn.

«Nein, ganz bestimmt nicht. Es muß ein Druckfehler sein. Schließlich ist es die *Daily Mail*.»

«Einen neuen Mord, Weib!» bellte der Assistant Commissioner.

«Papa», ließ sich Hermione vernehmen, die mechanisch ihre kleine Schwester abwischte, «warum bist du rot geworden?»

«Mrs. Henry», sagte er, ein sicheres Zeichen, daß seine Stimmung gereizter wurde, wenn er ihren Vornamen vergaß, «schaffen Sie Ihre Kinder weg. Müssen sie nicht in die Schule?»

«Heute nicht, Schatz, heute ist Sonntag.»

«Dann sollen sie eben spazierengehen. Vielleicht dreißig Runden im Hydepark. Ich muß nachdenken.»

«Natürlich, Schatz.» Sie goß ihm Kaffee nach. «Aber Hermione hat recht. Du hast ein bißchen zuviel Farbe. Du mußt auf deinen Blutdruck achten.»

Henry nahm keine Notiz von seiner Familie und überflog hastig die Zeilen. «Diskus. Griechischer Stil. Von tragischem Zwischenfall überschattet. Entsetzte Zuschauer. Amerikanischer Athlet Martin Sheridan auf der Stelle tot. Kent Ickes Kommentar auf Seite… *Amerikanischer* Athlet», sagte er.

«Ja», murmelte seine Frau, «ist eigentlich ein Widerspruch in sich, nicht wahr?»

«Was? Oh, hör auf, daherzuplappern, Frau. Verstehst du denn nicht? Damit ist das Muster durchbrochen. Dieser Bursche – Sheridan –, mit ihm ist jetzt der erste Athlet getötet worden, der kein Brite ist. Hesse und Hugo waren ebenfalls widerwärtige Ausländer, aber sie waren keine Sportler. Hugo war keiner mehr, und Hesse war nie einer gewesen. Warum wurde ich nicht informiert?» Er richtete sich kerzengerade auf. «Was glaubt Lestrade, mit wem er es zu tun hat? Ich sagte ihm, ich wünschte informiert zu werden. Mir sitzt der Innenminister im Nacken. Es heißt, Seine Majestät sei tief besorgt. Was?» schrie er plötzlich.

Klein Helen stimmte in das Geschrei ein und mußte von Mutter und Schwester besänftigt werden.

«Was ist denn vorgefallen, Schatz?» fragte seine Frau. «Hat man deinen Namen falsch geschrieben?»

«Walter Dew?» dröhnte Henry.

«Oh, aber nicht doch, Schatz», amüsierte sich seine Frau, «nicht mal die *Mail* könnte ihn so falsch schreiben. Du liest die Gartenseite.»

«Gartenseite, ich werde ihm die Klöten…» brüllte Henry. «Lestrade hat Dew auf den Fall angesetzt. Das ist genau so, als würde man versuchen, eine Büchse mit dieser Zeitung aufzumachen.»

«Nun, man redet aber doch immer von der Macht der Presse, Edward», versuchte seine Frau ihm zu helfen.

«Papa», zirpte Hermione. «Was sind Klöten?»

Henry stürmte wütend aus dem Zimmer.

«Das habe ich mich auch schon gefragt, Liebling», sagte ihre Mutter.

Er sagte in die Sprechmuschel: «Vermittlung. Geben Sie mir Scotland Yard. Yard», wiederholte er. «Y. A. R. D. Y wie Yankee. A wie Assagai. Assagai. Das ist ein Wurfspieß der Kaffern…» Und er hängte krachend ein. «Ich muß zum Yard», rief er seiner Familie zu.

«Ich sattle Rover, Papa», sagte Hermione.

«Hab keine Zeit. Ich nehm eine Droschke.» Und er war verschwunden.

«Nun, meine Lieben», seufzte Mrs. Henry, «wie steht's mit diesen Runden im Hydepark?»

Chief Inspector Walter Dew schritt durch die Korridore der Macht, und sein Schatten tanzte auf dem amtlichen grünlich-cremefarbenen Anstrich. Inzwischen wünschte er sich zurück in den warmen Sergeantmief im Kellergeschoß. Er wünschte sogar, er wäre wieder ein elender Constable, der vor dem schmutzigen Schlachthaus in Miller's Court vor Entsetzen zitterte, wo sie das letzte Opfer des Rippers gefunden hatten. Er war an Lestrades Seite aufgestiegen. An der Seite jenes Lestrade, der ihm am Tag zuvor einen Rippenstoß versetzt und gesagt hatte: «Kommen Sie, Walter, was sagen Sie? Um der alten Zeiten willen, wie?»

Gestern hatte er das nicht so übel gefunden. Jetzt war er nicht mehr so sicher.

«Laus über die Leber gelaufen, Chef?» Constable Hollingsworth kam in Sicht, und sein Anblick war am allerwenigsten dazu angetan, dem geplagten Hiob, Dew, Trost zu spenden. «Was ziehn Sie fürn Gesicht! Ist doch ein netter, sonniger Morgen. Lachen Sie mal.»

«Lieber laß ich mich hängen, Hollingsworth», knurrte Dew. «Ist Mr. Henry schon da?»

«Oh, der Oberpolizist, meinen Sie den? Ja, kam wie 'ne Rakete rein, inner Qualmwolke. Muß ein Haar im Porridge gefunden haben, wenn Se mich fragen.»

«Hollingsworth, Sie würde ich nicht mal fragen, wie spät es ist. Haben Sie keine Verbrecher zu fangen?»

«Oh, danach wollte ich Sie gerade fragen, Chef. Dieser Martin Sheridan mit dem Diskus, der den Löffel abgegeben hat…»

«An dem Tag, an dem Sie lernen, Englisch zu sprechen, Hollingsworth», sagte Dew und setzte seinen Weg im düsteren Flur fort, «werde ich Fälle mit Ihnen besprechen. Und wenn Sie es zum Detective Inspector gebracht haben. Das wird etwa um die Zeit sein, wenn die Hölle zufriert.»

«Dew!» Die blankgewichsten Stiefel des Chief Inspectors kamen schlitternd auf dem blankgewichsten Boden zum Stehen. Die Stimme des Assistant Commissioners war ihm wohlvertraut. Da war es, das Haar im Porridge. Er klopfte an das facettierte Milchglas.

«Herein!» Die Antwort widerhallte bis in die zweite Etage. «Hm, hm. Walter Dew.»

«Sir.» Der Chief Inspector stand stramm.

«Man sagte mir in der Kantine, daß Sie gewisse literarische Ambitionen haben.»

«Oh, das hat nichts zu bedeuten, Sir», gluckste Dew und trat unbehaglich von einem Bein aufs andere.

«Ja, das ist bestimmt richtig.» Henry kam hinter seinem riesigen Mahagonischreibtisch mit seinem Leder, Messinggerät und den Mappen hervor. «Aber hier bei Scotland Yard sind wir natürlich Detektive, nicht wahr? Unsere Aufgabe ist es, aufzudecken.» Er umkreiste Dew ein paarmal, dann blieb er abrupt stehen. «Wissen Sie, daß Sie grau werden, Dew?»

Dem Chief Inspector wurde abermals unbehaglich. «Man hat mich mehr als einmal darauf hingewiesen, Sir», sagte er.

«Ja, ja, die Art unserer Arbeit sorgt dafür, oder? Besonders, wenn sich keine Resultate einstellen. Warum hat Ihnen Lestrade den Diskus-Fall übertragen?»

«Ich weiß es nicht, Sir.»

Henry wandte sich dem Fenster zu, wo sich die Morgensonne über die vergoldeten Türme von Westminster ergoß. «Kommen Sie,

Dew. Sie kennen ihn von Jugend an. Was hat er vor? Hier stinkt etwas?»

«Oh, tut mir leid, Sir. Wir haben August.»

Henry drehte sich wieder um. «In Ordnung», seufzte er. «Martin Sheridan. Was ist passiert?»

Dew fummelte nach seinem Notizbuch.

«Ohne Notizen, Mann!» verlangte Henry.

«Zu Befehl, Sir.» Dew räusperte sich. «Martin Otis Sheridan, Alter achtundzwanzig. Gestern morgen Ecke Bayswater High Street tot aufgefunden. Sein Schädel war mit einem stumpfen Gegenstand eingeschlagen. Nämlich, das heißt mit...»

«Sie hören sich wie eine verdammte Eule an, Dew. Womit?»

«Einem Diskus, Sir.»

«Aha.»

«Ja, Sir, diese runden Dinger. Offenbar pflegten die alten Griechen sich zu ertüchtigen, indem sie Teller nach ihren Frauen warfen.»

«Ja», murmelte Henry, «keine schlechte Idee. Sie verstanden sich auf die eine oder andere Sache, diese Griechen. Wie können Sie sicher sein, daß es ein Diskus war?»

«Er lag neben der Leiche, Sir. War mit Blut befleckt.»

«Fingerabdrücke?»

«Stockley Collins arbeitet im Augenblick daran, Sir. Aber es sieht nicht gut aus. Wir glauben, daß der Täter Handschuhe trug.»

«Wir?»

«Mr. Lestrade und ich, Sir.»

«Das führt mich zu meiner ersten Frage zurück, Chief Inspector. Warum hat Lestrade den Fall Ihnen übergeben?»

«Oh, ich war als erster ranghöherer Beamter am Tatort, Sir. Ich habe mich natürlich mit Mr. Lestrade darüber beraten.»

«Natürlich», sagte Henry und lehnte sich in seinem hochlehnigen Sessel zurück. «Der entscheidende Punkt ist zweifellos, daß dieser Mord einer in der Serie ist. Das Opfer ist ein weiterer Sportler. Es muß sich um denselben Fall handeln. Und doch...»

«Und doch, Sir?»

«Doch dieses Mal ist das Opfer kein Brite. Wo ist Lestrade?»

«Ich weiß es nicht, Sir. Das letzte, was ich hörte, war, daß er einer Spur im Fall Dover folgte.»

«In Ordnung. Hören Sie, das geht nicht gegen Sie, alter Junge, aber ich will, daß Lestrade diesen Diskus-Fall übernimmt. Verstanden?»

«Natürlich, Sir.»

«Gut. Sollten Sie ihn vor mir sehen, dürfen Sie ihm das sagen.»

«Wie Sie wünschen, Sir.» Dew salutierte um ein Haar und marschierte, den dienstlichen Strohhut von einer Hand in die andere nehmend, zackig hinaus.

Als er um die Ecke bog, wurde er plötzlich am Ärmel zur Seite gezerrt und fand sich, Nase an Nase, neben seinem Chef in einem Besenschrank wieder.

«Hallo, Chef», sagte er. «Haben sich hier verklemmt, oder?»

«Nun?» fragte Lestrade. «Ist er darauf reingefallen?»

«Ich glaube schon, Sir. Er sagte, er wolle, daß Sie den Fall übernehmen. Ich muß gestehen, ich fand's ein bißchen verletzend.»

«Aber, aber, Walter.» Lestrade tätschelte Dews Wange. «Sie werden darüber hinwegkommen.»

«Können Sie mir sagen, was das alles bedeuten soll, Sir? Warum wollen Sie, daß Mr. Henry glaubt, ich hätte den Fall?»

«Nicht bloß Mr. Henry, Walter», flüsterte Lestrade. «Jeder soll es glauben.»

«Wer ist da drin?» rief eine Stimme von draußen. Lestrade schob hinter Dews linker Hinterbacke den Riegel zurück, die Tür ging auf, und vor ihnen stand ein ziemlich verblüffter Detective Constable Hollingsworth.

«Und hier, Dew, bewahren wir beim Yard die Besen auf», sagte Lestrade. «Nun kommen Sie mit, und ich werde Ihnen die sanitären Einrichtungen zeigen.»

Dew grinste Hollingsworth hilflos an, der mit offenem Mund dastand. Er sah ihnen nach, wie sie, in eine ernste Unterhaltung vertieft, den Flur entlangschlenderten.

«Da brat mir einer 'nen Storch», sagte er zu sich selber.

Die Ziegenmelker riefen einander in den Büschen, und der letzte Reiher flatterte geräuschvoll aus dem Schilf. Das Gold des Tages war zu einem blaßglühenden Tiefrot geworden, das sich jetzt, bei Anbruch der Nacht, entfärbte. Ein Boot trieb durch das Schilf, vorbei an den Lagerplätzen und Schleusenkammern, unter der fünfbogigen Brücke hindurch, bewacht von den stummen Statuen des Vaters Themse und Isis, die Anne Damer vor hundert Jahren geschaffen hatte.

In der Dunkelheit des Flußufers führten zwei Männer an diesem späten Augustabend ihre Hunde spazieren.

«Da ist ein Boot, George. Sieht aus, als ob es treibt.»

«Faß mit an, wir werden es festmachen. Muß sich irgendwo stromaufwärts losgerissen haben.»

Sie bückten sich auf dem Uferpfad, bekamen den Bug zu fassen, ergriffen das Seil, das im Wasser geschleift hatte, und zogen das Boot ans Ufer. Dann richteten sie sich jäh auf, und die Hunde trollten sich. Im Boot lag ein toter Mann, halb aufgerichtet, als sei er der Steuermann einer Rudermannschaft von Gespenstern. Die Ruder waren verschwunden. Die Riemendollen hinuntergerutscht. Nur er lag da, von einem Seil umschnürt, und starrte aufmerksam nach vorn, als wolle er die Ruderer über die Rennstrecke von Henley steuern.

«Gütiger Gott», flüsterte George. «Du rufst besser die Polizei. Das ist kein Bootsunglück.»

# Totentanz der neun Männer

«Der Chef und der Chef?» fragte Bourne ungläubig.

«So wahr ich hier stehe», nickte Hollingsworth.

«Lestrade und Dew?» Bourne vergewisserte sich, daß kein Mißverständnis vorlag.

Hollingsworth nickte

«Hör auf!» Bourne legte seine Schürze ab und nahm mit dem fast fertig gebrühten Tee Platz. «Im selben Besenschrank? Das ist ja unerhört.»

Hollingsworth war dessen nicht so sicher. «Total verrückt, nenn ich das», sagte er. «Tut so, als würde er den Inspector rumführen, als wenn Dew diese Bude nicht kennen würde wie seine Westentasche.»

«Natürlich», Bourne schlug die Beine übereinander und enthüllte die Spur einer malvenfarbenen Socke, «gibt es keine Mrs. Lestrade, nicht wahr?» Er schlürfte zierlich den Göttertrank.

Hollingsworth schüttelte den Kopf. «Aber eine Mrs. Dew gibt es. Man sagt, daß es bei ihnen von Kindern wimmelt.»

«Na ja», Bourne schlug ihn mit der Serviette, in die seine Bath Olivers eingewickelt waren. «Glaube nicht alles, was du siehst. Trotzdem», er schürzte die Lippen, «sie sind beide in einem sehr komischen Alter.»

Die Tür flog krachend auf, und ein Stier von einem Mann stand da.

«Ja? Kann ich Ihnen helfen?» fragte Bourne.

Der Mann musterte ihn von unten nach oben. «Wo ist Lestrade?»

«Leider ist Superintendent Lestrade nicht zugegen. Kann ich Ihnen helfen? Ich bin Julian Bourne.»

«Sie sind ein Schwuler», knurrte der Mann.

«Ich glaube, Sie kennen sich noch nicht.» Hollingsworth stand auf. «Julian, dies ist Mr. Maddox. Er ist eine Ratte. Um genau zu sein, eine Pinkerton-Ratte.»

Maddox' Hand schoß vor, doch Hollingsworth war schneller und versetzte dem Amerikaner einen kräftigen Tritt gegen das Schienbein. Maddox fletschte die Zähne, schlug seinen Mantel zurück und zog mit einer routinierten Bewegung einen schweren Colt aus seinem Schulterhalfter.

«Aber, aber», sagte Bourne. «Sachte, sachte. Warum trinken wir nicht alle eine gute Tasse Tee?» Er hielt Maddox eine Tasse hin und tippte damit an die Revolvermündung.

«Was ist das?» fauchte Maddox, ohne seine Augen von Hollingsworth zu lassen.

«Tee mit Melisse», sagte Bourne.

«Wohl eher mit Pisse», knurrte Maddox. «Komm mir noch mal zu nahe, und du kannst deine Zähne einzeln einsammeln.»

Hollingsworth machte den Knüppel los, der außen an seinem Bein festgeschnallt war. «Komm her und sag das noch mal, Scheißkerl, und du kannst im Mädchenchor singen.»

«Also, Jungens, Jungens», mischte Bourne sich ein. «Schwellkopf, weg mit dem Knüppel, und Mr. Maddox, bitte. Wir tragen in diesem Land keine Feuerwaffen.» Er schob behutsam den Revolverlauf beiseite. «Sie machen soviel Dreck. Mr. Lestrade ist im Augenblick unterwegs, Sie finden ihn in Bournemouth.»

«Bournemouth?» Maddox sah ihn verständnislos an.

«Das ist unten im Süden, Arschloch», erklärte Hollingsworth. «Du weißt schon, unterhalb der Mason-Dixon-Grenze.»

Maddox sicherte den Revolver. «Bournemouth», sagte er. «Habe jetzt keine Zeit für Ungeziefer. Aber wenn ich zurückkomme, du Küchenschabe, werden wir uns mal unterhalten.»

«Jederzeit, Ratte», sagte Hollingsworth gleichmütig. «Vergiß deine Handtasche nicht.»

Aber Maddox hatte seinen Revolver wieder verstaut und polterte die Treppe hinunter. Er hörte nicht mehr, wie Bourne und Hollingsworth einen Lachkrampf bekamen.

Während Maddox eine Droschke nach Süden nahm, saß Sholto Lestrade im eindrucksvollen vorderen Salon eines Hauses am Bloomsbury Square.

«Hat jemand Lust auf Tennyson?» rief eine Stimme von der Terrassentür.

«Wer ist schon Tennyson?» gab die Gastgeberin zurück. «Geh weg, Giles, wir haben im Augenblick Wichtigeres zu besprechen. Noch eine Tasse, Mr. Lestrade?»

Der Superintendent beäugte die Gastgeberin mit einem Gefühl, das Haß sehr nahe kam. Es war nicht so sehr der Geschmack dessen, was in der Tasse war und was er gerade mühsam hinuntergewürgt hatte, sondern die Partikel, die darin herumschwammen.

«Danke Ihnen, nein», sagte er. «Also, Lady Rivers, kommen wir zu Hilary Term.»

«Ah, ja», sagte sie. «Ein lieber Junge.» Sie zupfte ihr Perlenlasso zurecht. «Ein bißchen schwach auf den Beinen, vielleicht, wie diese jungen Leute heutzutage sind.»

Lestrade machte im Geist eine Notiz. Es waren offensichtlich Terms kleine Füße, die ihn seine Ausfälle so gut ausbalancieren ließen.

«Wie lange war er Mitglied des Zirkels?»

«Oh, warten Sie, etwa drei Jahre, nicht wahr, Gervaise? Gervaise!» Sie stupste einen jungen Mann mit ihrem Fächer.

«Verzeihung, Lady R.» Er hörte auf, sich auf der Chaiselongue zu rekeln. «Ich führte gerade mit mir ein Selbstgespräch.»

«Gewiß doch», sagte sie. «Nach meiner Erfahrung kann man nur auf diese Weise Selbstgespräche führen.» Sie beugte ihren grauen Kopf näher zu Lestrade. «Gott sei Dank hat er es schweigend getan.»

«Hatte Mr. Term irgendwelche Feinde?» fragte Lestrade. «Hier vielleicht?»

«Ich weiß wirklich nicht, was Sie meinen», entrüstete sich ein anderer junger Mann in der entfernten Ecke.

«Nun, Mr. . . . . äh . . . ?»

«Bell. Clive Bell. Ich schreibe nebenher ein bißchen Poesie, wie wir alle. Ist natürlich der Spiegel der Seele.»

«Gewiß», nickte Lestrade. «Sie würden also nicht sagen, daß Sie und Mr. Term Rivalen waren.»

«Auf keinen Fall. Aber Sie können Giles fragen... Giles!»

«Hallo.» Die Stimme kam abermals durch die Terrassentür. Ein großgewachsener, eleganter junger Mann mit Vollbart und einem penibel gestutzten Schnurrbart schlenderte lässig in den Salon.

«Lytton Strachey.» Er verbeugte sich vor Lestrade.

«Haben wir uns nicht schon mal irgendwo gesehen?» Lestrade kniff die Augen zusammen.

«Ich denke kaum», sagte Strachey. «Ich bin Schriftsteller. Ich schreibe keine Polizeikritiken. Nicht mal gegen bar.»

«Oh, kommen Sie, Giles, Ihre *Ballade vom Zuchthaus in Reading* ist legendär», flötete ein weiterer junger Mann aus einer Ecke.

«Ist bloß Durchschnitt», seufzte Strachey und lümmelte sich in einen Sessel, so daß seine Füße praktisch den Kamin hinaufreichten. «Und außerdem stammt sie von einem anderen.»

«Oh, ich habe Sie noch nicht bekannt gemacht», sagte Lady Rivers und deutete auf den letzten unbekannten jungen Mann im Raum. «Das ist John Maynard Keynes.»

Lestrade nickte.

«Ich wäre Ihnen dankbar, wenn Sie mir Ihre Ansichten über die Kosteneffektivität der Metropolitan Police darlegen würden, Mr. Lestrade», schnarrte der schnurrbärtige junge Mann. «In den reinen Kategorien von Angebot und Nachfrage, versteht sich.»

«Ich wäre natürlich entzückt», sagte Lestrade, «Ihren Wunsch zu erfüllen, doch im Augenblick bin ich leider mit einem Fall befaßt.» Er wandte sich an die zwei jungen Damen, die beide Hängematten zu tragen schienen. «Kannten Sie Mr. Term?» fragte er die hübschere der beiden.

«Aber ja», entgegnete sie. «Er hat sich immer sehr freundlich über meine Ölbilder geäußert.»

Lestrade gewahrte das von Farbe betupfte Haar, den Daumen mit dem Ring vom dauernden Halten der Palette, die in der Mitte ein wenig eingekerbten Zähne, wo sie an einem Pinsel gekaut hatte. Oder vielleicht an einer Pfeife. «Sie sind Malerin, Miss...?»

«Ich dilettiere bloß, Mr. Lestrade», sagte sie. «Mein Name ist Vanessa Bell. Das ist meine Schwester, Virginia.»

Er wandte sich an die Hagere, deren lange Nase an einen Geigenkasten erinnerte. «Und Sie… Mrs.…?»

«Stephen», antwortete sie. «Miss. Ja, ich kannte Hilary. Er war ein charmanter junger Mann. Er besuchte uns hin und wieder am Gordon Square und hier.»

«Hat sich einer von Ihnen an seinen sportlichen Übungen beteiligt?» richtete Lestrade seine Frage an alle.

Lytton Strachey schüttelte sich. «Welch ein bestialischer Gedanke, Superintendent. Wir haben uns der Suche nach der Wahrheit verschworen. Wir verabscheuen konventionelle Denkweisen und den Gebrauch des Bizeps.»

«Ja», sagte Lady Rivers, «ich bin eine große Anhängerin der natürlichen Geburt.»

«Ich glaube, Sie meinen die Zangengeburt, Lady R.», sagte Bell, mit seiner Pfeife beschäftigt.

«Ich habe einmal in Cambridge mit ihm gejoggt», sagte Keynes. «Er war am King's, wie ich. Ich teile die Furcht meiner Freunde vor dem Sportplatz nicht, Mr. Lestrade, aber ich fürchte, daß zwei Jahre beim Reichsamt für Indien… nun, Sie wissen, wie der Öffentliche Dienst einen Mann zermürbt.»

Lestrade nickte. Das wußte er nur zu gut. «Wer von Ihnen hat Term zum letztenmal gesehen?» fragte er.

Strachey blickte Bell an. «Du hast mit ihm zu Mittag gegessen, Clive, letzten Monat, glaube ich.»

«Stimmt. Im *Trocadero*.»

«Erschien er Ihnen… sonderbar?» Als er die Gruppe ansah, kam ihm die Frage überflüssig vor.

«In welcher Hinsicht?» fragte Bell.

«Nun, ich weiß nicht. Besorgt? Oder gar ängstlich?»

«Guter Gott, nein. Hilary kannte die Bedeutung dieses Wortes nicht», teilte Bell ihm mit.

«Ich kann das nicht glauben», sagte Lady Rivers. «Ich meine, ich weiß, daß Cambridge nicht mehr das ist, was es war.»

«Aber andererseits», sagte Virginia unvermittelt, «was bedeutet Besorgnis? Furcht? Ja, das Leben selbst?»

Eine Stille trat ein.

«Hm.» Lestrade räusperte sich. «Ich muß gehen. Ich danke Ihnen, Lady Rivers, meine Damen, meine Herren. Sollte Ihnen zu Mr. Term noch etwas einfallen, könnten Sie mich vielleicht bei Scotland Yard aufsuchen?»

«Ich bringe Sie hinaus, Superintendent», sagte Lady Rivers.

Nachdem Lestrade gegangen war, streckte Lytton Strachey seine endlosen Beine noch länger aus. «Welch ein widerwärtiger kleiner Geselle», sagte er. «Nicht gerade ein eminenter Victorianer.»

«War nicht Hilary einer von Bolsovers Jungs», fragte Maynard Keynes.

«Gott, ich glaube schon», erwiderte Bell stirnrunzelnd.

«Trotzdem, das weiß Lestrade bestimmt schon.»

Virginia zischte: «Leute! Wann werden wir unter den voluminösen Röcken von Lady R. hervorkriechen. Und uns treffen, *wenn* wir es wollen, wo wir wollen, und diskutieren, was *wir* diskutieren wollen – das Vergnügen an schönen Gegenständen, die Freuden menschlichen Verkehrs?»

«Ja, ja, wie wahr», sagte Bell. «Es ist so schwierig, nicht wahr? Wir sind alle so verflixt beschäftigt. Zumindest haben wir uns auf die Donnerstagabende geeinigt. Aber, Gott weiß, wann wir anfangen können. Wir wär's mit 1922?»

Als Lestrade im Flur an die Haustür gelangte, läutete die Türglocke. Lady Rivers öffnete, und dort stand, angetan mit einem hinreißenden Mantel und einem Hütchen, eine Dame, die Lestrade ziemlich bekannt vorkam.

«Ah», strahlte Lady Rivers, «der jüngste Zuwachs unseres Zirkels. Wie ich hörte, in ihrer Heimat so etwas wie eine Dichterin. Superintendent Lestrade, ich möchte Sie mit Miss Marylou Adams bekannt machen.»

Im Schein der grünen Lampen saßen die beiden Polizisten behaglich im Büro zusammen. Das Wetter war kühler, die Nachtluft über der Stadt unbewegt und still. Vom Fluß wehte eine Brise herein.

«Herbst, Chef», sagte Dew. «Ich kann ihn im Wind riechen.»

«Ist bloß Mungo Hydes Fluß, Walter», erwiderte Lestrade. «Wie lange sind wir jetzt schon zusammen? Vierzig Jahre?»

«Zwanzig, Sir. Seit dem Ripper-Fall.»

«Ja. Ich erinnere mich. Und Sie sagen immer noch Sir zu mir», grinste Lestrade.

«Ich wünsche es mir nicht anders, Chef.»

«Ich auch nicht, Dew. Also, dann lesen Sie mir mal die Wand vor. Und vergessen Sie die Schuhkartons nicht.»

Dew blickte auf das Schwarze Brett, übersät mit Schaubildern, Fotos von Leichen, Bleistiftkritzeleien. Der Gedanke an die vielen hundert Aussagen, mit denen die Pappkartons links und rechts vollgestopft waren, schien ihm schwer erträglich.

«Mord Nummer eins», sagte er, «Anstruther Fitzgibbon, ältester Sohn des Marquis von Bolsover. Erschossen mit einer Reiterpistole. Klassischer Fall von Mord in einem verschlossenen Raum.»

«Aber Walter, Sie haben wieder Conan Doyle gelesen.»

«Verzeihung, Sir», lächelte Dew.

«Was wissen wir über unseren Mann?»

«Er ist umsichtig», grübelte Dew. «Er trägt Handschuhe. Er ist zumindest einigermaßen mit alten Waffen vertraut. Er kann mit einer Schlinge aus Draht oder Pferdehaar umgehen. Und er las ein Buch namens *Nena Sahib*, das ihm nützliche Hinweise zur Ausführung seiner Tat gab.»

«Und das führt uns», sagte Lestrade und zündete sich eine neue Zigarre an, «zu Mord Nummer zwei.»

«Mord Nummer zwei», Dew spähte durch den wogenden Qualm, «Hans-Rüdiger Hesse, deutscher Journalist.»

«Kriminalreporter», warf Lestrade ein.

«Ja, Sir. War hier, um über die Spiele zu berichten. Er tauchte im Yard auf, nachdem er gelesen hatte, daß Sie den Fitzgibbon-Fall bearbeiten, um Ihnen zu sagen, wie der Mord ausgeführt wurde.»

«Und vielleicht von wem, Walter.» Lestrade blies Rauchringe an seiner Nase entlang. «Das ist es, was mich verrückt macht. Was passierte mit ihm?»

«Mit seinem eigenen Brieföffner erstochen.»

«Weil er zum Schweigen gebracht werden mußte. Darum ist dieser Mord nicht so ausgetüftelt. Unser Mann hatte keine Zeit. Er kannte Hesse. Wie hätte er sonst wissen können, daß Hesse hier war und warum. Und darum paßt Hesse nicht ins Muster. Er hatte lediglich das Pech, daß er ein alter Zeitungshengst war, der sich an einen alten Fall erinnerte. Mord Nummer drei.»

«William Hemingway. Bursche aus besseren Kreisen, dem drei Tage lang Gift verabreicht wurde, höchstwahrscheinlich durch präparierte Pflaumen.»

«Die ihm eine unbekannte Person oder unbekannte Personen vor dem Start des Rennens für Boote der Acht-Meter-Klasse zum Geschenk machten.»

«Es waren Jachten», korrigierte ihn Dew.

«Was sagt uns das über unseren Mann?» fragte Lestrade, ohne auf den Einwurf zu achten.

«Jetzt ist er wieder im richtigen Gleis. Hemingway ist ein vorzüglicher Sportler, und er ist Brite.»

«Und?»

«Ja?»

«Unser Mann kennt sich mit Giften aus. Und er kennt den Brauch der Segler, untereinander Geschenke auszutauschen.»

«Und er kennt Hemingways Vorliebe für Pflaumen.» Dew war ganz allein darauf gekommen.

«Sie haben recht, Walter. Mord vier.»

«Martin Holman. Vom Pech verfolgt. Versuchte sich ziemlich laienhaft als untreuer Angestellter wie als Läufer. Wollte seinem Chef alles beichten, als er in White City tot umfiel.»

«Wiederum Gift. Wiederum ein Brite. Mord fünf.»

«Ah, wieder stimmt das Muster nicht.» Dew schaukelte mit seinem Stuhl und umfaßte sein Knie. «Diesmal eine Frau – Effie Jennings.»

«Aber trotzdem eine Athletin – im wahrsten Sinne des Wortes – und Britin.»

«Und diesmal haben wir einen Augenzeugen. Der Chauffeur – wie hieß er noch… Mansell – sah sie in der Nacht vor ihrem Tod mit einem Mann. Ein Mann, der ihr durchaus dieses vergiftete Dingsda hätte bringen können.»

«Was verrät uns das über unseren Mann?»

«Äh… er legt ein Höllentempo vor, Sir», sagte Dew.

«Ja, nun, wir haben nur Mansells Aussage. Aber wir wissen, daß er Ahnung davon hat, wie rauh es auf einem Fives Court zugeht – und er ist ein Könner im Herstellen tödlicher Mixturen. Erzählen Sie mir was über Besançon Hugo.»

«Paßt wieder nicht ins Muster. Diese Sache hat unser Mann vermasselt, Chef, wenn Sie mich fragen.»

«Ich frage Sie, Walter. In welcher Hinsicht?»

«Hugo war ein Franzmann und kein wirklicher Sportler. Und er wurde erschossen – vielleicht ein Rückgriff auf den ersten Mord, aber dieser wies alle Anzeichen von Panik auf.»

«Sie werden es weit bringen, Dew.» Lestrade war beeindruckt. «Unser Mann bereitete gerade Mord Nummer sieben vor, als er gestört wurde. Er konnte es nicht riskieren, daß Hugo die Klinge überprüfte, die er präpariert hatte. Und ich werde Ihnen noch was sagen.»

«Was denn, Chef?»

«Am nächsten Tag hatte unser Mann Glück.»

«Inwiefern?»

«Ich vermute, daß er die Absicht hatte, die Degenspitze des Franzosen mit Gift zu präparieren und sie nicht bloß so zu schärfen, daß die Spitze tödlich war.»

«Trotzdem, das Resultat war dasselbe.»

«In der Tat. Mord Nummer acht.»

«D'Abernon ‹Tyrrwhit› Dover. Getötet durch einen Pfeilschuß in den Rücken.»

«Schwieriger Schuß?»

«Eigentlich nicht. Weißes Hemd im Mondlicht. Entfernung weniger als fünfzig Yards. Er ist Brite. Er ist Sportler, aber die Waffe ist merkwürdig.»

«Aber poetisch, meinen Sie nicht?»

Dew zuckte die Achseln. Poesie war nicht seine starke Seite.

«Es sind die Opfer, Walter.» Lestrade schlug mit der flachen Hand auf die Kartons auf seinem Tisch. «Das ist es, was mir bei diesem Fall unter die Haut geht.»

«In welcher Hinsicht, Sir?»

«Sie sind so verdammt gewöhnlich.»

Dew runzelte die Stirn. «Ist das so ungewöhnlich?»

Lestrade trat ans Fenster und beobachtete die schwarzen Lastkähne, die im malvenfarbenen und tiefroten Themsewasser trieben. «Ja, verdammt noch mal, das ist es. Sie und ich, wir haben öfter Morde untersucht als Mr. Edward Henry zu Abend gegessen hat, Walter. Wir kennen das geheime Gesetz gewaltsamen Todes. Die einzigen Leute, die ihn nicht herausfordern, sind die armen Kerle, die sich eine Kugel einfangen oder zufällig unter einen wild gewordenen Ochsen geraten; die einfach bloß zur falschen Zeit am falschen Ort sind. Für *jeden* anderen Mord – ich meine jeden – gibt es immer einen Grund. Es *muß* ein Motiv existieren. Wir wissen, daß wenigstens Hans-Rüdiger Hesse und wahrscheinlich Effie Jennings ihren Mörder kannten. Besançon Hugo sah ihn vor seinem Tod, und er kannte ihn vielleicht.»

«Aber diese Effie Jennings…» begann Dew.

«O ja, ich weiß, ihre Moral mag lockerer gewesen sein als ein Lama mit Durchfall, aber wir haben 1908, Walter. Sie und ich, wir müssen mit der Zeit gehen.»

«Was ist mit Martin Holman?»

«Sie haben es selber gesagt, Walter. Ein Amateur. Amateurkünstler. Amateurdieb. Er hatte nicht die Klasse, um jemandem im Weg zu sein.»

Dew verfiel in Schweigen. «Anstruther Fitzgibbon!» rief er plötzlich. «Nicht so wie andere Männer. Man hört von widernatürlichen Praktiken mit Kaplänen und Regimentsmaskottchen und Gegenständen.»

246 ─────────────────────────── M. J. Trow

«Ja, das will ich gerade noch zugeben, aber, ausgenommen eine wütende Ziegenherde hat seinen Tod in die Wege geleitet, gibt uns das noch immer kein Motiv.»

Dew verstummte abermals. «Und wenn es nur um *einen* Mord geht?» Die Eingebung malte sich hoffnungsvoll auf seiner Stirn. «Es war bloß ein einziger Mord geplant, und die anderen waren lediglich Ablenkungsmanöver.»

Lestrade nickte. «In Ordnung, Walter, ich mache das Spielchen mit. Welcher der Toten ist es? Sollen wir eine Münze werfen? Mit der Nadel in die Wand stechen? Wissen Sie, das einzig Falsche an dieser Theorie ist das Risiko. Es ist riskant genug, einmal zu morden, aber wenn man achtmal mordet, verachtfacht sich das Risiko. Das setzt eine akribische Planung voraus, und man braucht höllisch viel Glück.»

«Vielleicht hatte er das Glück, Sir», sagte Dew. «Immerhin ist der Mistkerl noch immer auf freiem Fuß.»

Lestrade nickte grimmig.

«Machen wir weiter, Chef.» Dew runzelte wieder die Stirn, ein sicheres Zeichen, daß seinen alten grauen Zellen Überstunden machten. «Sie sprachen von acht Morden.»

«Das stimmt», sagte Lestrade.

«Aber der letzte, dieser Martin Sheridan, mit dem sind es neun.»

«Den lassen wir beiseite, Walter.» Lestrade hatte die Stimme gesenkt.

«Aber er paßt nicht rein. Sheridan war Amerikaner.»

«Vermutlich eine Nachahmungstat, Walter», sagte Lestrade rasch. «Fangen wir noch mal von vorne an. Wir müssen etwas übersehen haben.»

«Aber der Fall Sheridan verhilft uns womöglich zu einer Spur, Sir», beharrte Dew. «Vielleicht zu der, die wir brauchen.»

«Walter, es gibt da etwas, was ich Ihnen sagen sollte...» begann Lestrade, aber bevor er seinen Satz beenden konnte, flog die Tür krachend auf, und ein rotgesichtiger Sergeant Valentine stürmte herein.

«Meine Herren», stieß er hervor, «es hat einen weiteren Mord ge-

geben. Henley. Können Sie kommen? Es ist keine Zeit zu verlieren.»

«Natürlich nicht, Sergeant.» Lestrade griff nach seinem zerbeulten
Strohhut. «Das ist immer so. Nummer neun», murmelte er leise.

«Da haben wir's», sagte Dew und griff nach seiner Jacke. «Nummer zehn.»


«Da rein?» Lestrade zuckte vor dem Laufbrett zurück.

«Ja, natürlich», sagte der Kapitän. «Wir starten am Freitag, Superintendent. Wir müssen wirklich trainieren. Wenn Sie uns Fragen
stellen wollen, werden Sie das auf dem Wasser tun müssen. Schon
mal gerudert?»

«Nun, nein, ich…»

«Macht nichts», grinste der Kapitän, «Sie werden sich dran gewöhnen. Hüpfen Sie rein.»

Einen Augenblick war Lestrade verwirrt. Meinte der Mann das
wörtlich? War das entscheidend für die Gewichtsverteilung? Würde er den ganzen verdammten Äppelkahn umkippen? Er kam am
Ende zu dem Schluß, daß zwei Beine besser waren als eines und
kletterte an Bord.

«Vorsichtig!» rief der kleine Mann am Heck – oder war es der Bug?
«Sie bringen uns zum Kentern!»

Das Boot schwankte bedenklich, und die aufgerichteten Ruder
wackelten hin und her.

«Ich hoffe, Ihr Schlitten ist geschmiert», murmelte der Mann hinter Lestrade. «Achten Sie auf Ihre Dolle.»

Lestrade dachte, sie sei einigermaßen in Ordnung, in Anbetracht
aller Umstände, und er setzte sich.

«Äh… entschuldigen Sie», sagte der Mann vor ihm. «Ich glaube,
Sie werden feststellen, daß links und rechts von mir je ein Fuß
sein sollte. Nicht zwei. Das heißt, es sei denn Sie hätten vier
Füße.»

Lestrade veränderte seine Haltung entsprechend, und ein Ruder fiel
schwer auf seine Schulter.

«Passen Sie auf da», rief der Kapitän. «In Ordnung, Gentlemen. Darf ich die Anwesenheit dieses... Ruderers... in unserer Mitte erklären. Superintendent Lestrade ist von Scotland Yard. Er möchte uns ein paar Fragen über den lieben alten Lin stellen.»

«Armer alter Lin», sagten ein paar Stimmen.

«Ich wäre Ihnen dankbar, meine Herren, wenn Sie mir helfen könnten», sagte Lestrade.

«Sie werden ziemlich weit stromabwärts landen, Mr. Lestrade», sagte der kleine Mann vor ihm. «Möchten Sie, daß Ihre Leute Sie begleiten?»

«Gute Idee, Reggie», sagte der Kapitän.

«Gibt es denn Platz?» Lestrades Knie waren unter den Rand gezwängt. Das ganze Ding schien ziemlich beengt, um Dew und Valentine aufzunehmen.

«Nein, nein, sie können dem Coach auf dem Treidelweg folgen. Besorgen Sie sich Fahrräder, Gentlemen», rief der Kapitän. «Übrigens», er schob seine Hand unter seiner linken Armbeuge hindurch, vorbei an dem Mann zwischen ihm und Lestrade, «ich bin Harry Blackstaffe, von den Blackstaffe Blades.»

«Erfreut.» Lestrade beugte sich vor.

«Hören Sie, alter Knabe.» Der Mann hinter ihm stieß ihn an. «Ich glaube, Sie werden feststellen, daß diese Jacke und diese Hosenträger ein bißchen hinderlich sein werden, wenn wir erst mal unterwegs sind.»

«Machen Sie Ihre Dolle klar», mahnte ihn der kleine Mann. Das verstand sich wirklich von selbst.

«Ruder», befahl der Kapitän. «Du hast das Kommando, Reggie.»

«Ruder flach», rief Reggie. «Könnten Sie sich ein bißchen kleiner machen, Mr. Lestrade, der Wind ist nämlich ziemlich steif heute morgen. Ich fürchte, wenn Sie so sitzen, bläst er Sie nach hinten weg.»

Lestrade tat sein Bestes. Seine Knie lagen neben seinen Ellenbogen, und seine Arme waren fest eingekeilt.

«Und... ziehen!» rief Reggie und setzte eine Flüstertüte an den

Mund. «Und… ziehen. Blatt. Flach. Blatt. Flach. Weiter so, W. A. L. Weiter so. Ja, so. Ziehen. Ziehen.»

Lestrade konnte es nicht glauben. Das Boot schoß vom Landungssteg weg wie ein Hase aus einer Falle, und das braune Wasser von Mungo Hydes Fluß sprühte vorbei und überschüttete sie alle, aber besonders ihn, mit brauner Gischt.

«Benutzen Sie Ihren Rücken, Mr. Lestrade, beim Rudern dreht sich alles um den Beinstoß und den Körperschwung.»

Da mußte ihm Lestrade recht geben. Aber er spürte bereits, daß sein Körper zwickte und seine Beine weich wurden. Ja, das linke war's. Im rechten hatte er überhaupt kein Gefühl mehr.

«Wir haben zuviel Luftwiderstand, Gentlemen. Kommen Sie, Fairbrother, fangen Sie noch mal an der Fußleiste an. Verlagern Sie das Gewicht von den Füßen auf das Blatt. Jetzt, zurückgleiten. Körper schwingen. Nein, nein. Hat wieder nicht geklappt.»

«Wir haben ein Ungleichgewicht in der Mitte», rief Fairbrother.

«Ja, ich weiß, es ist der Superintendent, aber ich kann's nicht ändern. Wir müssen damit fertig werden. Ohne den guten Lin ist eben alles anders.»

«Armer Lin», sagte Blackstaffe. «Er war ein Skuller und ein Gentleman. Was können wir Ihnen über ihn sagen, Superintendent?»

Lestrades Brust rasselte wie ein alter Kessel. «Nun», keuchte er, «was eigentlich? Wer hat ihn zuletzt gesehen?»

«Blatt. Flach. Blatt. Ich schätze, ich war's», sagte Reggie und lehnte sich zurück, damit ihn Lestrade gegen den Wind verstand. «Letzten Donnerstag.»

«Das wäre der Tag gewesen… der Tag, bevor er starb.»

«Ja, denke ich.»

«Wie… kam er Ihnen vor?» schnaufte Lestrade.

«Glücklich. Nein, nicht glücklich. In Hochstimmung, das ist der richtige Ausdruck.»

Vom rechten Ufer war ein gurgelndes Geräusch zu hören. Der Coach trat wie ein Verrückter in die Pedale und rief unverständliche Worte in die Flüstertüte.

«Was sagt er?» fragte Blackstaffe.

«Weiß nicht. Kann's nicht verstehen», sagte Reggie. «Harry, ich weiß, daß man seinen Teil für die Behinderten tun will, aber müssen wir einen Coach mit einer Gaumenspalte haben?»

«Habe Nachsicht mit ihm, Reggie. Horace weiß, was er tut.»

«Aber nicht viel Gutes, wenn er's uns nicht sagen kann, oder? Ja, Mr. Lestrade, in Hochstimmung.»

«War er das für gewöhnlich denn nicht?»

«Was? In Hochstimmung?» fragte Reggie. «Er war eigentlich eher einer von der wortkargen Sorte. Meinst du nicht auch, Benjie?»

Ein Mann im Vorderschiff brummte.

«Nicht so einfach, jemanden zu kennen, wissen Sie, Superintendent.»

«Natürlich arm wie eine Kirchenmaus», sagte Blackstaffe.

«Ja?» keuchte Lestrade, der sich inzwischen auf einsilbige Wörter beschränkte.

«Würden Sie Ihre Nase aus meinem Rücken nehmen, Sir?» dröhnte die Stimme des Mannes vor Lestrade. «Ich komme mir vor, als wäre ich wieder in Uppingham.»

Lestrade gehorchte mit Freuden. Der Flanell kratzte ohnehin. Aber das brachte ihn aus dem Takt, und sein Ruder prallte mit dem seines Hintermannes zusammen. «Entschuldigung!» zischte er durch zusammengebissene Zähne.

«Ja», sagte Blackstaffe. «Armseliger Bettler, das war Lin. Wir nannten ihn den Skuller-Zigeuner.» Alle außer Lestrade lachten.

«Was sagt Horace jetzt, Reggie?»

Der Steuermann hielt sein Sprachrohr ans Ohr. In der Not fraß der Teufel Fliegen. «Irgendwas mit... bridge», sagte er. «Ist einer von euch heute abend mit Horace zum Bridge verabredet?»

«Nein. Er sagt: Auf Kurs bleiben», sagte Blackstaffe. «Wir kommen ein bißchen ab, Reggie. Gegensteuern.»

«Gibt es jemanden», rang Lestrade seiner gequälten Lunge einen vollständigen Satz ab, «der ihm den Tod gewünscht hätte?»

«Horace?» fragte Reggie stirnrunzelnd. «Bloß weil ein Bursche einen Sprachfehler hat, Lestrade...»

«Nein, nein.» Lestrade hustete und spie aus. «Lin.»

«Ach, ich verstehe. Blatt. Hör mit den Spielereien auf, Fairbrother, du bist jetzt nicht in Magdalen, weißt du. Ziehen. Ja, so.»

Der Lärm am Ufer nahm zu. Lestrade warf einen Blick zur Seite und sah Valentine auf dem Pfad verschwinden. Horace, der Coach, gestikulierte heftig, während Walter Dew mit wackelndem Vorderrad hinterherstrampelte.

«Puh, was für ein Mordstempo!» grunzte jemand im Boot, aber Walter Dew konnte er damit nicht gemeint haben.

«Darf ich Sie daran erinnern, Gentlemen, daß von uns eine durchschnittliche Schlagzahl von vierzig pro Minute erwartet wird. Harry schafft's, aber Fairbrother, du bist ein Witz. Benjie ist in Form. Mr. Lestrade schafft drei oder vier, aber er nimmt eine Menge Wasser über. Flach. Flach.»

Horace brüllte nun unverkennbar, aber sie nahmen hartnäckig keine Notiz von ihm, während das Tempo sich verschärfte.

«Hört euch das an», sagte Reggie. «Für einen Mann mit einer Gaumenspalte hat er eine gewaltige Lunge.»

«Ja», nickte Blackstaffe, «was für ein Feuer. Macht einen richtig stolz, ein Ruderer zu sein. He!» Er blickte auf, als hinter der Biegung der Fluß jenseits der Henley-Strecke sichtbar wurde.

«Mein Gott, was ist das?»

«Es ist eine Pontonbrücke», kreischte Reggie.

«Wie ich schon sagte», keuchte Lestrade, die Hände um das Ruder gekrampft, «fällt einem von Ihnen jemand ein, der Lin den Tod wünschen würde?»

«Blatt! Blatt! Blatt!» brüllte Reggie. Lestrades Mund prallte gegen den Kopf seines Vordermannes. Er schielte nach rechts, denn dorthin hatte sich sein Hals verdreht. Er sah Valentine, Horace und Dew, die sich mit gespreizten Beinen auf ihre Fahrräder stützten und entsetzt herüberstarrten.

«Sie haben kein Recht, da zu sein. Wer zur Hölle sind sie?»

Blackstaffe zerrte verzweifelt an seinem Ruder und zog es aus dem Wasser.

Lestrade erblickte eine treibende Flottille kleiner Boote, die an einem Ende am Ufer vertäut waren, und kleine Jungen in knielangen

Hosen und losen Schultertüchern, die hin und her flitzten. Und in der Mitte sah er einen drahtigen kleinen Lieutenant General mit einem großen Hut, der Befehle erteilte, als stehe er in der Bresche von Mafeking. Gott sei Dank, dachte er noch, als er das Knirschen hörte und die Erschütterung seines Rückgrats spürte, Gott sei Dank trägt er keinen Rock.

Die geschiente Erscheinung humpelte über den Flur des Leichen-schauhauses.

«Sholto Lestrade, wie er leibt und lebt», grüßte ihn eine Stimme.

«Doktor White, ich bin nicht sicher, ob ich lebe. Ich würde Ihnen die Hand geben, aber ich habe kein Gefühl im Arm.»

«Du lieber Himmel, Sie sehen aus, als ob Sie mit der *Abercrombie Robinson* untergegangen wären.»

«Wer immer das sein mag, ich bin's wahrscheinlich.» Lestrade wollte mühsam in einem Sessel Platz nehmen.

«Nicht dort. Meine Sandwiches.»

Der Superintendent knurrte und entfernte seine abgewetzten Hosen von Mrs. Whites Fehlleistung.

«Gut, gut. Ich weiß, weshalb Sie hier sind. Linlithgow Morris.»

«Sie sagen es.» Lestrade versuchte in seinem Stützkragen den Kopf zu drehen. «Was können Sie mir sagen?»

White legte seine grüne, verschmierte Schürze ab. «Gift. Ziemlich unangenehm. Wollen Sie einen Blick auf ihn werfen.»

«Warum nicht?» Lestrade stakste durch den Raum. «Schlechter als jetzt könnte ich mich nicht fühlen.»

«Nein», sagte White und betrachtete den Superintendent einge-hend. «Und im Grunde sieht er ein bißchen besser aus als Sie. Trotz-dem werden Sie sich die Nase zuhalten müssen. Teils wegen der Hitze, teils wegen der verdammten Schnaken sieht's im Garten lei-der nicht gerade prächtig aus.»

Er ließ eine Lade herausgleiten und schlug ein graues Laken zurück. Der tote Mann trug nur ein Paar kurze Ruderhosen. Seine Haut war blaß fleischfarben, das Haar lang und noch immer glänzend.

«Arsen», sagte Lestrade.

«Richtig. Abgesehen vom eingefallenen Gesicht keine äußeren Merkmale. Das Erbrochene habe ich natürlich weggewischt.»

«Danke. Verabreicht?»

«Oh, ganz bestimmt.» Er schob die provisorische Bahre zurück.

«Nein, ich meine, wie es ihm verabreicht wurde?»

«Oh, verstehe. Nun, bei seiner letzten Mahlzeit scheint er Pflaumen zu sich genommen zu haben. Sorgen für gute Verdauung, sagt man.»

Lestrade nickte. «Hat er Familie?»

«Ältere Großeltern, glaube ich. Wohnen hier in Henley. Die Bobbies vom hiesigen Revier haben es ihnen schonend beigebracht. Schade, wie ich hörte, war er ein verdammt guter Ruderer.»

«Ja, habe ich auch gehört. Ich habe im Bootshaus seine Pokale gesehen.»

«Und? Ich kenne Sie seit einer Ewigkeit, Lestrade. Wenn der Yard erst mal hinzugezogen wird, ist Not am Mann. Wie lautet Ihre Theorie?»

«Diese Leiche ist eine von vielen», klärte Lestrade ihn auf und blickte sich verzweifelt nach einem Stuhl um.

«Aha!» schnaubte White. «Ich liebe Rätsel.»

«Es ist kein Rätsel.» Lestrade zuckte zusammen, als sein taubes Hinterteil gegen Mahagoni stieß. «Irgendein Verrückter läuft herum und bringt Sportler um. Die Presse schlachtet die Geschichte seit Wochen aus. Ich bin überrascht, daß überhaupt noch ein paar Sportler in London übrig sind.»

«Also sind es die Türken.» White wirbelte einen anderen Stuhl herum und setzte sich rittlings darauf, bevor er anfing, gierig Mrs. Whites Sandwiches zu verdrücken. «Beißen?» fragte er.

«Nein», sagte Lestrade und schob sich vorsichtig hin und her. «Blasen. Kennen Sie den Außenminister?»

«Sir Edward Grey? Liebe Güte, nein. Sollte ich?»

«Nein», Lestrade zuckte die Achseln, im Augenblick seine lebhafteste Bewegung. «Es ist bloß so, daß Sie und er dieselbe Theorie haben.»

«Und wie lautet Ihre? Aus erster Hand, sozusagen.»

Lestrade versuchte zu lachen, aber die Anstrengung führte lediglich zu einem hohlen Keuchen. «Ich befasse mich mit Beweisen, nicht mit Theorien. Kannten Sie den Toten?»

«Nein. Hatte aber von ihm gehört. Er ist hier in Henley ein Lokalmatador. Weihte dauernd Bedürfnisanstalten und so was ein. Netter Bursche, sagen die Leute.»

«Ja, das ist es ja gerade. Ich habe sieben weitere nette Burschen, von einer netten jungen Frau ganz zu schweigen, die im ganzen Land verstreut in Gräbern und auf Bahren liegen. Oh, und zwei davon inzwischen außer Landes, schätze ich. Nun sagen Sie mir, Doktor, wer tötet nette, gewöhnliche Leute?»

White dachte einen Augenblick nach. «Eine andere nette, gewöhnliche Person, die durch ihren Tod etwas zu gewinnen hat», sagte er.


Mr. Edward Henry hantierte mit der Marmelade, der extragroben Sorte, für die er eine große Schwäche hatte. Er blätterte die Zeitung bis zur letzten Seite durch. Sein Blick fiel auf etwas Kleingedrucktes, diskret am Ende von Kent Ickes Kolumne plaziert.

«Wo ist die Zeitung von heute, Liebes?» fragte er seine Frau.

Mrs. Henry blickte ein wenig beunruhigt drein. All diese Jahre, da er in der heißen Sonne Ceylons Leute verhaftet, all diese Jahre, da er die winzigen Linien an den Fingerspitzen irgendwelcher Leute beäugt hatte – vielleicht begannen sie ihren Tribut zu fordern.

«Da ist sie doch, Schatz», sagte sie.

«Wo?» Er blickte verwirrt auf den Frühstückstisch vor ihm. Klein-Helens zermalmtes und verstreutes gekochtes Ei, ihr schiefer Stapel von Toastscheiben, das schimmernde Silber von Kaffeekanne und Tablett.

«Vor deiner Nase, Schatz.» Mrs. Henry griff unwillkürlich nach dem Thermometer an ihrer Gürtelkette. «Du liest darin.»

«Nein, nein», lächelte Henry. «Es kann nicht die von heute sein. Es steht ein winziger Artikel darüber drin, daß Martin Sheridan eine Goldmedaille gewonnen hat.»

«Nun, wenn's in der *Mail* steht, Schatz, muß es wahr sein.»

Henry drehte die Zeitung herum. Ungläubig las er das Datum: Es war das heutige.

«Verdammt und zugenäht!» donnerte er. Klein-Helen brach in Tränen aus, und die ein wenig größere Hermione begann die Milch abzuwischen, die überall hingespritzt war.

«Nicht schon wieder, Schatz.» Mrs. Henry blickte flehend auf. «Ich dachte, du hättest Mr. Dew den Sheridan-Fall weggenommen?»

«Begreifst du denn nicht, Weib?» dröhnte er. «Es gibt keinen Fall Sheridan. Das heißt, es sei denn, ein toter Mann kann einen Diskus weiter werfen als eine Menge lebender.»

«Laß mich sehen, Schatz.» Sie rückte ihre Lesebrille zurecht.

«Da ist von ‹griechischem Stil› die Rede.», las sie. «Vielleicht ist es eine Art von postumer Auszeichnung. So wie die Königin – Gott segne Sie – diesem schneidigen kleinen Italiener diesen Pokal gab.»

«Das einzig Postume an dieser ganzen Sache», schnarrte Henry, «ist der Nachruf. Ich werde einen auf Sholto Lestrade schreiben. Wirst du wohl still sein?» schrie er seine jüngere greinende Tochter an und stürzte zur Tür. «Ich bin unterwegs zum Yard.»

Mrs. Henry erhob sich, um das aufgelöste Kind zu trösten. «Mach dir nichts draus, Liebling», sagte sie. «Papa ist heute morgen ziemlich aufgebracht, weil dieser nette Mr. Lestrade gestorben ist. Aber mach dir keine Sorgen. Er kann jederzeit einen anderen bleichen, ziemlich beschränkten Superintendent mit einem Rattengesicht kriegen.»

Es gab gar keinen Zweifel. Linlithgow Morris war im Grunde ein netter Bursche, wie all die anderen. Einer oder zwei der Bewohner von Henley, mit denen Dew und Valentine sprachen, als sie ihren durchgemangelten, durchtränkten Chef unter Baden-Powells Floß aus Booten herausgezogen hatten, sagten, er sei ein ziemlicher Langweiler gewesen, und man war allgemein der Ansicht, daß Inspector Tom Gregory der Mann war, der seinem Beispiel folgte. Andere fanden ihn ziemlich verschlossen. Morris' Eltern waren an

Diphtherie gestorben, als er ein Baby war, und er war von den Großeltern väterlicherseits aufgezogen worden, freundlichen alten Leutchen, die sich krummgelegt und gespart hatten, um dem Jungen eine gute Ausbildung zu ermöglichen, und die wie alle anderen jubelnd am Ufer gestanden hatten, während er von Urkunde zu Urkunde, von Medaille zu Medaille ruderte. Alles sehr aufregend, wenn man Spaß daran hatte, seine Zeit achteinhalb Zoll oberhalb der Wasserlinie zu verbringen, den Kopf eines anderen zwischen den Knien. Was fanden die Leute eigentlich am Sport, fragte sich Lestrade einmal mehr, als die Droschke ihn vor dem *Wig-and-Pen-Club* absetzte? Er war billiger als Maschinengewehre, die Ausländer auf dem Schlachtfeld niederzumachen, vermutete er. Das mußte es sein. Ein billiger Krieg. Und als er die Stufen hinaufschwankte, während sein großer Stützkragen im Licht der Straßenlaternen leuchtete, dachte er finster: Was für lausige Zeiten.

Er latschte an dem Türsteher vorbei, der auf seinem Posten schnarchte. Getreu bis in den Tod, sinnierte Lestrade und schlurfte durch die menschenleere Halle. Er erblickte sein Bild in den Spiegeln, das im Kerzenlicht flirrte – eine abenteuerliche Erscheinung in Scharpie und Gaze, sein Gesicht voll schimmernder Beulen, die Lippen aufgeschlagen und gespalten. Von irgendwo hörte er das flüchtige Klicken, als die letzten Kugeln des Abends von der Bande abprallten.

«Mr. Grant.» Lestrade erblickte den Journalisten, in eine mit Leder ausgeschlagenen Ecke des Speisesaals gelümmelt.

«Mr. Lestrade.» Der Zeitungsmann erhob sich mühsam und streckte eine Hand aus. «Sie müssen mir verzeihen», sagte er. «Ich habe leider ein bißchen zuviel getrunken. Cognac?»

«Ich bin noch im Dienst, Sir», wandte Lestrade ein. «Obwohl nicht mehr lange, wie ich fürchte.»

«Na dann», Grant hielt sich an der Karaffe fest, «einen für den Weg. Danke für Ihr Kommen. Zigarre?»

Lestrade nahm eine, und die beiden Männer machten es sich in den Polstern zu beiden Seiten des Tisches bequem. «Die Nachricht lautete, daß Sie mich sprechen wollten», sagte Lestrade.

«Ja.» Grant kippte seinen Cognac und goß sich ein weiteres Glas voll. «Es hat nicht funktioniert», sagte er.

«Was?»

«Der Trick mit dem Mord an Martin Sheridan. Er hat nicht funktioniert.»

«Ich weiß», sagte Lestrade, «ich habe Mr. Ickes Bericht in der Zeitung gelesen.»

«Der verdammte Blödmann!» sagte Grant. «Ich bat ihn darum. Ich habe ihm sogar gesagt, warum. Ich sagte», er beugte sich vor und flüsterte eindringlich, «ich sagte, wir müßten unseren Mann zum Narren halten. Wenn er glaubt, daß wir mit ihm spielen – einen Mord erfinden, den er nicht begangen hat, Ihnen den Fall wegnehmen und Dew übergeben –, dann würde er, sagte ich, aus dem Unterholz rauskommen. Er würde an die Zeitung schreiben. Er würde beim Yard anrufen. Irgendwas. Verrückte sind so, Kent, sagte ich zu ihm. Vergebens. Dieser Bursche hält sich für verdammt schlau. Das wird ihn aus der Deckung locken, sagte ich. Wissen Sie, was er sagte? Icke, meine ich?»

Lestrade schüttelte den Kopf.

«Er sagte: ‹Rutsch mir den Buckel runter, alter Gauner.›»

«Was bedeutet das?»

«Ich habe keine Ahnung. Absolut keinen Schimmer. Diese Sportreporter sind eine verdammte Rasse für sich. Das sollte keine Anspielung sein. Als Journalisten würden sie verdammt gute Toilettenmänner abgeben. Guter Gott.» Im trüben Zwielicht runzelte Grant die Stirn. «Sie sind ziemlich böse zugerichtet, oder?»

«Das ist nichts», erwiderte Lestrade, «vierzehn Tage flach auf dem Rücken, und alles ist wieder wie neu. Und, bitte, ärgern Sie sich nicht über die Idee mit Sheridan. Es war eine gute Idee. Sie hätte durchaus funktionieren können. Was wird Mr. Harmsworth sagen?»

«Wer?» knurrte Grant. «Ich schere mich den Teufel um diesen Mistkerl, Lestrade. Es gibt noch mehr im Leben, als für ein Groschenblatt zu arbeiten.»

Das konnte Lestrade glauben.

«Trotzdem», Grant stützte den Kopf in die Hände und spielte geistesabwesend mit dem Zigarrenstummel, «es konnte nicht funktionieren.»

«Warum nicht?» fragte Lestrade und zuckte zusammen, als der Cognac durch seine Lippen floß. «Weil Martin Sheridan noch am Leben ist?»

Grant blickte ihn an. «Nein», sagte er, und seine Augen waren tränenfeucht. «Weil es eine Person gibt auf dieser ganzen großen Welt, abgesehen von Ihnen und mir, die von Anfang an in unseren Plan eingeweiht war.»

Lestrade richtete sich langsaum auf. «Sie meinen…?»

Grant stand auf, nahm seinen Cognacschwenker und trank ihn leer. «Und Sie können nichts beweisen», sagte er. «Vielleicht können Sie verstehen, warum ich darüber froh bin», und er schwankte zur Tür.


Sholto Lestrade war vierundfünfzig Jahre alt. Er stand in der warmen Nachluft unter den schwarzen Türmchen der Gerichtshöfe des Temple. Hier hatte er vor vierunddreißig Jahren gestanden, ein frischgebackener Streifenpolizist. Und an seinem ersten Tag hatte ein Fotograf sein Stativ vor ihm aufgebaut und sein Bild auf der Stelle für die Nachwelt festgehalten. In künftigen Jahren würden sie das Foto vielleicht betrachten, das vergilbt und verschrumpelt war, und sie würden auf das eifrige junge Gesicht unter dem Helm schauen und sagen: «Was war er doch für ein komischer Kauz, dieser Sholto Lestrade.»

Jetzt war es Zeit für das letzte Mal. Zeit, die letzte Runde zu machen. Aber die Jahre und die Pontonbrücke hatten ihren Tribut gefordert. Heute abend würde er nicht einmal mehr das gleichmäßige Tempo von zweieinhalb Meilen pro Stunde schaffen. Er würde eine Droschke nehmen. Inzwischen mußte Mr. Henry die Zeitung gesehen haben. Oder irgendein Pöstchenjäger im Yard – es gab eine Menge davon. Oder Abberline oder Edgar-Smith oder ein anderer hatten ihn darauf hingewiesen. Henry würde nicht lange brauchen.

Sein Verstand war scharf wie ein Rasiermesser. Er würde wissen, daß Lestrade es gewesen war. Verfälschung von Beweismitteln. Behinderung der polizeilichen Ermittlungen. Ganz zu schweigen davon, daß der Ruf der *Daily Mail* wieder einmal geschädigt war – aber wer würde das schon bemerken?

Nun gut, er würde die Karten auf den Tisch legen. Er würde den Oberpolizisten heute nacht aufsuchen. Er sah auf seine Taschenuhr. Ein Uhr. Die Glocke der Temple-Kirche bestätigte es. Er blickte den dunklen Bogengang zur Kreuzfahrerkirche entlang, wo er erst vor ein paar Wochen mit einer entzückenden Dame spaziert war. Er mußte zum Yard fahren und sein Abschiedsgesuch niederschreiben. In dreifacher Ausfertigung, versteht sich. Und er mußte es in einen dieser verdammten Posteingangskörbe Edward Henrys legen.

«Hast du gute Laune, Schätzchen?» rief ihm ein hoffnungsvolles Straßenmädchen aus den Bogengängen des Temple zu.

«Nicht mehr, Süße.» Er schnalzte mit der Zunge und winkte einer vorbeiratternden Droschke.

Er fuhr nicht zum Yard. Irgend etwas in ihm rebellierte, wand sich wie eine sterbende Kobra. Er war ein Yard-Mann. Ein bißchen angejahrt vielleicht. Er hatte wenig Zeit, Geduld und Gehalt, ohne Zweifel. Aber kein Zeitungsschreiber legte ihm einen Mörder zu Füßen und sagte: ‹Sie können es nicht beweisen.› Es *mußte* einen Beweis geben. Und er mußte noch einen letzten Ort aufsuchen, um ihn zu finden. Was hatte der alte Bolsover gesagt, als sie sich zum erstenmal begegneten? Als der alte Aristokrat in den Yard gekommen war. Er hatte – kurz, wie es seine Art war – über seinen Sohn gesprochen. «Fixer als alle meine Jungens.» *Alle* meine Jungens? Aber Bolsover hatte nur einen, und der war tot. Selbst wenn noch ein unehelicher existierte, ergab das nur zwei. Was also meinte er mit «alle meine Jungens»?

«Kutscher!» Lestrade stieß seinen Stock gegen das Kutschendach. «Grosvenor Place. Und Tempo!»

# Die Ziellinie wird überquert

Der kleine alte Mann lag da, ein Kissen unter dem Kopf. Er atmete heftig und unregelmäßig. Der letzte der Bolsovers mußte eine Reise antreten. Sein Herr rief ihn. Er konnte vermutlich nicht nein sagen.

Eine große Frau mit einem Busen wie ein Vertiko führte den kränkelnden Lestrade zum todkranken Aristokraten. Sie kreuzte die Arme und wippte mit den Zehenspitzen, fast so wie die verstorbene Königin.

«Ich sagte Ihnen, es sei sinnlos», sagte sie scharf, strich ihren Morgenmantel glatt und zupfte ihre Lockenwickler zurecht. «Lord Bolsover hat sich seit fast fünf Wochen nicht gerührt.»

«Sie haben sein Krankenbett nie verlassen, Miss...?»

«Schwester!» verbesserte sie ihn schneidend. «Niemals. Außer natürlich, um zu schlafen und an den üblichen Gottesdiensten teilzunehmen.»

«Hat er während dieser Zeit das Bewußtsein wiedererlangt?» fragte Lestrade, der es zunehmend schwieriger fand, seinen Kopf in den richtigen Winkel zu drehen, um mit der Schwester in Blickkontakt zu treten.

«Viermal.»

«Hat er etwas gesagt?»

«Lassen Sie mich nachdenken.» Sie fischte von irgendwo ein Thermometer hervor und versenkte es in die Tiefen des Bettzeugs. Ein weniger apathischer Mann hätte am Kronleuchter gebaumelt.

«Beim erstenmal fragte er mich, wer ich sei. Ich sagte ihm, ich sei Schwester Plinlimmon vom Hospital für Rektale Erkrankungen.»

«Das muß ihn unendlich getröstet haben», bemerkte Lestrade.

«Das glaube ich gern», lächelte sie, zog das Thermometer heraus und schüttelte es kräftig. «Aha, das habe ich mir gedacht.» Sie hob Bolsovers Augenlider an und schob einen außerordentlich langen Gummischlauch in sein linkes Nasenloch. «Beim zweitenmal hatte der alte gemeine Kerl die Frechheit, mir auf das Gesäß zu klopfen.»

«Und was sagte er dann?»

«Das möchte ich lieber nicht wiederholen.» Lestrade glaubte zu sehen, daß sie im Kerzenlicht errötete. «Sehen wir davon ab, daß angesichts seines Zustandes medizinisch unmöglich war, was er vorschlug.»

«Und das dritte Mal?»

«Ja. Das war erst neulich. Er sagte: ‹Verdammter Buccleuch. Er hat mir die Schnürsenkel zusammengebunden.›» Sie griff abermals unter das Laken und zog einen weiteren Gummischlauch hervor. «Freund des Aristokraten, dieser Apparat», erklärte sie Lestrade, «ein Segen für die Inkontinenten.»

Lestrade war nicht im entferntesten überrascht. Er war sicher, daß man so etwas in England nicht kaufen konnte. «Seine vierte Bemerkung?» fragte er.

«Ja.» Schwester Plinlimmon runzelte die Stirn und setzte sich neben das Himmelbett. «Das war sehr merkwürdig. Er war gestern geistig ziemlich klar – soweit man das von einem Mann sagen kann, der dahinvegetiert. Er fing an, nach seinen Jungens zu rufen.»

«Nach seinen Jungens? Au!» Lestrade machte eine jähe Kopfbewegung und verrenkte sich prompt abermals den Hals. Er rückte der Frau auf den Leib, so nahe, wie ihre riesige gestärkte Vorderfront das zuließ. «Ist das alles?»

«Ja. Der Rest war Gebrabbel. Unzusammenhängend. Er brabbelte vom alten England.» Sie blickte auf ihn herab, auf ihre eigene psychopathische Weise mitleidig. «Armer alter Knabe. Es ist erstaunlich, daß er so lange durchhält, wissen Sie. Etwas hält ihn am Leben, aber ich zerbreche mir den Kopf, was das wohl sein könnte. Es ist die Tradition, vermute ich. Es heißt, ein Bolsover

wäre diesen Berg hinaufgeritten mit diesem William dem Dingsbums.»

«Das war er vermutlich», sinnierte Lestrade und blickte auf das
gelbe Gesicht und die eingefallenen Züge im gelben Dämmerlicht.
«Bolsover!» rief er plötzlich.

«Sind Sie von Sinnen?» kreischte Schwester Plinlimmon. «Sie werden die Toten aufwecken.»

«Das habe ich vor», sagte Lestrade. «Lord Bolsover!»

Sie zupfte ihn am Ärmel. «Lassen Sie das, Sir», zischte sie. «Ich lasse
nicht zu, daß der arme alte Mann tyrannisiert wird.»

«Erkennen Sie mich?» Lestrade bemühte sich nach Kräften um
einen schneidigen militärischen Ton, obwohl man sagen muß, daß
ihm der Große Hut und der Rock fehlten. «Hier ist Bobby. Bobby
Baden-Powell. Erinnern Sie sich an das Fünfte? In Indien? Was für
ein prächtiger Haufen, wie? Hören Sie mich? Bolsover. Ich rede mit
Ihnen, hören Sie mich?»

Der kleine alte Marquis regte sich, rollte sich zur Seite, und seine
Augenlider flatterten.

«Lassen Sie ihn zufrieden, Sie Lump!» donnerte Schwester Plinlimmon, beugte die kräftigen Unterarme und griff nach der Bett-
pfanne.

«Madam», zischte Lestrade, «ich stecke bis zum Stützkragen in
Leichen. Und dieser Patient von Ihnen ist der einzige Mensch in
England, der mir helfen kann. Ich bin verzweifelt.»

«Das sehe ich», bemerkte die Krankenschwester verächtlich, «aber
ich kann nicht zulassen, daß Sie einen sterbenden Mann mißbrau-
chen, indem Sie vorgeben, General Baden-Powell zu sein.»

«Baden-Powell?» Aus der Ecke kam eine gespenstische Stimme.
«Kommen Sie näher.»

Der Superintendent und die Schwester eilten zu ihm und nahmen zu
beiden Seiten des Bettes Aufstellung. Er blickte zuerst sie an.

«Gott, Bobby. Sie haben zugenommen. Brüste! Wischnus Fluch!
Geschieht Ihnen recht.»

«Mein Gott», schluchzte Schwester Plinlimmon, «mein Gott. Es ist
ein Wunder.»

«Wunder! Das glauben Sie doch selber nicht.»

«Mylord», Lestrade rüttelte an der ausgezehrten Schulter des alten Mannes, «erinnern Sie sich an mich?»

Bolsovers Augen flatterten abermals. «Ob ich mich an Sie erinnere?» Er lächelte und tätschelte Lestrades Hand.

«Natürlich, Vikar. Platz in der Abbey. Alles fertig? Nicht zu nahe am verdammten Poet's Bally Corner, denken Sie dran.»

«Nein, nein, Mylord. Lestrade, Scotland Yard.»

«Scotland Yard?» Bolsover runzelte die Stirn. «Zum Teufel, will dort nicht beerdigt werden. Zu weit nördlich.»

Schwester Plinlimmon saß schluchzend da, und ihre Tränen spritzten nach allen Seiten auf ihren wogenden Busen. «Ich wußte, es war zu schön, um wahr zu sein», jammerte sie. «Er stirbt, Superintendent.»

Bolsover blickte sie finster an. «Hör mit dem Geheule auf, Bobby. Hab mich mein Leben lang nicht inspizieren lassen. Werde jetzt nicht damit anfangen.»

«Ihre Jungens.» Lestrade griff nach den Schultern des alten Mannes.

«Meine...» Der alte Aristokrat versuchte sich zu konzentrieren.

«Ihre Jungens. Erzählen Sie mir von Ihren Jungens.»

«Wo sind sie?» fragte Bolsover.

«Wer sind sie?» In diesem Stadium war Lestrade daran mehr interessiert.

«Anstruther suchte sie aus. Alles Athleten. Alle meine Jungens. Sogar ein Mädchen.»

«Das Mädchen?» Lestrades Kopf hämmerte. «Meinen Sie Effie Jennings?»

«Das ist sie.» Bolsover schluckte an seiner Zunge. «Aus Derbyshire.»

«Was verbindet sie?» rief Lestrade. «Warum sind sie Ihre Jungens?»

«Ausgewählte Gruppe», sagte Bolsover. «Kriegt alles, wenn ich abtrete. Und wenn Anstruther abtritt.»

«Anstruther ist abgetreten», sagte Lestrade.

Bolsover schluckte und richtete sich auf. «Abgetreten?» Er wandte sich ungläubig an die Schwester. «Bobby. Ist das wahr?» Sie nickte mit zitternder Lippe.

Er fiel auf das Kissen zurück. «Mein Gott. Hab's verpatzt. Hatte meine Chance, dann fällt alles an sie.»

«An alle?»

Bolsover nickte.

«Sie sind alle tot», sagte Lestrade gleichmütig.

Bolsovers Gesicht wurde finster. Dann fuhr er mit den Fingern durch die Luft. Er packte Lestrades Ärmel. «Wie man sät, Vikar», flüsterte er, jetzt kaum noch hörbar, «so erntet man.» Er wandte sich an Schwester Plinlimmon. «Sie sollten damit aufhören, Bobby», sagte er leise, «Röcke zu tragen.»

Und er starb.

Schwester Plinlimmon stieß ein Klagelaut aus und stand schniefend auf. «Nun, das war's», sagte sie. «So verschied der letzte der Bolsovers. Ich frage mich, wer jetzt erben wird?»

Lestrade blickte sie an.

«Gibt es ein Testament?» fragte er.

«Ich habe keine Ahnung. Es gibt keinen Tresor im Haus.»

«Wer sind seine Anwälte?»

«Hat keine. Es geht die Sage, daß er den letzten erschoß, der ihm seine Dienste anbot. Er mag – er mochte – keine Anwälte.»

«Sehr klug», pflichtete Lestrade bei.

«Was hatte das alles zu bedeuten, das mit seinen Jungens?» fragte Schwester Plinlimmon, «und daß einer davon ein Mädchen war?»

Lestrade stand so plötzlich auf, daß ihm Tränen in die Augen traten. «Schwester Plinlimmon», sagte er, «wenn ich nicht geschient wäre, würde ich Sie küssen.»

Sie sah entsetzt aus. «Nein, das würden Sie nicht», sagte sie.


Sholto Lestrade wanderte herum. Er sah den Morgen über Mungo Hydes Fluß heraufdämmern und nickte den Postboten und Zeitungsjungen zu, die einer nach dem anderen in das goldene Morgenlicht traten. Ein Polizist grüßte ihn, als er am Embankment entlanghumpelte. Er hatte eine Stunde lang im Hinterzimmer des *Coal Hole* gehockt und mit dem Herrn Wirt Cognac geschlürft, Stunden nach der Sperrstunde, als die Bobbies über ihnen die Runde machten. Er hatte sein Abschiedsgesuch geschrieben, in einen Yard-Umschlag gesteckt und dem Diensthabenden übergeben.

«Mr. Edward Henry», hatte Lestrade gesagt. «Wenn Sie unterwegs vorbeikommen.»

«Wird gemacht, Sir», hatte der Constable geantwortet. «Werd mir merken, wie Sie ausgesehen haben.»

Oben auf der Treppe sah er sie. Eine Vision in Weiß und mit fliegenden goldenen Locken, als sie auf ihn zurannte. Sie warf sich in seine Arme, erschütterte seinen Hals und Rücken, und sie küßte die geschwollenen und aufgeschlagenen Lippen.

«Papa, Papa.» Sie barg ihr Gesicht im Stoff seines Stützkragens.

«Emma», flüsterte er, «kleine Emma.» Er setzte sie ab. «Gar nicht mehr so klein inzwischen, wie ich sehe.»

Sie blickte ihn an, und Tränen liefen ihr über das Gesicht. «Papa, du bist verletzt.»

«Nein», sagte er, «es ist nichts. Wie ist es dir ergangen? Erzähle mir alles von dir. Wie geht's in Bandicoot Hall?»

Sie drückte seine Hand und schmiegte sich an seinen gesunden Arm, als sie am Embankment entlangspazierten. «Harry und Letitia und die Jungen und ich, wir werden heute nach Hause fahren. Man sagte uns beim Yard, man habe dich umherwandern sehen. Was gibt es in unserer schmutzigen alten Stadt schon zu sehen?» fragte sie.

«In dieser Stadt?» fragte Lestrade. «Ich weiß es nicht.» Er lächelte. «Sie ist alles, was ich kenne, Emma. Abgesehen von dir», er drückte sie an sich, «ist sie das einzige, das ich liebe.»

«Ich sah dich beim Fechten», sagte sie. «Wie schrecklich, das mit diesem Mann.»

«Ja», nickte er. «Schrecklich.»

«Hast du einen Fall, Papa?»

«Ja», nickte er, «ich habe einen Fall.»

«Einen schwierigen? Einen sehr schwierigen?»

Er zuckte die Achseln. «Hast du schon jemals ein Problem gehabt? Im Internat von Monsieur Le Petomaine? Hast du nicht auch einmal ein Problem? Du hast es fast gelöst, aber du kommst einfach nicht auf die richtige Antwort?»

«O ja», strahlte sie, «fast immer. Ich bin nicht sehr klug, Papa», bekannte sie.

«Also, sag das nicht immer», erwiderte er heftig. «Du hast das Aussehen deiner Mutter und ihren Grips. Das ist eine unschlagbare Verbindung. Was tust du?»

«Wann?»

«Wenn du nicht auf die richtige Antwort kommst.»

«Hm.» Sie kräuselte die sommersprossige Nase und schnalzte mit der Zunge. «Ich denke konzentriert über das letzte Stückchen nach. Über das Stückchen, das mir zur Lösung fehlt.»

«Wirklich?»

«Ja. Was ist dein letztes Stückchen?»

«Meines?» sagte er. «Es ist ein Zitat aus der Bibel, glaube ich – ‹So wie man sät, so wird man ernten.›»

«Unsinn, Papa», schalt sie ihn, «das ist aus dem Galater-Brief.»

«Entschuldigung», erwiderte er. «Ich dachte, es wäre aus der Bibel.»

«In Wirklichkeit heißt es dort: ‹Irret euch nicht! Gott läßt seiner nicht spotten. Denn was der Mensch sät, das wird er ernten.›»

«Und was, glaubst du, bedeutet das, Emma?»

«Nun ja», kicherte sie, «es bedeutet, daß dich die Vergeltung einholen wird, wenn du etwas Häßliches getan hast.»

«Vergeltung?» seine Augen weiteten sich. «Das ist ein großes Wort für ein kleines Mädchen.»

«Sage nicht immer ‹Kleines Mädchen›.» Sie gab ihm einen Rippenstoß, der ihm das Wasser in die Augen trieb. «Oh, tut mir leid, Papa. Aber du hast selber gesagt, wie ich gewachsen wäre. Das ist eine schlimme Sache.» Sie kuschelte sich an seine Schulter. «Hat es etwas damit zu tun, daß es funkt?»

«Womit?»

«Daß es funkt», sagte sie. «Der alte Jem zu Hause sagte, das wär's, was die Welt am Laufen hält, und wenn ich größer wäre, würde ich Spaß dran haben. Was meinte er damit, Papa? Er wollte es mir nicht sagen.»

«Das will ich ihm auch geraten haben», sagte Lestrade. «Ich muß mal mit Harry ein Wörtchen über den alten Jem reden.»

«Ist es das, worum es sich in deinem Fall handelt?» fragte sie. «Daß es funkt?»

«Nein», lachte er, «nein, es hat damit überhaupt nichts...» Und er verstummte abrupt, seine Nackenhaare sträubten sich und streiften seinen Kragen. «Emma Bandicoot-Lestrade», sagte er und packte ihre Schultern, «habe ich dir je gesagt, daß du das beste Mädchen bist, das ein Mann sich wünschen kann?»

Sie strahlte vor Stolz. «Danke, Papa», sagte sie. Dann wirbelte sie ihn herum und hängte sich bei ihm ein. «Was passiert denn nun, wenn es funkt...?»

«Oh, guck mal», sagte ihr Vater schnell. «Da ist Harry und wartet auf dich. Komm. Wir laufen zur Treppe um die Wette.»

«Sei nicht albern, Papa», schalt sie ihn, ohne das körperliche Wrack zu beachten, das neben ihr humpelte. «*Damen* rennen nicht.»

«Gut», sagte er. «Im übrigen, in meinem Fall hat es vor ziemlich langer Zeit gefunkt.»


Das Stadion von White City lag öde und verlassen im Licht des Mondes, der sich von Zeit zu Zeit hinter Wolken versteckte. Das einzige Geräusch war das Sirren der Schnaken, die über den Zuschauerrängen hin und her flirrten, und die Mücken spielten stumm über dem trägen Wasser des Schwimmbeckens.

Die fünf Polizisten verteilten sich auf der Aschenbahn und gingen an den Seilen entlang, als stellten sie auf groteske Art ein Rennen nach. Der mit dem Stock und dem weißen Stützkragen zockelte hinterdrein, der mit dem Chiffonschal übernahm rasch die Spitze. Dann blieben sie stehen. Von der anderen Seite des Rasens näherte sich eine einzelne Gestalt, ihr Schritt war leicht, ihr Tempo gemessen.

«Sholto.» Sie blieb vor ihnen stehen und fügte dann, ein wenig vorsichtiger, hinzu: «Gentlemen.»

«Marylou», sagte er. «Danke, daß Sie gekommen sind.»

«Sie kennen uns Presseleute», sagte sie. «Können einer geheimnisvollen Nachricht wie der Ihren nicht widerstehen. ‹Komm zu mir bei Mondschein.› Alfred Noyes, nicht wahr?»

Lestrade kam sie weniger neu vor. «Ich weiß es nicht», gab er zur Antwort. «Chief Inspector Dew fand die Nachricht. War auf die Rückseite einer Streichholzschachtel gekritzelt, und er hielt sie für ziemlich angemessen.»

«Was hat das alles zu bedeuten?» fragte sie.

Lestrade stützte sich auf seinen Stock. «Es geht um Mord, Marylou», sagte er. «Um Mord und um Geld.»

Sie ließ die Hand mit der Handtasche sinken. «Sie wissen es also?» sagte sie finster, und in ihrer Stimme schwang Kummer.

«Wir wissen es», sagte er. «Aber ich möchte es von Ihnen hören.»

Sie seufzte und kam näher. «Sholto, ich bin mir meiner Fakten noch immer nicht ganz sicher. Vielleicht könnten wir unsere Notizen vergleichen. Ich bin darin nicht so gut wie Sie.»

Er grinste. «Oh, kommen Sie, Marylou. Sie hatten neunmal Gelegenheit zum Üben.»

«Was meinen Sie?» Durch sein Verhalten verblüfft, schaute sie ihn verständnislos an.

«Schon gut», sagte er, «wenn's Ihnen auf andere Art lieber ist. Zum Nutzen für diese jungen Polizisten hier, spielen wir's mal durch. Oder sollen wir das lieber auf dem Revier machen?»

«Nein.» Sie blickte sich um. «Hier paßt es mir gut.»

«Anstruther Fitzgibbon», begann Lestrade und umkreiste sie bedächtig, wobei der Bundring seines Stocks Löcher in den olympischen Rasen bohrte. «Er war Ihr erstes Hindernis.»

«Mein Hindernis?» Sie straffte sich.

Er nickte. «Korrigieren Sie mich, falls ich in diesem Punkt falsch liege. Sie gabelten ihn unter einem Vorwand auf und gingen in sein Zimmer am Berkeley Square. Sie hatten Ihre ‹Rückendeckung›, wie Sie es nannten – in einem unbedachten Augenblick unserer Unterhaltung im *Yelf's Hotel*. Da waren Sie ein wenig zu selbstsicher.»

«Also, jetzt hören Sie mir mal eine verdammte Minute zu...» begann sie. Und er erkannte den unbeugsamen Ton in ihrer Stimme, wie damals auf der Insel Brownsea.

«Bitte.» Er hob die Hand. «Dies ist mein Revier. Washington ist... da drüben», und er deutete in die falsche Richtung. «Aber Sie beschlossen, die Pistole nicht zu benutzen – die Ihre, meine ich. Sie beschlossen, seine zu benutzen. Das reizte Ihre romantische Ader. Die Dichterin. Sie sahen Fitzgibbons antike Waffen, und Sie luden eine davon. Da sie ja von Pionieren abstammen, kamen Sie mit dem komplizierten Gerät zurecht und zwangen Ihr Opfer, sich an den Tisch zu setzen. Das verblüffte mich anfangs, aber es war... ja, was war es? Die Nerven? Feuerten Sie darum aus diesem Winkel, weil Sie nervös waren?»

«Sie erzählen die Geschichte», sagte sie ungerührt.

Lestrade war jetzt im Zuge. «Die Nerven machten Ihnen später gewiß nicht mehr zu schaffen, als Sie Besançon Hugo erschossen und Tyrrwhit Dover mit dem Pfeil trafen.»

«Übung macht den Meister, heißt es», erwiderte sie.

Er nickte. «Also nahmen Sie sich Bolsovers Jungens vor», sagte er. «Aber da gab es ein Problem, nicht wahr? War es nicht wirklich Ironie des Schicksals, daß der einzige Mann, der Ihre Untaten hätte aufdecken können, ein alter Freund war? Das verursacht mir die größte Übelkeit, Marylou, daß Sie bereit waren, jemanden zu töten, der Ihnen nahestand, um das zu bekommen, was Sie haben wollten.»

«Sholto, ich...»

«Vielleicht hatten Sie vergessen, wo Sie vom Fall Beck gehört hatten. Oder vom Buch *Nena Sahib*. Sie erfuhren es von Hans-Rüdiger Hesse selbst, als Sie von dem großen Mann alles lernten, was es über Journalismus zu lernen gab. Oder vielleicht hatten Sie nicht damit gerechnet, daß er zu den Spielen kommen und in London auftauchen würde. Das war ziemlich unangenehm für sie, oder?»

Sie schüttelte traurig den Kopf.

«Irgendwie erfuhren Sie, daß er mich aufgesucht hatte. Sie erzählten mir, Sie hätten ihn in letzter Zeit nicht gesehen. Das war eine Lüge. Er muß Ihnen von seinem Besuch im Yard erzählt haben. Und entweder dann oder etwas später – schreiben Sie mit, Valentine? Es tut mir leid, wenn ich nicht schnell genug für Sie bin... – hatten Sie mehr Glück als Verstand. Gilbert Chesterton mag ja ein bedeutender Mann sein, aber er weiß nicht, welchen Wochentag wir haben. Er glaubt, Napoleon wohnte in Notting Hill. Und der einzige andere Nachbar war stocktaub. Sie suchten Hesse auf und erstachen ihn. Blutige Angelegenheit, das. Nicht sehr hübsch, Marylou. Ein wenig unpassend für eine Dame. Aber ich muß an Lizzie Borden denken.»

«Sie hat's nicht getan», sagte Marylou.

«Sie wurde des Mordes nicht überführt», verbesserte Lestrade. Er humpelte näher. «Dann fuhren Sie in den Süden, um über die Regatta der Boote zu berichten.»

«Jachten, Chef», sagte Hollingsworth.

«Sie waren es, die William Hemingway auf dem Umweg über Kapitän Overland und Philip Hunloke die Pflaumen zukommen ließen. Sie verließen sich darauf, daß sich wegen der Verwirrung beim Start der Regatta niemand daran würde erinnern können, wer es gewesen war. Es gehörten Nerven dazu, so lange herumzulungern. Aber wie ich sagte, Sie waren zu selbstsicher. Dieses Theater im Schlafzimmer im *Yelf's Hotel*...»

Er spürte, wie vier Kollegen bei dieser Bemerkung ihre Augenbrauen hochzogen, aber er fuhr rücksichtslos fort. «Sie zeigten mir Ihre Waffe, die Sie als ‹Rückendeckung› hatten, und Sie gaben zu, etwas über Gifte zu wissen, als Sie so taten, als hätten Sie meinen Cognac präpariert.»

«Oh, kommen Sie, Sholto», sagte sie. «War das nicht ein wenig zu offensichtlich?»

«Ich dachte es mir», nickte er, «aber, ich gestehe es, damals war ich nicht so sicher. Sie erzählten mir, Sie seien seit dem Start der Regatta nicht dort gewesen. Das war eine Lüge. Aber Sie sagten, Sie hätten sich bei der Damenmannschaft aufgehalten. Eine Lüge löste bloß eine andere ab. Während ich auf der Isle of Wight meinen Kopf auskurierte, fuhren Sie nach Norden.»

«Was soll's», sagte sie. «Es ging alles auf Spesen.»

Valentine schrieb wie ein Besessener.

«Sie besuchten Martin Holman von den Worplesdon Harriers. Er war kein sonderlich großer Künstler. Und er war kein sonderlich guter Dieb. Aber er war ein verdammt guter Läufer. Das heißt, bis Ihnen die Farbe seiner Pilze ins Auge fiel. Er hatte eine Schwäche für hübsche Waden, der gute Holman. Die Geständnisse von Miß Fendyke in der Kutsche zur Bow Street waren sehr aufschlußreich. Er steckte seine Finger nicht nur in die Kasse.» Walter Dew schnappte unwillkürlich nach Luft.

«Was haben Sie gemacht?» wollte Lestrade wissen. «Haben Sie ihm das Frühstück zubereitet?»

«Mein Haschee ist legendär», erwiderte sie.

«Ihr nächstes Problem war eine harte Nuß. Der Bolsover-Junge, der ein Mädchen war. Vielleicht hatten Sie diese metallischen Dinger gesehen, welche die Mitglieder der Damenmannschaft unter ihren Trikots trugen. Sei's drum, Sie luden sich selber ein und verbrachten einige Zeit bei ihnen. Einfallsreich, Effie Jennings' Büstenstütze mit Chrom zu behandeln. Trotzdem gingen Sie ein Risiko ein, als Sie mit ihr Squash spielten, nicht wahr?»

«Immerhin war es früh am Morgen. Niemand war in der Nähe.»

«Dann, natürlich, Hilary Term. Das ging beinahe schief, nicht wahr?»

«Sagen Sie's mir.» Sie zuckte resigniert die Achseln.

«Werde ich», sagte er ungerührt. «Sie machten sich an die Fechtmannschaften heran, doch Sie konnten nicht eindringen. Also stiegen Sie in der Nacht vor dem Turnier in den Prince's Club ein, mit der Absicht, Leotards Degen mit Gift einzuschmieren. Sie wußten bereits, welcher der seine war. Jeder Fechter hat seine Lieblingswaffe. Das hatten Sie bereits herausgefunden. Sie feilten die Spitze zu. Vermutlich hatten Sie die Feile in dieser Tasche.» Er zeigte darauf. «Aber der Trainer, Hugo, überraschte Sie. Um diese Zeit in der Nacht hatten Sie dort nichts zu suchen. Er erkannte Sie vermutlich wieder. Wie sollten Sie Ihre Anwesenheit erklären? Sie konnten es nicht, also benutzten Sie zum erstenmal Ihre ‹Rückendeckung› – diese schicke, kleine Pistole, die Sie tragen – und erschossen ihn. Der arme alte Besançon tat sein Bestes, mich wissen zu lassen, wer es getan hatte. Mit seinem eigenen Blut schrieb er den Buchstaben ‹J› an die Tür.»

«Miss Adams ist also Jüdin, Sir?» fragte Dew.

«Nein, Walter», entgegnete Lestrade. «Miss Adams ist Journalistin. J steht für Journalistin. Leider starb er, bevor er weiterschreiben konnte. Die Ironie war, daß Term am nächsten Tag ohnehin gestorben wäre, denn Leotards Klinge brach. Und das führt uns zu Tyrrwhit Dover.»

«Und wie habe ich ihn getötet?» fragte Marylou.

«Wiederum auf poetische Weise», sagte Lestrade. «Oh, Sie hatten Ihre kleine Taschenflak, aber Sie hatten ja schon einmal einen Degen zurechtgefeilt. Warum nicht einen Pfeil? Hatten Sie nicht eine wissenschaftliche Arbeit über Kreuzfahrer geschrieben? Alles sehr romantisch, wirklich. Sie besuchten den Bogenschützenclub und sprachen mit Dover und den anderen Bogenschützen. Sie erfuhren, daß sie oft spätabends, sogar bei Mondschein, übten. In Fleet Street wimmelt es von Jahrbüchern. Sie suchten sich die passende Nacht aus und fuhren hin. Aber ich schätze, Sie hatten nicht damit gerechnet, daß Millie Blanchard auftauchen würde. Das war ein pikantes Detail am Rande, auf das Ihre Spürnase nicht gestoßen war. Trotzdem, gerade weil sie da war, kam Ihnen eine Idee. Wenn Sie Dover in ihrer Gegenwart umbrachten, konnten Sie sie womöglich mit hineinziehen. Sie belauschten ihren Streit. Die Frau war ein Bogenschütze. Ohne Zweifel schamlos und strahlend, aber eine Frau, die zum Gespött gemacht worden war. Was war natürlicher, als daß sie ihn an eine Zielscheibe nagelte, weil er sie sitzengelassen hatte? Sie sind eine richtige kleine Romantikerin.» Er schnalzte mit der Zunge.

«Und dann?» gähnte sie.

«Und dann hatte Richard Grant eine glänzende Idee. Er versuchte, unseren Mörder durch einen Trick zu fangen, indem er in der Zei-

tung über einen falschen Mord berichten ließ, um den mörderischen
– wie sagt ihr Amerikaner – ‹Obergauner› hervorzulocken.»

«Hurensohn», verbesserte sie ihn. «Sohn einer Hure.»

«Aber!» entrüstete sich Bourne.

«Da machten Sie schließlich ein Fehler, Marylou. Sie hätten mitspielen sollen. Sie hätten den Brief eines Verrückten fälschen sollen,
über Nachahmungstäter schwadronieren sollen oder warum dieser
Idiot, Dew, mit dem Fall betraut worden sei – tut mir leid, Walter...»

Der Chief Inspector wand sich vor Unbehagen.

«Aber Sie taten es nicht. Sie ließen die Sache laufen. Und es gab auf
der ganzen Welt nur drei Personen, die wußten, daß die Geschichte
mit Martin Sheridan falsch war. Sie, ich und Richard Grant.»

Sie nickte langsam. «Ich verstehe», sagte sie. «Sie haben recht.»

«Linlithgow Morris war wirklich schon so etwas wie ein Abstieg,
nicht wahr? Ich bin mit den Nachforschungen noch nicht mal fertig,
aber über die anderen weiß ich genug. Sie mußten ihn töten, weil er
der letzte der Bolsover-Jungen war. Sie vergifteten ihn – ziemlich
einfallslos, abermals Pflaumen zu nehmen – und legten ihn in ein
Boot. Wie diese Frau. Die Lady mit den Zwiebeln. Dieser kleine
Anflug weiblicher Poesie. Er verrät Sie jedesmal.»

«Gut», sagte sie. «Sind Sie fertig?»

«Für den Augenblick. Constable Bourne wird Sie zum Revier begleiten.»

«Was ist mit dem Motiv?» fragte sie. «Sie haben Ihre Methode – Sie
haben recht, da bin ich sicher, in allen Fällen – und ich gebe zu, daß
ich die Gelegenheit hatte. Nur: Warum habe ich's getan?»

Er trat dicht an sie heran, so daß sie sich Auge in Auge gegenüber-
standen. «Das war's, was mich durcheinanderbrachte», sagte er.
«Alle Ihre Opfer, das erste möglicherweise ausgenommen, waren so
verflixt gewöhnlich. *So* gewöhnlich, daß ich das Naheliegendste
übersah.»

«Und was war das?»

«Das älteste Motiv der Welt», erwiderte er. «Geldgier. Lebend waren die Bolsover-Jungen nicht viel wert, aber wenn sie tot waren,

wäre Ihnen das gesamte Bolsover-Vermögen zugefallen. Sie mußten allerdings sterben, bevor der Alte starb – darum mußten Sie so schnell arbeiten. Die Zeitungen brachten regelmäßig Berichte über den Gesundheitszustand des alten Bolsover. Er konnte es nicht mehr lange machen. Halb Berkshire, Stadthäuser reihenweise, eine Galerie mit unschätzbaren Gemälden, Kunstgegenstände, von denen eines allein ausreichen würde, Bourne ein Leben lang mit allem Firlefanz auszustatten.»

«Und wie sollte ich an dieses erstaunliche Vermögen kommen?» Lestrade trat zurück. «Sagen Sie's ihr, Walter.»

Dew klappte sein Notizbuch auf, doch anders als der adleräugige Valentine konnte er die Schrift im Mondlicht nicht lesen, so daß er sich auf das verlassen mußte, was einen Polizisten selten begleitet: sein Hirn.

«Wir haben den ganzen Tag Telegramme verschickt, Miss», sagte er. «Und wir haben auch ein paar bekommen. Constable Hollingsworth hat in Somerset House Papierberge durchgearbeitet. Und gemeinsam sind wir auf ein paar interessante Tatsachen gestoßen.»

«Zum Beispiel?»

«Zum Beispiel darauf, daß Ihr wirklicher Vater der verstorbene Marquis von Bolsover war.»

«Was?» Sie schwankte.

«Nun kommen Sie schon, Miss», sagte Hollingsworth. «Es hat keinen Zweck, die Unschuld vom Lande zu spielen. Sie stecken bis zu Ihrem hübschen Hals in der Patsche.»

«Bolsover?» wiederholte sie dumpf. «Warten Sie eine Sekunde. Sie erzählen mir, daß der Marquis von Bolsover mein Vater ist?»

«War», sagte Lestrade. «Er starb letzte Nacht. Ironie des Schicksals, Marylou. Sie hätten es beinahe geschafft. Sie sind unehelich geboren, das stimmt, aber Ihr wirklicher Vater war willens, Sie schließlich zu finanzieren – aber erst nach seinen Jungens, seinen auserwählten Athleten. Es war die verrückte Idee eines senilen Mannes – sein ungeheures Vermögen einer Gruppe vielversprechender junger Männer zu hinterlassen, die nur eins gemeinsam hatten: Sie waren gute Sportler. Oh, und einer Frau. Erst danach würden Sie erben.» Er trat wieder an sie heran. «Es ist merkwürdig», sagte er. «Was immer ich in Ihren Augen sah, es waren keine Pfund Sterling. Oder Dollars.» Er straffte sich. «Marylou Adams», sagte er, «ich nehme Sie fest wegen der Ermordung von...»

«Nein!» Eine Stimme schallte durch das Stadion und widerhallte von den Reihen leerer Sitzplätze. Aus dem Schatten der Königlichen Loge huschte eine Gestalt über den Rasen. «Das können Sie nicht tun, Lestrade. Ich kann das nicht zulassen.»

«Mr. Grant», sagte Lestrade, «bitte, halten Sie sich da raus.»

«Sie können nichts beweisen», sagte er und drückte die fassungslose Marylou an sich.

«Ja, das sagten Sie mir bereits», erwiderte Lestrade, «aber Sie irren sich. Ich habe genug, um sie zu überführen. Und wenn nicht, kann ich Marylou jederzeit Superintendent Quinn übergeben. Er kann mit Frauen umgehen.»

«Scheißkerl!» Eine weitere Stimme tönte durch die Dunkelheit. Marylou schrie auf und warf sich zur Seite, als der Schuß knallte. Sie wurde nach hinten in Grants Arme geschleudert, und er fiel mit ihr zu Boden. «Verdammt noch mal, nein!» Wieder ertönte die Stimme.

Die Polizisten warfen sich zu Boden. Lestrade landete auf seinem gesunden Arm.

«Wo ist er?» zischte Valentine, die Nase in seinem Notizbuch.

«*Wer* ist er?» keuchte Dew und suchte nach seinem Strohhut.

Hollingsworth sah auf. «Verdammt», sagte er, «es ist dieser amerikanische Scheißkerl.»

«Maddox?» sagte Lestrade. «Nun, Gentlemen, das ist ein Grund, warum ich sie alle heute nacht hergebeten habe. Ich muß zugeben, eigentlich habe ich auch mit unseren Polizistenkollegen aus Frankreich und Deutschland gerechnet.»

«Was zur Hölle geht hier vor, verdammt noch mal?» knurrte Maddox und schob seine Waffe wieder ins Schulterhalfter. «Wer zum Teufel ist das?» Er deutete auf die hingestreckte Gestalt Marylous.

«Sie haben gerade eine Landsmännin getötet, Mr. Maddox.» Lestrade erhob sich mühsam. «Herzlichen Glückwunsch.»

Maddox' Augen wurden schmal. «Das wollte ich nicht», sagte er. «Mein Finger war bloß…» Er ging näher heran. «Marylou?»

«Sie kennen sie?» fragte Lestrade.

Maddox nickte, während Grant sich zur Seite rollte und ihren Kopf vorsichtig auf den Boden bettete. «Sie war meine Frau», fuhr Maddox fort. «Ich war nicht hier, um mir die gottverdammten Spiele anzusehen. Ich kam rüber, um sie zu suchen. Sie verließ mich. Ich folgte Lestrade, weil ich mir ausrechnete, daß er wußte, wo sie war. Ich kam, um mir zu holen, was mir gehört.»

«Schön», sagte Hollingsworth, «jetzt haben Sie's, oder, Scheißkerl?» Er hockte sich neben den knienden Pinkerton-Mann. «Wissen Sie, das ist der Grund, warum wir in diesem Land keine Kanonen tragen. Sie haben die Angewohnheit, viel zu leicht loszugehen.» Er stand auf und versetzte Maddox einen gezielten Fußtritt an den Kopf. Der große Amerikaner ging bewußtlos zu Boden.

«Tut mir leid, Super», sagte Hollingsworth und rieb seinen schmerzenden Zeh, «aber er hatte es verdient.»

Lestrade nickte. Hinter ihnen ertönte ein Stöhnen, und Marylou Adams regte sich im Gras. Sie rannten zu ihr. Lestrade kam trotz seiner Behinderung als erster an. Er hob ihren Kopf hoch. «Der Schlag soll mich treffen», sagte er. «Bhisey's erprobter Büstenformer.» Er drückte auf den metallischen Apparat und Marylou atmete wieder.

«Sind Sie in Ordnung?» fragte er.

«Ich… ich denke schon», erwiderte sie.

«Es ist alles in Ordnung», sagte er zu ihr. «Die Kugel Ihres Gatten holte Sie von den Beinen. Sie müssen sich bei einem kleinen indischen Gentleman bedanken, daß Sie am Leben sind.»

«Und Ihnen wäre ich dankbar», antwortete sie, «wenn Sie Ihre Hand da wegnehmen würden.»

«Oh, Entschuldigung.» Lestrade zog sie hastig weg. «Also dann, Miss Adams, wenn Sie bereit sind? Constable Bourne?»

Sie halfen der Journalistin auf die Beine. Bourne zog die Handschellen heraus. «Nein», sagte Lestrade. «Ich glaube, das ist nicht nötig.»

«Richard?» Sie streckte eine Hand nach ihm aus. «Richard…»

Er schüttelte den Kopf. «Tut mir leid, Marylou», sagte er, «ich kann dir im Augenblick nicht helfen. Aber wir stehen das durch. Das werden wir. Ich werde die ganze Fleet Street auf unsere Seite bringen. Warte auf die Ausgaben von morgen.»

Sie ließ die Hand sinken.

«Bourne», sagte Lestrade, «denken Sie dran, daß es morgen für Sie heißt: zurück zum Fundbüro.»

Bourne lächelte. «Ich weiß, Chef. Im Grunde ist Betty ganz froh darüber.»

«Wer?»

«Betty, Superintendent. Meine Zukünftige.»

«Ihre was?» Vier Polizisten stellten gleichzeitig die Frage.

«Nun, ich habe tatsächlich den Hochzeitstag festgesetzt.»

«Wirklich?» fragte Lestrade.

«Na ja, wegen der drei Jungen und so weiter dachten wir, es wäre jetzt wirklich Zeit. Sie wissen ja, wie die Leute sind.»

Lestrade nickte, dann besann er sich und hielt den Mund. «Sagen Sie», meinte er, als Bourne Marylou abführte, «Betty ist… äh… eine Frau, oder irre ich mich?»

«Du lieber Himmel, Superintendent, natürlich ist sie eine Frau», lächelte Bourne. «Was glauben Sie wohl, für wen ich diese vielen Röcke brauche?»

«Oh», versetzte Lestrade, «ich dachte einen Augenblick, es sei General Baden-Powell.»

Valentine hievte den bewußtlosen Pinkerton-Mann hoch und trug ihn vom Kampfplatz. Dew und Hollingsworth gingen ein Stück hinterher. Lestrade und Grant bildeten den Schluß.

«Tut mir leid, Mr. Lestrade», sagte der Mann von der *Mail*, «ich hätte nicht kommen sollen.»

«Ich dachte mir, daß Sie kommen würden. In Ihrer Lage hätte ich dasselbe getan.»

«Wird sie… was wird mit ihr geschehen?»

«Mit Marylou?» Lestrade blieb stehen, stützte sich auf seinen Stock und fummelte nach einer Zigarre. «Oh, sie ist hübsch, und sie ist Amerikanerin. Wenn sie einen alten verknöcherten Richter findet…»

«Behandeln Sie mich nicht so herablassend, Lestrade», sagte Grant und blieb stehen.

Der Superintendent paffte, blickte starr nach vorn. «Na gut», sagte er. «Sie wird hängen.»

Eine Stille trat ein. «Ich hätte sie nicht einladen sollen, nach England zu kommen», sagte er.

Lestrade drehte sich bedächtig um, ein sarkastisches Lächeln auf seinem Gesicht. «Danke, Mr. Grant», sagte er. «Ich dachte, das würden Sie nie zugeben.»

«Ich hätte das nicht sagen sollen, nicht wahr?»

Lestrade schüttelte den Kopf. «Sie hätten bei diesem stickigen Wetter auch keine Handschuhe tragen sollen. Ich wette, daß sich Pulverspuren daran finden. Wissen Sie, unter dem Äußeren einer Reporterin mag Marylou ja drahtig sein, aber sie konnte unmöglich einen Bogen mit solcher Kraft spannen, um Tyrrwhit Dover an eine Zielscheibe zu nageln.» Er sah Bourne und Marylou durch die Tore entschwinden, wo Dorando vor vierzehn Tagen gestrauchelt war. «Sie konnte sich auch nicht überzeugend genug in einen Mann verwandeln, um mit Effie Jennings im Wald zu schlafen, in der Nacht, bevor Effie starb – sie war nicht der Mann, den Mansell, der Chauffeur, sah. Der waren Sie, Mr. Grant. Sie gaben Effie diesen Apparat. Pech für Sie, daß die Damenmannschaft Marylou ebenfalls einen gab. Wirklich passend.»

Er hörte an seinen Rippen das Klicken eines Sicherungsbügels.

«Aha», sagte er, «Ihre kleine ‹Rückendeckung›. Das gleiche Kaliber wie das von Marylous Waffe, möcht ich wetten. Da waren Sie wirklich gerissen, oder?» Er sah Valentine im Trab in der Dämmerung verschwinden, den zusammengesunkenen Pinkerton-Mann über der Schulter.

«War ich das?»

«Ja.» Lestrade drehte sich um und blickte ihn an. «Sie haben gerade mit angehört, wie ich Marylou die Morde erklärte. Das alles trifft gleichermaßen auf Sie zu. Genau wie Marylou hatten Sie Zugang zu allen Athleten. Ich glaube, wenn ich eine Gegenüberstellung arrangieren und Kapitän Overland zu einem Besuch veranlassen könnte, würde er Sie vielleicht als den Mann mit den Pflaumen an der Pier von Ryde identifizieren. Mansell würde in Ihnen vielleicht sogar den Mann wiedererkennen, der sich mit Effie Jennings herumbalgte. Wenn Besançon Hugo hier wäre, würde er Sie gewiß als den Journalisten identifizieren, vor dem er mich warnen wollte. Um den armen Hesse tut es mir am meisten leid. Er mochte Sie, nicht wahr? Nun, ich schätze, das taten wir alle. Er vertraute Ihnen an, was er über den Fall Beck wußte. Über das verschlossene Zimmer. *Nena Sahib*.

Ironischerweise vertraute er sich genau dem Mann an, dem zu vertrauen tödlich war. Sagen Sie, wo haben Sie gelernt, mit Giften umzugehen?»

«Imperial College, London.» Grant schob sich zwischen Lestrade und den Ausgang. «Bevor meine Karriere in der Fleet Street begann, pfuschte ich in Laboratorien herum. Dort lernte ich, Squash zu spielen.»

«Hm», sagte Lestrade nachdenklich, «Sie sind ziemlich gut. Was Gifte angeht. Wie Sie spielen, kann ich nicht sagen. Aber dann spielten Sie das tödlichste Spiel von allen, nicht wahr? Darum nannten Sie sich Victor Ludorum – Sieger der Spiele –, als Sie Effie Jennings' Dingsbums kauften.» Er warf einen Blick an Grant vorbei und sah Dew und Hollingsworth in die große Welt außerhalb des Stadions zurückkehren.

Ihn verließ der Mut. Jetzt war er allein mit seinem Schicksal. Und mit Richard Grant.

«Sie hatten die ganze Sache von Anfang an geplant, stimmt's?»

«Wirklich?» fragte Grant spöttisch.

«O ja. Wissen Sie, was der gute alte Dew Marylou nicht erzählte, war, daß die Telegramme noch etwas anderes enthielten. Sie waren ebenfalls ein Bolsover-Junge. Aber ein echter. Sie waren der Sohn eines Dienstmädchens – unehelich. Ich nehme an, daß der alte

Mann Sie nicht anerkannte. Sie waren gewissermaßen ein Fleck auf der weißen Weste der Bolsovers.»

Grant zog eine Grimasse. «Sie haben recht», sagte er. «Der elende alte Schweinehund behandelte mich wie einen Fußabtreter – der eigene Sohn mußte ihm den Dreck von den Schuhen kratzen. Ich konnte es nicht ertragen. Ich riß aus. Er ließ mich aufspüren. Ich begriff nie, warum. Ich schätze, er konnte es nicht ertragen, etwas zu verlieren, was ihm gehörte. Oh, er kam für meine Ausbildung auf – ein billiger Einpauker und das Imperial. Aber im Vergleich zu seinem Reichtum war das bloß Kleingeld. Da war mehr. Und ich wollte mehr. Also suchte ich ihn auf, nicht als Richard Fitzgibbon, ältester lebender Sohn des Marquis von Bolsover, sondern als Richard Grant von der *Mail*. Der alte Trottel hatte mich seit zwanzig Jahren nicht gesehen. Er erkannte mich überhaupt nicht, wie ich es mir gedacht hatte. Ich war kaum angekommen, warf er mich raus – konnte Journalisten nicht ausstehen, wissen Sie. Aber nicht, bevor ich mir ein sehr interessantes Dokument aneignete – die Liste der Bolsover-Jungens. Alle diese holzköpfigen Nullen, die erben würden, wenn der liebe alte Anstruther starb. Nebenbei, ich will nicht daran denken, was ich anstellen mußte, um in sein Schlafzimmer zu kommen. Stellen Sie sich meinen Ärger vor, als ich am Ende der Liste, noch vor dem meinen – o ja, der scheinheilige alte Hundesohn hatte mich in sein Testament aufgenommen, sehen wir mal davon ab, daß ich tot gewesen wäre, ehe ich das Geld hätte einstreichen können –, den Namen einer kleinen Schlampe entdeckte, die er auf einer Amerikareise gezeugt hatte, als er noch jung genug war, die Spiele persönlich zu verfolgen. Nun, ich bin ein Zeitungsschnüffler und ein guter obendrein. Es war keine große Mühe, herauszufinden, daß sie sich jetzt Marylou Adams nannte. Und, die Ironie ist nicht zu überbieten, sie arbeitete in diesem heruntergekommenen Land bei der *Washington Post*. Natürlich lud ich sie ein, nach England zu kommen und über die Spiele zu berichten. Natürlich kam sie.»

«Und Sie erfanden die Martin-Sheridan-Geschichte, um sie mit hineinzuziehen.»

«Genau. Es hat fast geklappt, oder?»

«Fast», gab Lestrade zu. «Ich muß gestehen, daß ich, als ich heute nacht herkam, wirklich nicht wußte, wer von euch beiden es war.»

«Na bitte», sagte Grant, «jetzt wissen Sie's. Nebenbei bemerkt, ich entschuldige mich für die Schauspielerei im *Wig-and-Pen-Club*. Ein paar Tränen zur rechten Zeit, durch ein heftiges Quetschen der Hoden erzeugt, wirken nach meiner Erfahrung Wunder. Tränen und eine krasse Herausforderung.»

«Ach ja», erinnerte sich Lestrade. «Daß ich nichts beweisen könne.»

«Stimmt, und das können Sie im Grunde immer noch nicht. O ja, ich habe gestanden, aber das war eine Sache zwischen uns beiden. Es gab niemanden außer Ihnen und mir und dieser riesigen Arena. Vielen Dank, Lestrade, für die Neuigkeit vom alten Bolsover. Ich war so sehr damit beschäftigt, der Sache den letzten Schliff zu geben, daß ich mit den letzten Meldungen nicht Schritt gehalten habe. Wenigstens», er drückte Lestrade die Mündung an den Kopf, «haben Sie die Befriedigung, von einem der reichsten Männer in England getötet worden zu sein. Morgen wird Blut auf der Aschenbahn sein, Lestrade. Und ich werde die Geschichte dazu schreiben. Ich werde schreiben, wie dieser Verrückte, Maddox – der Mittäter bei den Anschlägen seiner Frau auf unsere Sportler –, versuchte, uns alle umzubringen. Traurigerweise traf seine Kugel Superintendent Lestrade von Scotland Yard.»

«Das wird nicht funktionieren, Mr. Grant», sagte Lestrade, der die feuchtkalte Mündung an seiner schwitzenden Stirn spürte.

«Vielleicht nicht», erwiderte Grant achselzuckend, «aber Sie vergessen die Macht der Presse. Die Macht, die beweisen kann, daß schwarz weiß und weiß schwarz ist. Die Macht, die in Wirklichkeit keinen Finger krumm machen wird, Marylou Adams zu helfen. Ihre Männer haben gehört, wie Sie sie beschuldigt haben. Und sie hat die Taten nicht abgeleugnet. Und außerdem», grinste er und legte den Finger an den Abzug, «was immer geschieht, Sie werden es nicht mehr erleben.»

Es gab eine Explosion und eine Rauchwolke. Zwei Männer standen einen Augenblick aufrecht im mondhellen Stadion, nacktes Entsetzen in ihren Augen. Dann kippte einer der beiden zur Seite und rollte in den Staub.

Mr. Edward Henry stand da, eine Hand hinter seinem Rücken, und blickte hinaus über Mungo Hydes Fluß. Es klopfte an der Tür, und Chief Inspector Walter Dew trat ein.

Henry hatte nicht nach seiner Gewohnheit «Herein!» gesagt. Er drehte sich nicht um. Er rührte sich nicht.

«Es ist also wahr», sagte er.

«Leider ja, Sir», sagte Dew.

«Er kämpfte bis zuletzt.»

Dew spürte einen eisenharten Kloß in der Kehle.

«Trotzdem», seufzte Henry und richtete sich zu seiner ganzen Größe von fünf Fuß vier auf, «es geschah so, wie er es sich gewünscht hätte.»

«Es war das Beste so», sagte Dew feierlich. «Wenigstens hat er nicht gelitten. Es war alles rasch vorbei.»

Henry drehte sich um. «Ja», sagte er. «Nach zwei Minuten in der ersten Runde.» Er schüttelte den Kopf. «Die Boxstaffel der Metropolitan ist nicht das, was sie war, Dew.»

«Nein, Sir.»

Eine zerzauste Gestalt mit einem schmutzigen Stützkragen humpelte herein und baute sich neben dem Chief Inspector auf.

«Ah, Lestrade. In Ordnung, Dew. Sagen Sie Sergeant Marciano, er soll sich nichts draus machen. Und nächstes Mal», er suchte in seiner Tasche, «soll er gefälligst ein bißchen länger auf den Beinen bleiben», und er reichte ihm zögernd eine Fünfpfundnote.

«Zu Befehl, Sir. Danke, Sir», und Dew verbeugte sich tatsächlich, bevor er ging.

«Nun, Lestrade?» Henry hob die Augenbrauen.

«Wie vorauszusehen, Sir», sagte der Superintendent. «Haben Sie mein Abschiedsgesuch erhalten?»

«Abschiedsgesuch?» Henry runzelte die Stirn. «Oh, das muß irgendwo in meinen Mappen verlorengegangen sein.» Und er reichte ihm eine Zigarre. «Nun, ich will Sie nicht aufhalten, Lestrade.»

«Äh... nein, Sir.» Er humpelte zur Tür zurück.

«Lestrade, ich hörte, es säße eine ziemlich aufgebrachte amerikanische Dame in der Zelle, die», er blickte auf ein Stück Papier auf seinem Tisch, «‹Ihren Hintern vor Gericht schleifen› will. Haben Sie einen Vorschlag, wie man da verfahren sollte? Immerhin haben Sie sie nicht nur des Mordes beschuldigt, Sie haben ihr auch ihre Derringer gestohlen – die, mit der Sie Richard Grant stoppten.»

Lestrade öffnete den Mund, aber nichts fiel ihm ein, was er hätte sagen können. «Ich weiß nicht, Sir», sagte er. «Aber ich bin sehr dankbar, daß sie sie diesmal geladen hatte.»

«Hm», nickte Henry. «Das ist eine ziemlich harte Nuß. Trotzdem, gut gemacht, Lestrade, dann humpeln Sie mal los.»

«Ja, Sir. Danke, Sir.» Und der Superintendent schloß die Tür ganz leise, damit nicht aufgrund der Schwingungen sein Kopf abfiel.

«Eigentlich, Lestrade», sagte Henry zu sich selber, als das Tappen des Stockes auf dem Flur verhallte, «sollten Sie immer das Kleingedruckte lesen. Besonders, wenn es um Zeitungen geht. Miss Adams hat eine Nachschrift hinzugefügt. Sie lautet: ‹Aber ich bin mit einem Abendessen zufrieden.›»

**M. J. Trow**, geboren in Rhondda Valley, behauptet von sich, daß er der einzige Waliser sei, der weder singen noch Rugby spielen könne. Er lebt mit seiner Familie in Havenstreet auf der Isle of Wight. Die ersten Romane um Sholto Lestrade erschienen unter dem Titel «Lestrade und die *Struwwelpeter*-Morde» (Nr. 2952), «Lestrade und der tasmanische Wolf» (Nr. 2965), «Lestrade und der Sarg von Sherlock Holmes» (Nr. 2976 – vergriffen), «Lestrade und die Reize der Mata Hari» (Nr. 2983 – vergriffen), «Lestrade und das Einmaleins des Todes» (Nr. 2990) sowie «Lestrade und Jack the Ripper» (Nr. 2998) und «Lestrade und das Rätsel des Skarabäus» (Nr. 3020).

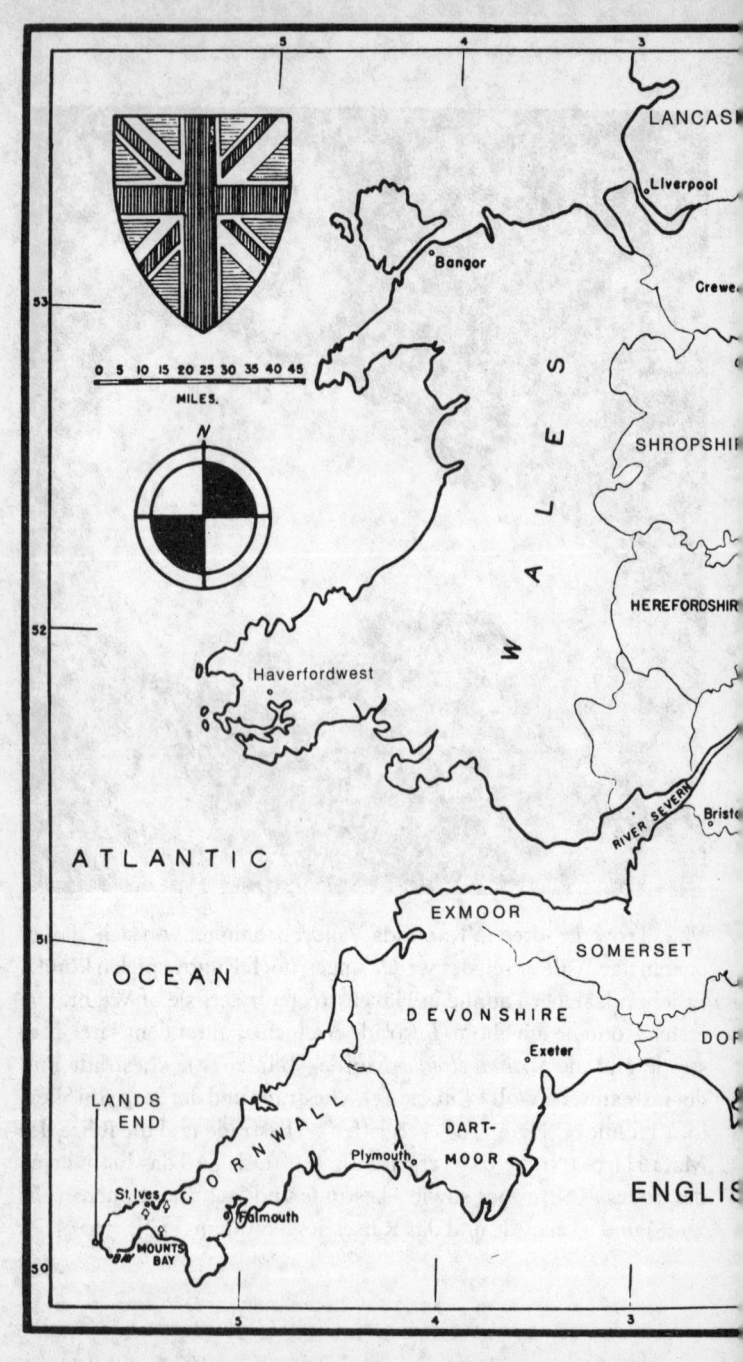